Unterwegs
in die Welt von morgen

Unterwegs in die Welt von morgen

Utopische Geschichten
und Science-fiction-Romane

Verlag Das Beste
Stuttgart · Zürich · Wien

Die Texte in diesem Buch
erscheinen mit Genehmigung der Verleger

131

Printed in Germany
ISBN 3 87070 435 7

Der

Kolonisator

von **John Brunner**

Ins Deutsche übertragen von
Barbara Heidkamp

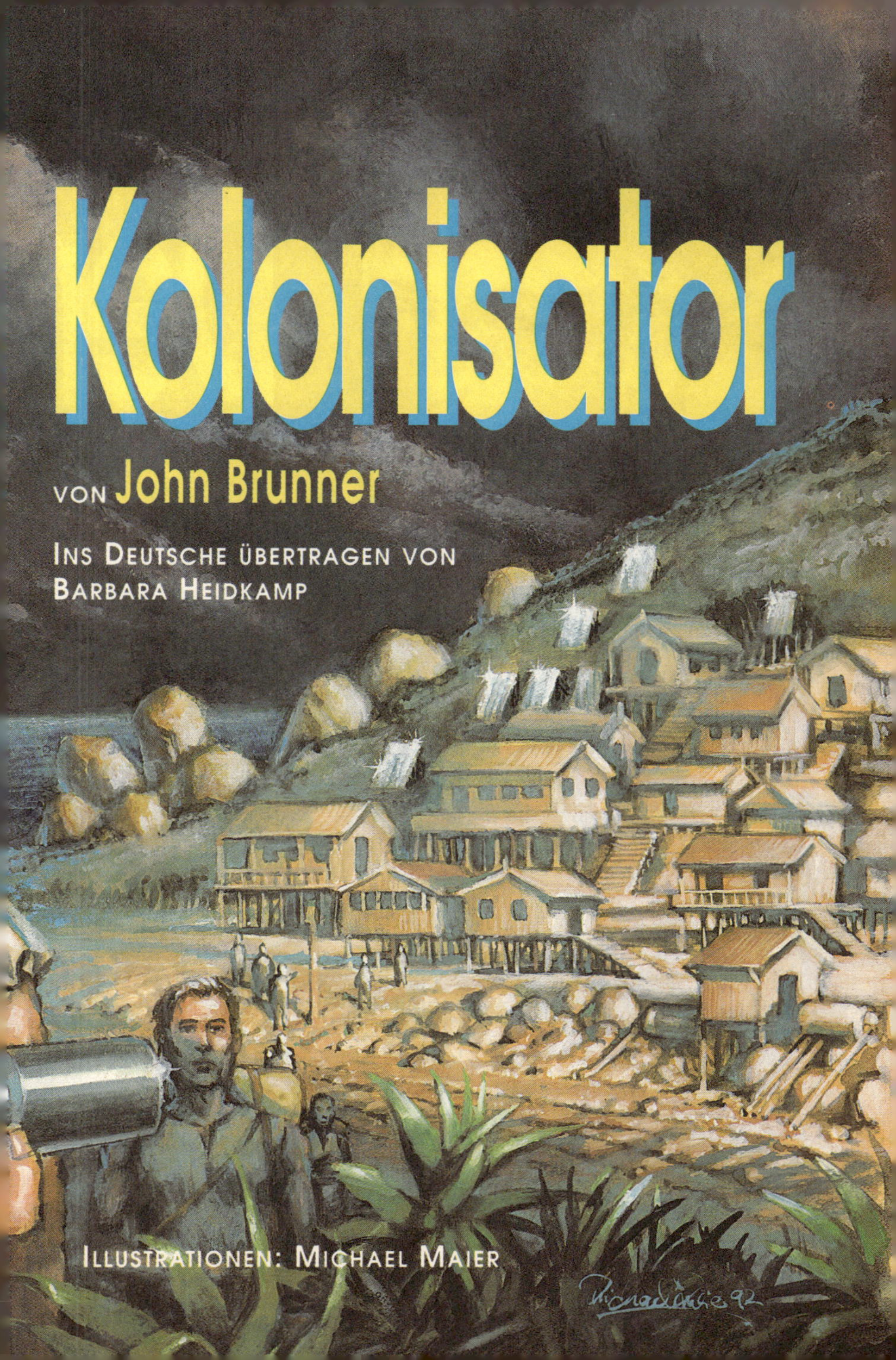

Illustrationen: Michael Maier

I

„EIN Gutes haben diese verdammten Winterstürme ja gehabt", meinte Delvia in einem Mach-das-Beste-draus-Ton. „Sie haben uns einen hübschen Vorrat an Energie beschert, mit dem wir arbeiten können."

„Aber dafür haben sie uns um so mehr genommen", murmelte Naline.

„Mag schon sein. Trotzdem, kein Grund zum Verzweifeln. Vielleicht wird alles gar nicht so schlimm, wie wir erwartet haben." Delvia trennte den Akkumulator vom Netz, und das Winseln und Stampfen des Luftkompressors erstarb. Mit geschickten Fingern löste sie die letzte Flasche vom Schlauch, vergewisserte sich, daß der Druckmesser funktionierte, indem sie ein paar Kilo abließ – die Luft erzeugte ein dünnes Kreischen, als sie aus dem Ventil entwich –, und warf die Flasche neben die beiden anderen, die schon auf dem seltsam grünlichen Sand lagen. Dann nahm sie sich eine leere und begann, den Schlauch aufzustecken.

„Du kannst die drei hier nehmen, Lex", fügte sie hinzu.

„Okay. Fertig, Naline?"

Das schwarzhaarige Mädchen, das „Nesthäkchen" der überlebenden Heimatlosen, nickte und drehte sich zu dem Mann mit dem zerfurchten Gesicht um, der ein paar Schritte von ihnen entfernt am Strand stand. „Wir sind soweit, Captain!" rief sie und warf ihre langen Haare zurück.

Captain Arbogast schien von weit her zurückzukehren. Er hatte auf das ruhige blaue Wasser der Bucht hinausgestarrt, wo sich ein glänzender Metallbogen über der Oberfläche zeigte. Jetzt nickte er mechanisch und ging zu Naline hinüber.

Lex, dessen hochgewachsene Hagerkeit noch durch die merkwürdig aussehende Kleidung unterstrichen wurde, die er trug, sammelte die drei vollen Sauerstoffflaschen auf. Er hatte einen Raumanzug an, dessen fluoreszierendes orangefarbenes Material – für Maximalsichtbarkeit im Raum ausgelegt – im blauweißen Schein der Morgensonne fast blendete. Naline hatte ihm schwarze, glänzende Elastikonstreifen um Arme, Beine und Körper gebunden, um das schlaffe Material zusammenzuziehen. Der Anzug war für jemanden bestimmt gewesen, der erheblich schwerer gebaut war.

Lex hob den Helm auf, wischte ein paar Sandkörner ab, die an dem Dichtungsring klebten, und wandte sich an Arbogast.

„Ich werde mal runtergehen und nachsehen, ob das Boot fertig ist, Captain."

„In Ordnung", erwiderte Arbogast. Seine Stimme war tonlos und sein Gesicht ohne jeden Ausdruck. Er schien den Blick nicht von jenem glitzernden Ding im Meer losreißen zu können.

„Das linke Handgelenk bitte", sagte Naline. Sie leistete ihm denselben Dienst wie vorher Lex. Arbogast trug seinen eigenen Anzug, aber die Entbehrungen des vergangenen Winters hatten ihn gut zwanzig Pfund seines früheren Gewichts gekostet. Folgsam wie eine Marionette hob er den Arm an.

Der Kompressor begann wieder zu arbeiten, und Delvia richtete sich zu ihrer vollen Größe auf. „Ich beneide euch richtig", erklärte sie mit einem Seitenblick auf Lex. „Nach diesem Winter fühle ich mich durch und durch schmutzig. Ich könnte mir jetzt nichts Schöneres vorstellen als ein langes, erfrischendes Bad."

Passend dafür angezogen war sie – oder vielmehr ausgezogen. Sie trug nichts außer einem fadenscheinigen roten Etwas, das auf beiden Seiten offen war. Es war unübersehbar, daß die Hungerzeit ihre früheren statuenhaften Proportionen noch stärker betonte; ihr Körper war fest und wohlgeformt, und unter der geschmeidigen Haut zeichneten sich kräftige Muskeln ab. Es war beruhigend zu sehen, daß zumindest einige der Flüchtlinge auch hier bei guter Gesundheit blieben. Obwohl es später zu Problemen führen konnte, wenn man diese Tatsache den weniger Glücklichen unter die Nase rieb . . .

„Ich würde mich an deiner Stelle hüten", erwiderte Lex nüchtern. „Nach dem, was mit dem jungen Bendle passiert ist . . ."

Delvia nickte und verzog das Gesicht. Unbewußt nahm sie

einen Fuß hoch, wobei sie sich mit einer Hand auf dem Kompressor abstützte, und rieb sich mit der Sohle über die Wade des anderen Beins. Lex sah genauer hin. Da war eine rote Stelle.

„Delvia! Juckt es stark?"

Verwirrt nahm sie den Fuß herunter. „Ein bißchen. Ich habe wohl einen Sonnenbrand."

„Und dann läufst du immer noch in diesem Fetzen herum? Willst du dir durch das starke Ultraviolett unbedingt Hautkrebs holen? Wir sind hier nicht . . ." Er brach ab, weil er plötzlich die Blicke von Naline und Arbogast spürte. „Wir sind hier nicht auf Zarathustra", hatte er sagen wollen. Und das war natürlich eine dumme Bemerkung.

Er leckte sich über die Lippen. „Du solltest etwas tragen, das den ganzen Körper bedeckt, Delvia", beendete er seinen Satz.

Einen Moment lang dachte er, sie würde ihn anfauchen, er solle sich um seine eigenen Angelegenheiten kümmern.

Statt dessen seufzte sie. „Ich weiß, ich weiß. Ich bin blond, und deshalb ist es dumm, wenn ich es nicht tue. Aber nach diesem Winter kann ich es einfach nicht! Ich meine es wirklich ernst, wenn ich sage, daß ich mich innerlich dreckig fühle. Ich habe noch nie im Leben so lange dieselben Sachen getragen. Es ist, als hätte sich der Dreck bis auf die Knochen durchgefressen!" Sie schüttelte sich. „Aber du hast recht. Ich werde Doc Jerode fragen, ob er eine Schutzcreme für mich hat."

„Es wäre vernünftig", murmelte Lex. Er nickte Arbogast zu und wandte sich ab.

Hinter sich hörte er, wie Naline gereizt Luft holte. „Delvia! Hast du vielleicht eine Schere?"

„Nein. Aber ich weiß, wer eine hat. Warum?"

„Du mußt mir unbedingt die Haare schneiden. Sie fallen mir andauernd in die Augen. Das hier ist so eine Fummelei – es muß ein ganz bestimmter Knoten sein, und wenn ich beim Strammziehen nicht genau aufpasse, dann rutschen die Bänder entweder herunter, oder sie schnüren das Blut ab . . ." Die Worte verloren sich in einem Gemurmel, von dem Lex nichts mehr verstand.

FAST fröhlich näherte Lex sich der Stelle, wo Aldric und Cheffy ihr provisorisches Boot auf Lecks überprüften, auch wenn er Angst vor dem hatte, was er und Arbogast in Kürze auf dem Boden der Bucht entdecken würden. Die grauen, frostigen Nebel und die schrecklichen Winterstürme waren wie ein Gefängnis für die Lebensgeister gewesen; jetzt, buchstäblich über Nacht, waren sie freigelassen worden, und ein Sommer von der Länge eines Erdenjahres lag vor ihnen. Sie hatten das Schlimmste durchgemacht, womit ihre neue Heimat sie überraschen konnte, und die meisten von ihnen hatten es überlebt. Einige von denen, die gedacht hatten, daß es keine Zukunft mehr für sie gäbe, nachdem ihre Heimatwelt verglüht war, begannen sogar allmählich, sich wie Menschen zu benehmen und nicht wie verängstigte Tiere.

Weiter landeinwärts, in dem schmalen Tal, wo sie an einem Fluß Schutz und Zuflucht gesucht hatten, wurden beschädigte Häuser repariert und neue geplant. Hier am Strand führten ein Dutzend Leute unter der Leitung des grauhaarigen Bendle – der sich von dem Schock nach dem Tod seines Sohnes im Herbst erholt hatte – eine systematische Inspektion der Felsen und Wassertümpel durch. Natürlich hatte sich alles verändert, denn die Winterstürme hatten nicht nur wochenlang die Windmühlen angetrieben. Die Dünen, die Sandbänke und sogar die großen Felsen, die an Rosinen in einem Sandkuchen erinnerten, waren zu neuen Konturen verschoben worden.

Trotzdem schien die Situation – nun, vielversprechend.

Auf dem Strand lagen hier und da bräunliche, grünliche und rötliche Teile organischen Strandgutes, die Bendles Team zuerst untersucht hatte. Bei den meisten handelte es sich um harmlose Überreste einer auf dem Meeresboden wachsenden Pflanze, die bei den letzten Stürmen ausgerissen worden waren. Die anderen, die beweglich und möglicherweise gefährlich waren, hatte man zur Warnung mit einem Klecks weißer Farbe markiert, und einer war mit einem scharfen Pfahl in den Boden gespießt worden. Um ihn herum war im Sand ein Kreis gezogen worden.

Lex blieb stehen, um sich dieses Wesen näher anzusehen.

Wie viele der Meerestiere ließ es sich nicht so einfach töten. Der rosa-grünliche, vierseitig symmetrische Körper, aus dem eine säuerlich riechende Flüssigkeit floß, zuckte und pulsierte; die paarig angeordneten und beweglichen, rüsselähnlichen Organe, die gleichzeitig die Funktion von Gliedmaßen, Schlund, Ausscheidungskanälen und Fangarmen erfüllten, zuckten vergeblich in seine Richtung und streckten sich dabei fast bis zum Rand des Kreises aus.

Lex schüttelte sich und ging rasch weiter.

„Na, hast du gerade unsere Exotenausstellung bewundert?" rief Aldric. Er trug eine dunkle Sonnenbrille und drehte sich herum, als Lex herankam. Aldric, ein untersetzter Rotschopf, war früher stark übergewichtig gewesen, doch jetzt nicht mehr. Keiner der Flüchtlinge war in diesem Frühjahr dick.

„Und ob", sagte Lex und setzte seine Luftflaschen und den Helm ab. „Hat sich schon jemand einen Namen für das Ding da ausgedacht?"

„Ich werde es *polystoma abominabilis* nennen", erklärte Cheffy, ohne seinen runden Kopf mit dem dichtgelockten schwarzen Haar zu heben. Er war gerade dabei, ein Paar Holzstifte, die am Rand des schotenförmigen Bootes befestigt waren, mit warmem Kunststoff aus einer Sprühflasche zu überziehen. In der anderen Hand hatte er einen Spachtel, mit dem er dem weichen Material die richtige Form gab, bevor es an der Luft steinhart wurde. „Das bedeutet", fügte er hinzu, „ein ekelhaftes Ding mit einer Menge Mündern."

„Wie treffend", murmelte Lex. „Übrigens, habt ihr irgendwelche Lecks gefunden?"

„Diesmal nicht. Wir mußten nur zwei oder drei Risse abdichten." Cheffy fuhr noch einmal mit dem Spachtel über den Kunststoff und erhob sich.

„Wozu sollen die Holzstifte dienen?" wollte Lex wissen. „Als Dollen?"

„Ja, genau." Aldric trat gegen ein Paar lange, nach oben breit auslaufende Gegenstände, die im Schatten des Bootes lagen. „Die freien Paddel, mit denen wir es im vergangenen Jahr versucht haben, haben nicht viel getaugt, wie du weißt. Genausowenig wie die Stakstange."

Lex nickte düster. Damals, als sein Staken im Bodenschlamm steckengeblieben war, war der junge Bendle aus dem Boot gefallen und nicht wieder aufgetaucht.

„Also habe ich in meiner freien Zeit diese Dinger hier zusammengebastelt", fuhr Aldric fort. „Theoretisch müßten sie ein beladenes Boot besser voranbringen. Wir haben auch eine Ruderpinne ans Heck gehängt – da. Aber ich garantiere für nichts. Ich hätte mir nie träumen lassen, daß ich mal so primitive Provisorien wie diese Sachen hier zusammenschustern müßte. Ein Glück nur, daß sich Cheffy so für Erdgeschichte interessiert. Ich glaube, daß ich von mir aus nie auf die Idee gekommen wäre, Ruder zu machen."

Lex nickte. Es war nicht das erstemal, daß Cheffys rein theoretisches Wissen über antike Hilfsmittel – gewöhnlich von Aldric, der ein geschickter Handwerker war – in die Praxis übertragen werden mußte, wobei man aus allem improvisierte, was gerade zur Hand war.

„Was macht dich so sicher, daß wir mit einem beladenen Boot zurückkommen werden?" fragte Lex, für einen Augenblick niedergeschlagen angesichts der gewaltigen Aufgabe, die sie sich gestellt hatten.

Aldric sah hinaus auf das Meer. „Unser Raumschiff ist abgesackt, nicht?" Er seufzte.

„Ich würde eher sagen: gesunken", warf Cheffy ein. „Wahrscheinlich obendrein noch halb voll nassem Sand. Du wirst mindestens vier Meter unter Wasser arbeiten müssen."

„Bis jetzt ist das Glück immer auf unserer Seite gewesen", gab Lex mit gespielter Unbekümmertheit zurück. „Vielleicht ist es gar nicht so schlimm, wie du denkst."

Cheffy schnaubte verächtlich. „Was meinst du, wie es den andern ergangen ist?" fragte er nach einem Augenblick. „Ich habe gehört, daß Ornelle bisher vergeblich versucht hat, sie über Funk zu erreichen."

Er hatte recht, und deshalb gab auch niemand den anderen Flüchtlingen, die ihres Wissens nach außer ihnen als einzige die Zuflucht dieses Planeten erreicht hatten, eine große Chance. Er bedauerte, daß Cheffy das Thema angeschnitten hatte; er hatte gehofft, daß alle, zumindest noch für die nächsten Tage, zu beschäftigt sein würden, um an die andere Gruppe zu denken, deren Schiff auf dem Plateau im Landesinnern gelandet – oder abgestürzt – war.

„Da oben auf der Hochebene müssen die Stürme furchtbar gewesen sein", mischte sich Aldric ein. Er griff nach dem Heck des kleinen Boots. „Also dann, schieben wir es ins Wasser. Ist der Captain fertig, Lex?"

Lex legte eine Hand über die Augen und blickte zu der Stelle am Strand hinauf, wo der Luftkompressor stand.

„Fast, glaube ich."

DAS letzte Stück Band war verknotet. Kritisch fuhr Naline mit der Hand über die glatte Oberfläche des Anzugs und überprüfte nacheinander die einzelnen Knoten. Als sie an die auf Arbogasts Brust kam, entfuhr ihr ein überraschter Laut.

„Sind Sie in Ordnung, Captain?" wollte sie wissen.

„Natürlich", brummte Arbogast. „Warum?"

„Sie zittern", stellte Naline fest. Delvia, die gerade dabei war, die letzte gefüllte Flasche wegzulegen, blickte sich um.

„Unsinn." Arbogast trat zurück, ohne die Mädchen anzusehen. „Ist meine Luft fertig, Delvia?"

„Ja, drei Flaschen."

Arbogast bückte sich steif, um sie aufzuheben, wartete, bis Naline – mit immer noch besorgtem Blick – seinen Helm obenauf gelegt hatte, und eilte dann mit einem hastigen „Danke" auf das wartende Boot zu.

Naline sah ihm nach. „Ich hoffe, er hat kein Fieber", sagte sie dann leise. „Man kann es nicht sehen, aber er zittert am ganzen Körper."

„Das hat nichts mit Fieber zu tun", erwiderte Delvia. Sie drehte sich rasch zum Kompressor herum, löste die Akkumulatorleitungen vom Motor und begann, die Sonnenkollektoren auseinanderzurollen. „Hilfst du mir bitte eben?" fügte sie über ihre Schulter hinzu.

Naline gehorchte, wie sie immer gehorchte, wenn Delvia etwas verlangte. „Aber ich sage dir, er zittert wirklich", erklärte sie verwirrt. „Und das in der prallen Sonne."

„Aber nicht, weil ihm kalt ist." Delvia steckte die Ecken der ersten Matte im Boden fest und schloß die Akkumulatorleitungen an ihre Ausgangspole an.

„Was? Wieso dann?"

„Wegen des Schiffs – warum sonst? Den ganzen Winter hat er über nichts anderes gesprochen, als es zu reparieren und wieder in die Luft zu bringen. Jetzt ist er hier und hat gesehen, was damit geschehen ist. Es sitzt hier fest."

„Tun wir das nicht alle?" entgegnete Naline bitter.

„Sicher, aber er ist ein Raumfahrer. Ich glaube, das macht es für ihn noch schlimmer. Und er ist nicht mehr der Jüngste." Delvia wischte sich Sand vom Körper.

„Außerdem", fuhr sie fort, „kannst du dich bestimmt noch daran erinnern, wie er am Anfang des Winters, als es ziemlich schlimm aussah, versucht hat, uns zu überreden, im Schiff Zuflucht zu suchen." Sie deutete auf den schmalen, glänzenden Bogen, der alles war, was jetzt noch von dem Schiff über der Wasseroberfläche zu sehen war. „Wie würde es dir gefallen, wenn du jetzt da drinnen sitzen würdest? Komm – ich schneide dir jetzt die Haare."

II

„LUFT", zählte Aldric auf, der die Ausrüstung im Boot überprüfte. „Eine, zwei, drei Flaschen. Gewichtsgurte. Stiefel . . ."

„Beim letzten Mal", wurde sich Lex plötzlich bewußt, „sind wir einfach über den Grund gegangen. Aber das hier sind ganz normale Raumstiefel mit magnetischen Sohlen. Ich habe keine Lust, jedesmal mit den Füßen zuerst an das Schiff gezogen zu werden, wenn ich nur in seine Nähe komme."

„Daran habe ich gedacht", erwiderte Cheffy knapp. „Ich habe Aldric Anweisung gegeben, die Magnete gegen Bleistücke auszutauschen. Aber da wir keine auftreiben konnten, hat er normalen Stahl nehmen müssen. Mach weiter, Aldric."

„Tragnetze. Nimm nichts, Lex, was wir mit einem Seil hochholen müßten, ja? Ich weiß nicht, wie stabil das Boot ist, und ich habe nicht die geringste Lust, ins Wasser zu fallen. Eine wasserdichte Taschenlampe. Das heißt, sie soll wasserdicht sein. Zwei Äxte, das Beste, was uns als Waffe eingefallen ist. Es ist absolut unmöglich, eine Energiepistole unter Wasser einzusetzen. Cheffy hat mir erzählt, daß sie früher bei den Unterwasserwaffen mit komprimierter Luft gearbeitet haben. Sobald mir etwas eingefallen ist, das ich als Munition verwenden kann und das wir entbehren können, fange ich an, eine zu bauen."

„Wieso? Die Munition muß doch nicht unbedingt verlorengehen", widersprach Lex. „Nimm einfach etwas, das lang genug ist, daß man ein Seil dran festbinden kann. Seil haben wir doch genug."

„Da unten schwimmen Viecher rum", gab Aldric trocken zurück und deutete mit dem Daumen auf das Meer, „an die ich nicht unbedingt festgebunden sein möchte, wenn sie ins tiefe Wasser abhauen. Natürlich, wenn jemand Spaß an dem Nervenkitzel eines Unterwasserausflugs im Schlepptau eines verwundeten und wütenden Monsters hat . . .?"

„Eins zu null für dich", meinte Lex grinsend.

„Ich bin froh, daß du es einsiehst. Wir wollen doch nicht mehr Leute verlieren als nötig. Was hältst du übrigens von unserem neuen Anker?" Aldric hielt ein glänzendes Ding aus Metall hoch, das aus einem Schaft und vier spitzen, gebogenen Zacken bestand. Am Schaft befand sich ein grobes Spiralgewinde, auf dem lose ein drehbarer Ring mit vier scharfen Klingen saß.

„Wenn sich der Anker irgendwo auf dem Grund in Pflanzen verfängt oder eins dieser niedlichen Tierchen da unten versucht, sich an ihn zu klammern, dann ziehst du hart an dem Seil hier, wodurch der Schnapphaken geöffnet wird – siehst du? – und die Klingen sich den Schaft hinaufdrehen." Er klopfte zufrieden auf den Anker und legte ihn dann in das Boot.

„Fährst du mit ihnen, Cheffy, oder soll ich?"

„Ich fahre. Das nächste Mal kannst du dann mit." Cheffy schwang seine Beine über den Bootsrand. „Schieb uns ein Stück raus, ja? Und paß auf, wo du hintrittst."

Lex kletterte leichtfüßig an Bord und übernahm den Platz auf der Ruderbank. „Okay, Captain", rief er Arbogast zu.

Doch Arbogast stand wieder da und starrte auf das versunkene Raumschiff, die Hände so fest ineinander verschränkt, daß die Knöchel weiß unter der Haut hervortraten. Er schien Lex nicht gehört zu haben.

„Wir sind fertig, Captain!" sagte Aldric scharf.

Arbogast ließ die Hände heruntersinken. Er schluckte schwer, bevor er antwortete. „Ich . . . ich habe es mir anders überlegt. Ich fahre nicht mit."

„Was?" Aldric ging einen Schritt auf ihn zu. Cheffy, der gerade dabei war, die Ruder in die Dollen zu legen, hielt überrascht inne. Nur Lex, der sich auf der Ruderbank so herumgedreht hatte, daß er den Captain sehen konnte, nickte langsam. Er hatte fast damit gerechnet, daß etwas Ähnliches passieren würde.

Arbogast senkte den Kopf und ging schleppend den Strand hinauf. Seine Füße hinterließen verwischte Abdrücke im Sand. Das sterbende Horrorwesen, das an den Boden gespießt war, spürte seine Nähe und krümmte sich noch einmal in dem Bemühen, ihn zu erwischen.

„Einen Moment mal!" rief Aldric hitzig und wollte ihm nachgehen. „Sie können doch Lex nicht einfach allein . . ."

„Aldric!" Lex schleuderte den Namen wie einen Pfeil durch die Luft. „Laß ihn, Aldric!"

„Zum Teufel!" fauchte Aldric. „Jetzt paß mal auf – es war doch seine eigene Idee, daß er raus zum Schiff wollte. Sollen wir jetzt vielleicht noch eine Stunde damit vergeuden, einen Anzug aufzutreiben, der mir oder Cheffy paßt, ihn zusammenzubinden und nach anderen Stiefeln zu suchen? Wir haben gestern fast den ganzen Tag gebraucht, bis wir endlich tragbare Ausrüstungen zusammenhatten!"

„Reg dich nicht auf", meinte Lex. „Du mußt ihn verstehen. Würdest du gern dein altes Zuhause zerstört und vernichtet sehen, während in jeder Ecke davon fremde Wesen krabbeln?"

„War es meine Idee? He?" Aldric wischte sich über das Gesicht. „Und . . . verdammt, mußt du unbedingt die Vision eines zerstörten und vernichteten Zuhauses heraufbeschwören?"

„Beruhige dich, Aldric", mischte sich Cheffy ein. „Lex hat recht. Wenigstens müssen wir uns nicht ansehen, was aus unserem Zuhause geworden ist." Er spuckte ins Wasser.

Aldric holte tief Luft. „In Ordnung", seufzte er resignierend „Gehen wir also auf die Suche nach einem Anzug für mich."

Lex zögerte und dachte daran, daß er selbst vor ein paar Minuten noch Delvia den Vorwurf gemacht hatte, unvorsichtig zu sein. Aber – rechtfertigte er sich – es war äußerst wichtig, daß sie das Schiff vor der morgigen Versammlung untersuchten, wenn sie eine Bestandsaufnahme ihrer Möglichkeiten machen sollten. „Ich kann allein runtergehen", erklärte er.

„Du bist verrückt", stellte Aldric fest. „Ohne Funkverbindung? Wo wir noch nicht mal die Hälfte der Lebewesen kennen, die es hier im Meer gibt? Und wo jetzt wahrscheinlich die Brunstzeit für so gefährliche Viecher ist wie dieses Ding da auf dem Strand, das Bendle festspießen mußte? Wahrscheinlich würdest du als Futtervorrat für irgendein Eiergelege enden!"

„Ich werde die Axt nicht aus der Hand legen. Und jetzt komm endlich ins Boot!" Lex wurde plötzlich ungeduldig. „Wir müssen wissen, wie es im Schiff aussieht!" Ein zweites Argument fiel ihm ein. „Ich bin im letzten Herbst zweimal getaucht und der Captain noch nie. Es ist sicherer für mich, wenn ich allein runtergehe."

Aldric zuckte die Achseln. „Also schön – aber deshalb muß mir das Ganze noch lange nicht gefallen."

Er beugte sich zum Heck vor, drückte mit seinem ganzen Gewicht dagegen und schob das Boot ins Wasser. Es schaukelte heftig, als er an Bord sprang. Etwa eine Minute lang hantierte Cheffy mit den Rudern und konnte sie nicht in Einklang bringen; dann hatte er plötzlich den Bogen raus, und das Boot glitt sanft über das ruhige Wasser. Am Strand brach Bendles Team seine Arbeit ab, um zuzusehen.

Arbogast stapfte weiter, ohne sich umzudrehen. Lex sah, daß Delvia und Naline erregt miteinander diskutierten, offensichtlich über den Captain; er hoffte, daß weder sie noch jemand anders hinter ihm herlaufen und Erklärungen von ihm verlangen würde.

Entschlossen blickte er nach vorn auf das angelaufene, aber immer noch glänzende Metall des Raumschiffs. Man konnte erkennen, wie der Bogen unter der Wasseroberfläche weiterlief, aber es würde noch eine Weile dauern, bis sie so nahe heran waren, daß man sehen konnte, welcher Teil des Schiffs oben war. Als Fortbewegungsmittel war dieses Ruderboot offensichtlich sogar noch langsamer, als wenn sie zu Fuß gegangen wären.

„Es hat sich bestimmt um fünfhundert Meter verschoben", meinte Aldric vom Heck aus. „Was meinst du, Lex, wie weit es sich bewegt hat?"

„Ich schätze, es ist gerollt. Es ist zu schwer, als daß es hinausgetrieben sein könnte." Wer hätte voraussagen können, daß auf einer mondlosen Welt – und demgemäß einer Welt, auf der es keine Gezeiten gab – kein Strand unveränderlich war. Es gab keine Meteorologen unter der Handvoll Flüchtlinge; genaugenommen gab es überhaupt keine Fachleute unter ihnen, so daß man einem Dilettanten wie Cheffy und einem Hobbybastler wie Aldric die Führung überließ, wenn es um technische Dinge ging. „Wenn ich den alten Plan noch richtig in Erinnerung habe", fuhr er fort, „muß dort, wo das Schiff gelegen hat, der ganze Boden unterhöhlt gewesen sein. Und wir wissen, daß er leicht abfällt. Sobald es weit genug weggerollt war, daß das Wasser in die Schleusen dringen konnte, mußte es unweigerlich tief in den Meeresboden sinken."

„Wären doch die Schleusen bloß nicht offen gewesen", meinte Cheffy. „Erinnert ihr euch noch an das Geräusch? Als der Wind über die Öffnung pfiff und das ganze Schiff gesungen hat, als würde es zu seiner eigenen Beerdigung spielen? Ich hoffe, daß ich nie wieder so etwas Schauriges mit anhören muß."

Lex und Aldric waren einen Augenblick lang still; sie erinnerten sich nicht nur an das Geräusch – an das sie bis an ihr Lebensende denken würden –, sondern auch an andere Dinge. Wie Arbogast durchdrehte, als er begriff, was das Geräusch bedeutete, und versuchte, im tobenden Sturm und bei haushohen Wellen, die über dem Rumpf zusammenschlugen, das Schiff zu erreichen. Und wie er auf den Dummkopf schimpfte, der die Schleusen offengelassen hatte, bis sich herausstellte, daß er selbst es gewesen sein mußte, weil er versucht hatte, alle zu überreden, den Winter über Zuflucht im Schiff zu suchen, anstatt sich notdürftigen Hütten aus Brettern und Lehm anzuvertrauen.

„Warum sind wir überhaupt ausgerechnet hierher gekommen?" meuterte Aldric.

„Meinst du, in den Bergen wäre es uns besser ergangen?" konterte Cheffy.

„Nein. Nein, wahrscheinlich nicht. Was ist wohl aus den anderen geworden, Lex? Glaubst du, daß sie den Winter überlebt haben?"

„Vielleicht. Ich wüßte eigentlich nicht, warum nicht."

„Und ich wüßte nicht, warum", warf Aldric ein. „Schließlich haben sie noch immer keinen Kontakt mit uns aufgenommen, obwohl die Stürme vorbei sind, oder?"

„Sie könnten zum Beispiel ihre Antennen verloren haben", gab Lex zurück. „Vergeßt nicht, daß sie zumindest ihr Schiff hatten, in das sie sich flüchten konnten. Und wie das aussah, hätte es ein Sturm kaum von der Stelle bewegen können."

„Ich habe davon gehört", meinte Cheffy. „Wie ein zerdrücktes Ei! Und wie erfreut Arbogast erst war. Er dachte immer, er hätte sein Schiff schlecht heruntergebracht, und dann sah er, was der andere Captain mit seinem angestellt hatte. Wie heißt er doch gleich – ich meine, der andere Captain?"

„Gomes", half ihm Lex aus. „Ja, das Schiff war ziemlich schwer beschädigt."

„Und außerdem", fuhr Aldric fort, „werden sie viel länger Minustemperaturen gehabt haben als wir hier. Wahrscheinlich sind sie zu Eissäulen erstarrt und halb im Schnee begraben – das konnte uns dank der Salzgischt vom Meer wenigstens nicht passieren. Aber bis vor zwei oder drei Tagen war noch Eis auf dem Fluß."

„Das brauchst du uns nicht zu sagen", gab Cheffy zurück. Als er versuchte zurückzusehen, verlor er die Kontrolle über die Ruder und hatte Mühe, sich auf seiner Bank zu halten. „Verflixt! Ich bin nicht fürs Rückwärtsfahren geschaffen. Wie weit noch?"

„Wir haben schon mehr als die Hälfte", antwortete Lex.

„Zurück kann ich ja rudern", bot Aldric an. „Wer weiß? Vielleicht ist das Boot bei der Rückfahrt leichter anstatt schwerer."

Einen Augenblick später biß irgend etwas nach dem Backbordruder, als wollte es damit Aldrics Galgenhumor unterstreichen. Als sich das Blatt wieder aus dem Wasser hob, zog es eine zuckende Kreatur mit hoch. Sie hatte eine feuchtglänzende rosa

Farbe, und ihre Zähne waren fest in das Holz des Ruders verbissen.

„Lästiges Mistzeug", meinte Cheffy resigniert. „Ich habe dir ja gesagt, daß diese Dinger aus Metall sein müßten, Aldric. Zum Beispiel Aluminium. Und hohl."

„Wenn ich es geschafft habe, meine Elektroöfen zusammenzubasteln, sage ich dir Bescheid", gab Aldric zurück. „Kannst du das Ding da abschütteln?"

Cheffy holte ungeschickt das Steuerbordruder ein, griff sich dann mit beiden Händen das andere und wirbelte es herum. Das Tier stieß einen Strahl gelber Flüssigkeit aus, die das Meer färbte, ließ aber nicht los.

„Dreh das Ruder um", wies Lex ihn an und nahm seine Axt. Es gelang Cheffy mit einiger Mühe, und Lex schlug das Tier in hohem Bogen ab. Es hatte spitze Eindrücke im Holz hinterlassen, die so tief waren wie Nagellöcher.

„Na, willst du immer noch allein tauchen?" erkundigte sich Aldric.

Lex nickte. „Auch diese Zähne könnten dem Material des Raumanzugs nichts anhaben – wenn das Vieh allerdings ein bißchen Kraft in den Kiefern hat, könnte ich mir eine Quetschung oder einen ordentlichen blauen Fleck holen. Aber so, wie es nach dem Ruder geschnappt hat, nehme ich an, daß diese Spezies es auf Fischervögel abgesehen hat. Apropos Fischervögel!" Er setzte sich auf und suchte den Himmel ab. „Wo sind sie eigentlich? Im letzten Herbst wimmelte die Bucht nur so von ihnen!"

„Vielleicht sind es Zugvögel", überlegte Aldric. „Jetzt, wo es wieder wärmer wird, werden sie wahrscheinlich zurückkommen."

„Habt ihr schon Landvögel gesehen?" erkundigte sich Lex. „Ich habe gestern ein paar gesehen."

„Mir wären sie nicht aufgefallen. Ich bin seit dem Tauwetter viel zu sehr mit anderen Dingen beschäftigt. Wir können ja Bendle fragen, wenn wir zurück sind." Aldric drehte die Ruderpinne etwas und spähte an Cheffy vorbei. „Wir sind fast dran. Halt den Anker bereit, Lex."

„Okay." Er hob ihn vorsichtig hoch, wobei er es vermied, mit den sensenähnlichen Klingen in Berührung zu kommen. Sie würden gewiß eine hübsche Überraschung für jedes Tier auf dem Meeresboden sein, das versuchte, sich an ihn festzuhängen. Eine unvermutete Falle. Wie die, in der ihr Schiff versunken war.

Lex hatte Aldrics Frage – „Warum sind wir ausgerechnet hierher gekommen?“ – genausowenig beantwortet wie Cheffy. Sie hatten sich diese Gegend ausgesucht, weil sowohl Meer wie auch Land von Leben wimmelten und ihnen ein doppeltes Angebot an Nahrung zur Verfügung stand; jedes Meer liefert Salz, und wenn sie das einheimische Protoplasma nicht essen konnten oder es ergänzen mußten, dann konnten sie durch ein einfaches Verfahren dem Seewasser Spurenelemente für den Nahrungssynthetisierer entziehen. Außerdem war hier eine Flußmündung, an die sich ein geschütztes Tal anschloß, und die Nähe von Frischwasser war ein logischer Platz für eine Ansiedlung. Es gab baumähnliche Pflanzen, und Holz war ein Material, das man mit Handwerkszeugen bearbeiten konnte . . . Oh, es war bestimmt keine leichte Wahl gewesen, aber sie war fast in jeder Hinsicht eine gute.

Wohlgemerkt, es war trotzdem denkbar, daß sich ein Punkt, in dem es keine gute Wahl gewesen war, als katastrophal herausstellen konnte.

Jetzt konnte Lex im klaren Wasser bis tief unten die gebogene Oberfläche des Schiffsrumpfs erkennen. Ungefähr dort, wo die Sicht aufhörte und trübe Dunkelheit begann, machte er eine Bewegung aus, die nicht allein von dem schaukelnden Boot herrührte. Lex schüttelte sich. Ich bin wirklich nicht zum Helden geboren, dachte er.

Im vergangenen Sommer, als sie ihre Unterwassertechnik zur Bergung von Bendles Sohn improvisiert hatten, war es einfach gewesen. Er hatte nicht weiter über die offensichtliche Logik des Plans nachgedacht. Luft, ein dichter Anzug, Stiefel, die die Füße nach unten zogen, Gewichte an einem Gürtel – und dann ran an die Arbeit.

Aber während des langen Winters hatte er viel Zeit zum Nachdenken gehabt.

Trotzdem, auch das hier war etwas, das getan werden mußte.

„Hör auf zu rudern, Cheffy", sagte er, erfreut darüber, wie ruhig seine Stimme klang. Er warf den Anker über Bord, der glänzend in die Tiefe sank, während er die Leine abrollte. Eingedenk des Schnapphakens, der die messerscharfen Klingen in Bewegung setzte, ruckte er nur ganz vorsichtig, um ihn im Boden zu verankern, und band die Leine dann an die Bugpinne.

„Hier ist dein Gürtel", unterbrach ihn Cheffy in seinen Gedanken. „Zieh ihn an, während ich inzwischen deine Luft festmache."

„Okay."

Gürtel, Stiefel, Axt, Taschenlampe, Netztasche. Er würde sanft zu Boden sinken. Wenn er wieder aufsteigen wollte, brauchte er nur den Gürtel abzulegen, um langsam nach oben zu gleiten, oder er konnte die Ventile der beiden Luftbehälter öffnen, so daß der Anzug aufgeblasen und er wie eine Luftblase an die Wasseroberfläche katapultiert werden würde. Ganz einfach. Warum schwitzte er dann nur so? Weil er glaubte, zu wissen, was er entdecken würde?

„Luft ist angeschlossen", stellte Cheffy fest.

„In Ordnung – wünsch mir Glück." Lex stülpte sich den Helm über den Kopf und setzte ihn mit einer raschen Drehung auf den Dichtungsring. Was auch immer geschehen mochte, jetzt gab es kein Zurück mehr.

III

IHRE Augen waren rot vor Müdigkeit, ihre Stimme heiser vom langen Sprechen in das stumme Mikrofon, und in ihrem Kopf drehte sich alles, so daß die Worte, die sie sagte, keinen Sinn mehr zu haben schienen.

Und ganz plötzlich war Ornelle am Ende ihrer Kräfte. Sie stieß das Mikrofon des Funkgeräts von sich, legte die Arme auf die kühle, glatte Oberfläche des Tischs, barg ihr Gesicht auf ihnen und begann zu schluchzen. Die Erlebnisse der jüngsten Vergangenheit, das Gewirr extremster Gefühlszustände hatten sie ganz einfach überfordert.

Sie wünschte, sie wäre tot. Wie die anderen.

Es hatte einmal einen Planeten namens Zarathustra gegeben; die Leute sagten einfach: „Zara". „Die Leute", das waren seine zweihundertneunzig Millionen Bewohner. Gestalten aus Asche stiegen in Ornelles Erinnerung auf. Sie marschierten durch eine sengende Wüste, die früher einmal fruchtbarer Boden gewesen war. Ein brennendes Kind schrie, aber das hatte sie nicht mehr gesehen. Wenn sie so lange geblieben wäre, wäre sie auch verbrannt.

Zarathustra hatte in einem solchen Alptraum geendet, daß – wäre es ein Traum gewesen – jene, die ihn träumten, sich selbst zerkratzt, wild um sich geschlagen und alles versucht hätten, um nur nicht wieder einzuschlafen und noch mehr Entsetzliches zu sehen. Es war unglaublich gewesen – die Sonne war jeden Tag weißgelb und rund wie immer. Man konnte keine Veränderung sehen. Aber in den Observatorien sagte jemand ein Wort: Nova. Jemand anders fragte: Wann? Die Computer gaben die Antwort.

Bald.

Dann fuhren Chaos und Schrecken in das ruhige und friedliche Leben wie eine Sichel ins Gras. Geh jetzt! sagten sie. Nein, keine Zeit, etwas mitzunehmen. Nein, auch nicht, um sich um Kinder oder Eltern zu kümmern oder den Partner oder Freund zu finden. Sofort.

Und wenn man es nicht tat, hatten sie keine Zeit, einen mitzuziehen. Geh jetzt!

Beamte mit weißen Gesichtern. Raumfahrer, die sich wie Maschinen bewegten. Maschinen, die sich wie Menschen in Panik bewegten und die die Laderäume von Frachtschiffen auf einem Raumhafen leerten, der im Dunkeln lag. Nutzlose Dinge wurden zur Seite geworfen, Lastwagen und Helikopter kamen mit konservierten und dehydratisierten Nahrungsmitteln, mit Medikamenten und Kleidung heran. Nahrungssynthetisierer wurden mit Spurenelementen gefüllt. Und die ganze Zeit und überall Schreien und Heulen, das ab und zu von einem zornigen Ruf nach einem Augenblick Ruhe unterbrochen wurde. Die Menschen schoben sich wie Marionetten in die Bäuche der glänzenden Schiffe.

Und dann begann es am Horizont zu dämmern, und jeder

wußte, daß auf der Tagseite von Zarathustra die Hitze alles Leben wie eine Fackel versengte.

All diejenigen, die nicht kurz entschlossen gehandelt oder sich wie Ornelle passiv verhalten hatten, weil sie in ihrer Verwirrung darauf warteten, daß jemand anders ihnen das Handeln abnahm, spürten jetzt die Wahrheit und kamen, weinend und jammernd, nackt aus ihren Betten und heulten wie Wölfe, weil sie nicht sterben wollten. Aber die Schiffe waren voll; die Schiffe erhoben sich schon in den Raum.

In den überfüllten Laderäumen hatte man Zeit gehabt, an die zu denken, die zu Hause zurückgeblieben waren. Es herrschte eine schreckliche bedrückende Dunkelheit, nicht physisch, sondern in Seele und Geist. Später hörten sie von anderen Schiffen, mit denen sie Kontakt aufgenommen hatten, die überfüllt waren, auf denen die Sauerstoffversorgung unzureichend war und die Flüchtlinge erstickten, auf denen Krankheiten unter den vom Hunger geschwächten Menschen ausbrachen. Doch auf dem Schiff, wo sie war, war gerade genug von allem.

Viel erfuhren sie allerdings von den anderen Schiffen nicht. Um von der Kontinuumverzerrung freizukommen, die die Nova erzeugte, indem sie mit einer unglaublichen Geschwindigkeit unvorstellbare Materiemassen über riesige Entfernungen hinweg bewegte, mußten sie aus einem Grund, den Ornelle nicht verstand, mit maximalem Hyperphotonenantrieb in die Richtung fliegen, die sie gerade zufällig gewählt hatten.

Das hieß: in unbekannte Dunkelheit.

Zu der Zeit, als seine Sonne explodierte, hatte sich Zarathustra auf der Seite seiner Bahn befunden, die am weitesten von der Erde und den meisten anderen von Menschen bewohnten Planeten entfernt war. Es war ein erst kürzlich erschlossener Planet – Ornelles Eltern waren selbst noch auf der Erde geboren worden und in jungen Jahren ausgewandert. Man hatte in Erwägung gezogen, einen Bogen um die Nova zu machen und Kurs auf ein besiedeltes System zu nehmen, doch es erwies sich als unmöglich; ihr Schiff war ein Frachter und keiner der Passagierjets, die mit soviel Energie wie ein kleiner Stern ausgestattet waren.

Schließlich, eingeklemmt zwischen den sich schließenden

Zangen aus schrumpfenden Treibstoffreserven und den Grenzen der inneren Ökologie des Schiffs, blieb als einzige Hoffnung, einen Planeten – egal welchen – mit annehmbarer Schwerkraft und adäquaten Sauerstoffverhältnissen zu finden. Ein System von sechzig wies einen Planeten auf, auf dem ein Mensch überleben konnte; ungefähr eins von zweihundert einen, auf dem er leben konnte.

Am Ende ihrer Vorräte, waren sie hier zu einer Jahreszeit gelandet, als der Sommer gerade zu Ende ging. Sie hatten keine Zeit gehabt, festzustellen, ob es sich um einen Eins-von-sechzig- oder um einen Eins-von-zweihundert-Planeten handelte. Zunächst hatte nur die beißende Verachtung der wenigen, die um jeden Preis überleben wollten, die Mehrheit dazu getrieben, sich so zu verhalten, als gäbe es Hoffnung. Sie fühlten sich nicht nur isoliert, sondern verlassen, ja, verdammt.

Die Ankunft des zweiten Schiffs von Zarathustra, das auf einer Hochebene im Landesinnern gelandet war, bedeutete einen neuen Hoffnungsschimmer. Plötzlich schien es nicht mehr unvorstellbar, hier zu leben und nicht nur eine Zeitlang zu überleben. Während sich die Flüchtlinge mit einem jähen, besessenen Eifer daran machten, ein primitives Dorf aus Holz, an der Sonne getrocknetem Lehm und Teilen aus ihrem Schiff zu bauen, begab sich ein Team auf den Weg ins Landesinnere, wo das andere Schiff lag, um Neuigkeiten über Freunde oder Verwandte zu erfahren.

Aber es gab keine; das andere Schiff kam von einem anderen Kontinent Zarathustras. Trotzdem war allein seine bloße Gegenwart ein Trost; sie richteten eine Funkverbindung auf einer vereinbarten Frequenz ein und blieben den Rest des Sommers und den kurzen Herbst über in Kontakt.

Die tückische Schnelligkeit, mit der dann der Winter über sie hereingebrochen war, hatte eine zweite Expedition verhindert; außerdem war ihre Hauptantenne unter der gewaltigen Eislast vor Monaten in einem Sturm zusammengebrochen. Sobald es ihnen möglich gewesen war, sie zu reparieren, hatten sie versucht, die Funkverbindung wiederherzustellen. Ornelle – für die die Gegenwart anderer Menschen auf diesem Planeten etwas bedeutete, das sie nicht beschreiben konnte – wartete fieberhaft darauf, endlich zu erfahren, wie es ihnen ergangen war.

Nachdem mehrere Tage lang in Abständen Funkrufe durchgegeben worden waren, fanden sich die meisten damit ab, daß man die anderen aufgeben mußte. Ornelle aber hatte darauf bestanden, daß sie weiterfunken durfte, und da sie sich anders doch kaum nützlich machen konnte, hatte man sie gelassen. Jetzt saß sie seit drei Tagen und Nächten hier und rief und rief und rief – und hatte nichts gehört. Sie hätte annehmen können, daß das Funkgerät defekt war, aber die Tatsache, daß sie ihre eigene Stimme aus dem Empfangsgerät am anderen Ende des Raums hören konnte, bewies, daß es funktionierte.

Sie waren also keineswegs gerettet – so schien es ihr. Sie machten sich nur etwas vor. Dieser fremde Planet mußte schon die Hälfte der Eindringlinge aus dem Raum getötet haben, und es war nur eine Frage der Zeit, bis er auch die übrigen vernichtete.

Sie hatte versucht, sich einzureden, daß auch sie auf diesem fremden Boden leben konnte, wenn ihre Eltern von der Erde hatten auswandern können. Aber ihre Eltern waren auf einen Planeten gekommen, der auf sie gewartet hatte. Es gab bereits fünfzig Millionen Siedler auf Zarathustra. Zuerst war eine einzelne Insel, dann eine Inselkette von Experten sterilisiert und terraformiert worden, die darüber entschieden, ob die einheimischen Lebensformen nützlich, neutral oder gefährlich waren. Man hatte eine völlig neue Ökologie ausgearbeitet, die Haustiere, Nutzpflanzen und sogar Bakterien einschloß, die von der Erde hergebracht wurden, und erst nach einem halben Jahrhundert sorgfältiger Organisation wurde er für die Einwanderer freigegeben, die sich hier unter der Aufsicht und dem Schutz eines jener legendären menschlichen Computer, „Polymathen" genannt, niederließen.

Welche Chancen hatten da ein paar hundert Flüchtlinge und eine Handvoll Wissenschaftler, ohne nennenswerte Werkzeuge oder Waffen und ohne Erfahrung des Lebens auf einem so primitiven Niveau, angesichts einer fremden und feindseligen Welt?

„Ornelle! Ornelle!"

Sie zuckte schuldbewußt zusammen und hob den Kopf. In

dem grob zusammengezimmerten Türrahmen stand Doc Jerode, in der einen Hand seinen Arztkoffer, während er mit der anderen den Vorhang zur Seite hielt. Sein weißes Hemd und die weiße Hose waren vergilbt und abgenutzt, und da er hier auf Tricholenbehandlungen verzichten mußte, hatte sich sein volles, glänzend graues Haar auf einen spärlichen Kranz auf seinem Hinterkopf reduziert. Aber er nahm allmählich eine gesunde Bräune an.

„Tut mir leid, Doc. Ich habe Sie nicht hereinkommen hören." Ornelle fuhr sich mit der Zunge über die Lippen. Ihre Kehle war wie zugeschnürt vom Schluchzen, und das Sprechen bereitete ihr Mühe. „Ich bin schon in Ordnung. Nur ein bißchen müde."

„Müde? Erschöpft trifft wohl eher zu." Er kam auf sie zu, wobei die rauhen Bodendielen unter seinen Schuhen ächzten, und stellte seinen Koffer auf den Tisch. „So, jetzt werden wir mal sehen, ob Sie sich keine Infektion geholt haben. Ziehen Sie sich bitte aus."

„Aber – aber, also gut." Ornelle stand auf und legte ihr Hemd ab. Wie alle anderen hatte sie den Winter über unter dem Gefühl gelitten, daß all die Sachen, die sie gegen die Kälte trugen, mit jedem Tag schmutziger wurden und immer mehr stanken, und jetzt trug sie nur noch Oberbekleidung. Mit hängenden Schultern stand sie da, während Jerode mit seinem Diagnoser über sie fuhr.

„Ich kann tatsächlich nichts finden außer ein paar harmlosen Bakterien", meinte er schließlich. Er musterte sie aufmerksam. „Sie haben also recht. Sie sind nur erschöpft. Sagen Sie . . ., wie lange sitzen Sie jetzt eigentlich schon am Funkgerät?"

„Hm . . . praktisch die ganzen letzten drei Tage", gab sie zu.

„Haben Sie genug Schlaf gehabt? Nein, Sie brauchen mir keine Antwort zu geben – ich weiß, daß dem nicht so ist. Und ich habe beobachtet, wie Sie Ihre Mahlzeiten hinuntergeschlungen haben, um nur so schnell wie möglich wieder hierherzukönnen. Nehmen Sie eine hiervon." Jerode suchte ein Röhrchen mit kleinen weißen Pillen aus seinem Koffer heraus und stellte mit einem trübseligen Blick fest, wie wenige nur noch übriggeblieben waren. „Der Teufel soll Sie holen! Warum müssen Sie mich nur so enttäuschen?"

„Was?" Ornelle hatte einen Krug Wasser auf dem Tisch stehen; sie hatte gerade die Hand nach ihm ausgestreckt, um die Pille hinunterzuspülen, und hielt in der Bewegung inne.

„Sie haben mich schon verstanden. Da habe ich mir die ganze Zeit gesagt, daß Sie zu den wenigen verläßlichen Leuten gehören, die wir haben, weil Sie, obwohl Sie völlig unvorbereitet mit dieser Situation konfrontiert werden, trotzdem noch einigermaßen logisch denken können, während andere, die Experten mit speziellen Fähigkeiten sein sollen, lieber blind durch die Gegend laufen und dummes Zeug von sich geben! Aber, wie gesagt, Sie enttäuschen mich."

„Ich verstehe Sie nicht", murmelte Ornelle.

„Zuerst, was soll die Panik, nur weil wir keinen Kontakt mit der anderen Gruppe bekommen? Die haben da oben wahrscheinlich einen viel härteren Winter gehabt als wir. Unsere Antenne ist zusammengestürzt. Das könnte ihnen auch passiert sein, und vielleicht liegt sie immer noch im Schnee begraben. Selbst wenn sie Zeit gehabt haben sollten, sich um ihre Antenne zu kümmern, können sie möglicherweise niemanden entbehren, der vor dem Funkgerät sitzt und darauf wartet, etwas von uns zu hören. Lassen Sie ihnen wenigstens die Zeit, die Schäden zu beheben, die der Winter angerichtet hat, und erst mal wieder Ordnung zu schaffen."

„Wenn sie in Schwierigkeiten steckten", erwiderte Ornelle unbewegt, „dann würden sie als erstes wissen wollen, ob wir okay sind. Wenn sie nicht in Schwierigkeiten steckten, dann würden sie herausfinden wollen, ob wir vielleicht Probleme haben und Hilfe brauchen. Nein, ich bin der Meinung, daß es kaum noch Hoffnung für sie gibt." Sie seufzte und schluckte die Pille.

„Das ist also die Last, die Sie auf Ihren Schultern tragen. Eine imaginäre. Ich habe es mir fast gedacht."

„Last auf meinen Schultern? Was meinen Sie?"

„Sie stehen da wie eine – eine schlecht ausgestopfte Puppe. Hier, sehen Sie selbst." Jerode klappte den Deckel seines Arztkoffers auseinander; ein Spiegel kam zum Vorschein. „Sie sollten sich schämen, Ihren Körper so zu vernachlässigen."

Mit ausdrucksloser Miene betrachtete sich Ornelle im Spiegel. Ihre Haut war blaß und um die Augen schlaff und rot vor Müdigkeit und Tränen, und ihre Brüste mit den farblosen Brustwarzen erinnerten an vertrocknete Birnen, während ihr Bauch nach vorn sackte.

Aber nicht vor Fett.

„Ziehen Sie den Bauch ein!" befahl Jerode. „Holen Sie tief Luft, nehmen Sie die Schultern zurück, und dann überzeugen Sie sich selbst, wie anders Sie auf einmal aussehen."

Er wartete, während Ornelle gehorchte. Als er dann sah, wie sich ihr Gesichtsausdruck veränderte, schloß er seinen Koffer.

„Sie brauchen ein bißchen Sonne", erklärte er. „Die ersten Tage nicht länger als zehn bis fünfzehn Minuten täglich – ich habe nämlich schon genug Ärger mit Sonnenbrand. Aber ich will, daß Sie in zehn Tagen so eine Farbe haben wie ich, verstanden? Am ganzen Körper. Man bekommt zwar nicht viel Kalzipherol aus dem Sonnenlicht, aber wir müssen alle Möglichkeiten ausnützen."

Mit rotem Kopf drehte sich Ornelle um und nahm ihre Sachen von dem Stuhl, über den sie sie gehängt hatte. „Es tut mir leid", meinte sie nach einer Weile. „Es ist nur – ach, Sie wissen schon."

Jerode gab keine Antwort. „Wie auch immer", fuhr Ornelle fort, „jetzt verraten Sie mir, warum Sie hergekommen sind."

„Ich brauche einen Rat. Ich will die Meinung einer Frau hören, bevor ich über ein Problem entscheide, das eben aufgetreten ist. Kennen Sie Delvia?"

Ornelle, die gerade dabei war, ihr Hemd überzustreifen, lachte bitter. „Ob ich diese – diese Exhibitionistin kenne? Wer kennt sie nicht?"

„Ja, sie ist wirklich untypisch für unsere Gruppe, nicht? Wie verdächtig! Jedenfalls, sie kam zu mir – einer der Fälle von Sonnenbrand, von denen ich vorhin sprach –, und ich habe sie untersucht. Sie ist schwanger."

Ornelle starrte ihn ausdruckslos an. „Das hätte ich nie erwartet", sagte sie langsam.

„Wieso? Weil sie kein Muttertyp ist?"

„Das ist sie mit Sicherheit nicht! Nein, ich hätte nicht erwartet, daß sie so leichtsinnig ist. An Erfahrungen mangelt es ihr doch ganz bestimmt nicht. Ich glaube sogar . . ." Ornelle zögerte. „Ich glaube sogar, daß sie eine echte Nymphomanin ist."

„Stimmt es, daß Sie Ärger mit ihr im Junggesellinnenhaus gehabt haben?"

„Woher wissen Sie das?"

„Die Patienten erzählen doch ihrem Arzt so einiges, nicht? Und da wir hier keine Psychologen haben . . . Aber das ist unwichtig. Die Sache ist die: Wir haben bei unserer Landung hier gemeinsam beschlossen, daß wir keine Kinder erlauben, bis wir unsere Umgebung besser kennen, Embryogewebe ist sehr empfindlich, und wir wollen doch keine Mißgeburten. Das war die einstimmige Entscheidung auf meinen Rat hin. Ich bin der Meinung, daß wir diese Bestimmung jetzt ohne Risiko aufheben können – offen gestanden hatte ich sogar vor, morgen auf der Bestandsaufnahmeversammlung nach freiwilligen Eltern zu fragen. Aber noch gilt die Bestimmung. Und Delvia ist, wie Sie mir zustimmen werden, nicht der Typ, der sich als Mutter eignet. Wir können nicht zulassen, daß unsere gemeinsamen Entscheidungen einfach ignoriert werden, oder?"

„Natürlich nicht."

„Deshalb habe ich überlegt, ob wir nicht ein Exempel statuieren und eine Zwangsabtreibung an ihr vornehmen sollten."

Ornelle schwieg einen Augenblick. „Wollen Sie meine persönliche Meinung hören?" fragte sie schließlich. „Oder wollen Sie wissen, wie die Reaktion der anderen Frauen wahrscheinlich aussehen wird?"

„Beides."

„Nun . . . ich glaube, die meisten von uns würden Ihnen zustimmen, daß man nicht einfach die Bestimmungen ignorieren kann, und da Delvia ja – eh – nicht allzu beliebt ist, könnten Sie einen solchen Antrag wahrscheinlich ohne weiteres durchbringen."

„Und wie ist Ihre eigene Meinung?"

Ornelle schloß die Augen. „Wenn wir davon ausgehen, daß wir wahrscheinlich hierbleiben müssen, finde ich den Gedanken, daß unser Aufenthalt schon direkt zu Beginn durch so eine Sache beeinträchtigt wird, einfach schrecklich. Außerdem gehörte ja gerade die Tatsache, daß wir die Babys verloren haben, zu den Dingen, die den Winter so unerträglich gemacht haben. Kinder um mich zu haben, das gehört für mich zum Leben – unbedingt. Und da Sie sagen, daß Sie sowieso vorhatten, Schwangerschaften zu erlauben . . ."

„Sicher." Jerode rieb sich das Kinn. „Wenn es sich nicht gerade um Delvia handelte, würde ich ja vielleicht ein Auge zudrücken. Ich könnte es ohne weiteres. Ich glaube kaum, daß sie es schon weiß, denn es ist erst fünf oder sechs Tage her. Aber sie muß, wie Sie sagten, leichtsinnig gewesen sein, oder sie hat in voller Absicht eine Bestimmung ignoriert, die sie mißbilligt. Beides sind gefährliche Tendenzen, nicht? Besonders bei einer so starken Persönlichkeit."

„Aber eine Zwangsabtreibung . . . Ich glaube, ich muß mir das erst einmal gründlich durch den Kopf gehen lassen."

„Tun Sie das bitte. Der Ausschuß trifft sich heute abend bei Einbruch der Dunkelheit zu einer Vorbesprechung. Ich hätte gern, daß Sie ebenfalls kommen und uns Ihre Entscheidung zu diesem Thema mitteilen, ja?"

„Ja, natürlich." Als er sich umdrehte und in Richtung Tür ging, fügte sie hinzu: „Doc, hatten Sie Kinder – zu Hause?"

„Ja. Und ich weiß, Sie auch. Deshalb habe ich Sie auch um Ihren Rat gebeten."

IV

Es war ein unwirkliches Gefühl, als Lex in das Wasser glitt, denn der Raumanzug, den er trug, isolierte ihn vollständig von seiner Umgebung. Im Wasser zu sein, ohne seine Kühle zu spüren, war befremdend. Bei seinen Tauchaktionen im vergangenen Jahr war es ihm nicht weiter aufgefallen, da er viel zu sehr mit anderen Dingen beschäftigt gewesen war. Er hatte nach Bendles Sohn gesucht – beim ersten Tauchgang hatte er ihn gefunden, beim zweiten hatte er den Toten oder das, was noch von ihm übrig war, geborgen. Es war kein Trost, daß die hungrigen Meerestiere, die an ihm genagt hatten, noch immer verfärbt und sterbend an ihm hingen, weil irgendein Bestandteil des menschlichen Protoplasmas giftig für sie war.

Lex, der sich bewußt wurde, daß solche morbiden Gedanken seine Reaktionsschnelligkeit beeinträchtigten, holte tief Luft und griff nach dem Ankerseil, so daß er einen Augenblick pausieren konnte, bevor er den Boden erreichte und seine Umgebung richtig in Augenschein nahm.

Die silbrige Eiform des Schiffs schien etwa zu einem Drittel eingesunken zu sein. Der Meeresboden bestand noch ein beträchtliches Stück von der Küste entfernt aus dem gleichen relativ festen grünlichen Sand wie der Strand, aber hier draußen war er weich und schlammig und mit einem dichten Pflanzenteppich bedeckt, und das Schiff war tief eingesunken. In dem dämmrigen, diffusen Licht konnte er nicht sagen, ob die Bewegungen, die er hin und wieder zwischen dem Blattwerk der Wasserpflanzen ausmachte, auf Strömungen zurückzuführen waren oder ob sich dort tierisches Leben verbarg.

Es gab keine Zugänge zum Schiff außer den Schleusen: zwei für die Besatzung und zwei wesentlich größere für die Ladung. Er konnte gerade die Oberkante einer Schleuse auf dieser Seite des Schiffsrumpfes, über der Vegetation, ausmachen. Das war Glück. Also konnte er von dort in das Schiff eindringen und es sich gründlich ansehen, obwohl im Innern Sand und Schlamm vermutlich einen großen Teil der Ausrüstung bedeckt hatten.

Für einen Augenblick überkam ihn Zorn auf das Schicksal, und er knirschte mit den Zähnen. Als ob es nicht schon schlimm genug war, mit nur den notwendigsten Mitteln, die ein Raumfrachter bot, und ein paar Dingen, die vor ihrem Start hastig an Bord verstaut worden waren, auf einem fremden Planeten landen zu müssen: Jetzt war sogar noch ein großer Teil dieser bescheidenen Mittel hier draußen – herausgetragen während des Winters und ruiniert durch die Einwirkung des Wassers. Sie hatten nur das aus dem Schiff geholt, was sie unmittelbar nötig gehabt hatten. Dazu gehörte zum Beispiel die übliche Funkausrüstung, denn sie hatten vorhergesehen, daß sie eine Möglichkeit haben mußten, mit Erkundungstrupps in Verbindung zu bleiben, noch bevor das Problem der anderen Flüchtlinge auftauchte.

Aber was nützte ihnen diese normale Funkausrüstung, wenn sie ihren Aufenthaltsort durch den interstellaren Abgrund funken wollten? Dazu brauchte man die Subfunkgeräte des Schiffs, und die hatten sie aus zwei guten Gründen nicht mitgenommen: erstens wegen des Dämpfungsaspekts und zweitens wegen ihres großen Energiebedarfs. Subfunksignale überbrückten praktisch ohne Zeitverzögerung Parsec-Entfernungen, aber durch die planetarische Atmosphäre drangen sie kaum hindurch. Wollte man von einem Planeten zu einem anderen funken, mußte man die Nachricht über ein normales Funkgerät zu einem im Raum kreisenden Satelliten schicken, der das Signal automatisch umsetzte. Und in jedem Fall war es nötig, Energie aus dem Fusionsantrieb des Schiffs zu zapfen, um den Strahl hinauszuschicken.

Hätten sie nur vor der Landung noch eine Subfunkbake im Raum lassen können ... Natürlich hatten sie während des Flugs ständig gefunkt, aber sie hatten ihre eigenen Signale fast eingeholt, und als sie dieses System endlich erreichten, waren sie an CO_2 und Anthropotoxinen fast erstickt. Die Belüftungssysteme waren nicht für achthundert Leute ausgelegt, und sie hatten sofort landen müssen.

Vielleicht spielte es auch gar keine Rolle, denn sie befanden sich mindestens zwanzig Parsec jenseits der Grenze des erforschten Raums. Möglicherweise wäre niemand auf den Gedanken gekommen, auf Signale von so weit draußen zu achten.

Die Subfunkausrüstung war also im Schiff geblieben. Sie befand sich somit jetzt auf dem Meeresboden und war mit größter Wahrscheinlichkeit so korrodiert, daß sie nicht mehr zu reparieren war. Nahrungssynthetisierer, Werkzeuge, Akkumulatoren, Sonnenenergiekollektoren, medizinische Ausrüstung, Bücher, Bänder und wissenschaftliche Instrumente – die wenigen, die an Bord waren – hatten sie mit an Land genommen, aber sonst kaum etwas.

Lex seufzte und setzte seinen Abstieg fort. Als er um sich blickte, hatte er den Eindruck, als ob das Wasser dunkler sei. Eine Wolke, die sich vor die Sonne geschoben hatte? Kaum anzunehmen, da der Himmel vor ein paar Minuten noch wolkenlos gewesen war. Er schaltete die Taschenlampe ein, doch es half nicht viel. Die Sicht blieb schlecht. Aber warum?

Einen Moment überlegte er, was passiert sein konnte, und

dann brachte ihn das Glas der Taschenlampe auf des Rätsels Lösung. Es war mit einem feinen grünlichen Film überzogen, der sich ohne weiteres abwischen ließ. Das gleiche war auch mit seinem Helm passiert. Bei genauer Betrachtung stellte Lex fest, daß sein ganzer Anzug völlig von einer Substanz überzogen war, die das einheimische Äquivalent von Algen sein mußte. Bei seinen Tauchgängen im vergangenen Jahr hatte er davon nichts bemerkt – aber damals war der Sommer auch fast vorbei gewesen, und der Frühling brachte zweifellos eine Fülle an neuem Leben.

Er konnte sich nicht vorstellen, daß es gefährlich war, nur lästig. Als er den Strahl der Lampe über das Schiff streichen ließ, stellte er fest, daß das glänzende Metall nur beschlagen war, die grünliche Substanz sich also nicht schichtweise aufbaute.

Nachdem er das Licht in die Helmhalterung eingehakt hatte, damit er das Seil nicht loslassen mußte, nahm er ein paar der Steine ab, die als Gewichte seinen Gürtel beschwer-

ten. Neutralisierender Auftrieb war unter diesen Umständen besser als Gewicht. Die üppige Vegetation um den unteren Rand der offenen Frachtschleuse behagte ihm nicht, und er wollte versuchen, ob er in das Schiff treiben oder schwimmen konnte, ohne die Pflanzen zu berühren.

Etwas streifte die Hand, mit der er sich am Seil festhielt.

Sein Kopf und das Licht fuhren gleichzeitig herum. Es beleuchtete ein rötliches Wesen mit vielen krallenbewehrten Füßen und einem sackähnlichen Körper, an dem sich anmutig bewegende Wedel befanden, ähnlich denen der Pflanzen auf dem Meeresboden. Das Tier hatte sich das Seil hochgehangelt, wobei es sich mit Gruppen von je vier Krallen festhielt, und war dabei auf ein Hindernis, seine Hand, gestoßen. Hier hatte es nun angehalten, um dieses Hindernis näher zu untersuchen. Ein blutegelähnlicher Hals mit einem Ring aus Fühlern, die um ein dunkles Saugmaul angeordnet waren, tastete über Lex'Arm.

Das Licht schien es überhaupt nicht zu stören. Augen entwickelten sich ungewöhnlich spät bei diesen Meerestieren,

hatte Bendle gesagt, obwohl sich bei vielen von ihnen Stellen auf der Haut fanden, die auf hell und dunkel ansprachen.

Vielleicht konnte es ihm nicht gefährlich werden, überlegte Lex. Aber diese Krallen sahen unerfreulich kräftig aus. Außerdem war es nicht unbedingt nötig, daß dieses Ding zu Aldric und Cheffy ins Boot kletterte. Es war gut einen Meter lang, und ein Stich oder Biß von ihm konnte für einen Menschen genauso giftig sein wie das menschliche Fleisch ganz offensichtlich für die einheimischen Lebewesen.

Er nahm seine Axt. Dann, als das Tier zu dem Schluß zu kommen schien, daß sein Arm einen besseren Weg als das Seil bot, holte er aus und hieb ihm die ersten sechs oder acht seiner krallenbesetzten Füße ab in der Erwartung, daß es jetzt herunterfallen würde.

Statt dessen brach im selben Moment der Sack auf der Rückseite des Tiers auf, und das Wasser nahm eine schmutziggelbe Farbe an, die ihm innerhalb weniger Sekunden völlig die Sicht nahm. Erschrocken ließ Lex das Seil los und begann sofort zu sinken.

Sobald er aus dem Bereich der gelben Wolke war, drehte er sich herum und verfolgte aus ein paar Schritt Entfernung, was weiter geschah. Aus dem ungestalten Ball schossen wie Pfeile zwanzig oder mehr zappelnde Miniaturausgaben des Dings, das er angegriffen hatte. Sie stürzten sich allesamt auf ihn. Lex schwang wild seine Axt und schlug sie zurück, während er durch das Wasser purzelte, aber zweien gelang es, sich an die Gesichtsplatte seines Helms zu heften. Er sah, wie sich ihre kleinen Blutegelmünder weit öffneten, bis sie einen Durchmesser von fünf Zentimetern erreicht hatten, und sich dann zurückstülpten, als wollten sich die Tiere völlig umkrempeln.

Seine Füße berührten den Grund. Er richtete sich auf, griff sich die beiden Tiere und schleuderte sie so weit von sich, wie es der Widerstand des Wassers erlaubte. Mittlerweile hatten sich die Mäuler schon zur Hälfte über die Körper zurückgestülpt, und sie schienen völlig ihre Schwimmfähigkeit verloren zu haben. Die Dinger fielen zwischen die Pflanzen, und etwas – Lex konnte nicht sagen, was es war, weil es sich so schnell bewegte – verschlang sie, worauf es einen Augenblick später einen Strahl jener allgegenwärtigen gelben Tinte ausstieß.

Langsam bereute Lex seinen spontanen Entschluß, allein zu tauchen. Er hatte nicht im Traum damit gerechnet, von einer so total feindseligen Umgebung empfangen zu werden. Immer wieder hatte er sich während des Winters gesagt, daß es jetzt am Menschen lag, sich den konkurrierenden Lebensformen überlegen zu zeigen, indem er ein besseres Tier war. Aber hier begann er zum erstenmal zu verstehen, was diese Binsenweisheit wirklich bedeutete.

Er befand sich ein paar Schritte von der Frachtluke entfernt und schwankte hin und her, weil er sich zu leicht für einen stabilen Stand gemacht hatte, aber nicht leicht genug war, um im Wasser zu treiben. Nun, der Kompromiß war ganz in Ordnung, wenn er auf diese Weise langsame Sprünge machen konnte, wie jemand, der sich in kaum wahrnehmbarer Schwerkraft bewegt. Seine Beine waren bis an die Waden in Bodenpflanzen eingesunken und seine Stiefelsohlen offensichtlich in glucksendem Morast, aber er schien jetzt festen Boden unter den Füßen zu haben.

Etwas wischte zwischen ihm und dem glänzenden Dach des Schiffsrumpfes vorbei. Als er aufblickte, sah er ein pulsierendes Wesen mit einem flachen Körper, von dessen Unterseite Bündel unregelmäßig angeordneter Tentakel herunterhingen. Es nahm keine Notiz von ihm. Ein paar andere kleine und große Tiere schwammen über ihn hinweg, ohne sich um ihn zu kümmern.

Gut, wenn sie ihn ignorierten, würde er sie auch ignorieren. Er wandte sich in Richtung Frachtschleuse und nahm Maß. Ein genau kalkulierter Sprung, wie ein langsames Schweben unter Wasser, brachte ihn an die linke obere Ecke der Luke. Er prallte leicht gegen das Metall und konnte sich an einem Vorsprung festhalten und in das Innere des Schiffs sehen.

Die Zeit, die er hier in behelfsmäßig zusammengebauten Metallkojen, die so hart waren wie Tische, verbracht hatte, kam ihm wieder in Erinnerung. Das hier war der Laderaum gewesen, in dem vierhundert Menschen auf dem Flug zusammengepfercht gewesen waren. Sand bedeckte den geneigten Boden, und dazwischen entdeckte Lex Pflanzen und kleine runde, festgeheftete Tiere mit farnähnlichen Filtermündern, die das treibende Plankton aus dem Wasser siebten. An den Wänden hatten sich Kolonien symbiotischer Zellverbindungen festgesaugt, die vage den Fadenalgen ähnelten.

Schon jetzt wurde das Schiff zu einem Unterwasserdschungel. Lex konnte auf den ersten Blick sagen, daß die Bergungsaktion den größten Teil des Sommers in Anspruch nehmen würde und daß es außerdem fraglich war, ob Energiewerkzeuge hier heruntergebracht werden konnten, um das wertvolle Metall des Schiffsrumpfs selbst sicherzustellen.

Da er auf dem Boden nichts Verdächtiges entdecken konnte, ließ sich Lex ins Innere gleiten und wagte sich ein Stück in das Schiff vor. Glücklicherweise waren ein paar der inneren Türen noch geschlossen. Seltsame Tiere, die sich in den Gängen verirrt hatten, stoben davon oder nahmen starre Drohhaltungen ein, die Lex normalerweise vielleicht zum Lachen gereizt hätten, aber auf diesem Planeten hatte er noch keine Maßstäbe, nach denen er sich in dieser Beziehung richten konnte. Er arbeitete sich durch den Haupttunnel des Schiffs zu den Kontrollsektionen vor, weil er keine der geschlossenen Türen öffnen wollte, für den Fall, daß sie noch luftdicht waren.

Hier befanden sich die wertvollsten Objekte. Und hier war das Chaos einfach entsetzlich.

Computer, aus ihren Verankerungen gelöst, weil man sie mit in das Dorf nehmen wollte und dann zurückgelassen hatte, als der Winter hereinbrach, waren auf den Boden gefallen und zertrümmert. Die Subfunkgeräte waren – wie er befürchtet hatte – korrodiert und mit Salzkristallen überkrustet. Der Navigationsraum bot ein Bild der Verwüstung, und er fand nur einige wenige Dinge, die er in seine Netztasche packen konnte.

Deprimiert machte er sich auf den Weg zum Heck, wo sich die Maschinen befanden. Auch hier sah es schlimm aus; ein Loch in der Wand des Treibstoffreservelagers, das so groß war, daß man hindurchgehen konnte, war das erste Anzeichen für eine Reihe chemischer Explosionen, die den größten Teil des Antriebssystems so stark beschädigt hatten, daß eine Reparatur unmöglich war.

Sein Licht offenbarte verschiedenfarbige Korrosionsflecken, gesprungene Platten und Instrumententafeln, die aussahen, als seien sie von Schrapnellsplittern getroffen worden.

Er konnte hier, an Ort und Stelle, seinen Bericht für die Bestandsaufnahmeversammlung am nächsten Tag zusammenfassen. Im Schiff gab es nichts mehr, das sich zu bergen lohnte, abgesehen vom Rohmaterial.

Sicher, vielleicht ließ sich hier und da ein Instrument reparieren und erwies sich als nützlich für irgendeine unvorhergesehene Funktion. Aber von den Dingen, die ihnen von direktem Nutzen gewesen wären, wie Energiewerkzeuge oder Akkumulatoren, konnte kaum noch etwas brauchbar sein.

Nachdem er seinen Helm wieder einmal von dem grünen Film befreit hatte, machte Lex sich niedergeschlagen auf den Rückweg.

Sein erster Gedanke, als er die Frachtschleuse wieder erreicht hatte, war, daß sich das Meer verdunkelt hatte. Dann sah er, daß die Öffnung von irgend etwas blockiert wurde. Sein Licht zeigte eine glänzende dunkle Oberfläche, die pulsierte und zuckte und sich entlang waagerechter Linien teilte, um Schwärme winziger Tiere auszuspucken, nach denen sich die Fäden an den Wänden gierig streckten.

Bei diesem Anblick wurde Lex von heillosem Zorn gepackt. „Zum Teufel mit euch!" sagte er laut. Die Worte echoten unheimlich in seinem Helm. „Noch gehört es uns! Es gehört trotz allem immer noch uns!"

Er erhob seine Axt und stürmte auf das Wesen zu, das seine unzähligen Jungen in das Schiff ergoß. Sie umschwärmten ihn wie Mücken, als er mit den Händen und der Axt das ledrige Fleisch bearbeitete, auf es einhieb, daran riß und zerrte; er tauchte mitten hinein, durch sich windende Schwärze und hinaus in das verfärbte Wasser, wo sich kleinere Fleischfresser schon erwartungsvoll versammelten, um an dem Kadaver zu nagen; dann schwamm er, bedeckt von Blut und ein bandartiges inneres Organ des Tieres hinter sich herziehend, in traurigem Triumph hinauf an die Oberfläche und in das Boot, während unten auf dem Meeresboden das schäbige Symbol seines Widerstands sterbend zurückblieb.

V

Ein Tag auf Zarathustra hatte ungefähr zweiundzwanzigeinhalb Stunden eines Erdentags gedauert und war, wie es auf kolonisierten Planeten üblich war, auf ein willkürliches Standardmaß von zwanzig Stunden verkürzt worden. Hier dagegen waren es ungefähr achtundzwanzig Stunden von einem Mittag bis zum anderen. Man hatte versucht, eine der Schiffsuhren umzustellen, aber es gab Wichtigeres zu tun. Jetzt waren die Uhren und die Normalzeit völlig durcheinander, allerdings wurde die Zahl der verstrichenen Tage festgehalten.

War es nur rein aus Gründen der Bequemlichkeit, daß die Leute plötzlich in Tageslicht und Dunkelheit dachten, oder handelte es sich um das erste Anzeichen der Rückkehr zur wirklichen Primitivität? Jerode ging die Frage nicht aus dem Sinn, während er von der einfachen Veranda der Haupthütte auf ihre provisorische kleine Siedlung blickte. Die meisten kamen jetzt langsam und müde zum Abendessen, nur Fritchs Team war noch mit der Ausbesserung des Dachs vom Junggesellenhaus auf der anderen Seite des Tals beschäftigt. Das Klopfen von Hämmern und ein gelegentlicher Befehl drangen an sein Ohr.

Er hatte schon gegessen, weil er noch ein bißchen nachdenken wollte, bevor der Leitungsausschuß bei Einbruch der Dunkelheit zusammenkam. Das Essen hatte wie gewöhnlich aus einem feuchten, mehligen Kuchen aus einem Nahrungssynthetisierer bestanden, der in zwei spröde Blätter vom Salatbaum eingewickelt war, und einem Stück konservierter Allfrucht von der Größe seines Daumens. Bis jetzt hatten sich nur der Salatbaum und drei andere, weitaus weniger schmackhafte einheimische Pflanzen als sowohl unschädlich als auch nahrhaft erwiesen. Der größte Teil der Vegetation enthielt ein Allergen, das ihm am Ende des vergangenen Sommers ganz schön zu schaffen gemacht hatte, bis er entdeckt hatte, daß er einen Vorrat eines entsprechenden Medikaments besaß, mit dem er es behandeln konnte. Als er Zarathustra verließ, hatte er wie alle anderen einfach das geschnappt, was ihm gerade in die Hände kam, und wußte deshalb nicht genau, was er alles mitgebracht hatte.

Aber das würde sich ändern müssen. Der Not gehorchend, würden sie sich gezwungen sehen, einen der Synthetisierer so umzubauen, daß er ein Gegenmittel zu dem Allergen lieferte, das, routinemäßig dem Essen beigefügt, vielleicht zusammen mit Meersalz, ihnen erlauben würde, unter fast dreißig Gemüsesorten auszuwählen.

Und die Vorratsbehälter für die Spurenelemente in den Synthetisierern waren fast leer – während der schlimmsten Zeit des Winters hatten sie ausschließlich von Synthesekuchen gelebt –, so daß eine weitere dringende Aufgabe sein würde, zusätzliche Salzlöcher anzulegen, das Präzipitat in ein entsprechendes Destillat zu verdampfen, die Vorratsbehälter aufzufüllen ...

Jerode fuhr sich mit einer Hand müde durch das Gesicht. Die Liste der noch zu erledigenden wichtigen Arbeiten war endlos.

Ein beständiger Strom von Menschen floß nicht nur in die Küchen, sondern auch heraus, was ihm merkwürdig vorkam; er sah Leute, die schon wieder herauskamen, kurz nachdem sie hineingegangen waren. Dann begriff er, daß sie ihr Essen mit zum Flußufer nahmen, wo sie sich niederließen und in den Strahlen der untergehenden Sonne mit ihren langen Schatten als Gesellschaft aßen. Nun, wenigstens konnte die Abendsonne kaum einen Sonnenbrand verursachen. Man konnte es den Leuten auch nicht verdenken. Das ausgeglichene, vom Menschen kontrollierte Klima von Zarathustra hatte auf Befehl hin mit warmen Sommerabenden aufgewartet, und nach dem endlos langen Winter schien es Verschwendung, sich unter einem Dach aufzuhalten.

Dieser Fluß war wirklich ein Segen, dachte Jerode. Er war nicht besonders breit, abgesehen von der Mündung, und er war so flach, daß man sogar jetzt hindurchwaten konnte, während der Schnee, der seine Quelle auf der Hochebene im Landesinnern umgab, schmelzen mußte. Sicher, er hatte die Siedlung in den schlimmsten Winternächten getrennt, aber sie hatten es gerade noch geschafft, vor den heftigsten Stürmen eine Seilbrücke über ihn zu spannen, die stabil genug gewesen war, ihnen zu trotzen. Die Stadt auf beiden Ufern anzulegen war ein kalkuliertes Risiko gewesen. Sie wollten das Holz nicht zu weit schleppen müssen, und es gab auf jeder Seite des Tals einen Baumbestand, der ihnen das Rohmaterial lieferte.

Doch was am wichtigsten war, es hatte ihnen nie an trinkbarem Frischwasser gemangelt, auch wenn sie es manchmal als Eisblöcke hatten hereinholen müssen. Vielleicht war es auch ganz klug, destilliertes Wasser als Trinkwasser zu benutzen, wenn die Salzlöcher erst einmal angelegt worden waren, und das Flußwasser ausschließlich zum Baden zu benutzen . . .

Ja, wenn man die Umstände ihrer Gründung berücksichtigte, war dies wirklich eine aufstrebende kleine Stadt. Stadt? Nun, vielleicht sollte er besser sagen: Dorf. Aber mit den fünfzehn Gebäuden, aus denen es jetzt bestand, war es immerhin ein Anfang. Zuerst hatten sie im Schiff geschlafen, doch die engen Quartiere führten zu ängstlichen Spannungen unter den Flüchtlingen. Er selbst hatte darauf gedrängt, daß man so schnell wie möglich mit dem Bau von Unterkünften begann. Sie hatten am Fluß festen Lehm gefunden, den sie als Fußboden benutzten, und lange, einstöckige Häuser errichtet, die aus einem Rahmengerüst natürlicher Baumpfosten mit daran befestigten Brettern aus gespalteten Stämmen bestanden. Lex, der in solchen Dingen sehr geschickt war, hatte ihm geholfen, einen Nahrungssynthetisierer so umzubasteln, daß er ihnen einen widerstandsfähigen organischen Leim lieferte, der – jedenfalls zum größten Teil – den Winter über gehalten hatte. So waren eine Baracke für ledige Mütter und eine weitere für ledige Frauen entstanden sowie fünf andere, die grob in einzelne Räume für jene Paare abgetrennt wurden, die entweder schon bei der Evakuierung zusammengewesen waren oder die sich erst an Bord zusammengetan hatten, um sich gegenseitig zu trösten.

Es hatte natürlich Probleme gegeben, als sich während des Winters neue Paare gebildet hatten, aber die wenigen Schlägereien ließen sich auf Angst und Klaustrophobie zurückführen. Gewalttätige Eifersucht war auf Zarathustra, wie auf den meisten wohlgeordneten Kolonieplaneten, verpönt gewesen. Außerdem waren Pläne in Vorbereitung, die . . . nun, die Ehequartiere zu erweitern.

Jerode seufzte. Ja, sie würden eine gewisse Disziplin einführen müssen, wenn diese Ad-hoc-Verbindungen halten sollten. Eine Disziplin, die etwas strenger sein mußte als die legere Macht-was-euch-gefällt-Einstellung von Zarathustra. Denn wenn die Versammlung zustimmte, würden noch in diesem Jahr Kinder kommen, und Kinder durften auf keinen Fall der Gemeinschaft aufgebürdet werden, denn das würde eine zu große Verstimmung bei den Nichteltern hervorrufen.

Er wünschte, mehr über primitive Psychologie zu wissen. Jerode hatte ein paar Tips von Cheffy mitbekommen, aber im Grunde würde ihre soziale Entwicklung ein empirischer Prozeß sein, genau wie alles andere auch.

Vier der ursprünglich fünfzehn Gebäude waren inzwischen mehr oder weniger Ruinen. Sie waren noch nicht fertiggestellt gewesen, als der Winter hereinbrach, und Fritch hatte sie geplündert, um die Wände der größeren Häuser zu verstärken. Das hier, die Haupthütte, die als eine Art Verwaltungsbüro diente, war allerdings in verhältnismäßig gutem Zustand. Jerode musterte die Wände aus halbierten Stämmen und klopfte beifällig dagegen.

Bei seiner bloßen Berührung löste sich eins der Bretter und fiel polternd zu Boden.

Mit verzagendem Herzen bückte er sich, um es sich näher anzusehen. Auf dem bräunlichen Leim, mit dem es festgeklebt gewesen war, bewegten sich unsicher eine Reihe gelber Punkte, als wären sie von der plötzlichen Helligkeit überrascht. Irgendwelche Parasiten, die den Leim als verdaulich entdeckt hatten. Wieder ein Punkt für die Liste der dringenden Arbeiten.

„Ich sehe, Sie haben gerade unser jüngstes Problem entdeckt, Doc“, sagte jemand hinter ihm. Jerode drehte sich um. Es war Fritch, der stämmige dunkelbraune Mann, der auf Zarathustra Architekt gewesen war und den Bau aller Gebäude hier überwacht hatte.

„Ist es schon öfter passiert? Und ist es schlimm?“ wollte Jerode wissen.

„Ziemlich.“ Fritch zuckte mit den Achseln. Er hielt sein

Abendessen wie ein Sandwich in einer Hand und hatte im Gehen ein Stück abgebissen. „Die kleine Hannet hockte auf einem Balken, an dem dieser Schimmelpilz, oder was es auch immer sein mag, an der Arbeit gewesen ist, und er löste sich, und sie ist drei Meter tief gefallen. Glücklicherweise hat sie sich nicht verletzt; sie ist auf einem Bett gelandet."

„Meinen Sie, daß uns alle unsere Häuser über dem Kopf einstürzen werden?"

„Nein, das glaube ich nicht. Ich habe ein Team damit beauftragt, aus Blechen Nägel zu schneiden. Wir können die Wände, die am schlimmsten betroffen sind, damit verstärken, bis Sie oder Bendle etwas gefunden haben, das wir dem Leim beimischen können, damit dem Viehzeug der Appetit vergeht. Bendle sagt, er glaubt, daß einige der Meerespflanzen Antimon enthalten, und wir könnten eine Probe verbrennen und sehen, ob es hilft, wenn wir die Asche untermischen. Aber wie ich sehe", schloß er und machte Anstalten, wieder ein Stück von seinem Essen abzubeißen, „hätte ich mich gar nicht so zu beeilen brauchen. Ich dachte, die anderen seien schon alle hier."

„Arbogast kommt gerade", erklärte Jerode mit einem Blick in Richtung Fluß. „Bendle ist inzwischen vom Strand zurück und Aldric und Cheffy ebenfalls – ich habe sie vor ein paar Minuten zum Essen gehen sehen. Haben Sie Lex schon gesehen?"

„Ja. Er war im Schiff. Er sagt, es sei in hoffnungslosem Zustand."

„Damit war fast zu rechnen. Trotzdem", fügte Jerode stirnrunzelnd hinzu, „wenn Lex sagt, daß es übel aussieht, können wir es für bare Münze nehmen. Wenn Arbogast das gesagt hätte, hätte ich angenommen, daß er entmutigt sei. Was sagt er eigentlich, wissen Sie das? Dasselbe wie Lex?"

„Er ist nicht mitgewesen", antwortete Fritch zwischen zwei Bissen.

„Nein?" entfuhr es Jerode überrascht. „Wieso nicht?"

„Ich schätze, er hätte den Anblick nicht ertragen können."

„Das gefällt mir nicht", murmelte Jerode. „Ich glaube, ich werde nachher mal besser mit ihm reden."

„Da ist noch etwas, das Ihnen nicht gefallen wird", fuhr Fritch fort. „Nanseltine setzt alle Hebel in Bewegung, um Mitglied des

Leitungsausschusses zu werden, und eine ganze Menge Leute haben sich von seiner Argumentation überzeugen lassen, daß jemand, der zu Hause Manager eines ganzen Kontinents gewesen ist, zwangsläufig für diesen Job befähigt sein muß."

„Das ist er nicht." Jerodes Stimme klang endgültig. „Jemand, der den ganzen Winter über nichts anderes getan hat, als auf seinem Hinterteil zu sitzen und sich zu beschweren, ist einfach unfähig."

„Der Meinung bin ich auch. Aber ich fürchte, daß wir da morgen einige Leute gegen uns haben werden."

Einen Augenblick herrschte Schweigen. Dann kam Arbogast mit gesenktem Kopf um die Ecke der Nachbarhütte. Als sie ihn begrüßten, murmelte er einen Gruß zurück und ging sofort hinein, wo er sich auf seinen Platz am Konferenztisch setzte.

Jerode sah Fritch mit hochgezogener Braue an, der zuckte nur die Achseln.

„Sie müssen unbedingt versuchen, ihn aufzumuntern, Doc", murmelte er. „Wir sind knapp genug an fähigen Leuten."

Jerode nickte und gab genauso leise zurück: „Ich habe übrigens Ornelle gebeten, heute abend auch herzukommen. Ich habe sie immer als verhältnismäßig vernünftig eingeschätzt, und ich denke, daß sie im Junggesellinnenhaus de facto die Leitung in die Hand nehmen wird. Wir werden Leute brauchen, die sich jetzt um die menschlichen Probleme kümmern, genau wie irgend jemand die Arbeit organisieren muß, die zu tun ist."

„Keine schlechte Idee", nickte Fritch. „Aber auf wen ich wirklich alle Hoffnungen setze, das ist Lex. Er ist noch der spontanste Denker, den wir haben. Wir anderen – nun, sind wir doch ehrlich. Wir sind ziemlich gehandikapt durch die Vorurteile, die wir von zu Hause mitgebracht haben. Er ist von Natur aus einfallsreich, nicht?"

„Still! Da kommt er."

EIN paar Minuten später waren sie alle um den klobigen Tisch versammelt: Arbogast nach Gewohnheitsrecht am Kopfende und Jerode zu seiner Rechten. Da es auf dem Flug hierher zur Gewohnheit geworden war, dem Captain zu gehorchen und dem

Doktor zu vertrauen, waren sie automatisch als Führungspersonen akzeptiert worden. Hinzu kamen Fritch, Bendle, Aldric und Cheffy, die sich aufgrund ihres spezialisierten Wissens oder ihrer praktischen Fähigkeiten selbst hinzugewählt hatten. Bendle sah schrecklich müde aus. Dann Ornelle, still und blaß, und zu guter Letzt Lex, der Arbogast gegenübersaß. Er war dazugewählt worden, nachdem er mit seinem Vorschlag einer Seilbrücke über den Fluß gekommen war, und seitdem hatte er schon des öfteren Ideen zu improvisierten Geräten gehabt, die selbst Cheffy mit seinem umfassenden Wissen über die Frühgeschichte der Menschheit überrascht hatten.

Nein, Nanseltine würde hier nicht hineinpassen, überlegte Jerode. Unsere Rechtfertigung, warum wir in diesem Ausschuß sitzen, ist, daß wir sehr gut zusammenarbeiten. Er ist ein Mann, der es gewohnt ist, Befehle zu geben, mehr nicht. Und dabei ist er noch nicht mal ein fähiger Planer, nur das Sprachrohr für Computer, wie wir sie hier nicht haben.

Aber was ihm Sorgen gemacht hatte, war die Tatsache, daß sich keine Frau gefunden hatte, die für eine mögliche Autoritätsposition in Frage gekommen wäre. Vorausschauend auf die Zukunft, wenn sie vielleicht Zeit für kleinliche politische Auseinandersetzungen haben würden, wenn sich die ledigen Frauen zu einer Interessengruppe entwickeln würden, die man nicht ignorieren konnte, war er auf Ornelle gestoßen, weil sie – wie er Fritch gesagt hatte – zu einer Art Hausmutterfigur geworden war. Er war allerdings nicht ganz sicher, ob sie eine gute Wahl war.

Nun, die Zeit würde es zeigen.

Er wartete. Es war ganz still. Alle schauten erwartungsvoll auf Arbogast, der die Hände mit den Handflächen nach oben auf den Tisch gelegt hatte, die Finger nach innen gebogen.

Ohne aufzublicken, sagte er schließlich heiser: „Ich – ich glaube, ich sollte diesen Platz für jemanden räumen, dem er wirklich zusteht." Der Stuhl scharrte über den Boden, als er ihn abrupt zurückschob, aufstand und hinausging, ohne nach links oder rechts zu sehen.

Bendle und Ornelle machten überrascht Anstalten, ihn aufzuhalten, doch Jerode und Fritch blickten einander an und bedeuteten den anderen zu schweigen. Als Arbogast verschwunden war, rückte Jerode entschlossen an das Kopfende des Tischs auf und räusperte sich.

„Ich glaube, der Captain fühlt sich nicht wohl", erklärte er. „Es hat ihn ziemlich mitgenommen, was mit seinem Schiff passiert ist. Ich nehme an, Sie wissen es schon alle?"

Lex, Aldric, Cheffy und Fritch nickten. Jerode blickte auf die Notizen, die er sich gemacht hatte und die vor ihm auf dem Tisch lagen.

„Ich werde mich nachher mal in Ruhe mit ihm unterhalten. Ich schlage vor, daß wir dieses Thema damit als abgeschlossen betrachten und uns jetzt dem Grund unserer Zusammenkunft heute abend zuwenden. Ich werde einen Bericht über die gesundheitliche Situation geben, dann werden wir von Lex etwas über das Schiff hören, von Fritch über die Unterkünfte, von Bendle über die Sommerbiosphäre, von Aldric über die Materialvorräte und von Cheffy über mögliche neue Projekte. Anschließend werden wir eine Prioritätenliste erstellen, und bevor wir die Sitzung aufheben, müßten wir uns noch – äh – mit einem Problem befassen, das bei der Versammlung morgen zur Sprache kommen wird. Dieses Problem ist auch der Grund, warum ich Ornelle gebeten habe, an unserer Sitzung teilzunehmen. So, fangen wir an!"

ES SAH gar nicht so übel aus. Wirklich nicht. Nachdem alle Berichte vorgelegt worden waren und die Prioritätenliste erstellt war, fand Jerode, daß es jetzt an der Zeit für seinen Vorschlag sei, versuchsweise Kinder zu erlauben. Mit der einen Einschränkung, daß diese Erlaubnis nur für die direkte Zukunft gelten sollte, damit die jetzt empfangenen Kinder vor dem Herbst auf die Welt kamen.

„Und das bringt uns zu einem ganz speziellen Problem der Gruppendisziplin", schloß er. Mit der dringenden Bitte, diese Angelegenheit vertraulich zu behandeln, berichtete er über Delvia.

Alle blickten auf Ornelle und warteten auf ihren Kommentar. Sie hatte bisher noch nichts gesagt.

„Was die Frage der Kinder anbetrifft", sagte sie langsam, „so meine ich, daß wir ja sagen müssen. Nicht nur, weil uns das zu den psychologischen Wurzeln verhelfen würde, die wir brauchen, wenn wir hier leben wollen . . ."

Ein gutes Argument. Die anderen nickten beifällig.

„Sondern auch, weil wir so wenige sind, und jetzt, da der Winter die andere Gruppe umgebracht hat . . ."

„Ornelle!" unterbrach sie Jerode angesichts der entsetzten Blicke der anderen. „Es gibt keinerlei Beweise dafür, daß die anderen den Winter nicht überlebt haben."

„Und warum hat dann heute abend niemand vorgeschlagen, eine Expedition loszuschicken, um herauszufinden, was aus ihnen geworden ist?" gab Ornelle zurück. „Das bedeutet doch, daß alle es als sicher annehmen, nicht wahr?"

„Nein", meinte Jerode beschwichtigend. „Wir brauchen alle verfügbaren Kräfte hier, bis wir die wirklich dringenden Probleme erledigt haben."

„Unsinn. Wenn irgend jemand von Ihnen glaubte, daß sie noch lebten, würden Sie nichts Eiligeres zu tun haben, als zum Plateau loszuziehen und zu sehen, ob wir einander helfen könnten." Ornelles Stimme klang überzeugt. „Wie auch immer, jedenfalls halte ich es für überflüssig, über das Problem Delvia zu diskutieren. Ich habe mir die Sache durch den Kopf gehen lassen, und ich bin absolut sicher, daß sich eine Zwangsabtreibung erübrigt. Sie wird Sie nämlich höchstwahrscheinlich von sich aus darum bitten, weil sie der Meinung sein wird, daß ein Kind sie in ihren – ihren anderen Aktivitäten behindern würde. Glauben Sie mir. Ich hatte den ganzen Winter Zeit, sie aus nächster Nähe zu beobachten, müssen Sie wissen."

„Das mag ja sein", erwiderte Jerode. „Was mich beunruhigt, ist die Gefahr, daß die Antipathie gegen sie noch stärker wird, wenn sich die Neuigkeit herumspricht, weil wir einen Entschluß, der von uns allen kollektiv gefaßt worden ist, nicht durchgesetzt haben."

„Oh, sicher!" Ornelle beugte sich vor, die Ellbogen auf den Tisch gestützt. „Aber ihr Männer scheint bei der ganzen Sache eins zu vergessen. Die Frauen haben nicht bewußt zugestimmt, auf Kinder vorerst zu verzichten, sondern aus Verzweiflung, aus Gleichgültigkeit. Weil sie der Meinung waren, daß es sinnlos sei, Kinder zu bekommen, weil wir sowieso wahrscheinlich alle sterben müßten, Erwachsene, Kinder, alle. Mit diesen feinen Plänen, die Sie gerade besprochen haben, wollen Sie jetzt alle überzeugen, daß wir nicht zum Untergang verurteilt sind. Schön. Aber damit stehen Sie vor einem ganz neuen Problem!" Sie schlug mit der Hand auf den Tisch. „Was werden Sie tun, wenn die Leute, nachdem Sie ihnen erst mal Mut gemacht haben, kollektiv beschließen, daß sie nicht länger genau das tun werden, was ihr selbsternannten Experten ihnen sagt?"

VI

„ICH bin froh, daß Sie daran gedacht haben, Ornelle einzuladen", bemerkte Lex leise. Jerode, der gerade damit beschäftigt war, seine Notizen zusammenzulegen, blickte auf. Das Material, auf dem er die Notizen gemacht hatte, war ihre erste nützliche Entdeckung hier gewesen; es gab eine Flußpflanze, deren Blätter in dichten gelben Rollen wuchsen, die man auseinanderlegen und trocknen konnte und die dann, zurechtgeschnitten, einen ausgezeichneten Ersatz für Papier bildeten. Allerdings stanken sie noch eine ganze Weile nach dem Schneiden.

Die anderen waren bereits an der Tür. Ornelle selbst war schon draußen, außer Hörweite. Trotzdem senkte auch Jerode seine Stimme. „Wie kommen Sie darauf, daß es eine gute Idee war? Sie ist nicht sehr konstruktiv in ihrem Beitrag gewesen, und ich glaube, ich muß meine Ansicht über sie revidieren."

„Nein, es war ganz nützlich, daß sie dabeigewesen ist." Lex hockte sich auf eine Tischkante und ließ die Beine herunterbaumeln. Sein Gesicht unter dem unordentlich geschnittenen dunklen Haar war ernst. „Wissen Sie, was das Problem bei den meisten unserer Leute hier ist, Doc?"

„Rücken Sie schon raus mit Ihrer Diagnose", entgegnete Jerode mürrisch.

„Sie sind realitätsfremd", fuhr Lex gelassen fort. „Nicht im klinischen Sinn, das meine ich nicht – nicht in der Form einer offenen psychologischen Störung. Es ist eine direkte Konsequenz der Art, wie wir gelebt haben." Er beugte sich etwas vor.

„Überlegen Sie mal, wie wenig sich die meisten von uns um die Lebensbedürfnisse haben kümmern müssen. Zara war zwar kein sehr wohlhabender Planet, aber es genügte völlig, wenn seine Bewohner etwa fünf Stunden pro Tag und das vier Tage in der Woche ihren Aufgaben als Techniker, Manager oder Aufseher nachgingen. Und damit arbeiteten Zarathustraner härter als viele andere Leute. Stellen Sie sich vor, wir kämen zum Beispiel von der Erde, wo es einem völlig freisteht, ob man arbeiten möchte oder nicht – wo so viel zur Verfügung steht, daß es ganz egal ist, ob irgend jemand irgend etwas tut. Und jetzt sehen Sie sich uns an, die wir auf einmal Verantwortung übernehmen mußten. Was haben wir gemeinsam? Nichts, soweit ich es beurteilen kann, außer Flexibilität. Wir haben uns der Situation schneller als die anderen angepaßt, und es liegt bei jedem einzelnen auf der Hand, wieso. Fritch ist ein kreativer Typ, der es gewohnt ist zu sehen, daß seine Ideen in die Praxis umgesetzt werden, und der zur Not auch selbst mit zupackt, damit er sicher ist, daß auch alles richtig gemacht wird. Bendle ist ein Forscher, der sein lebenslängliches Interesse für neue Flora und Fauna Tag für Tag motiviert. Dann Cheffy, ein Amateurhistoriker, der zumindest eine ungefähre Ahnung davon hat, wie das Leben aussieht, wenn man keine automatisierten Fabriken zur Hand hat. Aldric, ein Modellbauer, ein Handwerker, der viel zu spät auf die Welt gekommen ist. Und Sie, der Sie es gewohnt sind, zugunsten anderer zu arbeiten. Nein, Sie brauchen es nicht abzustreiten. Jetzt haben Sie den Job am Hals, mit dem Arbogast nicht fertig geworden ist, und Bescheidenheit wird nur ein Handikap sein."

Jerode musterte Lex nachdenklich. Dies war eine Seite an dem jüngeren Mann, die ihm vorher nicht aufgefallen war. „Komisch", gerade darüber habe ich vor unserer Zusammenkunft nachgedacht."

„Doch nicht zufällig im Zusammenhang mit Nanseltine?"

„Doch. Wie haben Sie das erraten?"

„Gar nicht. Ich habe es gerochen, könnte man sagen. Deshalb habe ich auch gesagt, ich bin froh, daß Ornelle heute abend dabei war. Sie ist nämlich typisch für die Leute hier. Sie sind es nicht. Fritch ist es nicht. Aber ich fürchte, daß Nanseltine absolut archetypisch ist."

„Ich hoffe, Sie irren sich", meinte Jerode nach einer Weile. „Alles, was ich in letzter Zeit von ihm – beziehungsweise von seiner Frau – gehört habe, sind lauter als hilfreiche Kritik versteckte Beschwerden und eine Menge hypochondrischer Krankheitssymptome. Wie er es geschafft hat, sich auf seinem Managerposten zu halten, werde ich nie begreifen." Er zögerte. „Aber, wo wir gerade von den Gründen sprechen, warum gerade wir in diesem Ausschuß sitzen: Was ist denn mit Ihnen? Wenn Sie gegen Bescheidenheit plädieren, gibt mir das, glaube ich, das Recht, Ihnen einmal zu sagen, daß Sie über das schöpferischste Denken von uns allen verfügen. Beispiel: Sie sagten, daß Sie keine Raumausbildung hätten, aber als sich herausstellte, daß dieses Besatzungsmitglied abgesprungen war und nicht zurückkommen würde, da haben Sie seine Arbeit übernommen, richtig? Und ich kann mich nicht erinnern, von Arbogast irgendwelche Klagen gehört zu haben. Und Sie haben auch die Idee mit der Seilbrücke gehabt, und ich glaube, daß Sie es gewesen sind, der darauf kam, daß wir bei der Suche nach dem jungen Bendle einen Raumanzug zum Tauchen benutzen könnten, und – nun, und so weiter. Jetzt sind wir soweit, daß wir bei einem Problem wahrscheinlich Sie nach einer Lösung fragen würden, anstatt uns selbst etwas einfallen zu lassen. Aber mir ist aufgefallen, daß ich so gut wie nichts von Ihnen weiß."

Lex lachte, stand auf und streckte sich. „Nun, Doc, das ist nicht verwunderlich. Wir waren uns doch fast alle völlig fremd, nicht? Wir sind einfach zusammengeworfen worden."

„Wie wär's mit einer richtigen Antwort?" Jerode blickte dem Jüngeren in die Augen, wobei er den Kopf zurücklegen mußte. „Sie haben erklärt, wieso Fritch, Bendle und wir übrigen so gut mit dieser ungewohnten Situation fertig werden. Und ich habe gerade erklärt, warum Sie auch dazugehören. Übrigens, wie alt sind Sie eigentlich?"

Lex zögerte. „Zwanzig Erdenjahre", antwortete er schließlich.

„Was?" Jerode trat einen Schritt zurück. „Jetzt hören Sie mal zu, Lex! Ich bin ein ausgebildeter Arzt, und ich sage, zwanzig ist einfach lächerlich. Biologisch sind Sie ein Dreißigjähriger in außergewöhnlicher Verfassung, plus minus ein Jahr!"

„Nein, Sie irren sich wirklich." Lex schien merkwürdigerweise verlegen. „Das ist – eh – Schutzfärbung. Sehen Sie, ich bin ein Polymath in Ausbildung. Tetraploide Gene, modifizierte Neuronen, Infrarotsehfähigkeit, erhöhte Reflexe, beschleunigte Nervensignalübertragungen, kompakte Knochenstruktur, Immunität gegen praktisch alles . . . O ja, sie haben nichts vergessen. Aber das alles ist nicht mein Verdienst. Es wurde für mich getan."

Jerodes Unterkiefer war heruntergefallen. Als er es merkte, klappte er den Mund wieder zu. „Ein Polymath!" entfuhr es ihm. „Warum um alles im Kosmos haben Sie das nicht eher gesagt?"

„Wenn ich sage in Ausbildung, dann meine ich in Ausbildung." Lex Ton war ruhig, aber scharf. „Haben Sie eine Ahnung, wie lange ich noch lernen muß? Nein, natürlich nicht. Länger, als ich jetzt alt bin! Es dauert ein Vierteljahrhundert, bis ein Polymath fertig ist. Wenn Arbogast heute abend nicht seinen Platz geräumt hätte, dann hätte ich es Ihnen nicht gesagt. Und ich möchte auch nicht, daß Sie mit irgend jemandem darüber sprechen."

„Nein! Das können Sie nicht verlangen." Jerode schwitzte; die einzelne Lampe, die sie bei Sonnenuntergang angezündet hatten, schien auf sein Gesicht. „Von allen Leuten hier sind Sie der einzige, Lex, der auf eine Situation wie die unsere vorbereitet worden ist. Das heißt, daß Sie der beste Mann für die Gesamtverantwortung sind. Ob es Ihnen paßt oder nicht, Sie sind auf jeden Fall besser geeignet als ich!"

„Überlegen Sie doch mal", erwiderte Lex unbewegt. „Überlegen Sie sich, warum man mir wohl ein Aussehen gegeben hat, das mich zehn Jahre älter macht, als ich wirklich bin. Sie und alle anderen betrachten mich immer noch als den ‚jungen Lex'. Wie alt sind Sie, Doc? Siebzig?"

„Neunundsechzig."

„Und damit noch lange nicht alt. Die durchschnittliche Lebenserwartung auf Zara beträgt – betrug – hundertzwölf Jahre für Männer und hundertachtzehn für Frauen. Und hier, ohne Geriatriekliniken, Geweberegenerate, entsprechende Diät – ganz zu schweigen von allen möglichen bisher noch nicht festgestellten Mangelkrankheiten, Allergien und vielleicht Infektionen, die dazukommen? In einer Generation wird sie sich um fast drei Viertel verkürzt haben, und jemand Ihres Alters wird dann schon erstaunlich alt sein! Aber im Augenblick wird noch niemand der Älteren, zumindest von denen, die Einfluß auf Zara besaßen, von einem ‚Grünschnabel' Befehle annehmen. Das wissen Sie! Und noch eins!" Er deutete mit dem Finger auf Jerode. „Ein Polymath wird dazu ausgebildet, die Aufsicht über einen neu erschlossenen Planeten zu übernehmen, einen ganz bestimmten Planeten. Dorthin kommt er erst, wenn er über vierzig ist, und erst mit sechzig wird ihm die alleinige Verantwortung überlassen. Mit neunzig wird er in den Ruhestand versetzt, weil seine Aufgabe erfüllt ist. Sehr oft stirbt er ein paar Jahre später. Ausgebrannt. Aber zufrieden. Denn er hat eine lebenslange Liebesaffäre mit einem ganzen Planeten gehabt, etwas, dem keine denkbare menschliche Verbindung gleichkäme. Er kennt ihn besser, als die meisten Männer ihre Frauen kennen."

Lex ging zur Tür, ein Schatten, der sich dem dunkleren Schatten draußen näherte. Auf der Schwelle blickte er noch einmal zurück. „Damit habe ich Ihnen vielleicht das Wichtigste gesagt. Dies hier ist nicht meine Welt. Ich will den Job nicht."

DRAUSSEN leuchteten die fremden Sternbilder am matt samtenen Himmel. Verstimmt machte sich Lex auf den Weg zum Junggesellenhaus, aus dem Lachen an sein Ohr drang, aber er war erst ein paar Schritte gegangen, als er hörte, wie jemand seinen Namen rief. Er drehte sich um und sah Ornelle unsicher vor sich stehen, die Hände vor sich verschränkt.

„Hätten Sie etwas dagegen, mit mir den Hügel hinunterzuspazieren?" fragte sie leise. „Ich – ich wollte Sie um einen Gefallen bitten. Ich möchte nicht, daß Sie denken, ich wollte mich in anderer Leute Angelegenheiten mischen, aber ich meine, daß sich jemand darum kümmern sollte, und . . . also, um ehrlich zu sein, nach dieser Versammlung heute abend halte ich alle für ziemlich anmaßend und diktatorisch."

Lex seufzte so leise, daß Ornelle es nicht hören konnte, und erwiderte höflich: „Nun, wenn ich irgendwie helfen kann . . ."

Sie schloß sich ihm an, ohne ihn anzusehen. „Es war diese

Sache mit Delvia, die mich zu dem Entschluß gebracht hat. Als wir über sie gesprochen haben. Sie kennen doch Naline, nicht?"

„Natürlich. Allerdings nicht sehr gut."

„Was halten Sie von ihr?"

Lex überlegte einen Augenblick und fragte sich, worauf Ornelle hinauswollte. „Offen gestanden hat sie keinen großen Eindruck auf mich gemacht. Sie ist wahrscheinlich von Natur aus schüchtern, was sie oft durch Frechheit zu überspielen versucht. Unsicher, genauso aus dem Gleichgewicht gebracht wie wir anderen, wobei ihr aber die Erfahrung eines Erwachsenen fehlt, um besser mit der Situation fertig zu werden – sie ist erst sechzehn, nicht? Aber sie ist überdurchschnittlich intelligent, und ich bin sicher, daß sie sich schon durchboxt."

„Finden Sie sie attraktiv?"

Was sollte diese Frage nun wieder? Lex' Interesse begann zuzunehmen. Eigentlich war sie eher unscheinbar, mit einem nichtssagenden runden Gesicht und einer Figur, die, auch wenn der Babyspeck durch den Hunger verschwunden war, einen noch immer kaum vom Hocker riß. Das lange dunkle Haar war das Beste an ihr, aber sie hatte am Morgen irgend etwas von Abschneiden gesagt.

Er entschied sich für einen Kompromiß. „Ich glaube nicht, daß man sie als attraktiv bezeichnen könnte, wenn man von den Maßstäben auf Zara ausgeht. Aber diese Maßstäbe werden sich unter den augenblicklichen Bedingungen ändern, und zwar schnell."

Ornelle blieb stehen. Sie hatten jetzt jene Stelle am Flußufer erreicht, wo sie eine andere Richtung zum Junggesellinnenhaus einschlagen mußte. Jetzt drehte sie sich um und sah ihn an.

„Sehen Sie, Lex. Ich will ganz offen sein. Naline sieht nicht besonders gut aus. Sie ist jung, aber sie wird auch älter. Und ich . . . ich hatte Zwillingstöchter zu Hause, die fast so alt wie sie waren. Und dann ist da Delvia, der ihre Mitmenschen völlig gleichgültig sind. Sie benutzt sie nur. Glücklicherweise wissen die meisten Erwachsenen, wie sie sich dagegen wehren können. Nur Naline nicht."

„Ich verstehe immer noch nicht", murmelte Lex. Tatsächlich

begann er sehr wohl zu verstehen, aber er wollte, daß Ornelle das, worauf sie hinauswollte, aussprach.

„Ich habe mich immer bemüht, Ärger zu vermeiden", erklärte sie. „Ich wollte nicht, daß es auf diesem engen Raum, auf dem wir leben, noch schlimmeren Ärger gibt, als wir bisher schon hatten." Sie deutete mit dem Kopf auf das Junggesellinnenhaus. „Und Delvia hat auch einige gute Eigenschaften. Sie ist sicher tüchtig und vital, auch wenn sie diese Vitalität auf unanständige und gefühllose Weise auslebt. Naline muß sich sehr geschmeichelt gefühlt haben, als Delvia anfing, um sie zu werben."

„Meinen Sie das wörtlich?"

„Glauben Sie, daß sich Delvia mit halben Sachen zufriedengibt? Sie ist nicht die einzige! Ich meine, es liegt irgendwie in der menschlichen Natur, und wo wir alle so zusammengepfercht sind . . . Aber für Delvia ist Naline nichts weiter als ein Lückenbüßer." Ornelle schwieg und lachte dann bitter. „Ein treffendes Wort, wirklich! Obwohl ich zugeben muß, daß sie auch ein paar Anzeichen von Gewissen zeigt. Ich meine, sie hat Naline nicht einfach beiseite geschoben, nachdem der Winter jetzt vorbei ist und sie die Möglichkeit hat, sich wieder mit Männern in den Wald zu verdrücken. Aber Naline klammert sich jetzt an sie wie eine Ertrinkende, und es wird ein furchtbarer Schock für sie sein, wenn Delvia anfängt, sich mit einem Mann zu zeigen, der ihr gefällt."

„Meinen Sie nicht, daß sie ihn schon gefunden hat?" erwiderte Lex stirnrunzelnd.

„Wegen ihrer Schwangerschaft? Oh, wahrscheinlich hat sie jeden Tag zweimal den erstbesten Mann, der ihr über den Weg lief, den Hügel hinaufgeschleift, seit es wieder warm genug ist, daß sie es draußen treiben kann, ohne Angst haben zu müssen, sich Frostbeulen zu holen. Ich nehme an, daß sie sie der Reihe nach ausprobiert hat."

Es kam Lex in den Sinn, daß sich Delvia, wenn das stimmte, besser den Realitäten ihrer neuen Heimat angepaßt hatte als Ornelle oder im Grunde jeder andere.

„Schön, Sie haben mir das Problem erklärt", meinte er. „Ich weiß nur immer noch nicht, was ich dabei tun kann."

„Nein?“ Ornelle trat zu ihm und legte ihm die Hand auf den Arm. „Sehen Sie, Lex, ich hätte keinen anderen der ledigen Männer gefragt, aber ich halte Sie für selbstbeherrschter und vernünftiger als die übrigen. Jemand muß den Schock für Naline auffangen. Sie ist noch in einem Stadium, wo man Idole anhimmelt. Ich glaube, deshalb ist sie auch so auf Delvia fixiert. Sie braucht jemanden, der sich um sie kümmert, der ihr Mut zuspricht und der ihr – nun, der ihr vielleicht etwas Zuneigung schenkt.“

Ornelle brach ab, als sei sie verlegen, daß sie fast ausgesprochen hatte, daß Naline verführt werden sollte. „Sie haben bei den Männern keine ähnlichen Probleme festgestellt, oder?“

„Äh . . ., ich wüßte nicht. Wir sind alle älter als Naline und – also, jeder von uns hat seine Richtung im Leben eigentlich schon gefunden. Wenn der junge Bendle nicht umgekommen wäre, hätte es möglicherweise etwas anders ausgesehen. Aber bei uns ist sonst außer ein paar Schlägereien, als die Leute durchdrehten, weil sie so lange im Schnee eingeschlossen waren, weiter nichts gewesen.“

„Ein paar!“ echote Ornelle verächtlich. „Wir hatten ein paar jeden Tag – den Eindruck hatte ich jedenfalls. Aber . . . Was meinen Sie, Lex?“

Er antwortete nicht sofort, sondern überschlug in Gedanken das Für und Wider, nicht zynisch, sondern nüchtern und sachlich. Die Frauen waren leicht in der Überzahl; da Frauen etwas robuster waren als Männer, hatten sie nur sieben von ihnen verloren – bei den Männern waren es vierzehn gewesen –, und es wurden auch weniger Frauen krank. Auf der anderen Seite mußte man die Frage ihrer Fortpflanzungsfähigkeit berücksichtigen . . .

Alles in ihm revoltierte. Er war nicht auf eine derart absolute Objektivität vorbereitet, obwohl er wußte, daß sie von einem Polymathen verlangt wurde, wenn er seine endgültige Aufgabe übernahm. Lex sah keinen möglichen Vorteil in der Aussicht, das jüngste Mädchen in der Gruppe zur Frau zu haben, abgesehen von ihrer längeren Fruchtbarkeit.

„Tut mir leid“, meinte er schließlich. Er mußte sich die Lippen anfeuchten. „Ich kann nicht.“

„Schön." Sie seufzte. „Ich wußte nicht, daß Sie schon ein Mädchen haben, aber . . ."

„Ich habe noch kein Mädchen. Ich habe noch nicht mal eins im Auge. Aber ich richte mich nach einem Prinzip. Die Frage, ob wir heute überleben, kann letztlich von Ehrlichkeit abhängen, davon, daß wir die Tatsachen so nehmen, wie sie sind. Die Folgen einer Lüge, wie Sie sie vorgeschlagen haben, könnten verheerend sein, ganz egal, wie selbstlos das Motiv ist, das dahintersteckt. Gute Nacht, Ornelle."

Den ganzen Weg zurück zum Junggesellenhaus versuchte Lex sich darüber klarzuwerden, ob es richtig gewesen war, daß er das gesagt hatte.

Im Haus hielten sich nur etwa ein halbes Dutzend Männer auf, die schwatzten; die anderen waren draußen, ein paar arbeiteten, die meisten von ihnen entspannten sich.

Unwillkürlich fragte er sich, ob einer von ihnen vielleicht gerade mit Delvia zusammen war.

VII

„Was meinen Sie, Lex?" Jerode war sichtlich nervös, als sich die Teilnehmer der Generalversammlung einfanden – alle, die den Winter, die Giftstoffe, die Krankheiten und die Kälte überlebt hatten –, um Bilanz zu ziehen und sich anzuhören, welche Vorschläge der Leitungsausschuß zu machen hatte.

Lex schüttelte den Kopf. Er stand im Schatten der Haupthütte und beobachtete, wie sich die Leute gruppierten, als sie sich im Freien auf den sanft ansteigenden Boden setzten, wobei er versuchte, aus der Wahl ihrer Nachbarn Rückschlüsse zu ziehen.

„Ich glaube, daß Ornelle recht gehabt hat."

„Ich auch." Jerode tippte auf einen Stapel Papiere in seiner Hand. „Wir haben hier eine Liste von Arbeiten erstellt, die vorrangig erledigt werden müssen. Ich habe mir überlegt, ob wir nicht auch eine Liste mit den Namen aller und den Arbeiten, die ihnen zugeteilt werden, hätten aufstellen sollen."

„Warum haben Sie das nicht vorgeschlagen?"

„Erstens hatte ich angenommen, daß sich Arbogast darum

kümmern würde, denn als Schiffskapitän müßte er an solche Dinge wie Dienstpläne und ähnliches denken. Zweitens halte ich es für besser, zunächst einmal Freiwillige für die verschiedenen Arbeiten zu suchen und dann darauf zu vertrauen, daß sie entweder andere dazu überreden, ihnen zu helfen, oder bei den anderen, die nichts tun wollen, ein schlechtes Gewissen bewirken, so daß sie einspringen, wo immer sie gebraucht werden."

„Das klingt gut", nickte Lex.

„Sie meinen also, daß ich es richtig gemacht habe?" Jerode schien auf die Antwort förmlich zu brennen.

„Warum fragen Sie mich?" erwiderte Lex leicht verärgert. „Hier ist alles neu. Wir müssen abwarten, ob es funktioniert; wenn nicht, lassen Sie sich etwas anderes einfallen. Ich frage mich", er senkte die Stimme, während er den Blick über die wachsende Menge schweifen ließ, „warum Rothers die Plätze da ganz vorne freihält. Sie kennen ihn doch, oder? Er gehörte zum Computerteam des Raumhafens. Ach ja, natürlich, das muß es sein."

„Was?" Jerode blinzelte verständnislos.

„Manager Nanseltine und seine Frau sind noch nicht da. Delvia übrigens auch noch nicht. Die Herrschaften von Einfluß, der ihnen noch von ihrer Stellung zu Hause geblieben ist, und ich nehme stark an, daß er sich auch hier welchen verschaffen will. Indem er an unseren Methoden herumnörgelt. Da kommen sie schon."

In der sitzenden Menge fuhren Köpfe herum. Arbogast kam heran, und in seiner Begleitung befanden sich Nanseltine, ein großer, korpulenter Mann, der wortreich auf ihn einredete, und dessen auffällige grauhaarige Frau. Der Captain ließ den Wortschwall offensichtlich über sich ergehen, ohne richtig zuzuhören.

„Wie hat Nanseltine es bloß geschafft, den Winter über so dick zu bleiben?" murmelte Jerode.

„Wir haben unter anderem durch Schwitzen abgenommen, nicht allein durch Hungern", entgegnete Lex. „Das heißt, es gibt eine Ausnahme."

„Hmmm, ich nehme an, Sie haben recht . . . Also schön, fangen wir an.“ Jerode seufzte und ging hinüber zu Arbogast, um ihn zu begrüßen.

Als erstes gab es Theater um Stühle für die Nanseltines. Man hatte zwei für Arbogast und Jerode auf die Veranda der Haupthütte gestellt; alle akzeptierten dieses Sonderrecht für die beiden, während es sich die anderen auf dem Boden bequem machten. Dann beschwerten sich Leute hinter den Stühlen, die man für die Nanseltines gebracht hatte, daß sie jetzt nichts mehr sehen könnten, worauf ein kleinerer Streit entbrannte. Arbogast machte keinen Versuch, ihn zu schlichten, sondern saß einfach da und starrte ins Leere.

Die Sache hat auch ihre Vorteile, dachte Lex, der vorsichtig an der Ecke der Hütte lehnte, darauf bedacht, daß sich keiner der Balken löste, und die Gesichter der Menge studierte. Ja, es hatten sich Parteien gebildet. Auf der nützlichen Seite waren Leute wie Cheffy, Aldric und vielleicht auch Delvia: Sie waren bereit, der Realität ins Auge zu sehen und hart zu arbeiten. Eine Reihe von ihnen hatte sich um Bendle gruppiert, Stifte und „Papier“ vor sich, um sich Notizen zu machen. Andere saßen um Fritch herum; sie gehörten zu seinem Bauteam. Nicht zum erstenmal war Lex froh über den statistischen Zufall, daß die Mehrheit der Flüchtlinge unter vierzig war und doch nur so wenig Kinder unter ihnen gewesen waren. Der Grund dafür war in der Jahreszeit zu suchen. Neun von zehn Kindern auf Zaras nördlicher Hemisphäre waren zur Zeit der Katastrophe nicht zu Hause, sondern auf Lebensanpassungskursen gewesen.

Jetzt war Naline mit ihren sechzehn Jahren die Jüngste. Bendles Sohn war ein paar Monate jünger gewesen, und außer den beiden waren vier Kinder dabeigewesen, die aber dann an einer Lungeninfektion gestorben waren . . .

Denk an die Gegenwart, nicht an die Vergangenheit, ermahnte er sich. Auf der nutzlosen Seite – nein, Berichtigung, auf der weniger nützlichen Seite, denn in dieser Situation zählte jeder einzelne – waren die Nanseltines und Konsorten; man konnte sie jetzt genau ausmachen, die, die sich beschwerten, weil sie nicht auch Stühle hatten oder weil sie nicht einsahen, warum die Nanseltines welche hatten, wenn sie keine hatten. Und dann die, die katzbuckelten wie Rothers, von denen sich eine Gruppe um Nanseltines Frau formiert hatte, und die sagten, daß Manager Nanseltine natürlich einen Stuhl beanspruchen durfte.

Und zwischen diesen verschiedenen Kategorien gab es noch eine, die fast die Hälfte der Anwesenden ausmachte: die Kategorie der Unentschlossenen.

Der Streit wurde beigelegt, als Cheffy mit der für ihn charakteristischen Diplomatie vorschlug, die Stühle an den Rand der Menge zu rücken, wo sie niemanden in der Sicht behinderten. Mit einem Seufzer der Erleichterung wandte sich Jerode an Arbogast, und erwartungsvolles Schweigen senkte sich über die Anwesenden.

Langsam kam Arbogast auf die Füße. Er sah schrecklich alt aus, als sei er während des zurückliegenden Tages um fünfzig Jahre gealtert. Seine Stimme aber war fest und entschlossen und trug über die Menge hinweg.

„Mit . . . schiffbrüchige! Bis heute haben Sie gewissermaßen unter – äh, unter meinem Kommando gestanden. Ich war damit einverstanden, denn ich glaube, daß ich im Raum und auch hier, unmittelbar nach unserer Ankunft, der richtige Mann dafür war. Aber alles, was ich kenne, sind der Raum und Raumschiffe. Jetzt, wo wir auf einem Planeten sind, ist es wohl für alle besser, wenn ich diese wenig beneidenswerte Position jemandem überlasse, der sich angesichts der neuen Situation besser dafür eignet."

Lex blickte auf Nanseltine, um zu sehen, ob dieser wußte, was jetzt kommen würde. Nanseltine zeigte keine Reaktion, dafür aber seine Frau.

Lex zog die Mundwinkel herab. *Ich hätte es mir denken können . . .*

„Deshalb schlage ich vor", fuhr Arbogast fort, „daß den Vorsitz über diese Versammlung jemand übernimmt, den wir alle wegen seiner unschätzbaren Arbeit respektieren und bewundern. Dr. Jerode, wenn Sie so freundlich wären . . .?"

Nach einer kurzen, ausladenden Geste nahm er seinen Stuhl und trug ihn an den Rand der Menge, weit weg von Nanseltine. Letzterer, der endlich begriffen hatte, sah überrascht aus – seine Frau wütend. Gemurmel erhob sich und legte sich wieder.

Jerode warf einen Blick auf Lex und zuckte die Achseln. Er drehte sich um und rief der Menge zu: „Wird dieser Vorschlag akzeptiert?"

Applaus ging durch die Reihen.

„Also gut." Der Doktor blätterte in seinen Notizen. „Wie Sie wissen, hat sich unsere Situation wesentlich verbessert, obwohl . . ."

Als Jerode bei der Beschreibung der vor ihnen liegenden dringenden Arbeiten angelangt war, konnte Lex eine ganze Reihe Leute mehr in entsprechende Kategorien einteilen. Die Nützlichen runzelten die Stirn, aber ihre Mienen hellten sich auf, als ihnen bewußt wurde, wie wohlüberlegt das Programm war, das Jerode vorschlug. Die weniger Nützlichen runzelten ebenfalls die Stirn und hörten dann nicht weiter zu, sondern fingen an, aufsässig zu flüstern. Trotzdem blieb alles mehr oder weniger ruhig, bis Fritch seinen Bericht über die Arbeit an den Unterkünften beendet hatte. Niemand hatte etwas gegen die Verbesserung ihrer Lebensbedingungen einzuwenden.

Doch dann sprach Bendle über mögliche neue Nahrungsmittel, wobei er sich so viel Zeit ließ und sich so fachspezifisch ausdrückte, daß die Zuhörer sichtlich verärgert waren. Jerodes Stimme war unsicher, als er als nächsten Aldric aufrief, der über die Wasserversorgung, die Werkzeugherstellung und andere technische Dinge sprechen sollte.

„Das Schiff!" rief jemand ziemlich hinten in der Menge. „He, was ist mit dem Schiff?"

„Ja! Ja!" Rund zwanzig Leute stimmten ihm zu. Jerode stand unsicher da und blinzelte, während Aldric, der schon aufgestanden war, um auf die Veranda zu treten, mit seinen Notizen in der Hand stehenblieb.

„Also gut", gab der Doktor schließlich nach. „Wenn Sie unbedingt möchten, werde ich als nächsten Lex aufrufen, der sich das Schiff gestern angesehen hat."

Es waren die Nutzlosen, die jetzt applaudierten; die anderen wurden lediglich aufmerksam. Lex erhob sich und stieg die eine Stufe hinauf, um seinen Platz neben Jerode einzunehmen.

„Das Schiff", begann er mit klarer, durchdringender Stimme, „steckt zu etwa einem Drittel im Schlamm und zu etwa einem

Drittel im Wasser. In Salzwasser, und Salzwasser fördert extrem das Verrosten. Ich bin durch eine offenstehende Frachtschleuse eingedrungen" – sein Blick wanderte zu Arbogast hinüber, der zusammenzuckte, aber die Tatsachen mußten beim Namen genannt werden – „und habe festgestellt, daß alles, was nicht befestigt war, zerschlagen wurde, als das Schiff herumrollte. Was nicht zerstört wurde, als es gegen Wände oder Decke geschleudert worden ist, befindet sich in irreparablem Zustand. Im Treibstoffreserveraum haben mindestens zwei Explosionen stattgefunden, die den größten Teil des Antriebssystems zerstört haben. Hunderte Tonnen Sand und Schlamm sind hineingeschwemmt worden, und Meerestiere und Pflanzen haben es in Beschlag genommen. Genau das haben wir von vornherein erwartet."

Er hielt inne, um die Wirkung seiner Worte abzuschätzen.

„Das einzige, was wir mit dem Schiff jetzt noch anfangen können", resümierte er, „ist, es auszuschlachten und das Metall und die anderen Rohmaterialien zu bergen. Und auch das wird nicht einfach sein. Wir müssen uns einen Weg einfallen lassen, wie wir Schneidewerkzeuge so umbauen können, daß sie auch unter Wasser arbeiten, wie wir große Teile zurück ans Ufer transportieren können – vielleicht mit Flößen – und, und, und . . . Es gibt noch eine Reihe weiterer Probleme, auf die ich aber an dieser Stelle nicht weiter eingehen möchte, weil das zuviel Zeit kosten würde. Meine Empfehlung für den Augenblick ist die, lose Teile aus dem Schiff zu holen, die sich im Boot zurückbringen lassen."

Er warf einen Blick auf Jerode. „Ich denke, das wäre im Moment alles."

„Danke, Lex. Wie Sie eben sagten, die Situation ist genau die, mit der wir wohl alle gerechnet haben. Nun werden wir Aldric mit seinem Bericht . . ."

„Einen Moment!" Es war Rothers, der neben den Nanseltines saß. Lex sah zu ihnen hinüber. Nanseltines Frau redete energisch auf ihren Mann ein, und ein paar Leute, die um sie herum saßen, nickten heftig.

Jetzt erhob sich Nanseltine gewichtig. „Wer ist sonst noch mit im Schiff gewesen?" wollte er wissen und warf sich in die Brust. „Nur Sie?"

„Richtig“, antwortete Lex, der wieder auf die Veranda stieg.

„Also nur Sie! Dürfen wir es also so verstehen“, fuhr er gestelzt fort, „daß diese – diese defätistische Ansicht einzig und allein auf Ihren unqualifizierten Beobachtungen beruht?“

„Sie sind herzlich eingeladen, einen Anzug überzuziehen und sich selbst zu überzeugen. Ich denke doch, daß wir einen finden werden, der Ihnen paßt.“ Lex wählte seine Worte mit vorsätzlichem Sarkasmus.

„Werden Sie nicht ausfallend, junger Mann!“ Nanseltine wurde rot, während diejenigen unter den Anwesenden, die Lex' Spitze nicht sofort begriffen hatten, jetzt grinsten, ganz gleich, auf welcher Seite sie standen. Inzwischen fuhr der ehemalige Kontinentalmanager fort: „Ich und eine ganze Reihe anderer Leute hier wollen wissen, warum wir nicht die qualifizierte Aussage eines Raumfahrers zu hören bekommen statt dieses – dieses Laienurteils.“

Es herrschte Schweigen. Jemand flüsterte: „Was für ein Raumfahrer?“ Auch Arbogast hörte es. Würdevoll und erhobenen Hauptes stand der alte Mann – plötzlich war es ganz normal, ihn als solchen zu betrachten – auf und sah Nanseltine an.

„Manager Nanseltine! Vielleicht sind Sie sich nicht bewußt, in welcher Verfassung sich die Raumfahrer unter uns befinden! Sie scheinen überhaupt wenig von dem zu wissen, was hier vorgeht.“

Beifallsrufe wurden laut.

„Ich hatte vier Männer in meiner Crew! Einer ist von Ballenwaren erschlagen worden, die ihm auf den Kopf gefallen sind, als wir unsere Frachträume leerten, damit Ihre Leute Platz hatten! Einer, dem sein erfrorenes Bein amputiert werden mußte, ist anwesend. Der dritte fiel in den Fluß, als er in einem Sturm die Seilbrücke überprüfen wollte und den Halt verlor. Zweifellos ist er ins Meer mitgerissen worden und ertrunken. Und einer war auf Zara und ist nicht mehr zurückgekommen. Damit blieben nur noch ich selbst und Lex, der sich freiwillig anbot, während des Flugs unter mir zu arbeiten, und in den ich dementsprechend, offenbar im Gegensatz zu Ihnen, einiges Vertrauen habe. Ich kann nicht leugnen, daß ich die Absicht hatte, mit hinaus zum Schiff zu fahren und es zu inspizieren. Aber dann habe ich es doch nicht getan, aus Gründen, die ich . . ." Seine Stimme versagte, und er fuhr leiser fort: „ . . . die ich nicht nennen möchte. Ich kann nur sagen, daß es mir leid tut. Entschuldigen Sie mich."

Er senkte den Kopf, verließ die Versammlung und verschwand hinter der nächsten Ecke.

Nanseltine hatte Verstand genug, zu begreifen, daß er sein Publikum nur gegen sich aufbringen würde, wenn er dieses Thema jetzt weiterverfolgte. Um zu retten, was noch zu retten war, sagte er laut: „Da der Captain offensichtlich Lex' Urteil vertraut, können wir das wohl auch." Dann setzte er sich wieder und war still.

Leider zeigten nicht alle soviel Würde. Rothers, der ehemalige Computerchef, sprang jetzt auf.

„Wollen Sie damit etwa sagen, daß wir noch nicht mal versuchen werden, das Schiff zu reparieren, um von diesem – diesem widerlichen Dreckball wegzukommen?"

Man konnte sehen, wie seine Worte die Nutzlosen trafen und schmerzten.

„Das Schiff ist ein Haufen Schrott – haben Sie denn nicht zugehört?" rief Cheffy.

„Oh, seien Sie doch ruhig!" rief ein Dutzend junger Stimmen im Chor. Einen Augenblick sah es so aus, als würde es wieder ruhig werden, doch dann goß Ornelle – und Lex ballte in ohnmächtiger Wurt die Fäuste – Öl ins Feuer.

„Die Gruppe oben auf dem Plateau hatte auch ein Schiff", erklärte sie. „Das steht mit Sicherheit nicht unter Wasser. Und wir haben nichts mehr von ihnen gehört, also können wir annehmen, daß sie keine Verwendung mehr für es haben. Warum stellen Sie nicht eine Expedition zusammen, die hinaufgeht und nachsieht?"

Dieser wahnwitzige Vorschlag war genau das Richtige für die Phantasie derjenigen, die sich lieber etwas vormachten, als sich zu retten. Augenblicklich wurden aufgeregte Rufe laut. Leute sprangen auf – unter ihnen natürlich wieder Nanseltine und Rothers, insgesamt vierzig oder fünfzig – und verlangten, angehört zu werden. Jerode brüllte vergeblich nach Ruhe.

Lex biß sich auf die Lippen und sah zu Ornelle hinüber. Ihr Gesicht war nun kalkweiß, und sie begegnete trotzig seinem Blick.

Er holte tief Luft und stieß plötzlich ein lautes Brüllen aus. Es kam so überraschend, daß alle erstarrten und schwiegen. Bevor sie sich von dem Schock erholen konnten, hatte Lex eine Frage an Rothers gerichtet.

„Diese Werft auf Ihrem Raumhafen – sind dort auch Schiffe dieser Größe repariert worden?"

„Wieso – also, natürlich!" antwortete der Gefragte.

„Wie groß war sie?"

„Ah . . ." Er fuhr sich mit der Zunge über die Lippen. „Ungefähr zwei Quadratkilometer, schätze ich."

„Wie viele der Arbeiten wurden von Hand ausgeführt?"

„Nun . . . also . . . keine natürlich!"

Jemand lachte. Und dieser Jemand war ausgerechnet Delvia. Sie begriff offensichtlich schneller als die übrigen.

„Ein Antrag, Doc", sagte Lex schnell. „Ich glaube, es ist ein Vertrauensvotum für den Leitungsausschuß fällig."

„Genau das habe ich auch gerade überlegt", antwortete Jerode erleichtert. „Diejenigen, die . . ."

Aber das Abzählen erübrigte sich. Der Ausschuß wurde durch Akklamation mit über Zweidrittelmehrheit bestätigt. Lex bemerkte mit Interesse, daß es Delvia war, die den Beifall auslöste.

Erst einmal frustriert, machten die Nutzlosen vorerst keinen Ärger mehr. Trotzdem war er zutiefst froh, daß das Thema von Delvias Schwangerschaft nun doch nicht angeschnitten worden war; Jerode erwähnte es einfach nicht, was angesichts der hitzigen Atmosphäre dieser Versammlung nur weise war.

Diesmal hatten sie also noch einmal Glück gehabt.

ERST nach Auflösung der Versammlung bei Einbruch der Dunkelheit wurde Arbogasts Leiche zwischen den Felsen am Strand gefunden, eine leere Energiepistole in der rechten Hand, die das einzige war, was von ihm noch zu erkennen war. Er hatte den Strahl auf Maximalweite gestellt und die Waffe gegen sich selbst gerichtet.

VIII

DER Schatten von Arbogasts Selbstmord lag eisig über den heißen, wolkenlosen Tagen, die folgten. Lex, der dabei war, einen Schlitten mit Metallstücken vom Schiff den Strand hinaufzuziehen, wo Aldric und sein Team an den Solarboilern und -destillierapparaten arbeiteten, überlegte, wie lange ihr empfindliches Gleichgewicht noch Bestand haben würde. Zwanzig, dann dreißig Tage waren inzwischen vergangen, ohne daß etwas passiert war, aber Lex hatte das ungute Gefühl, daß die Zeit an ihrer psychischen Verfassung nagte wie Termiten an einem Stück fauligem Holz und irgendwann . . .

Aldric hob den Kopf und musterte die Ladung; sein Gesicht war zur Hälfte hinter einer dunklen Brille versteckt. Lex kippte das Metall vom Schlitten, trat zurück und wischte sich den Schweiß von der Stirn.

„Na, wie sieht's aus, Aldric?" fragte er leise. „Hier läuft offensichtlich alles glatt."

Aldric zögerte. Dann tat er so, als wollte er die Metallstücke einzeln begutachten, und rückte dabei nahe genug an Lex heran, daß er flüstern konnte: „Nein, Lex – von glatt kann keine Rede sein. Ich wollte sowieso mal mit dir sprechen, also warum nicht jetzt. Komm, wir gehen ein Stück am Strand entlang."

„In Ordnung." Lex schnappte sich den Griff seines Schlittens und zog ihn hinter sich her, während er sich Aldric anschloß.

„Diese Schlitten sind ja am Strand ganz okay", murmelte er „aber wir werden bald Karren mit Rädern brauchen . . . Entschuldige, was hast du gerade gesagt?"

„Unter anderem frage ich mich, wie es im Hochsommer wird." Aldric brach ab und fand dann, daß sie jetzt außer Hörweite seiner Leute waren. „Ich bekomme eine Menge Beschwerden wegen der Arbeit in der Mittagszeit, und sie sind nicht unbegründet. Gestern hat einer meiner Männer einen Hitzschlag bekommen. Cheffy sagt, daß früher einige heiße Länder auf der Erde während der Mittagszeit eine Ruheperiode einlegten, aber ich weiß nicht, ob das eine Lösung wäre. Es ist einfach, einen Tag so auszudehnen, daß er länger ist als ein Erdentag, und schwerer, ihn auf einen kürzeren zu verkleinern. Und das würde effektiv bedeuten, daß wir zwei kurze Tage hätten. Halbe Tage."

„Wenn Cheffy sagt, daß sich die Leute daran angepaßt hatten, dann hat er wahrscheinlich recht", entgegnete Lex. „Ob wir es wollen oder nicht, ist eine andere Frage. Aber wenn die Hitze unerträglich wird . . . Nun, was könnte man sonst mit der Zeit anfangen, in der man nicht arbeiten kann, als zu dösen?"

„Ich weiß, was du sagen willst", brummte Aldric. „Entweder arbeiten oder nichts tun!"

Lex legte die Hand über die Augen und blickte über den Strand. In unmittelbarer Nähe befand sich Aldrics Reich: Dort waren in einer merkwürdigen, spinnwebartigen Anordnung Solarboiler verteilt, die gleichzeitig sowohl Destillationsgeräte als auch teilweise primitive Turbinengeneratoren waren. Nachdem auch der letzte überzeugt war, daß es wirklich, aber auch wirklich keine Hoffnung gab, den Schiffsantrieb reparieren zu können – Ornelle hatte noch fast eine Woche an ihrer Meinung festgehalten –, hatte man den Schiffsantrieb auseinandergenommen und eine Reihe der Teile verwendet.

Dahinter hingen Fischnetze über Gestellen und trockneten in der Sonne, während Frauen damit beschäftigt waren, die Knoten zu überprüfen. Bendle war es gelungen, ein Gegenmittel für die geläufigsten Allergene in den Meerestieren herzustellen, und auch wenn sie selbst nach dem Kochen noch abstoßend aussahen, boten nun ein halbes Dutzend Arten eine willkommene und recht schmackhafte Abwechslung auf ihrem Speiseplan. Weiter landeinwärts wurde Boden für Anpflanzungen gerodet – Bendle war gerade mit seinem Team dort; sie untersuchten die Schößlinge ihrer ersten Nährpflanze, des Salatbaums, um zu sehen, welche die meisten Blätter lieferten.

In der anderen Richtung breiteten sich die Sonnenkollektoren aus. Ständig wurden Akkumulatoren aufgeladen. Er sah Delvia, die jetzt braungebrannt war, wie sie mit ein paar von Fritchs Männern lachte und scherzte, die auf Ersatzakkumulatoren für ihre Energiewerkzeuge warteten.

Von landeinwärts her war das Geräusch von Sägen zu

vernehmen, das von lautem Krachen unterbrochen wurde. Holz, das gefällt wurde. Lex konnte vage eine Reihe gelber Stämme erkennen, die in der Sonne trockneten. Wie verwelkte Blumen hockten die weißlichen Gestalten der Fischervögel auf ihnen, deren zäher schwarzer Kot den ganzen Strand bedeckte – ganz zu schweigen von den Dächern und, noch schlimmer, den Wegen des Dorfes. Sie wurden zu einer richtigen Plage, und man würde sich etwas einfallen lassen müssen, wie man sie verscheuchen konnte.

„Ich möchte wissen, wohin diese Vögel vor Einbruch des Winters ziehen", murmelte Lex. „Vielleicht sollten wir ihrem Beispiel folgen."

Aldric lachte rauh. „Besser nicht", meinte er. „Einer von Bendles Leuten hat mir erzählt, daß sie keine Zugvögel sind. Sie kapseln sich ein – sie sondern eine Art gelatineartiger Schale für sich ab – und verbringen den Winter an den Felsen festgeklebt. Sie haben die Dinger zuerst für Eier gehalten, aber die Eier werden jetzt gelegt."

Lex nickte abwesend; die Liste der sonderbaren Gewohnheiten in der einheimischen Fauna war schon zu lang, als daß ihn noch etwas hätte überraschen können. Außerdem war er sorgfältig darauf vorbereitet worden, das Unerwartete zu erwarten. „Tja, wenn die Hitze unser einziges Problem ist, dann können wir entweder diesen Siestabrauch einführen, wie ihn Cheffy vorschlägt – was nicht so schwer sein wird, wie du meinst, wenn du dich daran erinnerst, daß die Mittsommertage sehr lang sind –, oder einen Zeitplan mit Arbeiten für alle aufstellen, die sie im Schatten ein oder zwei Stunden vor und nach Mittag ausführen können."

„Ich glaube nicht, daß ein Arbeitswechsel die Lösung wäre", erwiderte Aldric. „Es ist eine Frage der – nun, der gereizten Stimmung. Paß auf! Ich habe Rothers bewußt eine Arbeit gegeben, die ihn bei Laune halten sollte: Metall in einem Solarofen einzuschmelzen, mit einem halben Dutzend Assistenten, die ihm zur Hand gehen sollten. Ich dachte, so ein bißchen Autorität würde ihm gefallen und ihn ruhig halten."

„Und?"

„Es war nicht so. Er bekam Streit mit einem seiner Helfer,

verlor die Beherrschung und versetzte ihm einen Schlag, der ihn gegen die Rückseite eines Ofenreflektors schleuderte. Das Ding ist ziemlich verbogen, und deshalb steht es auch nicht hier draußen. Ich mußte zwei meiner besten Leute dazu abkommandieren, ihn wieder hinzubiegen. Rothers faucht in der Zwischenzeit jeden an und hält die Arbeit auf."

Er machte eine ausladende Geste über das ganze Blickfeld. „Das sieht alles wunderschön aus. Überall Anzeichen für Fortschritte. Aber unter dieser Oberfläche wartet es nur darauf zu explodieren."

„Das brauchst du mir nicht zu sagen." Lex seufzte. „Und ich bin ganz deiner Meinung, daß ein Arbeitswechsel allein nicht viel nützen würde. Es ist an der Zeit, daß wir uns irgendwie aufmuntern – uns selbst zu unseren phantastischen Leistungen gratulieren. Ich werde mal mit Jerode darüber reden und auf der nächsten Versammlung einen entsprechenden Vorschlag machen. Wir könnten vielleicht ein paar Hobbys anregen, zum Wettbewerb anspornen, ein bißchen Luxus einführen . . . Ich habe mich schon gefragt, wie es mit Musik ist. Wir könnten bestimmt ein paar Instrumente bauen."

„Hauptsache, es kümmert sich jemand um das Problem", entgegnete Aldric. „Ich habe zuviel zu tun, um mir über solche Dinge den Kopf zu zerbrechen. Ich dachte nur, ich sollte es dir sagen."

JA, DACHTE Lex, die physischen Probleme konnten gelöst werden. Im Laufe des Sommers konnte die Stadt bescheiden komfortabel gemacht werden, doppelt so warm wie im vergangenen Winter und mit weitaus mehr Platz für ihre Bewohner. Das Ernährungsproblem war so gut wie gelöst, und es war genug Wasser vorhanden. Mit der Kleidung war es noch immer etwas schwierig, aber es war wirklich erstaunlich, wie lange man doch selbst zerlumpte Sachen immer noch zusammenhalten konnte. Außerdem zog es bei dieser Hitze jeder vor, nur das Allernötigste zu tragen.

Lex mußte an etwas denken. Er sah wieder zu Delvia hinüber. Ja, Naline war auch da. Sie wandte Fritchs Männern, die gerade die aufgeladenen Akkumulatoren aufhoben, den

Rücken zu, um nicht mit ansehen zu müssen, wie Delvia mit ihnen lachte und scherzte.

Noch war es nicht zum Knall gekommen – aber irgendwann würde es soweit sein. Zum Teufel mit dieser Delvia! Ihr altes Hemd bestand nur noch aus einzelnen Flicken, die von Fäden zusammengehalten wurden; anstatt es auszubessern, wie es die anderen Mädchen taten, hatte sie es zu einer Art Kilt reduziert und bewies so, daß sie den schönsten Busen unter den weiblichen Flüchtlingen hatte.

Aber trotz allem war sie ein harter und zuverlässiger Arbeiter, und wie konnte man sie als eine der nützlichsten Kräfte maßregeln? Sie war nicht für diese spezielle Arbeit eingeteilt worden, sondern hatte von sich aus erkannt, daß sich jemand um das Aufladen der Akkumulatoren kümmern mußte. Also hatte sie begonnen, diese Aufgabe methodisch und rationell zu bewältigen. Und Naline hatte sich ihr natürlich dabei angeschlossen.

Ob es Zweck hatte, sie in den Lenkungsausschuß zu holen? Jerode stellte ihm immer wieder diese Frage, und jedesmal gab ihm Lex die gleiche Antwort. Sie und Ornelle würden sich dann stundenlang wegen persönlicher Differenzen in den Haaren liegen, und Ornelle erfüllte ihre Aufgabe, sich um die menschlichen Probleme zu kümmern, wirklich gut. Die Liste der gewünschten Schwangerschaften – das war ihre Idee gewesen. Sie würde höchstens noch einen Monat offen sein, denn wenn es irgendwie möglich war, wollte man Geburten während der Wintermonate vermeiden.

Aber Delvia . . . Mit ihrer Schwangerschaft hatte es letztlich doch keine Probleme gegeben. Als sie nach der Bestandsaufnahmeversammlung davon in Kenntnis gesetzt worden war, hatte sie Jerodes Vorwurf widerspruchslos über sich ergehen lassen und ihn dann um eine Abtreibungsspritze gebeten.

Wahrscheinlich gab es nicht viele unter den Flüchtlingen, die ihm beipflichten würden, aber langsam gewann Lex den Eindruck, daß diese unfreiwillige Kolonie eine ganze Reihe mehr Delvias und weniger Ornelles und Nalines gebrauchen konnte.

Mit dem Schlitten im Schlepp machte er sich auf den Weg zurück zu seinem Ausgangspunkt, wo sein Team von Amateurbergern nach dem morgendlichen Tauchunternehmen die Ausrüstung überprüfte. Die Raumanzüge konnten an einer scharfen Kante aufreißen, auch wenn sie noch so fest waren; die Äxte, die jetzt im Sommer, wenn es im Meer von Tieren nur so wimmelte, unentbehrlich waren, waren stumpf und mußten geschärft werden; ein Helm hatte einen Riß, der irgendwie geflickt werden mußte. Das Boot lag mit dem Boden nach oben auf dem Sand, während eine der Frauen dabei war, die hartschaligen Meerestiere abzukratzen, die sich an den Rumpf geheftet hatten.

Ich hatte Glück, dachte Lex. Er hatte ein eifriges, gutes Team. Das Element der körperlichen Gefahr dieser Unterwasserarbeit hatte die Auswahl für ihn getroffen.

Ganz zu schweigen von ihrer Bereitwilligkeit, unter einem jungen Führer zu arbeiten . . .

„Lex! Lex!"

Er fuhr herum. Aus der Richtung, in der der Fluß lag, kam Cheffy winkend und rufend auf ihn zugerannt. Ein Blick sagte ihm, daß es dringend sein mußte, und so ließ er den Schlitten einfach stehen und lief ihm entgegen.

„Was ist los?" rief er, während ihm eine ganze Reihe möglicher Katastrophen durch den Kopf gingen. Cheffy arbeitete an den Ingenieurbauprojekten, wie sie mit bewußt ironischer Übertreibung genannt wurden: Wasserversorgung, Sanitäreinrichtungen und Beheizungsanlagen für den unvermeidlichen Winter.

„Komm und sieh es dir selbst an!" japste Cheffy, machte auf dem Absatz kehrt und eilte den Weg zurück, den er gekommen war. Obwohl er gewichtsmäßig jetzt besser laufen konnte als bei ihrer Landung hier, bewegte er sich doch zu schnell, um noch Luft zum Sprechen zu haben.

Es dauerte nur Augenblicke, bis sie in Sichtweite dessen kamen, was am Tag zuvor noch ein breiter, ruhig dahinfließender Fluß gewesen war, verfärbt von treibendem Schlick und den Larven einer bisher noch nicht identifizierten Gattung von Wassertieren, die das Reifestadium erreichten, wenn der Fluß sie in Salzwasser trug.

Am Tag zuvor? Noch an diesem Morgen, als Lex an seine Arbeit gegangen war!

Jetzt war er nur noch ein dünnes Rinnsal, das nicht einmal mehr den schlammigen Grund bedeckte. Ein paar zappelnde Tiere lagen in Pfützen und schnappten nach Luft, und die Wasserpflanzen wurden schon graugelb und begannen in der pra - len Sonne zu stinken. Normalerweise war die Strömung so stark, daß man das Frischwasser noch dreißig Meter vom Strand entfernt feststellen konnte, doch nun spülte das Meer in die Flußmündung zurück.

Lex blieb entsetzt stehen. Sie hatten all ihre Hoffnungen auf den Fluß gesetzt! Cheffy hatte vor, Wasser zum Trinken und Waschen über ein Sedimentationssystem einen Kilometer flußaufwärts zu beschaffen, das die primitve Methode mit Eimerförderern ablösen sollte. Sie hatten beschlossen, in jedes Haus Leitungswasser zu legen und Toiletten mit Wasserspülung für jeweils fünfundzwanzig Leute zu installieren. Da sie im Augenblick doch nicht im Meer schwimmen konnten und es keine Gezeiten gab, die das Abwasser mit fortgespült hätten, begnügten sie sich vorerst damit, daß die Küstenströmung es mitnahm, was gegenüber den primitiven Latrinen, die sie in den ersten Monaten hier gehabt hatten, immerhin schon ein Fortschritt war. Jetzt waren sie dabei, Rohrleitungen aus hohlen Baumstämmen herzustellen, die mit Kunststoffilm abgedichtet wurden – in einer Länge von insgesamt zwei Kilometern – und die ihr Abwasser ein gutes Stück aus der Siedlung hinaustransportieren sollten.

Und jetzt . . . das!

Er war nicht der einzige, den Cheffy herbeigeholt hatte, um sich dieses erschreckende Phänomen anzusehen. Jerode war auch schon da. Die Arbeiten an allen Flußprojekten waren abgebrochen worden, und die Leute standen in Gruppen zusammen und spekulierten leise und mit besorgten Stimmen über die möglichen Ursachen. Als Lex stromaufwärts blickte, sah er, daß zwei oder drei Männer des Teams, das die Sedimentationstanks baute, durch das austrocknende Flußbett herunterkamen.

Jerode, der seine Ankunft mit einem Nicken zur Kenntnis nahm, rief Lex entgegen: „Was sagen Sie dazu?"

„Wann ist es passiert?" wollte dieser düster wissen.

„Vor ungefähr einer Stunde, anderthalb, fing der Wasserspiegel an zu fallen“, erklärte Cheffy. „Es ging zuerst ganz langsam, so daß wir es anfangs wohl nicht bemerkt haben. Dann sank er abrupt. Man konnte sehen, wie er abfiel, als wenn Wasser aus einer Wanne läuft. Glaubst du, es hat etwas mit der Jahreszeit zu tun? Wenn das zutrifft, können wir unsere Pläne vergessen.“

„Nein, das kann ich mir nicht vorstellen. Als wir Ende letzten Sommers hierherkamen, war der Fluß trotzdem tief und breit. Außerdem, wenn es nur damit zu tun hätte, daß im Oberlauf kein Wasser nachkommt, durch Schneeschmelze oder was auch immer, würde der Fluß langsam und über Tage oder Wochen hinweg austrocknen. Ich vermute, daß er irgendwo weiter oben durch ein festes Hindernis blockiert wird.“

Jerode, der näher gekommen war, nickte. „So könnte es sein. Können Sie sich vorstellen, was dieses Hindernis sein könnte – ein Erdrutsch vielleicht? Oder . . .“ Er kratzte sich nachdenklich am kahlen Kopf. „Ich erinnere mich vage, daß es auf der Erde ein Tier gibt, das Dämme baut. Ein – ein Bi–bi . . .?“

„Ein Biber!“ rief Cheffy. „Ja, natürlich. Was meinst du, Lex, könnte es hier dämmebauende Tiere geben?“

„Es könnte sie nicht nur geben“, antwortete Lex nach einem Augenblick. „Es gibt sie.“

Cheffy und Jerode starrten ihn verständnislos an.

„Wenn ihr euch erinnert, haben wir letztes Jahr festgestellt, daß der Fluß direkt zu der Stelle führt, wo die andere Gruppe gelandet ist.“

„Das ist doch absurd, Lex!“ brummte Jerode. „Wir haben immer wieder versucht und versuchen es jetzt noch, Kontakt mit ihnen aufzunehmen, doch es herrscht absolute Funkstille. Sie müssen tot sein! So ungern ich Ornelle auch recht gebe“, fügte er leise hinzu.

Lex zuckte die Achseln. „Ich habe nicht gesagt, daß es so sein muß, Doc. Ich meinte damit nur, daß es nach allem, was wir wissen, möglich ist.“

„Also, ganz egal, aus welchem Grund kein Wasser mehr kommt“, mischte sich Cheffy ein, „wir müssen es unter allen Umständen zurückholen. Wenn nötig, mit Sprengstoff!“

Jerode zögerte. „Sicher . . . Nun, ich wollte sowieso auf der nächsten Versammlung einen Vorschlag machen, da alles so gut läuft – ich meine, lief. Und zwar eine zweite Expedition zum Plateau, die herausfinden soll, ob es noch Überlebende gibt und, wenn nicht, ob wir von ihrem Schiff noch etwas gebrauchen können. Und dabei wollte ich Sie" – er drehte sich zu Lex herum – „fragen, ob Sie die Führung übernehmen würden."

IX

Die Neuigkeit über den Fluß verbreitete sich wie ein Lauffeuer. Innerhalb einer halben Stunde arbeitete niemand mehr, mit Ausnahme von Fritchs Team, und das auch nur, weil es gerade dabei war, einen zehn Meter langen, dicken und sehr schweren Dachbalken hochzuhieven. Wer am Strand gewesen war, kam nun zurück, selbst Lex' Bergungsteam, und die restlichen von Cheffys Arbeitern stromaufwärts eilten rufend herbei, weil sie nicht wußten, was sie jetzt tun sollten. Es ergab sich zwangsläufig, daß jemand eine Dringlichkeitsversammlung vorschlug.

Wie üblich veranlaßten die Gerüchte, daß eine Versammlung in Aussicht war, die Wichtigtuer wie Nanseltine, Rothers und andere ihrer Sorte, sich um Jerode zu scharen wie Fliegen um den Honig und ihn mit unüberlegten Vorschlägen und indiskutablen Forderungen zu traktieren. Es dauerte fast eine Stunde, bis man die Leute unter der Versicherung, daß die Versammlung am Abend bei Einbruch der Dämmerung abgehalten würde, endlich wieder an die Arbeit brachte.

Anschließend schickte Jerode nach den Mitgliedern des Leitungsausschusses und ließ sie im Hauptquartier zusammenrufen, um über die einzig vernünftige Alternative zu sprechen, die ihnen blieb.

„Ich weiß nicht, was es da großartig zu besprechen gibt", sagte Fritch. Er schien mehr verärgert, daß man ihn von seiner Arbeit geholt hatte, als besorgt über den Wasserverlust im Fluß. „Es muß eben jemand stromaufwärts gehen und nachsehen, was den Fluß blockiert. Dann räumt er das Hindernis beiseite oder kommt zurück, um Hilfe zu holen, wenn es zu groß ist. Wir müssen nur noch überlegen, wen wir schicken."

Jerode räusperte sich. „Ich wollte Lex dafür vorschlagen."

Alle außer Ornelle nickten zustimmend. „Er hat allerdings noch nicht gesagt, ob er will", fügte Jerode hinzu.

„Natürlich gehe ich", sagte Lex achselzuckend. „Und es bedeutet auch keinen großen Arbeitsausfall, denn wir haben jetzt alles, was wir konnten, aus unserem Schiff herausgeholt. Für alles Weitere sind autogene Schneidbrenner erforderlich, und bis wir einen Unterwasserlichtbogen stabilisieren können oder vielleicht einen Weg finden, reines Fluor herzustellen, können wir das Metall der Hülle nicht auseinandernehmen. Knallgasflammen lassen sich leicht erzeugen, aber sie sind nicht heiß genug. Ich halte es also für eine gute Idee, wenn ich mit meinem Team, nachdem wir die Blockade beseitigt haben, zum Plateau hinaufgehe. Sollte Ornelle mit ihrer Annahme recht haben, kann uns unsere Erfahrung mit unserem eigenen Schiff nur von Nutzen sein, wenn wir das andere in Angriff nehmen sollten."

„Ich dachte, du glaubst, die anderen könnten vielleicht doch noch leben", meldete sich Cheffy. „Und daß sie vielleicht den Damm gebaut haben."

„Ich wollte damit nur sagen", erwiderte Lex geduldig, „daß es hier ein dämmebauendes Tier gibt. Es tut mir leid, wenn ich deine Frage zu wörtlich beantwortet habe."

„Ja, Bendle?" unterbrach ihn Jerode hastig. Cheffy klang ungewöhnlich schlecht gelaunt, was eigentlich kaum verwunderlich war, wenn man bedachte, daß vorerst all seine geliebten Projekte für ungewisse Zeit in der Luft hingen.

Der grauhaarige Biologe beugte sich vor und rieb sich über einen roten Ausschlag auf seiner Wange, das Andenken an eine Begegnung mit jener Pflanze, die sie Pustelkraut getauft hatten. „Ich weiß nicht, ob Lex sein ganzes Bergungsteam mitnehmen sollte. Ich schlage vor, daß sie auch einen von meinen Leuten mitnehmen, jemanden, der sich gut in der einheimischen Flora und Fauna auskennt, und vielleicht einen von Fritchs Leuten, für den Fall, daß sie den Rat eines Fachmannes brauchen, wie sich das Hindernis im Fluß am besten aus dem Weg räumen läßt."

„Der Vorschlag klingt vernünftig", meinte Fritch zögernd.

„Ich hoffe nur, daß du meinen Mann nicht allzulange beanspruchst, Lex."

„Ich werde mich bemühen", murmelte Lex. Er konnte in ihren Gesichtern lesen, was sie jetzt dachten: Er ist ein tüchtiger junger Bursche, zäh und vernünftig – und besser er als ich.

„Also gut", nickte Jerode. „Und jetzt die Frage, wer alles mitgeht. Wie viele Leute können wir entbehren?"

Alle sahen Lex an. „Was meinst du, wie viele du brauchst?" wollte Aldric wissen.

„Ein halbes Dutzend dürften genug sein", gab Lex zurück. „Wir haben nur sieben Energiepistolen."

„Wollen Sie etwa alle Pistolen mitnehmen?" platzte Ornelle heraus. „Und wenn wir jetzt während Ihrer Abwesenheit . . ."

„Gar nichts wenn!" fuhr Fritch dazwischen. „Er hat recht. Die Leute, die sich in unbekanntes Gebiet vorwagen, brauchen sie dringender als wir hier unten."

„Aber wenn sie unterwegs – "

„Wollen Sie lieber Leute verlieren als die Pistolen?"

Ornelle gab mit glühendem Gesicht auf. „Was glaubst du, wieviel Lebensmittelvorrat ihr braucht, Lex – für eine Woche?"

„In etwa. Wir könnten zwar mehr tragen, aber ich glaube nicht, daß wir das Wasser viel länger schleppen könnten. Es ist schwer, und bei dieser Hitze werden wir wahrscheinlich viel trinken. Würdest du einen Freiwilligen in deiner Gruppe suchen? Und Sie auch, Bendle? Ich weiß schon, wen ich aus meinem eigenen Team mitnehmen möchte."

„Das wäre also geregelt", stellte Fritch zufrieden fest. „Wo ich schon einmal hier bin, Doc: wegen dieser Hütte, die Sie zu einer vernünftigen Krankenstube ausgebaut haben wollen . . ."

Die Versammlung begann bei Anbruch der Dunkelheit. Die Lampen aus dem Schiff, die den ganzen Winter über benutzt worden waren, hatten ihren Geist aufgegeben, und bisher hatte man noch keinen Ersatz gefunden, obwohl Cheffy mit seinem erdgeschichtlichen Wissen von Glühfäden aus Kohle gesprochen hatte. Also hatte man Pfähle aufgestellt, auf denen Harzfackeln flackerten und qualmten. Seltsamerweise schien den Leuten diese primitive Beleuchtung zu gefallen, als ob Feuer irgendeine eigentümliche Freundlichkeit der Natur symbolisierte.

Es hatte keine Probleme bei der Zusammenstellung von Lex' Team gegeben. Von seinen eigenen Leuten hatte er Minty, eine drahtige Frau Anfang Dreißig mit der hageren Figur einer Athletin, und den kräftigen, unerschütterlichen Aykin ausgewählt. Die beiden waren eins der ersten Paare gewesen, die eine Familie gründen wollten, was Lex als Zeichen ihrer Entschlossenheit verstanden hatte.

Dann, bevor er mit dem anderen Paar sprach, das er im Auge hatte, fiel ihm etwas ein, was er bei der Besprechung des Ausschusses übersehen hatte. Er selbst kannte den Weg zum Lagerplatz der anderen Gruppe, weil er Arbogast, der damals die kurze und riskante Expedition dorthin angeführt hatte, begleitet hatte. Zu der Zeit war der Winter nicht mehr weit gewesen, und jetzt würde natürlich alles ganz anders aussehen. Trotzdem war es vielleicht keine schlechte Idee, noch jemanden mitzunehmen, der den Weg ebenfalls kannte, für den Fall, daß ihm selbst unterwegs etwas zustieß. Er wußte auch schon, wen er wollte: einen großen blonden Mann namens Baffin, der Hydraulik und Hydrodynamik studiert hatte und der sich auf jeden Fall den Fluß noch einmal näher ansehen sollte.

„Nimm ihn ruhig mit", meinte Cheffy. „Es gibt hier sowieso nichts für ihn zu tun, bis das Wasser wieder da ist!"

Fritch empfahl einen vernünftigen jungen Mann namens Aggereth, der neben Lex im Junggesellenhaus schlief. Lex fand es eine gute Wahl; Aggereth war zuverlässig und ein harter Arbeiter. Bendles Wahl war auf Lodette gefallen, eine Frau mit einem runden Gesicht und dunkler Haut. Sie hatte sich auf das Studium der Fauna des Landesinneren konzentriert und wußte fast soviel darüber wie Bendle selbst.

Zu guter Letzt eilte Jerode mit einem neuen Vorschlag zu Lex: Sollte zu der Gruppe nicht auch eine der Frauen gehören, die im Winter die Bereitschaft für Krankenpflege gebildet hatten und sich jetzt den größten Teil ihrer Zeit in Medizin und Chirurgie aus den Schiffshandbüchern weiterbildeten? Zanice wollte sehr gern mitkommen, eine grauäugige blonde Frau von ungefähr vierzig, die Lex, wie alle anderen in der Stadt, vom Sehen her kannte, obwohl er sich nicht erinnern konnte, je ein Wort mit ihr gewechselt zu haben.

Also: eine ausgewogene Gruppe mit breitgefächerten Fähigkeiten. Lex war mit dem Ergebnis mehr als zufrieden.

Trotz des Risikos, daß nicht alle so denken würden, und in Übereinstimmung mit Jerodes Prinzip, daß die Leute bei einer schwierigen Aufgabe Freiwillige sehen sollten, auch wenn schon von vornherein alles festgelegt war, bat Lex die sechs ausgesuchten Expeditionsteilnehmer, sich zu Beginn der Versammlung unter die Menge zu mischen und sich dann zu melden, wenn er Freiwillige aufrief. Er hatte keine Angst, daß es einen Ansturm von Freiwilligen geben könnte; was ihm weitaus mehr Sorgen bereitete, war, daß vielleicht irgendwelche Leute gegen ihn als Führer der Expedition waren, weil sie ihn für unfähig hielten. Doch als es soweit war, stand niemand auf und sprach es laut aus.

Glücklicherweise ritt auch niemand – nicht einmal Ornelle – auf dem zweiten Grund für diese Expedition herum, nämlich der anderen Gruppe einen Besuch abzustatten. Es wurde allgemein als logisches Unterfangen akzeptiert, wenn man schon einmal stromaufwärts ging.

Die Fragen, die kamen, waren zum größten Teil die, die er erwartet hatte. War der Fluß trocken, weil es Sommer war? Schließlich hatte es seit fast zwei Monaten nicht mehr geregnet, oder? Wie stand es mit Trink- und Waschwasser, bis der Fluß wieder da war? Wie hatten die selbsternannten Führer der Gemeinschaft überhaupt so etwas zulassen können? (Letzteres wurde zwar nicht so explizit ausgesprochen, aber es zeigte sich deutlich in der säuerlichen Miene von Nanseltines Frau, die fast die ganze Versammlung über aufgebracht, aber leise mit ihrem Mann diskutierte. Nanseltine schien allerdings doch ein wenig klares Denken gelernt zu haben und gab ihren Sticheleien nicht nach.)

Lex war froh, als aufbrandendes Gelächter Rothers, der mit einer völlig irrelevanten Frage gekommen war, wirksam zum Schweigen brachte und es Jerode ermöglichte, ihn zum gewählten Leiter der Expedition zu erklären.

Auf Lex' Frage nach freiwilligen Begleitern erhoben sich die sechs – nicht allzu hastig – und blieben stehen, während er sie notierte, ihnen zunickte und sie heranwinkte. Aber es gab noch einen siebten Freiwilligen, nicht jemand, mit dem er gerechnet hatte, ganz im Gegenteil, fast die letzte Person, von der er erwartet hätte, daß sie mitkommen wollte . . ., und das sogar unbedingt.

„Ich möchte mitkommen", erklärte Delvia entschlossen.

Was nun? Lex' Gedanken überschlugen sich. Er sah, daß Naline, die Delvia trotz allem immer noch auf Schritt und Tritt folgte, versuchte, diese wieder herunterzuziehen, doch Delvia schüttelte ihre Hand ungeduldig ab. Lex begann, die Qualifikationen derjenigen, die er als Begleiter wollte, aufzuzählen in der Hoffnung, den Leuten begreiflich zu machen, daß sie alle Voraussetzungen, auf die es ankam, mitbrachten, doch niemand hörte ihm zu. Alle Augen waren auf Delvia gerichtet.

Obwohl es jetzt, nachdem die Sonne untergegangen war, kühl war, hatte sich Delvia nichts über ihre Arbeitskleidung gezogen, was sie nun, in Anbetracht der mehreren hundert Augenpaare, die auf ihr ruhten, offensichtlich bedauerte. Vielleicht würde es sie so verlegen machen, daß sie es sich anders überlegte und sich wieder setzte. Nein, erkannte Lex zu seinem Bedauern. Nicht bei Delvia.

Also würde er sich irgend etwas einfallen lassen müssen, wie er sie wieder loswerden konnte.

„Äh . . ., die Gruppe ist groß genug, und außerdem werden der Siedlung so schon mehrere entscheidende Personen fehlen, während wir weg sind. Noch jemand wäre . . ."

„Quatsch", fiel ihm Delvia ins Wort. „Ich gehöre nicht zu den entscheidenden Leuten. Die Arbeit, die ich mache, ist so simpel, daß ich zum großen Teil von selbst darauf gekommen bin, was ich tun muß. Und Naline hat von Anfang an mitgearbeitet, so daß sie sie übernehmen könnte."

Nur zu wahr. Lex warf Jerode einen besorgten Blick zu und fragte sich, ob der Doktor vielleicht irgendeine Eingebung hatte. Und schon begann Delvia, die sein Schweigen anscheinend für ein Einverständnis hielt, sich einen Weg durch die sitzende Menge nach vorn zu bahnen.

„Nein!“ durchbrach plötzlich ein schriller Schrei die Stille. Naline war aufgesprungen und versuchte Delvia festzuhalten. „Nein. Du wirst nicht mitgehen!“

Sie erwischte das Stück Tuch, das Delvias einzige Bedeckung war; es zerriß in einem ratschenden Geräusch. Delvia wirbelte fluchend herum.

Mit tränenüberströmten Wangen und heiserer, fast hysterischer Stimme kreischte Naline: „Warum sagst du nicht, warum du mitwillst? Warum sagst du nicht, daß du nur von mir wegwillst? Warum sagst du nicht, daß du mitwillst, damit du's endlich mit Lex treiben kannst, wie du's bis jetzt mit jedem Mann gemacht hast, den du in den Wald schleifen konntest?“ Sie hob das Tuch hoch über ihren Kopf und schwenkte es wild hin und her. „Was willst du überhaupt noch damit? Es gibt ja doch kaum noch jemanden, der dich nicht schon ohne gesehen hat.“

Sie schleuderte das Tuch von sich, fuhr herum und floh in die Dunkelheit, die Hände wie eine Blinde vor sich gestreckt.

Es herrschte totale Stille, als wollte die Menge nicht glauben, daß dies tatsächlich geschehen war. Schließlich wurde das Schweigen von Delvia gebrochen. „Könnte ich bitte meinen Rock wiederhaben?“ sagte sie ruhig.

Jemand reichte ihn ihr. Sie zupfte ihn ein bißchen zurecht und schlang ihn dann, nicht viel anders als vorher auch, wieder um die Hüften, um daraufhin mit einer Arroganz, die Lex die Sprache verschlug, ihren Weg zu ihm fortzusetzen.

„Es sollte sich vielleicht jemand um Naline kümmern“, murmelte Lex Jerode zu.

„Ja, natürlich.“ Er sah sich nach jemand Geeignetem um, doch Zanice hatte Lex' Worte mitbekommen und war schon unterwegs. Lex holte tief Luft. Also, wenn es nicht anders ging . . .

„Delvia! Bitte geh auf deinen Platz zurück.“

Sie blieb stehen und legte den Kopf schief. „Ach so! Du hast also Angst, Naline könnte recht haben, was?“

„Ich glaube nicht, daß sie etwas gesagt hat, das wir nicht alle schon wußten“, entgegnete Lex brutal. „Ob man es dir jetzt vorwerfen kann oder nicht, Delvia, jeder weiß, daß du impulsiv bist. Wir gehen in eine wilde Gegend, in der unbekannte Gefahren lauern. Es wäre ein zu großes Risiko, wenn du mitkämst.“

„Ich verstehe", antwortete Delvia nach einem Augenblick. „Schön, du mußt es ja am besten wissen."

Bereitwillig – oder so sah es zumindest aus – kehrte sie zu ihrem Platz zurück. Stimmengemurmel erhob sich, das sich auf Jerodes Bitte um Ruhe jedoch schnell wieder legte. Danach gab es bis zum Ende der Versammlung keine Störungen mehr.

Doch aus irgendeinem Grund lächelte Delvia die ganze Zeit über, und es störte Lex ungemein, daß er nicht herausfinden konnte, warum.

X

„Funkwache halten!" sagte Elbing trübselig. „Na, das ist wohl auch so ungefähr das einzige, wozu ich noch tauge." Er hob sein Holzbein vom Boden, um den Stumpf zu entlasten. Elbing war das letzte noch lebende Mitglied aus Arbogasts Mannschaft; wie viele Raumfahrer litt er an Kreislaufstörungen, und der Frost des letzten Winters hatte ihn sein Bein vom Knie an abwärts gekostet.

Lex klopfte ihm auf die Schulter. „Es ist nur gut, wenn jemand aufpaßt, von dem wir wissen, daß er mit dem Job vertraut ist. Komm mit in die Hütte. Aykin bastelt gerade eine Rückentrage für unser Funkgerät zusammen."

Er winkte Elbing, ihm vorauszugehen, und blickte sich um. Die Luft war schwül und drückend, und über dem Meer waren dunkle Wolken am Horizont. Spannung lag in der Luft. Er zermarterte sich den Kopf. Er hatte das Gefühl, daß er irgendeine notwendige Vorkehrung für die Stadt hätte treffen müssen, kam aber nicht darauf, was es war.

Er zuckte die Achseln. Notwendig bedeutete jedenfalls nicht unbedingt auch möglich. Er folgte Elbing in die Hütte.

Ihre einzigen Funkgeräte stammten natürlich aus dem Raumschiff; sie waren groß und schwer und weder dazu gedacht, herumgetragen, noch von tragbaren Akkumulatoren gespeist zu werden. Aykin hatte sich ein primitives Holzgehäuse einfallen lassen, das an einem Schultergurt befestigt wurde; als Lex und Elbing hereinkamen, schlüpfte er gerade aus dem Gurt und legte das Ganze vorsichtig auf den Tisch.

„Nun, wie sieht's aus?" wollte Lex wissen. „Wie viele Zusatzakkumulatoren müssen wir mitnehmen?"

„Keinen", antwortete Aykin zufrieden. „Hier. Auf diese Idee ist Minty gekommen." Er hob ein kurzes Stück Metallrohr hoch, das mit Draht umwickelt war. „Die Antwort ist die, die Antenne zu verlängern. Minty schlug vor, das Rohr hier auf einen Baum zu werfen. Ich habe es eben ausprobiert, und es sieht so aus, als könnten wir auch mit der Schwachstromeinstellung ziemlich klar senden und empfangen."

„Genial." Elbing nickte und ließ sich steif auf einen Stuhl sinken. Lex runzelte die Stirn, nicht weil ihm die Idee nicht gefiel, sondern weil er meinte, jetzt endlich den Gedanken fassen zu können, auf den er die ganze Zeit zu kommen versuchte.

„Habt ihr meinen Vorschlag ausgeführt?" fragte er langsam. „Eine der Solarkollektormatten auszubreiten und sie als Energiequelle für das Funkgerät zu benutzen?" Die Sache hatte nur einen Nachteil, es würde bedeuten, daß sie tagsüber funken mußten, wenn die Sonneninterferenz am stärksten war, statt irgendwann abends, wenn sie ihr Lager aufgeschlagen hatten, aber auf jeden Fall hatten sie das Problem gelöst. Vielleicht brachten ihn Gedankenassoziationen auf die eine Überlegung, die ihm entging.

In der anderen Ecke hoben Minty und Lodette die Köpfe. Sie waren in eine Liste vertieft gewesen, die an einem Brett an der Wand hing.

„Lodette meint, daß wir kaum etwas von der Sonne sehen werden, wenn wir dem Fluß folgen", erklärte Minty.

„Richtig." Die Biologin mit dem runden Gesicht nickte. „Ich weiß nicht, ob du diesen Sommer schon weiter landeinwärts gewesen bist, aber stromaufwärts ist die Vegetation äußerst dicht."

„Außerdem" – Aykin legte die Drahtantenne zurück auf den Tisch – „überzieht sich der Himmel. Vielleicht gibt es sogar ein Gewitter."

Lex schnippte mit den Fingern. Das war es: Gewitter – Drähte in Bäumen – Blitzableiter! „Ich bin gleich zurück", sagte er und eilte davon, um Jerode zu suchen.

Die Hütte, aus der Fritch ein richtiges Krankenhaus machen wollte, indem er einen neuen Flügel anbaute, lag etwas abseits von den übrigen Gebäuden. Es war der Ort, wo man einen Arzt logischerweise als erstes suchte. Lex schritt auf die mit einem Vorhang verhängte Tür zu, während er besorgte Blicke zu den Wolken am Horizont warf und sich fragte, ob die Expedition möglicherweise verschoben werden mußte. Als er nur noch ein paar Schritte entfernt war, wurde der Vorhang zur Seite gerissen, und Ornelle erschien mit blassem Gesicht.

Als sie Lex sah, blieb sie einen Augenblick wie erstarrt stehen, ließ dann den Vorhang fallen und ging weiter.

„Ist Jerode da?" wollte Lex wissen.

„Ja, aber Sie können ihn jetzt nicht sprechen. Er ist beschäftigt." In ihrer Stimme schwang ein bitterer Unterton mit, der Lex nicht gefiel.

„Wieso? Ist etwas nicht in Ordnung?"

„Ja. Etwas, das Sie hätten verhindern können. Nur haben Sie gesagt, es sei eine prinzipielle Sache, daß Sie es nicht wollten. Naline hat das gleiche versucht wie Arbogast. Jerode meint, sie wird es überleben, aber wie es aussieht, wird sie blind bleiben. Sind Sie jetzt zufrieden, ja?"

„Wieso? Wegen Delvia?" Lex zwang sich, ihre gehässigen Worte zu ignorieren.

„Was glauben Sie denn?"

„Wie ist es passiert?"

„Sie und Delvia waren dabei, die Energiepistolen für Ihre Expedition zu laden", erklärte Ornelle schneidend. „Ich vermute, sie hatten eine Auseinandersetzung. Vielleicht hat Delvia Naline geradeheraus erklärt, daß sie sie nur als Zeitvertreib für den Winter benutzt hat und von ihrer Seite aus nicht mehr an dieser Beziehung interessiert ist. Jedenfalls hat sich Naline eine der Pistolen geschnappt und verschwand in Richtung Wald. Bendle hörte zwischen den Bäumen jemanden stöhnen und fand sie dann. Die Pistole war nicht geladen – es kam nur ein kurzer Blitz. Aber es genügte, um sie zu blenden."

„Und Delvia?"

„Delvia!" Ornelle stampfte mit dem Fuß auf. „Wahrscheinlich ist sie immer noch dabei, die Pistolen zu laden. Früher oder später wird sie merken, daß eine fehlt. Vielleicht hat sie es sogar schon längst gemerkt. Aber ich habe sie noch nicht danach suchen sehen."

Lex holte tief Luft. „Sie wollen also mir die ganze Schuld in die Schuhe schieben, was?"

Ornelle bedachte ihn mit einem vernichtenden Blick.

„Meine Expedition, meine Pistolen, meine Verantwortung!" fauchte Lex. „Jetzt hören Sie mir mal gut zu, Ornelle! Es reicht mir langsam. Ich habe endgültig die Nase voll. Haben Sie vielleicht irgend etwas unternommen, um Naline zu helfen? Na, haben Sie? Haben Sie wenigstens Delvia daraufhin angesprochen?"

Ornelle zuckte zusammen. „Ich habe Sie gebeten . . .", versuchte sie sich zu verteidigen.

„Wieso mich? Sie haben das Ganze von Anfang an verfolgt und nicht eingegriffen – weder Sie noch eine andere dieser angeblich so verantwortungsvollen Frauen im Haus. Den ganzen Winter über haben Sie zugesehen, wie es gärte und schmorte, und das einzige, was Sie schließlich getan haben, war, mir die unangenehme Aufgabe aufhalsen zu wollen, die Scherben einzusammeln. Ich werde Ihre Schuld nicht auf mich nehmen und auch niemand sonst. Haben Sie verstanden?"

Ornelles Kiefer mahlten. Plötzlich verlor sie die Fassung. Sie beschimpfte ihn und schlug ihm ins Gesicht. Lex nahm die Ohrfeige unbewegt hin.

„Dreckskerl!" kreischte sie. „Ihr Männer seid alle Dreckskerle! Ihr laßt nichts auf sie kommen, auf diese Hexe, diese Hure, diese . . .!"

Jetzt griff Lex ein, packte sie bei den Armen und drehte sie ihr geschickt auf den Rücken, wobei seine Finger ihre Handgelenke wie Schraubstöcke umklammerten. Der Vorhang der Hütte teilte sich, und ein perplexer Jerode erschien dahinter.

Lex erstickte Ornelles obszöne Ausdrücke mit seiner freien Hand. „Eine Beruhigungsspritze, Doc", sagte er. „Sie ist in einer schlimmen Verfassung – ein Anfall von hysterischer Eifersucht. Soll ich sie hineintragen?"

„Äh – wenn Sie können", gab der erstaunte Arzt zurück.

Lex konnte. Ein paar Augenblicke später lag Ornelle, von der

Spritze ruhiggestellt, schlafend auf einer der Untersuchungsliegen.

„Was um Himmels willen ist denn passiert?" wollte Jerode wissen.

Lex erklärte es ihm. „Ich hätte es wissen müssen", schloß er. „Sie ist verrückt vor Eifersucht auf Delvia, die sich trotz der Misere, in der wir alle stecken, nicht davon abhalten läßt, dem Leben möglichst viel Spaß abzugewinnen. Ich bin nicht gleich darauf gekommen, weil sie sagte, daß sie sich so Sorgen wegen Naline machte, da sie selbst zwei Töchter auf Zara gehabt habe." Er bemerkte flüchtig, daß er nicht mehr „zu Hause" sagte. Fast niemand sagte es noch, außer ein paar von denen, die er als die Nutzlosen betrachtete.

„Sie meinen . . .", begann Jerode, aber Lex fiel ihm ins Wort.

„Ich meine, es ist besser, Sie finden heraus, was während des Winters tatsächlich im Junggesellinnenhaus passiert ist. Und zwar in allen Einzelheiten. Vielleicht können wir dann für das nächste Jahr eine Wiederholung vermeiden. Ornelles Desinteresse war nur gespielt. Ich vermute, daß sie Naline bemuttern wollte, weil sie einen Ersatz für ihre Töchter brauchte, und daß Naline nicht mitspielen wollte und Schutz bei der Frau suchte, die die wenigsten mütterlichen Eigenschaften zeigte. Ich fürchte, daß es noch zu mehr Nervenzusammenbrüchen dieser Art bei den Frauen kommen kann, die ihre Familien verloren haben und sich wie Ornelle unbewußt schuldig fühlen, weil sie alles tun, um einen Ersatz zu finden."

„Ich glaube, Sie haben recht", meinte Jerode langsam. „Und ich hätte selbst darauf kommen müssen, auch wenn ich Mediziner und kein Psychologe bin. Wahrscheinlich hat mich der Verwaltungsstreß von meiner wirklichen Aufgabe abgelenkt. Und . . . ich muß das sagen, Lex. Sie sind auch nicht ganz unschuldig daran, nicht?"

Während der Stille, die folgte, ließ Lex noch einmal alles Revue passieren, was er bisher auf diesem Planeten erlebt hatte. Da war immer noch die bittere Enttäuschung darüber, daß er sein großes Ziel nicht würde erreichen können, eine Enttäuschung, die ihn vielleicht sein Leben lang begleiten würde. Auf der anderen Seite aber sah er sich nicht länger der erschreckenden Aussicht auf jahrzehntelanges Studieren, Trainieren, Analysieren, Prüfen und Daumenpeilen gegenüber . . .

Hier war doch eine Welt. Ganz neu und letztendlich wohl eher bewohnbar als nicht. War dies nicht sein wirkliches Ziel – eine neue Welt zu haben?

Schließlich wandte er sich ab und kehrte Jerode den Rücken zu. „Ich weiß", antwortete er. „Es tut mir leid. Ornelle versuchte, mir eine Verantwortung aufzubürden, die mich nichts anging, und ich habe die Geduld verloren, weil ich mich schämte, daß ich eine Verantwortung nicht übernehmen wollte, die wirklich mir zufällt. Wir können Sie nicht weiter mit der ganzen Verwaltungsarbeit belasten. Wenn wir von dieser Expedition zurückkommen, werde ich Minty und Aykin die Leitung des Bergungsteams übergeben und mich auf meine eigentliche Aufgabe konzentrieren."

Jerode atmete auf wie jemand, der nach unerträglich langer Zeit unter Wasser wieder auftaucht. „Ich kann Ihnen nicht sagen, wie froh ich bin, Lex. Wie lange werden Sie wegbleiben?"

Lächelnd und wieder ruhig wandte sich Lex um. „Oh, so ungefähr sieben Tage. Das heißt, vorausgesetzt, daß wir das Hindernis im Fluß aus dem Weg räumen können. Wenn die Vegetation unterwegs so dicht ist, wie Lodette glaubt – obwohl ich denke, daß wir den Lagerplatz der anderen Gruppe in etwa zwei Tagen erreichen können, wenn wir dem Flußbett folgen –, wird der Rückweg auf jeden Fall wesentlich länger dauern, weil wir uns dann den Weg durch dichtes Unterholz freischlagen müssen."

„Dann mal los!" Jerode strahlte. Plötzlich begann er zu lachen, worauf aus dem abgetrennten Teil der Hütte, wo Naline lag, Zanices ärgerliche Stimme erklang, die ihn um etwas mehr Ruhe bat.

LEX verließ Jerode in nachdenklicher Stimmung. Er hatte mit Jerode über die Blitzableiter gesprochen, und der wollte damit zu Fritch gehen. Eine hohe Metallstange an einem erhöhten Ort ein Stück vom Dorf entfernt dürfte genügen.

Der Zusammenbruch von Ornelle gab ihm jedoch neuen Anlaß zur Sorge. Inwieweit war er auf ihre den Winter über gehegte Annahme zurückzuführen, daß sich die andere Gruppe in diesem Jahr mit ihnen zusammentun und das Leben so für alle leichter werden würde? Wie viele andere, die mit ihren Nerven noch nicht so am Ende waren wie Ornelle, würden verzweifeln, wenn sie nach der Rückkehr der Expedition definitiv erfahren mußten, daß die andere Gruppe tot war? Auch wenn er Jerode und Cheffy gegenüber die Sache mit dem dämmebauenden Tier erwähnt hatte, das es hier geben könnte, glaubte er nicht mehr ernsthaft daran, daß es Überlebende auf dem Plateau gab.

Die Aussicht auf das, was sie wahrscheinlich dort oben finden würden, behagte ihm ganz und gar nicht.

Unbewußt hatte er sich in Richtung Strand gewandt, dorthin, wo Delvia ihrer selbstgewählten Arbeit nachging. Als er den Kopf hob, sah er sie vor sich, umgeben von Akkumulatoren und Sonnenkollektormatten. Auf einem Gestell aus Stöcken, die mit Kordel zusammengebunden waren, lagen die sieben voll aufgeladenen Energiepistolen, die die Gruppe besaß.

Also hatte ihr jemand die Pistole zurückgebracht, mit der sich Naline hatte umbringen wollen, und ihr erzählt, was passiert war. Trotzdem ging sie weiter ungerührt ihrer Arbeit nach und summte dabei vor sich hin, den Rock wie üblich lose um die Hüften geschlungen.

Einer der Akkumulatoren war fertig. Sie nahm ihn ab, stellte ihn auf einen anderen und die beiden auf einen dritten und trug alle drei zu einem Handkarren, der zehn Schritt entfernt stand. Die Leichtigkeit, mit der sie das tat, erstaunte Lex. Die Akkumulatoren waren nämlich schwer, so schwer, daß die Abdrücke, die ihre nackten Füße im Sand hinterließen, doppelt so tief wurden.

„Delvia!" rief er.

Sie richtete sich auf und drehte sich um, wobei sie ihre schwitzenden Handflächen an ihrem zerlumpten Rock abwischte.

„Weißt du schon das mit Naline?" fragte er rauh.

„Ja. Einer von Bendles Leuten hat die Pistole zurückgebracht." Sie deutete auf das Gestell. „Sie sind übrigens alle fertig."

Lex stand nur da und starrte sie an.

„Und?“ fauchte sie ihn schließlich an. „Worauf wartest du? Daß ich in Tränen ausbreche?“

„Nein, eigentlich nicht. Ich überlege nur gerade, warum Naline eine Pistole genommen hat, die ihres Wissens nach leer war.“

Delvia musterte ihn mit einem überraschten Ausdruck, der nach einem Augenblick Erleichterung Platz machte. „Danke, Lex. Hat man dir auch gesagt, daß sie darauf geachtet hat, daß sie von vier oder fünf Leuten mit der Pistole gesehen wurde, ohne daß sich jemand die Mühe gemacht hat, sie zu fragen, was sie damit wollte?“

„Nein, aber das überrascht mich nicht.“ Lex ging hinüber zu dem Handkarren und hockte sich auf den Rand. „Ich glaube, ich hätte dich schon eher nach deiner Version der ganzen Geschichte fragen sollen. Erzähl sie mir jetzt.“

Sie zögerte. „Du hattest recht“, begann sie dann mit nicht zu überhörender Bitterkeit, „als du nicht wolltest, daß ich mit auf die Expedition komme. Ich bin sehr impulsiv und habe mich noch nie in meinem Leben zurückhalten müssen, deshalb bin ich auch nicht daran gewöhnt. Ich glaube, man könnte mich als Naturtier bezeichnen. Ich finde es leichter, den Reflexen, die ich habe, nachzugeben, als gegen sie anzukämpfen, und außerdem macht es auch mehr Spaß.“

Lex nickte. „Aber du mußt es lernen, Delvia. Uns allen und auch dir selbst zuliebe.“

„Ja, ja, ich weiß“, gab sie müde zurück. Sie ließ sich auf die Knie in den heißen Sand fallen. „Wenn ich geahnt hätte, in was ich mich da einlasse . . . Weißt du, ich bin weiß Gott kein Muttertyp, und ich glaube, daß ich nicht ein bißchen Mutterinstinkt besitze. Und dann waren da diese Frauen, die wie die Hennen um Naline herumgluckten, mit Ornelle als Oberhenne, und sie als eine Art großes Baby umhätscheln wollten. Bloß haßte Naline die Vorstellung, von ihnen als Kind behandelt zu werden. Sie wollte unabhängig sein. Erwachsen. Was sie natürlich nicht ist. Sie ist eine besitzergreifende, habgierige und sich selbst überschätzende Halbwüchsige. Da ich nicht wie eine Henne um ihr Küken um sie herumgluckte, hielt sie sich an mich. Das war alles, zuerst jedenfalls. Dann wurde es richtig kalt. Weißt du noch, wie es mitten im Winter war?" Sie sprach leise und hitzig. „Nun, also eines Nachts kam sie plötzlich, steif vor Kälte, unter meine Decke gekrochen. Oh, sicher – ich weiß, was ich in diesem Moment hätte tun müssen! Ich hätte ihr meine Decke überlassen und hinaus in den Schnee gehen sollen, um mich abzukühlen. Aber ich habe es eben nicht getan. So, wie ich in meinem Bett fror, während es draußen stockfinster war und stürmte, war ich nicht in der Verfassung für noble Gesten. Und als sie sich so weit aufgewärmt hatte, daß sie sich wieder bewegen konnte, also, was beim Kosmos hätte ich tun sollen, als ihre Hände plötzlich auf meinem Körper waren und ihre Zunge in meinem Ohr?"

Sie schlug sich mit der Hand auf den Schenkel. „Aber eins will ich dir sagen! Wenn Ornelle oder jemand anders von sich behauptet, er hätte anders gehandelt, lügt er."

„Weiter", forderte Lex sie unbewegt auf.

„Und ob ich weitermache! Wo ich schon einmal dabei bin, kann ich auch gleich reinen Tisch machen. Sieh mal, es ist schon ganz schön lange her, daß ich selbst so jung war wie Naline, und außerdem war meine Jugend sowieso ganz anders als bei ihr, also brauchte ich unverschämt lange, bis ich endlich begriff, warum sie sich so an mich hängte. Sie hat mich nie richtig gesehen, die Delvia, die ich wirklich bin. Sie hat eine Delvia erfunden, die es nie gegeben hat, lieb und großzügig, eine große Schwester und was weiß ich noch alles. Das erklärt, warum sie mir so hinterherläuft. Was glaubst du, warum ich die Männer wie – wie Trophäen genommen habe, selbst als es noch so kalt war, daß es verdammt ungemütlich war und bestimmt keinen Spaß gemacht hat? Weil ich versucht habe, diese nichtexistierende Delvia kaputtzumachen und Naline die wirkliche zu zeigen!"

„Hast du ihr gesagt, sie solle herkommen und heute hier mit dir arbeiten?"

„Nein. Ich gebe ihr keine Befehle. Ich habe ihr allerdings auch nicht gesagt, daß sie weggehen soll, weil ich dachte, sie würde sich schon wieder beruhigen. Doch das war nicht der Fall. Zuerst hat sie versucht, sich mit mir zu streiten, und als ich die Ruhe behielt, hat sie mir vorgeworfen, ich würde sie hassen, schnappte sich eine Pistole und rannte weg. Ich war überzeugt, daß sie doch keinen Schaden damit anrichten konnte, da ich die Waffen ja bekommen hatte, weil sie leer waren und wieder aufgeladen werden sollten. Ich hatte keine Ahnung, daß überhaupt noch ausreichend Energie für einen Blitz in der Pistole war!"

Sie war blaß, und ihre Lippen zitterten. Lex betrachtete sie lange. „Geh zu Jerode und rede mit ihm, Delvia", meinte er schließlich. „Ornelle hat einen Nervenzusammenbruch bekommen, und sie hat eine Menge Dinge gesagt, die ihm wahrscheinlich Grund genug sind, dich anzuhören. Vielleicht fällt euch dabei etwas ein, wie ihr verhindern könnt, daß man dich lyncht, wenn sich das mit Naline herumgesprochen hat."

XI

Die kleine Expedition brach beim ersten Licht des nächsten Tages auf – einmal, um so weit wie möglich voranzukommen, bevor sie ein Lager für die Nacht aufschlagen mußten, und zum anderen, weil sie vermeiden wollten, daß aus ihrem Aufbruch eine große Zeremonie gemacht wurde. Lex, der das Gelände hatte erkunden wollen, war drei oder vier Kilometer das Flußbett hinaufgegangen bis zu einem Hügel, von wo aus er einen guten Blick über die nächsten Kilometer hatte, und so wußte er, daß der Weg zunächst ziemlich frei war. Was allerdings das Wetter betraf, so hätte er vielleicht ihren Aufbruch verschoben. Wind von der See her trieb die Wolken zusammen, die am Tag zuvor noch am Horizont zu sehen gewesen waren, die Sonne hatte sich versteckt, und sobald die Wolken das Festland erreichten, wurden sie aufwärts getragen.

Mit etwas Glück würden sie ihren Regen erst ausschütten, wenn sie weiter landeinwärts über höherem Gelände waren, und dann weiterziehen. Allerdings verdüsterten sie den ersten Teil des Unternehmens, und ein- oder zweimal mußte die Gruppe sogar Zuflucht zu ihren Taschenlampen nehmen, obwohl die Morgendämmerung längst vorbei war. Zumindest regnete es nicht.

Den Menschen, die sie zurückließen, wäre es anders vielleicht lieber gewesen. Regen bedeutete frisches Wasser zum Waschen, und die spärliche Trinkration aus Aldrics Solardestilliergeräten würde auf jeden Fall nicht lange vorhalten, wenn die Sonne nicht zurückkam.

DER Kontrast zu der Expedition am Ende des letzten Sommers war erstaunlich. Diesmal war es erheblich härter. Alle Arten frischgesprossener Pflanzen säumten den Fluß, und von den Ufern her erstreckte sich ein Netz aus verschlungenen Wurzeln in das Flußbett. Das Ausbleiben des Wassers hatte sie trocken und porös werden lassen, und dort, wo die letzten Pfützen gewesen waren, türmten sich die Kadaver verwesender Süßwassertiere. Anfangs gab es zu beiden Seiten noch Bäume, die zwischen sechs und fünfzehn Meter hoch und in einen regelrechten Dschungel aus Kletter- und Schlinggewächsen und Pflanzen gehüllt waren, für die man noch keinen Namen hatte. Der Fluß wurde schmaler und sein Lauf steiler; dann trat Gestrüpp an die Stelle der Bäume, das nur halb so hoch, aber genauso mit Schlingpflanzen überzogen war.

Das Flußbett war ausgetrocknet, und es ließ sich gut gehen. Im Laufe des Morgens kamen sie zügig voran, begleitet von seltsamen Lauten und Geräuschen: Merkwürdig geformte Vögel, gelbgrau und braun, kreischten und schrien, Schaleninsekten zirpten und schwirrten, und manchmal erklang ersticktes Grunzen, das vermuten ließ, daß irgendein großes Tier von einem anderen überwältigt worden war und jetzt erwürgt wurde.

Lex und Baffin wechselten sich mit der Führung ab, die Energiepistolen schußbereit in den Händen. Neben ihnen ging Lodette; ihre Augen waren ständig in Bewegung, um die anderen mit ihren Fachkenntnissen zu warnen, wenn sie an giftige Pflanzen wie Pustelkraut kamen, oder sie vorsichtshalber zu stoppen, wenn sie etwas entdeckte, das sie noch nicht kannte. Hin und wieder nahm sie einen neuen der unersetzlichen Würfel für ihre einzige Kamera. Sie hatten mehr als fünfhundert aus dem Schiff retten können, aber die waren inzwischen fast alle von Bendles Team verbraucht worden.

Zanice und Aggereth, beide ein wenig ängstlich, folgten ihr, während Minty und Aykin, der die schwere Last von Funkgerät und Akkumulator auf seinem breiten Rücken trug, zusammen die Nachhut bildeten.

Es war fast Mittag, als ganz in der Nähe wieder jenes unerfreuliche, erstickte Grunzen erklang. Zweige peitschten, als würde ein Monster durch das Unterholz stürmen, und die sieben blieben abrupt stehen. Lex hörte, wie Aggereths Zähne einen Augenblick klapperten, bevor er sie fest aufeinanderbiß.

Mit der Pistole in der Hand näherte er sich dem Ufer. „Lodette, wir sind doch bisher noch auf keine größeren Raubtiere gestoßen, oder?" fragte er über die Schulter hinweg.

„Nein. Und der Umgebung nach zu urteilen, dürfte es eigentlich auch keine geben. Ein Tier von, sagen wir, über fünfzig Pfund wäre zu schwer, um sich bei diesen dünnen Ästen in den Bäumen bewegen zu können, und zu plump, um rasch in diesem Unterholz vorwärts zu kommen. Große Raubtiere kommen meistens in savannenähnlichen Gegenden vor."

„Und was ist dann das da?" Lex war überrascht, daß seine Stimme so ruhig klang.

Aus dem Gewirr von Ranken und Schlingpflanzen spähte, keine drei Meter von ihm entfernt, der Kopf eines Tieres. Es war nur aufgrund des weit aufgerissenen Mauls als solches zu erkennen; die Evolution hatte hier nicht so viele Organe aus der Urgastrula hervorgebracht wie auf den meisten von Menschen besiedelten Planeten. Das Fell war gefleckt. Auf einem Gliederhals wackelte der Kopf hin und her.

„Das – äh . . ." Lodette brach ab und mußte schlucken. „Das ist ein Pflanzenfresser, Lex. Ich habe zu Hause im Dorf schon ein paar davon gesehen. Sie haben sich über unsere Salatbäume hergemacht, aber sie ließen sich ohne weiteres verjagen."

Der Mund schloß sich und öffnete sich wieder; der Kopf richtete sich aufwärts. Wieder stieß das Tier dieses gurgelnde Grunzen aus – und Lex ließ den Strahl seiner Waffe nach unten schießen, kreuz und quer und hin und her. Die Vegetation schrumpfte, sprang zurück, als seien die Zweige unter Spannung stehende Federn. Stinkender Rauch kräuselte in die Luft.

„Da hast du deinen Fleischfresser", sagte Lex leise.

Auf dem Boden kauerte, hockte oder ganz einfach lag ein Ding wie ein weicher schwarzer Beutel, mit dem Maul zuoberst. Es hatte sich um das Hinterteil des Pflanzenfressers geschlossen und sog an ihm, zersetzte ihn, schluckte ihn hinunter.

Sie sahen mit entsetzter Faszination zu. Es schien unmöglich, daß der schwarze Beutel, obwohl er ziemlich groß war, den Pflanzenfresser verschlingen könnte, der immerhin die Größe eines Ponys hatte. Und doch war es so. Jetzt, mit einem plötzlichen Plopp, verschwand er ganz.

„Das verdammte Ding muß unter der Erde leben!" stellte Lex fest. „Das da ist nur sein Mund!"

„Lex! Paß auf!" Es war Aykin, der etwa fünf Meter weiter hinten stand. Er hechtete vorwärts, doch Lex, dessen Reflexe, wie viele andere seiner Fähigkeiten, künstlich gesteigert worden waren, hatte schon beim Geräusch eines Kieselsteins, der in das Flußbett fiel, reagiert.

Zentimeter vor seinen Füßen, fast ganz unter Schlamm, toten Pflanzen und verschlungenen Wurzeln verborgen, öffnete sich ein anderer schwarzer Beutel. Die Bewegung warf den tarnenden Schlamm ab. Der Beutel klappte auf, schloß sich wieder und öffnete sich dann zu einem unglaublichen Durchmesser von über einem Meter, so daß Lex hinuntersehen konnte. Das Innere war mit farnähnlichen Zotten besetzt, die schlaff herunterhingen.

„Es sieht aus, als ob dieses Ding nicht nur essen, sondern auch trinken muß", meinte er nachdenklich.

„Du meinst – du meinst, daß alle beide zu ein und demselben Tier gehören?" fragte Aggereth entgeistert. „Dann ist das Ding vielleicht hier direkt unter unseren Füßen!"

„Das ist durchaus möglich", nickte Lex. „Eine Gefahr mehr, die ich nicht einkalkuliert hatte. Tja, dann müssen wir eben noch vorsichtiger sein. Lodette, siehst du irgendwelche charakteristischen Merkmale hier, nach denen wir uns richten könnten?"

Die Biologin biß sich auf die Lippen. Sie drehte sich langsam herum und musterte die Umgebung. Während sie überlegte, stieg der schwarze Beutel, der immer noch vergeblich nach Wasser schnappte, aus dem Boden, bis sein Rand fast einen

Meter hoch stand und das Flußbett wie ein häßliches Geschwür verunzierte. Ein intensiver, ekelerregender Gestank stieg auf, und unter der Erde blubberten Gase.

„Ja, genau", sagte Lodette plötzlich. Sie zeigte auf einen saftig aussehenden, bläulichgrünen Stengel mit Köpfen, die an Spargel erinnerten. „Das da ist eine Pflanze, die diese Pflanzenfresser besonders gern mögen. Gewöhnlich fressen sie alle Knospen, an die sie herankommen können. Hier dagegen wachsen sie bis auf den Boden, und nur ein paar Stellen sind abgefressen."

„Sie fressen das Zeug, wo sie nicht selbst gefressen werden, richtig?" sagte Minty mit einem schiefen Lächeln. Sie hielt sich mit beiden Händen an Aykins muskulösem Unterarm fest.

„Genau. Wo diese Triebe nicht abgefressen sind, können wir davon ausgehen, daß wir vorsichtig sein müssen."

„Ausgezeichnet, Lodette", lobte Lex. „Also, laßt uns weitergehen."

„Und das – das Ding da?" Aggereth deutete auf den schwarzen Beutel.

„Was soll damit sein?" gab Lex zurück. „Wir lassen es da liegen. Ohne Wasser stirbt es sowieso."

Nach der nächsten Biegung trat dann genau das ein, womit sie gerechnet hatten. Der grüne Dschungel, der den Fluß säumte, rückte näher zusammen, und sie sahen sich dem Eingang zu einem dämmrigen, grünlichen Tunnel gegenüber. Lex seufzte und bemerkte die Bestürzung in den Blicken der anderen, als er sich umsah.

„Es ist viel schlimmer als letztes Jahr", stellte Baffin fest.

„Das kann man wohl sagen." Lex blickte hinauf zum Himmel. Die Wolken wurden dunkler, und auch wenn es bisher trocken geblieben war, hatte er das Gefühl, daß der Regen jeden Augenblick losbrechen konnte. Er faßte einen Entschluß.

„Wir machen hier Rast. Bildet einen Kreis, und haltet die Umgebung hinter eurem Gegenüber im Auge. Wenn ihr die Rationen verteilt, denkt daran, daß wir vielleicht länger als ursprünglich geplant damit auskommen müssen. Ich finde, Aykin, wir sollten Kontakt mit Elbing aufnehmen, solange wir noch so nahe beim Dorf sind."

Die Gruppe gab sich keine Mühe, ihre Erleichterung zu verbergen. Sie setzten ihre Lasten ab und streckten sich dankbar. Nur Aykin, der auf den Pflanzentunnel starrte, zeigte zuerst keine Reaktion.

„Glaubst du wirklich, Lex", meinte er, „daß ein Erdrutsch das Hindernis ist, das den Fluß blockiert, wie wir vermutet haben?"

„Es scheint mir die wahrscheinlichste Erklärung."

„Sicher, aber sieh doch mal, wie dicht diese Pflanzen wachsen. Könnte es nicht sein, daß ihre Wurzeln so dicht verflochten sind, daß sie das Wasser nicht mehr durchlassen? Damit ließe sich doch erklären, wieso es am Ende des Sommers wieder fließt, weil dann nämlich die Vegetation abstirbt."

„Es wäre möglich, aber ich glaube es nicht. Sie müßten schon mit einem unvorstellbaren Tempo gewachsen sein, um den Fluß in etwas mehr als einer Stunde auszutrocknen, und genau das ist ja der Fall gewesen."

„Außerdem", mischte sich Lodette ein, „müßte sich dieser Fleischfresser am Ufer längst angepaßt haben, wenn es sich um ein ganz normales, saisonbedingtes Phänomen handeln würde. Aber wie es aussieht, stirbt er ja wohl ohne Wasser."

„Ja, richtig." Aykin machte sich daran, das Funkgerät aufzubauen.

„Ich glaube, ich weiß auch, wo der Erdrutsch wahrscheinlich passiert ist", fuhr Lex fort. „Erinnerst du dich noch an die Stelle, Baffin, wo der Fluß einen Schnitt in den Rand des Plateaus macht?"

„Wo wir über all das Geröll und die Felsen klettern mußten? Ja, natürlich. Die Ufer sind da oben ziemlich hoch. Was meinst du, ob sich das Wasser hinter dem Hindernis gestaut hat, oder hat es sich inzwischen ein neues Bett gesucht?"

„Ich hoffe, daß es sich ein neues Bett gesucht hat. Falls sich das ganze Wasser zu einem See gestaut hat, wird es wahrscheinlich den Lagerplatz der anderen Gruppe völlig überflutet haben."

„Fertig, Lex", meldet sich Aykin. Die beschwerte Antenne abschätzend in einer Hand, nahm er sorgfältig Maß und warf sie hinauf in die Spitze des höchsten Baums in der Nähe. Damit war sie zwar nicht mehr als etwa vier Meter vom

Boden weg, aber bei dieser kurzen Distanz müßte es eigentlich reichen.

Und das tat es auch. Das Signal war deutlich, wenn auch schwach – da der Sender für Orbit-Boden-Kommunikation ausgelegt war, brauchte er normalerweise eine stärkere Stromquelle als einen GD-Akkumulator. Lex beschrieb, wie sie vorangekommen waren, und berichtete von dem „Tunnel", der sie jetzt erwartete.

Elbing nahm die Informationen lakonisch entgegen und übermittelte alles Gute von Jerode.

„Wie geht es Naline?" wollte Lex wissen.

„Besser, habe ich gehört. Aber die Gemüter sind ganz schön erhitzt. Der Doc hat den Leuten erklärt, wie er die Fakten sieht – daß Naline wußte, daß die Pistole nicht geladen war, und sich deshalb nicht wirklich hat umbringen wollen, sondern nur Aufmerksamkeit erregen wollte und so weiter. Trotzdem ist und bleibt das Ganze ziemlich unerfreulich."

Was würden sie bei ihrer Rückkehr vorfinden? Hysterie? Rufe nach einer Verhandlung? Lynchjustiz? Lex mochte nicht an die Möglichkeiten denken. Er meldete sich ab.

„Wie ist das Wetter?" wollte Elbing noch wissen.

„Bisher haben wir noch keinen Regen gehabt", berichtete Lex. „Wenn wir Glück haben . . ."

Genau in diesem Augenblick krachte es aus dem Funkgerät. Er warf einen Blick auf die Berge und sprang dann auf. Ja, die dunklen Wolken ballten sich jetzt über dem höher gelegenen Gebiet; er sah, wie Blitze wie Silberfäden über ihre watteartige Oberfläche zuckten, und in der Ferne konnte man das Grollen des folgenden Donners hören.

Auf ihrem zusammengerollten Bettzeug hockend, aßen sie hastig ihre Ration. Baffin wischte sich die letzten Krümel von der Oberlippe und meinte: „Ich wollte dich noch etwas fragen, Lex."

„Hm?"

„Wenn die andere Gruppe wirklich tot sein sollte, was meinst du, woran sie gestorben sind? Einfach an der Kälte?"

„Ich könnte es mir vorstellen. Was meinen Sie, Zanice?"

„Schon möglich. Wir sind ja auch nicht ganz ungeschoren davongekommen. Denkt nur an Elbings Bein."

„Es könnte aber auch eine Krankheit gewesen sein", warf Minty ein. „Oder sie haben die falschen einheimischen Nahrungsmittel gegessen. Ich glaube nicht, daß sie so viele Nahrungssynthetisierer gehabt haben wie wir, oder?"

„Weder das noch Fachleute, die sie so umbauen konnten, daß sie Antiallergene und dieses Zeug produzieren könnten", bestätigte Baffin. „Wir haben ja versucht, sie zu überreden, mit uns ins Dorf zu gehen, weil sie da oben kaum etwas hatten. Meilenweit keine Spur von Holz, etwas Süßwasser, aber lange nicht soviel, wie wir haben – hatten! – alles nur nackter Felsen . . . Aber sie wollten unbedingt da oben bleiben."

„Nun, sie sind ja genauso hier gelandet wie wir", entgegnete Lex. „Das heißt halb erstickt." Er hatte sein Stück Synthesekuchen aufgegessen, verschränkte die Hände um die Knie und begann, vor und zurück zu schaukeln. „Sie werden also kaum Zeit gehabt haben, ihre Landung zu planen. Und es hat einiges für sich, auf nacktem Boden herunterzugehen, wenn man auf einem unbekannten Planeten landet, denn man hängt nicht sofort mitten unter fremden Pflanzen, Tieren und giftigen Dingen. Und die einzigen Fachleute, die in Gomes' Gruppe waren, besaßen nur Kenntnisse auf Gebieten, die ihnen nicht viel nützen konnten, wie Technik zum Beispiel. Auf der anderen Seite muß ich allerdings zugeben, daß Baffin irgendwie recht hat. Als sie wußten, daß wir einen Arzt und einen erfahrenen Biologen unter uns hatten, war es unvernünftig von ihnen, nicht mit uns stromabwärts zu unserem Lagerplatz zu kommen. Sicher, es hätte eine ungeheure zusätzliche Belastung für uns bedeutet, aber auf der anderen Seite hätten wir auch eine ganze Menge Arbeitskräfte dazubekommen."

„Ich meine, sie waren regelrecht dumm", entgegnete Baffin. „Und das habe ich ihnen auch gesagt. Wenn sie Angst hatten, irgendwo anders als auf nacktem Boden zu landen, hätten sie sich doch wenigstens irgendwo eine flache Wüstengegend aussuchen können, wo Grundwasser in der Nähe war. Es war der größte Schwachsinn, sich ein kleines felsiges Plateau so hoch über dem Meeresspiegel auszusuchen."

Aggereth stand auf und schlüpfte in seinen Rucksack. „Sagt mal, findet ihr das nicht ein bißchen akademisch?“ meinte er barsch. „Ich meine dieses Gerede, ob ihr Entschluß richtig oder falsch war! Schließlich sind wir auf dem Weg, ihr Grab zu plündern.“

„Du hast recht“, pflichtete ihm Lex bei. „Also dann, auf geht's!“

XII

DURCH den sie umgebenden Tunnel aus Pflanzen kamen sie stetig voran. Lex runzelte die Stirn, als er sah, wie dicht die Vegetation war, die die Ufer säumte und darüber hinwegrankte. Er hatte einen zusätzlichen Tag für die Rückkehr eingeplant, aber wie es jetzt aussah, hatte er sich damit schwer verrechnet. Entweder würden sie sich damit zufriedengeben müssen, den Lagerplatz der anderen Gruppe nur kurz zu inspizieren, anstatt sich dort gründlich nach nützlichen Dingen umzusehen, oder sie würden mit ihren Rationen einen Tag länger auskommen müssen. Auf dem Rückweg würden sie nicht klettern müssen wie jetzt – sie waren inzwischen in steileres Gelände gekommen –, aber auch bergab würden sie nicht schneller vorwärts kommen, wenn sie gezwungen waren, sich jeden Meter freizuschlagen.

Im Unterholz bewegten sich Tiere; hin und wieder huschten Schatten über Äste, die über den Fluß reichten, und verursachten mit Krallenfüßen kratzende Geräusche. Einmal riß er seine Pistole hoch und jagte einen Schuß in die Luft, worauf ein Ding mit sechs symmetrisch angeordneten Beinen und einem Nadelkissenkörper vor ihnen herunterfiel. An der Mitte seiner Unterseite hing ein langer, elastischer Tentakel mit einem klebrigen Ball an der Spitze. Lodette bestätigte Lex' spontane Vermutung, daß es sich dabei um eine Beutefalle handeln könnte, obwohl sie bezweifelte, daß der Ball einen Menschen verletzen konnte, es sei denn, er war giftig. Niemand hatte jedoch Lust, das herauszufinden.

Sie waren übereingekommen, an diesem ersten Tag so weit

wie möglich voranzukommen, und deshalb lagerten sie nicht sofort nach Sonnenuntergang, sondern gingen mit Lampen weiter. Doch schließlich wurde es zu anstrengend, denn oft mußten sie mehr klettern als gehen, weil das Flußbett hier von losen Felsen übersät war.

„Genug ist genug", sagte Lex irgendwann. „Schlagen wir hier unser Lager auf, ja? Die Stelle ist ganz gut hier. Baffin, brenn die Vegetation ein Stück zurück. Ihr übrigen geht etwas zur Seite – nicht, daß ihr nachher noch in Flammen aufgeht."

Die anderen gehorchten. Mit ihren Pistolen mähten Lex und Baffin die Pflanzen in einem Kreis von etwa fünfzig Metern ringsherum nieder. Der faule Gestank von verbranntem Grünzeug erfüllte die Luft, war aber nach kurzer Zeit schon wieder verschwunden.

Sie bereiteten ein Feuer aus trockenen Wurzeln und wärmten Suppe zum Trinken auf, dann teilten sie die Wachen ein und ließen sich endlich erschöpft auf ihren Decken nieder. Es war ganz still, nur hin und wieder schrie ein Tier. Lex, der Minty für die erste Wache eingeteilt hatte, dachte, als er sich hinlegte, daß man es fast als friedlich bezeichnen konnte.

Doch plötzlich stieß Minty einen Schrei aus. Aus dem Halbschlaf gerissen, fuhren alle auf.

„Wasser!" schrie sie und ließ den Strahl ihrer Taschenlampe über den Boden gleiten. „Seht!"

Bräunliche Rinnsale liefen über Kieselsteine und trockenen Schlamm. Aggereth sprang hektisch auf.

„Wenn das der Fluß ist, der zurückkommt, müssen wir schnellstens von hier weg! Sonst könnten wir ertrinken!"

„Es ist aber nicht der Fluß, der zurückkommt, und wir werden auch nicht ertrinken", erwiderte Lex, nachdem er sich das Ganze sorgfältig angesehen hatte. „Es sind die ersten Auswirkungen des Unwetters vor uns. Es wird uns überhaupt nichts passieren, solange wir uns nicht im tiefsten Teil des Flußbetts hinlegen, auch wenn es da vielleicht besonders eben ist."

Mit einem ärgerlichen Brummen brachte Lodette, die sich ein flaches Stück getrockneten Schlamms ausgesucht hatte, das eine der letzten Pfützen gewesen sein mußte, ihre Sachen an einer höher gelegenen Stelle in Sicherheit.

„Meinst du, ich sollte besser Elbing anfunken?“ fragte Aykin. „Damit sie vorbereitet sind, wenn es sie erreicht? Ein bißchen Regenwasser ist immerhin besser als nichts.“

Lex schüttelte den Kopf. „Es wird nicht bis zur Küste kommen, weil es vorher von dem trockenen Boden aufgesaugt wird.“

„Bist du sicher?“

Barsch, weil er müde war, wollte Lex gerade antworten: „Natürlich bin ich sicher“, doch dann zögerte er. Überrascht wurde er sich bewußt: *Ja, ich bin sicher. Weil ich anfange, ein Gefühl für diesen Planeten zu bekommen. Wie bei diesem Tier mit dem klebrigen Ball unter dem Bauch. Ich habe noch nie so etwas gesehen, trotzdem wußte ich irgendwie, was es sein mußte.*

Erstaunlich. Er grinste Aykin listig an. „Natürlich, denn wenn ich es nicht wäre, würde ich doch mit meinem Bett umziehen, oder? Und jetzt mach, daß du schläfst!“

Er hatte recht. Am Morgen zeugten nur noch ein paar feuchte Stellen davon, daß es geregnet hatte, als sie verbissen ihren Weg flußaufwärts fortsetzten. Es ging jetzt ganz deutlich „aufwärts“; sie kamen an lange Stromschnellen und kleine, steile Fälle, und einmal konnten sie ein paar hundert Meter lang über sich den klaren Himmel sehen, als die Vegetation dünner wurde. Während des Frühstücks hatten sie mit Elbing gesprochen, der ihnen gesagt hatte, daß Jerode eigentlich mit ihnen hatte reden wollen, jetzt aber noch schlief, da er eine unruhige Nacht hinter sich hatte. Ornelle hatte wieder einen hysterischen Anfall gehabt, und irgend jemand im Junggesellinnenhaus hatte Delvia Pustelkraut ins Bett gelegt und einen gewaltigen Aufruhr verursacht.

Es brauchte nur jemand mit schlechtem Beispiel voranzugehen, dachte Lex, als er sich seinen Weg über tückische Kieselsteine suchte, und schon benehmen sie sich alle wie die kleinen Kinder. Verfluchte Naline!

Gegen Mittag hatten sie ihr Ziel greifbar vor Augen. Hin und wieder waren die höchsten Felsen in der Nachbarschaft des Plateaus zu sehen, und einmal sah Lex einen Sonnenstrahl, der von etwas, das der Rumpf des Raumschiffs – oder auch nicht –

hätte sein können, reflektiert wurde. Aber noch waren sie nicht auf das Hindernis im Fluß gestoßen, und alle starrten nach vorn statt ständig zur Seite, als erwarteten sie, jeden Augenblick den Damm zu sehen. Lex mußte sie ermahnen, nicht unvorsichtig zu werden.

Dann sichtete er an einer Biegung, halb eingesunken in den weichen Boden, einen abgeflachten, fast kubischen Felsblock mit einer Seitenlänge von etwa zehn Metern. Dort würde ein guter Platz für ihre Mittagsrast sein. Dankbar kletterten sie über die kleineren Felsen ringsum hinauf, um ihre Lasten auf seiner flachen Oberfläche abzulegen.

Aykin baute das Funkgerät auf, und während er auf seiner Ration Synthesekuchen kaute, hörte Lex, wie Elbing den Ruf durch das während des Tages übliche Knistern solarer Störungen bestätigte und nach ihm fragte, weil Jerode mit ihm sprechen wollte.

„Wie sieht's aus, Doc?" meldete sich Lex.

„Übel", kam die knappe Antwort. „Habt ihr den Erdrutsch schon gefunden? Es ist heute wieder heiß hier unten, und wir brauchen dringend das Wasser. Allein der Gestank von unserem Abwasser kann einen schon verrückt machen."

„Nein, noch nicht", berichtete Lex. „Und wir sind schon fast in Sichtweite des Plateaus. Er muß genau da oben sein, wo wir ihn vermutet haben, ganz in der Nähe des anderen Landeplatzes. Wenn alles gutgeht, müßten wir die Blockade noch heute nachmittag erreichen, aber es kann sein, daß wir erst morgen versuchen können, sie zu beseitigen."

„Tut, was ihr könnt! Der Wassermangel verschlimmert nur eine Situation, die ohnehin schon explosiv genug ist. Ich habe die Sehkraft von Nalines rechtem Auge retten können, aber ihr linkes braucht eine neue Hornhaut, und mit den Mitteln, die mir hier zur Verfügung stehen, kann ich nichts machen. Ich hätte im letzten Winter wohl besser eine Organbank angelegt, anstatt die Toten so zu begraben, aber es gab so verdammt viel anderes zu tun . . . Hat Elbing Ihnen erzählt, was Delvia gestern abend passiert ist?"

„Ja."

„Nun, ich neige eher zu Delvias Version der Geschichte mit

Naline, aber die Fakten sind nun mal da, und die meisten anderen Frauen sind gegen sie. Heute morgen kam Nanseltine ziemlich aufgeblasen zu mir, weil ihn ein paar von ihnen aufgefordert haben, Delvia vor ein Gericht zu stellen. Ich habe zwar keine Ahnung, weswegen man sie anklagen könnte – ich glaube nicht, daß es eine solche Straftat im Vereinheitlichten Galaktischen Gesetzbuch gibt –, aber das wird die kaum aufhalten. Sie werden sich schon irgend etwas einfallen lassen." Trotz der Störung klang aus seiner Stimme deutlich Abscheu heraus. „Und natürlich stehen viel zu viele Leute herum und ringen die Hände. Unter anderem die ganze Mannschaft von Cheffy."

Lex biß sich auf die Lippen. Er sah, wie Baffin die Stirn runzelte und Minty und Aykin besorgte Blicke austauschten. In der Hoffnung, daß sie vielleicht irgendwelche brauchbaren Vorschläge hätten, warf er ihnen einen aufmunternden Blick zu.

„Dieser verfluchte Nanseltine!" sagte Minty und spuckte über den Rand des Felsens, auf dem sie saßen.

„Weniger er als seine Frau", korrigierte Zanice sie ruhig. „Ich weiß Bescheid. Der Doc hat mich oft losgeschickt, wenn sie ihn gerufen hatten – sie legen sich tatsächlich schon mit einem Kratzer am Finger oder einem blauen Fleck am Schienbein ins Bett, und beim kleinsten bißchen Kopfschmerzen glauben sie, todkrank zu sein. Ich habe gesehen, was los ist. Wenn man irgendwie hoffen könnte, sie an eine nützliche Arbeit zu bekommen, dann würde ich vorschlagen, daß Lex sie für sein Bergungsteam einteilt und das Boot dann draußen vor der Küste klammheimlich versenkt."

Baffin kicherte.

„Tut mir leid, Doc, aber uns fällt dazu auch nichts ein", meldete sich Lex. „Wir werden zusehen, daß wir dieses Hindernis finden, und Sie dann wissen lassen, wann Sie wieder mit dem Wasser rechnen können. Okay?"

„Hoffentlich bald. Wir werden das Funkgerät Tag und Nacht besetzt halten." Es trat eine Pause ein, dann war seine Stimme wieder schwach zu hören, als spräche er zu jemand anderem. „Was will der denn schon wieder? . . . Also gut, sag ihm, ich komme gleich!"

Ein Seufzer, dann meinte er lauter: „Lex, jetzt habe ich

Rothers auf dem Hals. Ich muß Schluß machen. Tun Sie, was Sie können, und sehen Sie zu, daß Sie so schnell wie möglich wieder zurück sind."

Sie waren sehr still, als sie zu Ende aßen und dann ihre Sachen aufsammelten, um weiterzugehen. Das blauweiße Sonnenlicht kam ihnen plötzlich bedrückend und kalt vor.

Baffin hatte die Führung übernommen, während Lex die Nachhut bildete. Die Vegetation war jetzt bis auf spärliches Gestrüpp zurückgegangen, und sie brauchten nicht mehr so wachsam zu sein. Trotzdem kamen sie nicht schneller voran, denn alle paar hundert Meter wurden sie von einem ausgetrockneten Wasserfall oder einer Wand aus bröckeligem Gestein von bis zu sechs Meter Höhe aufgehalten, die beim Hinaufklettern nur schlechten Halt boten.

Sie standen wieder einmal vor einer solchen Felswand von ungefähr zweieinhalb Meter Höhe, und Baffin machte sich daran, das Hindernis wie gewöhnlich zu nehmen. Er stellte sich davor auf, ging in die Knie und sprang dann hoch, um mit den Armen und dem Oberkörper über den Rand zu kommen. So blieb er eine Sekunde hängen und starrte auf etwas, was die anderen nicht sehen konnten. Anstatt sich dann aber ganz hinaufzuziehen, ließ er sich atemlos wieder fallen.

„Was ist los?" brummte Lex ärgerlich.

„Da hätten wir unser Hindernis", gab Baffin zurück und wischte sich über die Stirn. „Sieh es dir selbst an."

Lex zog sich hoch, schwang die Beine auf den Felsen und richtete sich auf. Die Hand über die Augen gelegt, blickte er auf das, was Baffin so in Erstaunen versetzt hatte. Von hier aus führte der Fluß gerade auf die Felsen zu, die das Plateau umgaben. Ein paar hundert Meter vor ihnen, ungefähr da, wo er den Erdrutsch vermutet hatte, entdeckte er eine Mauer. Sie blockierte nicht nur das Flußbett, sondern reichte auch noch ein beträchtliches Stück auf beiden Seiten aufs Ufer und schloß sich mit den Hängen zu einem fortlaufenden Damm. An ihrem Fuß waren schwere Felsblöcke aufeinandergestapelt, und in Abständen war sie mit Holzbalken verstrebt, zwischen denen Lex Matten und Faschinen aus geflochtenen Zweigen zu erkennen glaubte, die mit Blättern und Lehm abgedichtet waren.

Er stand noch immer da und starrte auf die Mauer, als Baffin zu ihm hinaufgeklettert kam und sich dann umdrehte, um den anderen zu helfen.

„Was ist es?" rief Minty von unten herauf.

„Ein Damm", antwortete Lex knapp. Er musterte das Bauwerk eingehend. An den Seiten des Flußbetts sah er zwei extrastarke Pfosten, und die Faschinen zwischen ihnen schienen nicht starr, sondern nur festgebunden zu sein, so daß sie ein provisorisches Schleusentor darstellten.

Aber . . .! Lex war so überrascht, daß er unwillkürlich einen Schritt vortrat. Ein Blick nach rechts und links zeigte ihm das ungefähre Niveau, das das aufgestaute Wasser schließlich erreichen würde. Selbst wenn diese Pfosten und Faschinen noch so stark waren, konnte dieser Damm einfach nicht halten!

Inzwischen waren auch die anderen oben, und überraschte Ausrufe waren zu hören. Aykin wollte gerade das aussprechen, was alle dachten, als sie von einer leisen Stimme unterbrochen wurden. „Das Ding haben Menschen gebaut! Das bedeutet . . ."

„Stehenbleiben! Alle!"

Sie erstarrten. Zwischen den Felsen tauchte ein Mann in einem zerlumpten grauen Hemd und einer braunen Hose auf, der sich dort versteckt hatte. Er war dunkel verbrannt von der Sonne und blinzelte gegen die grellen Strahlen. Aber er hielt eine Energiepistole in der Hand, und die bewegte sich keinen Millimeter.

„Wir haben Sie erwartet", stellte er im Plauderton fest. „Wir haben Ihren Funkverkehr abgehört, als Sie stromaufwärts kamen. Schön, nehmt ihnen jetzt die Pistolen ab!" fügte er lauter hinzu, worauf weitere Männer, die genauso braun waren wie er, aus ihren Verstecken zum Vorschein kamen.

„Was soll der Blödsinn?" platzte Baffin heraus. „Sie haben kein Recht, uns wie – wie Diebe zu behandeln!"

„Wollten Sie nicht unseren Damm zerstören?" sagte der Mann. „Wollten Sie uns nicht unsere wichtigste natürliche Quelle wegnehmen?"

„Tut, was er sagt", wies Lex die anderen an. Er warf seine eigene Pistole auf den Boden.

„Aber . . .!"

„Tut, was er sagt", wiederholte Lex entschlossen, und wutentbrannt gehorchten sie.

„Sehr vernünftig", nickte der erste der Wegelagerer und wandte sich dann polternd an seine Begleiter. „Ein bißchen Beeilung, ja?"

„Ich glaube, wir haben uns schon letztes Jahr kennengelernt", fuhr Lex fort. „Sie heißen Cardevant, wenn ich mich nicht irre."

„Sie irren sich nicht." Der braungebrannte Mann musterte ihn eindringlich. „Ja, richtig. Sie kamen mit Captain Arbogast und wollten uns überreden, bei Ihrer defätistischen Politik mitzumachen und hier oben alles aufzugeben, um statt dessen von Ihnen Befehle entgegenzunehmen. Der Mann da neben Ihnen kommt mir auch bekannt vor." Er grinste säuerlich und steckte seine Waffe ein; seine Begleiter hatten jetzt alle Pistolen der Neuankömmlinge an sich genommen.

„Na, was sagen Sie dazu?" Er wies mit dem Daumen in Richtung Damm. „Das ist was, hm? Unser Wasserreservoir!"

„Uns als Räuber zu bezeichnen!" schrie Minty. „Wer hat denn wem den Fluß gestohlen?"

„Nun, Sie können den Rest ja haben, wenn das Reservoir voll ist."

„Früher", gab Lex ruhig zurück.

„Ist sich der Herr da so sicher? Glauben Sie mir, es wird eine ganze Zeit dauern." Er lachte. „Und wie gesagt, wir haben Ihren Funkverkehr ständig abgehört. Hat sich nicht Ihr Doktor vorhin erst beschwert, daß Ihr Abwasser stinkt?"

„Was hat das eine mit dem anderen zu tun? Das Wasser wird von selbst zurückkommen. Ich würde sagen – hm . . . Also, ich müßte natürlich die andere Seite des Damms sehen, um ganz sicher zu sein, aber ich schätze, daß er in zirka drei Tagen, vielleicht auch noch eher, brechen wird."

Als ob er einen Schlag in den Magen bekommen hätte, klappte Cardevant den Mund zu und sog zischend die Luft ein. „Sie mieser defätistischer Dreckskerl! Ich werde mir Ihre höhnischen Bemerkungen keine Sekunde länger mit anhören!“ Er fuhr herum und machte seinen Begleitern ein Zeichen. „Setzt sie in Bewegung!“ bellte er. „Nehmt sie mit, und bringt sie zu Captain Gomes!“

XIII

Als sie endlich vor Captain Gomes standen, fühlte sich Lex regelrecht krank. Die Anstrengungen, die hier gemacht worden waren, waren unvorstellbar. Und die Entscheidung, sie zu machen, war der reinste Wahnsinn.

Der Fluß, dessen Quelle irgendwo in den unerforschten Bergen hinter diesem Plateau lag, floß jetzt in das Becken hinter dem Damm. Es war leicht zu sehen, wie er erbaut worden war. Zuerst waren die Seiten hochgezogen worden, dann hatte man Felsbrocken ins Wasser gerollt, auf denen die Arbeiter stehen konnten, während sie die Pfosten einrammten, und dann waren die Matten und Faschinen herabgelassen, festgezurrt und schließlich mit Erde und Blättern abgedichtet worden. Hundert oder mehr Leute mußten hier wie Sklaven geschuftet haben, um ein so großes Bauwerk in einer so kurzen Zeit hochzuziehen. Und es war sicher, daß es bald einstürzen würde.

Die Bezeichnung „wie Sklaven“ schien ganz treffend, dachte Lex. Als sie nämlich die letzten hundert Meter zum Plateau hinaufgetrieben wurden, hatte er gesehen, wie Gruppen zerlumpter und ausgemergelter Männer und Frauen im Schweiße ihres Angesichts daran arbeiteten, den Damm zu verstärken, während ihnen ein Mann Befehle zuschrie. Auf dem Plateau selbst, an dessen Rand das Schiff lag – wie ein zerdrücktes Ei, erinnerte sich Lex düster –, hätte man irgendwelche Gebäude erwartet, aber sicher nicht das, was hier wirklich stand: primitive Schuppen aus den gleichen, mit Lehm verputzten Matten, die wie Viehställe aussahen. Es stank nach Abwässern und Rauch, und in Herdstellen aus Lehmsteinen brannten offene Feuer, über denen grobe Kessel an Dreifüßen hingen.

Mit ausdruckslosen Gesichtern starrten Männer und Frauen den Neuankömmlingen nach, als sie an ihnen vorbeikamen, doch Aufseher trieben sie mit Schreien zurück an die Arbeit.

Rings um das Schiff war ein Holzgerüst errichtet worden, von dem unordentlich Seile herabhingen. Lex hatte schon über die Arbeit gestaunt, die es gekostet haben mußte, die Pfosten des Damms den ganzen Weg vom nächsten Wald hierherzuschleppen, der Kilometer entfernt war. Aber so viele große Stämme herzuschaffen! Es war nicht zu fassen.

Müde, hagere Arbeiter trieben Steine unter den Rumpf, und andere stemmten sich auf Hebestangen aus Holz. Ein Kind von etwa zehn Jahren schlug auf einer Metallpfanne den Rhythmus, zu dem sie ächzend die Balken anhoben. Offensichtlich wollte man versuchen, das Schiff aufzubocken, damit man die beschädigten Bodenplatten schweißen konnte.

Wahnsinn! Der reinste Wahnsinn! Lex ballte die Fäuste. Er hatte mit vielem gerechnet, als er überlegt hatte, was sie hier finden würden, aber die Wirklichkeit überstieg alle Vorstellungen.

Cardevant ging mit Gewittermiene voraus. Minty war zu entsetzt, um sich noch länger zurückhalten zu können, und rief, als sie hinter dem braungebrannten Mann hergetrieben wurde, Lex zu: „Sie schaffen es nie vor dem Winter! Und wenn sie sich nicht entsprechend auf ihn vorbereiten, werden sie . . ."

Cardevant wirbelte so schnell herum, daß Minty noch nicht einmal Zeit hatte zusammenzuzucken, und schlug ihr ins Gesicht.

„Wir werden den nächsten Winter genauso überstehen, wie wir den letzten überstanden haben!" erklärte er. „Und wenn die Schwächlinge sterben, ist es kein Verlust, verstanden?"

„Wie kommen Sie dazu, meine Frau zu schlagen?" Aykin war trotz seiner stämmigen Statur sehr schnell, und auch das Gewicht des Funkgeräts und des Akkumulators, die er immer noch auf dem Rücken trug, schien ihn nicht zu behindern. Seine Faust schoß so schnell vor, daß selbst Lex ihr nicht folgen konnte, und plötzlich taumelte Cardevant rückwärts, verlor den Halt und fiel der Länge nach auf den steinigen Boden.

Er war im Augenblick nicht gefährlich, dafür aber die anderen. Lex schätzte spontan ab, wer von ihnen am ehesten zu den Pistolen greifen würde, die sie ihnen abgenommen hatten, und stürzte sich auf ihn. Er konnte den Arm des Mannes gerade noch rechtzeitig hochschlagen, so daß der Strahl, der für Aykin bestimmt war, in die Luft zischte.

„Cardevant!" brüllte Lex und schnappte sich das Handgelenk des Mannes, der gefeuert hatte. „Ich rate Ihnen eins: Sorgen Sie dafür, daß uns nichts passiert, verstanden? Wir haben über achthundert wohlgenährte und gut untergebrachte Leute, und Sie haben genau halb so viele verhungerte und geknechtete Sklavenarbeiter!"

„Sie dreckiger Defätist!" schleuderte ihm Cardevant entgegen. Er rappelte sich mühsam auf. Lex fiel auf, daß dieses Wort hier offensichtlich eine politische Bedeutung angenommen hatte. „Wohlgenährt und gut untergebracht, was? Und was ist mit durstig?"

Lex blickte ihn nur an.

Nach ein paar Sekunden ließ Cardevants Wut nach, sein Ton allerdings blieb genauso barsch wie vorher. „Okay, ich schätze, ich hätte Ihre vorlaute Freundin nicht ohrfeigen sollen. Aber wenn ihr da unten so fett seid und es euch bequem gemacht habt, dann nur, weil ihr die Hoffnung aufgegeben habt. Wir nicht. Wir arbeiten hart, um von diesem Dreckball wegzukommen, verdammt hart. Und wir werden uns von nichts aufhalten lassen, am allerwenigsten von euch!"

Captain Gomes saß auf einem Stuhl, den man aus einem Baumstumpf angefertigt hatte, unter einer aus Decken improvisierten Plane und war in Notizen auf Fetzen von Papier vertieft. Man war hier also offensichtlich nicht auf die Flußpflanze gekommen, die unten im Dorf als Papier benutzt wurde. Bei ihm war ein zweiter Mann, den Lex ebenfalls schon im letzten Jahr kennengelernt hatte, sein zweiter Offizier Probian.

„Gute Arbeit, Cardevant", lobte Gomes, als die sieben Gefangenen zusammen vor ihn getrieben wurden, und lehnte sich zurück. Er war ein beleibter Mann und hatte nur Shorts an; seine behaarte Brust glänzte vor schmierigem Schweiß. Gomes bildete einen überraschenden Gegensatz zu der Hagerkeit von fast allen anderen. „Das sind also die Burschen, die unseren Damm zerstören wollten, hm? Offensichtlich können sie es nicht ertragen, wenn jemand mehr Grips hat als sie!"

Lex und seine Begleiter schwiegen düster.

„Hast du ihre Sachen schon durchsucht?" fuhr Gomes fort.

„Nein, Sir", antwortete Cardevant. „Ich habe nicht eingesehen, warum wir sie hierher hätten schleppen sollen."

Gomes lachte. „Schön, dann mach es jetzt! Los, laßt das Zeug fallen!" Er verschränkte die Arme.

Lex zuckte die Achseln und gehorchte. Die anderen folgten seinem Beispiel, und Cardevant und Probian machten sich daran, den Inhalt des Gepäcks zu inspizieren.

„Die Pistolen haben wir ihnen natürlich abgenommen, Captain", sagte Cardevant, während er in Lex' Bündel griff. „Sie hatten jeder eine bei sich."

„Sieben Pistolen!" Gomes runzelte die Stirn. „Und ihr habt sie mit einer einzigen überwältigt? Das nenne ich eine lohnende Investition. Und auch noch ein Funkgerät, wenn ich das richtig sehe – oder, Probian?"

„Ja, Sir." Probian sah sich gerade Aykins Ausrüstung an. „Mit einem GD-Akkumulator in erstklassigem Zustand. Den können wir gut gebrauchen."

„Die Pistolen noch besser", brummte Gomes. Wenn das seine ehrliche Meinung war, dachte Lex, war damit die ganze Situation hier schon erklärt.

„Medikamente, nehme ich an", murmelte Cardevant, der sich jetzt mit Zanices Bündel beschäftigte. Er packte die Sachen aus: ein paar Röhrchen mit Tabletten, Verbandszeug und die nötigsten Instrumente, eine Flasche mit Geweberegenerat und das bißchen, was Jerode sonst noch hatte entbehren können. „Und – was ist das hier?"

Er hielt eine Flasche mit Bendles synthetischem Antiallergen hoch, das eine wertvolle Reihe von Pflanzen eßbar machte. Es sah sehr merkwürdig aus, ein grobes Kristallpulver, dessen Farbe ein Mittelding zwischen Lavendel und Purpur war – gemahlenes Meersalz, das mit einer Lösung des Präparats eingefärbt war.

Die anderen sahen Lex abwartend an. Er überlegte einen Augenblick und meinte dann: „Es ist ein Antiallergen. Man kann es auf einen feuchten Verband geben und es als Mittel bei Entzündungen durch Kontakt mit Pustelkraut anwenden." Damit hatte er nicht gelogen; das Gift in den Blättern glich chemisch jener Substanz, die die einheimische Vegetation ungenießbar machte. „Ich kann mir denken", fuhr er fort, „daß Sie hier einen anderen Namen dafür haben. Es ist eine Kriechpflanze, die sticht, wenn man mit ihr in Berührung kommt. Sie sieht so ähnlich aus wie . . ."

„Lassen Sie mich mit Ihren verdammten Pflanzen in Ruhe!" unterbrach ihn Gomes. „Wir werden ja doch nicht so lange hier bleiben, daß wir uns darüber den Kopf zerbrechen müßten!"

Lex schwieg gehorsam.

„Was hast du da?" sagte Probian plötzlich zu Cardevant, als dieser eine durchsichtige Tüte mit grüngelben Blättern zum Vorschein brachte. „Ich hab auch eine gefunden."

„Pflanzenproben!" röhrte Gomes und begann schallend zu lachen.

Cardevant, der sich überlegte, daß es sich bei ihrem Fund um etwas Wichtigeres als um bloße Pflanzenproben handeln mußte, da jeder der sieben einen dieser Beutel in seinem Gepäck hatte, öffnete den, den er gerade in der Hand hielt. Unbewußt leckte er sich über die Lippen.

„He, das ist ihre Verpflegung!"

Als Gomes dies hörte, beugte er sich vor und legte die Hände auf den Tisch. Aber es war Probian, der seufzte, als er den Synthesekuchen sah, und er begann hastig, den gleichen Beutel, den er in der Hand hatte, auszupacken. Der Kuchen war in Salatbaumblätter gewickelt, die er mißtrauisch betrachtete.

„Wozu ist das gut?" wollte er wissen. „Um den Kuchen feucht zu halten? Ist das nicht gefährlich? Man weiß nie, was man sich von dem Zeug holen kann!"

„Solche Probleme haben wir noch nie gehabt", murmelte Lex.

Probian warf ihm einen zweifelnden Blick zu, doch nach einem Moment warf er die Blätter weg und legte den Kuchen auf den Tisch. Ein paar Krümel, die an seiner Handfläche klebenblieben, leckte er ab.

„Ich hab hier was anderes", meldete Probian, der jetzt an Baffins Gepäck war. „Sprengstoff!"

Er brachte vier wertvolle Blöcke zum Vorschein, die sie aus der Notbox des Raumschiffs gerettet hatten. Sie waren dazu bestimmt, einen Instrumentenmonitor oder einen Subfunkpieper aus einer Antriebsexplosion oder einer anderen Katastrophe herauszuschleudern, und besaßen genug Sprengkraft, um den Fluß freizusprengen, wenn ein Berg hineingerutscht wäre. Man konnte sie gefahrlos auf Armeslänge zünden.

Die Tatsache, daß diese Sprengsätze sich hier auf dem Planeten befanden, war für Lex ein Grund für endlose Selbstvorwürfe. Er war durch den Sauerstoffmangel so benebelt gewesen und hatte solche Kopfschmerzen gehabt, als sie sich dieser Welt genähert hatten, daß er – und auch alle anderen – die Möglichkeit übersehen hatte, wenigstens diesen schwachen kleinen Funksender im Orbit zu lassen, bis es schließlich zu spät gewesen war, noch eine Abschußflugbahn zu berechnen.

Auch diese vier Blöcke wurden wie ein Opfer auf den Tisch des Captains gelegt.

„Ist das alles?" fragte Gomes.

„Alles, was für uns von Interesse ist."

„Schade. Trotzdem, ein ganz guter Fang. Ich möchte wissen, was sie sonst noch alles da unten haben . . ." Gomes rieb sich das bärtige Kinn. Auf Zarathustra war es üblich gewesen, sich die Gesichtsfollikel entfernen zu lassen, allerdings konnte man nicht erwarten, daß Gomes als Raumfahrer diesem Brauch folgte.

„Achthundert wohlgenährte und gesunde Leute", wiederholte Lex. Was für ein unglaubliches Mißgeschick mußte den anderen hier oben unterlaufen sein! Er verstand jetzt die Zusammenhänge. Da sie niemanden gehabt hatten, der fähig war, vernünftige Pläne für einen Aufenthalt auf Dauer oder zumindest auf unbestimmte Zeit hier zu machen, mußten sie sich an Gomes gewandt haben, und zwar nicht mit der Bitte um Führung, sondern um Befehle. Aber da Gomes ein Raumfahrer war, fiel ihm natürlich nichts Besseres ein, als sein Schiff zu reparieren. Ob er nun wußte, daß es unmöglich war, oder nicht, er hatte auf jeden Fall alles darauf gesetzt, und der Punkt, an dem er es sich noch anders hätte überlegen können, war längst überschritten. Inzwischen war das Ganze vielleicht zu so etwas wie einer fixen Idee von ihm geworden, einer Idee, die darüber hinaus noch ansteckend war. Diejenigen, die argumentierten, daß eine Reparatur des Schiffs unmöglich war (und nach Gomes' freudiger Reaktion auf die Pistolen mußten es eine ganze Menge sein), wurden rücksichtslos zur Arbeit angetrieben.

Folglich wurde nichts von irgendeinem praktischen Nutzen unternommen!

„Ja!" sagte Gomes gerade. „Achthundert Leute – aber ohne eigenes Schiff!"

„Woher wissen Sie das?" platzte Minty heraus.

„Na, Sie haben es uns doch selbst gesagt!" gab Gomes zurück. „Wir hatten die Absicht, Sie dazu zu bewegen, uns dabei zu helfen, unsere Schiffe wieder in die Luft zu bekommen. Auch wenn wir nicht zurück in die Zivilisation hätten fliegen können, hätten wir doch wenigstens eins der beiden Schiffe in eine Umlaufbahn bringen und Subfunksignale für die Sucher in Richtung Zuhause aussenden können. Man sucht ganz bestimmt nach uns! Nicht?"

Es war eine Frage, die man unten im Dorf bis zur Erschöpfung durchdiskutiert hatte. Keiner der Neuankömmlinge sagte etwas, weil es einfach keine Antwort darauf gab. Als die Schiffe von Zarathustra geflohen waren, hatten sie ständig Signale ausgesandt – aber sie rasten mit solcher Geschwindigkeit durch den Raum, um der Nova zu entkommen, daß anzunehmen war, daß die Antriebsgeräusche die Signale überdeckt hatten.

Auf jeden Fall schickte die Nova selbst Geräusche aus.

„Und . . .?" fragte Lex.

„Nun, als es zu tauen anfing, haben wir unsere Antenne wieder aufgebaut, und alles, was wir zu hören bekamen, war irgendeine komische Frau, die in das Mikrofon stöhnte und verkündete, daß Ihr Schiff ausgerechnet im Meer lag!" Gomes lachte hämisch. „Ich hätte zu gern Arbogasts Gesicht gesehen, nach dem, was er über meine Landung gesagt hat. Ein Jammer, daß er nicht mitgekommen ist."

„Das ging nicht", antwortete Lex unbewegt. „Er hat sich das Leben genommen."

„Bei einem so defätistischen und rückgratlosen Haufen wie euch hätte ich an seiner Stelle das gleiche getan!" donnerte Gomes. „Bei uns hat es auch ein paar gegeben, die aufgeben und sich hier fest niederlassen wollten – wie Tiere! Aber dem haben wir schnell ein Ende gemacht. Ha! Wir haben dafür gesorgt, daß sie diese Frau heulen hören konnten. Es hat uns den Magen umgedreht. Deshalb haben wir auch nicht geantwortet. Wir hatten keine Lust, solche Idioten, die ihr Schiff ins Meer rollen lassen, als Parasiten mitzunehmen, während wir mit Schweiß und Blut bezahlen müssen!"

„Leben Sie nur von Synthesekuchen?" wollte Lex wissen.

Gomes blinzelte. Dann schien er plötzlich zu der Überzeugung zu kommen, daß Lex' Frage mehr schmeichelhaft gemeint war. „Natürlich! Wir sind halb verhungert. Und wir hatten mit Krankheiten und Frost zu kämpfen, und trotzdem kommen wir mit unserer Arbeit voran!"

„Wie ist es mit Spurenelementen?" bohrte Lex weiter, und aus den Augenwinkeln heraus sah er, wie Zanice heftig nickte. „Sie haben doch keinen Arzt oder Biologen hier, oder? Ein Nahrungssynthetisierer ist nur für den Notfall gedacht. Man kann etwa vier Jahre von dem Kuchen leben, aber schon nach sechs Monaten stellen sich Mangelkrankheiten ein, und sobald die Vorratsbehälter leer sind, sind die Kuchen, was ihren Nährwert betrifft, völlig nutzlos – sie stillen nur den Hunger. Auch wenn Sie sie essen, verhungern Sie."

„Verhungern?" Gomes schien nicht zugehört zu haben. „Sicher haben wir immer Hunger, aber wir verhungern nicht. Sie werden sich wundern, was wir alles schaffen können!" Er stand auf, und zum erstenmal sah Lex seine Beine. Seine Waden waren geschwollen und verfärbt, und um seinen linken Knöchel war ein Stück Tuch gebunden. Er hinkte, als er nach vorne trat und mit leuchtenden Augen auf das Schiff deutete.

„Wir werden dieses Schiff in einen Orbit bringen! Wir werden die Subfunkgeräte mit Energie versorgen und um Hilfe signalisieren! Es wird seine Zeit dauern, aber wir werden es schaffen! Und dann werdet ihr, ihr defätistischen Teufel, wahrscheinlich davon profitieren wollen, ohne etwas dafür geleistet zu haben!"

„Wo ist Ihr Antischwerkraftschlitten?" fragte Lex ruhig. „Wo sind Ihre Schmelzbögen? Wo ist die Chromlegierung zum Flicken der Risse? Wenn Sie es mit Erde versuchen, wird das Schiff wieder kaputtgehen, genau wie Ihr Damm."

„Das wird er nicht! Er wird unser Wasserkraftwerk werden.

Ha – daran haben Sie nicht gedacht, was?“ entgegnete Gomes fast triumphierend. „Wir werden jetzt die Turbinen und Generatoren bauen.“

„Wir haben Windmühlen gebaut“, erklärte Lex. „Wir haben den ganzen Winter über genug Strom gehabt. Und dazu brauchten wir noch nicht mal andern ihren Fluß wegzunehmen.“

Einen Augenblick lang dachte er, daß Gomes sich auf ihn stürzen würde, obwohl ihn der Gedanke nicht beunruhigte, denn der Captain war aufgrund seiner körperlichen Erschöpfung so langsam, daß er dem Schlag leicht hätte ausweichen können. Statt dessen drehte Gomes ihnen wütend den Rücken zu.

„Er lügt! Weil er sich jetzt, nachdem er gesehen hat, was wir hier schaffen, schämt, während sie da unten die Hoffnung aufgegeben und sich damit abgefunden haben, für immer hierbleiben zu müssen! Cardevant, Probian! Schafft mir diese rebellischen Defätisten aus den Augen! Kettet sie an, und stellt eine Wache auf! Wenn sie mir heute noch mal unter die Augen kommen, explodiere ich.“

XIV

„Was kann bloß passiert sein?“ fragte Jerode zum zwanzigsten Mal. Elbing sah müde auf.

„Können Sie mich nicht mal was anderes fragen, Doc? Es geht mir langsam auf die Nerven! Auf einem fremden Planeten kann einem alles mögliche passieren. Das ist einer der Gründe, warum ich es vorgezogen habe, ihnen immer nur einen kurzen Besuch abzustatten – und so schnell wie möglich wieder zurück in den Raum zu kommen.“

„Tut mir leid.“ Jerode wischte sich über das Gesicht und ließ sich auf einen Stuhl fallen. Er warf einen bösen Blick auf das hartnäckig schweigende Funkgerät. „Ist es nicht vielleicht möglich, daß – also, daß die Antenne nicht funktioniert oder so etwas?“

„Das haben Sie mich auch schon mal gefragt“, murmelte Elbing und bückte sich, um sich an seinem Beinstumpf zu kratzen. „Entschuldigung“, fügte er nach einem Augenblick hinzu, schnallte die Prothese ab und legte sie auf den Tisch.

„Scheuert sie wieder?“ wollte Jerode wissen, der sich plötzlich an seine ärztlichen Pflichten erinnerte.

„Wie? Ach so – nein, das nicht. Die Haut ist schon ordentlich hart geworden. Für jemanden, der bis dahin nur über Amputationen von erfrorenen Gliedern gelesen hat, haben Sie wirklich großartige Arbeit geleistet. Nein, es ist mehr ein Jucken.“ Elbing grinste schief. „Kein richtiges, sondern eher ein psychisches. Es kommt daher, weil ich jetzt nicht auf und ab gehen kann, wenn ich aufgeregt bin. Dieses ständige Tack-tack von meinem Holzbein macht mich nämlich verrückt.“

Jerode zwang sich zu einem leisen Lachen und starrte dann wieder auf das Funkgerät, als könnte er es mit seinem bloßen Willen dazu bringen, etwas von sich zu geben.

„Doc!“ ertönte es zaghaft von der anderen Seite des Vorhangs vor dem Eingang. Als Jerode die Stimme erkannte, hob er den Kopf.

„Ja, Delvia, ich bin hier.“

Sie kam wie ein scheues Tier durch die Tür und sah automatisch hinter sich. Ihr Gesicht war müde und abgespannt, und ihre Beine waren bis hinauf zu den Schenkeln mit dem feuerroten Ausschlag des Pustelkrauts bedeckt, das ihr jemand ins Bett gelegt hatte. Bisher hatte man noch nicht herausgefunden, wer dieser Jemand war.

„Ich – also, ich wollte Sie um Ihre Hilfe bitten“, sagte sie, bemüht, ihre Stimme beiläufig klingen zu lassen. „Doc, ich kann nicht noch eine Nacht in diesem Haus verbringen. Es ist jetzt das reinste Irrenhaus.“

„Tragen Sie sich mit dem Gedanken, ins Junggesellenhaus überzusiedeln?“ erwiderte Elbing langsam. „Man würde Sie dort bestimmt mit offenen Armen aufnehmen.“

„Elbing!“ fuhr ihn Jerode an. Er erhob sich und betrachtete Delvia im dämmrigen Schein der Lampe, die von der Mitte der niedrigen Decke herabhing. „Sie haben sicher Schmerzen?“ fuhr er fort.

„Manchmal.“ Sie verzog das Gesicht und rieb sich an einem Bein. „Und dann habe ich da so taube Stellen.“

„Wird Ihnen noch schwindlig?“

„Seit – äh, ich glaube, seit Mittag nicht mehr.“

„Hat die Salbe geholfen?"

„Sicher, und wie. Aber ich habe von diesem Zeug ordentlich etwas abbekommen."

„Das kann man wohl sagen. Bisher hat es noch niemand so schlimm gehabt wie Sie. Und wenn man sich dann überlegt, daß es jemand noch absichtlich getan hat!" Jerode ballte die Fäuste. „Ich wünschte, ich könnte den Schuldigen finden!"

„Lassen Sie es, Doc. Auch wenn sie es nicht selbst getan haben, waren die anderen zumindest damit einverstanden. Ich wünschte, ich hätte Naline ihrer zärtlichen Obhut überlassen. Sie hätten schon schnell genug herausgefunden, daß sie nicht das kleine Kind ist, für das sie sie halten." Bitterkeit markierte ihre Stimme wie die roten Flecken ihre Beine. „Übrigens, wie geht es ihr eigentlich?"

„Ich halte sie bis morgen früh noch unter Beruhigungsmitteln", antwortete Jerode. „Ich möchte, daß sie wieder ein bißchen zu Kräften kommt, bevor ich sie dem Schock aussetze, erfahren zu müssen, daß sie ein Auge verloren hat."

„Was ist mit Ihrer anderen Patientin?" warf Elbing ein. „Ich rede von Ornelle."

„Das kann ich Ihnen sagen!" rief Delvia. „Jetzt, wo sie wieder zurück im Verkehr ist . . . Nein, ich darf es nicht sagen!" Sie stampfte mit dem nackten Fuß auf. „Doc, haben Sie irgendein Mittel für rachsüchtige Biester? Denn ich bin auf dem besten Weg, das zu werden, obwohl ich es nicht sein will. Aber so, wie sie mich reizen, kann ich einfach nichts dafür. Obwohl ich weiß, daß sie auch nichts dafür können."

Elbing musterte sie nachdenklich. „He, Delvia!" sagte er jetzt, bevor Jerode antworten konnte. „Immer voller Überraschungen, was?"

„Ja?" Sie ging steifbeinig zu dem Stuhl, den Jerode frei gemacht hatte, setzte sich und schlug die Beine übereinander, so daß sie sich wieder an den entzündeten Stellen kratzen konnte. „Ich weiß, ich komme mir selbst wie eine Fremde vor, das erklärt es vielleicht. Doc, haben Sie eine Couch in der Krankenhütte oder irgend so was für mich? Ich brauche ein bißchen Ruhe."

Elbing schnaufte entrüstet und drehte sich um.

„Sie auch?" sagte Delvia. „Sie glauben also auch, daß Naline sich umbringen wollte, weil ich sie so weit getrieben habe? Sie brauchen mir nicht zu antworten, ich sehe es Ihnen an. Aber verraten Sie mir eins!" Ihre Stimme wurde heftig. „Wie erklären Sie sich, daß sie eine Pistole genommen hat, von der sie wußte, daß sie nicht geladen war? Ich hatte schon drei von ihnen wieder aufgeladen, und sie hat zugesehen! Sie kann einen Ladungsmesser lesen!"

„Ich weiß nur eins", erwiderte Elbing eisig. „Daß ich es hasse, wenn einem Kind etwas zustößt, ganz egal, wie und warum es passiert ist."

„Sie . . .!" Delvia brach hoffnungslos ab. Sie warf einen Blick auf Jerode und ließ die Schultern sinken. „Sehen Sie, Doc? So ist nun mal die allgemeine Meinung, und reden hilft gar nichts. Ich schätze, meine Idee, in der Krankenhütte zu schlafen, war doch nicht so gut, denn wahrscheinlich denken die Krankenschwestern genauso. Ich gehe am besten irgendwohin raus ins Gebüsch, glaube ich. Ich muß mich unbedingt hinlegen, sonst breche ich zusammen."

Sie wollte aufstehen, doch Jerode legte ihr die Hand auf die Schulter und drückte sie wieder hinunter. „Sie bleiben jetzt erst mal da sitzen, und in der Zwischenzeit lasse ich mir etwas einfallen. Und Sie halten den Mund, Elbing! Ich glaube Delvias Worten, und wenn Sie es nicht tun, werden Sie sich schon mit mir anlegen müssen. Sie müssen ihm einiges nachsehen, Delvia. Lex hat sich seit Mittag nicht mehr gemeldet, und wir machen uns ziemlich große Sorgen."

Es polterte auf dem Dach, und alle drei zuckten zusammen. Dann entspannten sie sich, beschämt über ihre Schreckhaftigkeit. Es mußte einer der allgegenwärtigen Fischervögel gewesen sein, der sich in der Dunkelheit schwerfällig auf das Dach hatte plumpsen lassen. Die Vögel hatten sich mittlerweile an die Gegenwart der menschlichen Eindringlinge gewöhnt, und manche hatten sogar angefangen, sich nützlich zu machen, indem sie die Abfälle auffraßen – allerdings durfte man das nicht allzuweit kommen lassen, sonst fingen sie irgendwann noch an, aus den Küchen zu stehlen.

„Er hätte nicht gehen sollen", meinte Jerode halb zu sich selbst. „Wenn wir ihn verlieren, sind wir . . ." Er wurde sich bewußt, was er gerade hatte sagen wollen, und brach ab, doch Delvia hatte genau zugehört.

„Doc, da ist etwas Besonderes an Lex, nicht?“ Sie beugte sich vor. „Was ist es? Ich habe es bemerkt.“

„Uh – also!“ Jerode fuhr sich mit der Zunge über die Lippen. „Also, er ist unser schlauester und fähigster junger Mann, oder? Er scheint instinktiv immer eine Lösung auf alle Probleme zu haben.“

„Ist es wirklich nur instinktiv?“ murmelte Delvia. Jerode, der sie vom Thema ablenken wollte, rieb sich die Hände und täuschte Munterkeit vor.

„Tja, also wissen Sie, dieser Ausschlag gefällt mir nicht. Kommen Sie mit in die Krankenstube. Ich werde Ihnen noch etwas von der Salbe geben, und dann werden wir sehen, ob wir nicht ein Bett für Sie auftreiben können. Können Sie noch einen Moment dranbleiben, Elbing? Ich schicke Ihnen dann auf dem Rückweg jemanden vorbei, der Sie ablöst.“

Der einbeinige Raumfahrer nickte. Er wandte sich wieder dem Funkgerät zu und drehte versuchsweise am Stromknopf. Aber es lag nicht am Strom.

LEX und seine Begleiter waren in eine kleine Höhle zwischen Felsen am Rande des Plateaus gebracht worden, ein Stück entfernt vom Schiff und den aus Flechtwerk und Lehm bestehenden Schuppen, die als Unterkünfte dienten. Er vermutete, daß man sie unter anderem deshalb isolierte, damit die Arbeiter hier sie nicht sehen und ihren eigenen ausgemergelten Zustand mit dem der offensichtlich gesunden und starken Neuankömmlinge vergleichen konnten.

Sein Mut sank noch mehr, als jemand mit Ketten und Schlössern kam, um sie zusammenzubinden. Solche Sachen gehörten nicht zu der Ausrüstung eines Raumschiffs und hätten bei der panikartigen Evakuierung bestimmt nicht mit in den Raum genommen werden dürfen. Was sollte man von einer Situation halten, in der Ketten und ähnliches für wichtiger gehalten wurden als vernünftige Nahrung, Unterkunft und Kleidung? Die fanatische Entschlossenheit einiger weniger mußte die übrigen mit Methoden vorantreiben, die man seit Hunderten von Jahren auf keiner zivilisierten Welt mehr gesehen hatte. Von wo in der Galaxis kam Gomes her, daß er überhaupt so etwas wie Ketten kannte?

Als ob die Ketten allein nicht sicher genug wären, wurde zusätzlich noch ein bewaffneter Wachtposten bei ihnen aufgestellt. Bis Sonnenuntergang war es einer der Männer, die sie gefangengenommen hatten; er hatte Posten auf einem Felsen in der Nähe bezogen und starrte drohend auf sie hinunter. Dann wurde er von einem hageren jungen Mann mit Borstenhaar und einem abgebrochenen Schneidezahn abgelöst, der eine Lampe an einen nahen Pfosten hängte, so daß ihr Schein auf die zusammengekauerten Gestalten der Gefangenen fiel. Man bot ihnen weder etwas zu essen an, noch brachte man ihnen ihre Decken.

„Sollen wir etwa die ganze Nacht hier im Freien liegen?" wollte Baffin wissen.

„Uns geht es auch nicht besser!" fauchte der Mann. „Und ich rate Ihnen, sich nicht zu beschweren, denn das hilft einem hier nicht viel! Kapiert?"

Lex hatte während der letzten Stunden kaum etwas gesagt, weil er so niedergeschlagen war, aber dafür hatte er lange nachgedacht. Jetzt wurde er plötzlich aufmerksam, als er etwas bemerkte, was in den Worten des Wächters mitschwang.

Er wandte sich versuchsweise an Baffin. „Er hat wahrscheinlich recht. Gomes läßt diese Leute absichtlich leiden – höchstwahrscheinlich in der Hoffnung, daß genug sterben werden, daß er und ein paar andere wieder in die Zivilisation zurückkehren können."

„Aber selbst mit nur ein paar Leuten an Bord" – Baffin hatte begriffen und spielte sofort mit – „wird das Schiff ohne entsprechende Reparatur, die mit Handwerkzeugen nicht ausgeführt werden kann, niemals fliegen können."

„Richtig", antwortete Lex. Die anderen rückten mit klirrenden Ketten näher heran, um sich an der Diskussion zu beteiligen. „Was bedeutet, daß . . ."

„Ruhe da unten! Schluß mit diesem defätistischen Gerede!" schnauzte der Posten. Sie gehorchten und blickten hinauf. Ein zweites Licht näherte sich, und die Art und Weise, wie es hin und her schwang, ließ erkennen, daß es von einem Mann getragen wurde, der hinkte. Im selben Moment sprang der Wächter auf.

„n' Abend, Captain", begrüßte er den Neuankömmling kriecherisch. Zuerst war nur Gomes' schroffe Antwort zu hören, einen Augenblick später tauchte er dann hinter dem Felsen auf, begleitet von Probian und Cardevant.

„Sehr schön", brummte er zufrieden. „In ein oder zwei Tagen werden sie vielleicht sogar arbeiten wollen, um sich ihr Essen zu verdienen. Wir könnten ein paar gesunde Männer mit ordentlichen Muskeln gut gebrauchen. Und die Frauen könnten sich auch ganz nützlich machen – unsere werden langsam ein bißchen knochig."

„Und wir werden noch mehr kassieren, wenn der Suchtrupp kommt, der sicher losgeschickt wird", grinste Cardevant, „um herauszufinden, warum der Fluß noch nicht zurückkommt!"

„Ich habe es Ihnen doch schon gesagt", mischte sich Lex ein. „Wir bekommen ihn zurück, sobald der Damm bricht. Und das ist meiner Schätzung nach in drei Tagen."

„Halt den Mund!" Ihr Wächter machte eine drohende Bewegung mit seiner Waffe, worauf ihm Gomes einen beifälligen Blick zuwarf.

„Genauso muß man die Leute anpacken, Hosper. Gute Nacht. Ich werde bei Sonnenaufgang wieder vorbeikommen und sehen, wie sie die Nacht verbracht haben."

„Gute Nacht, Sir."

Zanice wimmerte, und Aggereth rückte näher zu ihr heran, um ihr den mit der Kette beschwerten Arm um die Schulter zu legen. Lex wartete, bis das Geräusch der Schritte verklungen war, dann wandte er sich an ihren Wächter.

„Na, Hosper? Haben wir recht?"

Der Angesprochene sah sich nervös um, während Lex' Begleiter unruhig wurden, als glaubten sie, er sei verrückt geworden. Doch dann beugte sich Hosper vor und legte seine Pistole beiseite. „Natürlich haben Sie recht! Dieser Verrückte und seine Kumpane behandeln uns wie Sklaven. Was glauben Sie, wieso er die Ketten für Sie so schnell bei der Hand hatte? Ketten, Peitschen, Pistolen – das ist die Sprache hier! Ich spiele nur mit, weil . . ., also, ich habe da ein Mädchen, und für sie ist alles leichter, wenn ich zu den – den Bossen hier gehöre. Aber wir haben alles getan, was wir aus eigenen Kräften können. Wenn uns nicht jemand hilft, sind wir verloren."

„Wie ist es dazu gekommen, daß sie euch so schinden?" wollte Aykin wissen.

„Was glauben Sie?" gab Hosper zurück. „Wir hatten niemanden an Bord, der seine Autorität geltend machen konnte, außer der Raumschiffbesatzung. Ich schätze, sie haben es verdammt schwer mit uns gehabt während des Flugs. Es ist ziemlich oft zu Panik gekommen, und Gomes mußte manchmal einfach hart durchgreifen. Als wir landeten, waren wir hilflos, halb von Sinnen durch den Schock und hatten Hunger. Als Sie dann mit Ihrer Gruppe von der Küste kamen, dachten wir, phantastisch, da ist jemand, der uns hilft – doch dann brach der Winter herein, bevor Sie zurückkamen. Es war schrecklich hier oben. Wir hatten keinen Schutz außer dem Schiff, und der Strom ging aus, und wir mußten uns mit sechs bis acht zusammenlegen, um ein bißchen Wärme zu haben. Trotzdem sind noch Leute erfroren. Es war die Hölle. Gomes und seine Leute haben die Befehle mit Waffengewalt durchgesetzt, weil alle so aufgebracht waren, und zwei Männer – die einzigen, die sich wirklich trauten aufzumucken – haben sie hinaus in den Schnee und in den Tod gejagt." Seine Stimme zitterte.

„Ich weiß nicht, ob ich schlau oder bloß feige war. Sehen Sie, ich bin kein richtiger Raumfahrer. Ich war sein Frachtaufseher, mehr eine Art Geschäftsmann. Aber ich habe schon ziemlich bald begriffen, daß ich entweder auf seiner Seite bleiben mußte oder untergehen würde. Ich habe mich schrecklich für mich selbst geschämt . . . Aber wenigstens hat es Jesset geholfen. Das ist meine Freundin."

Er mußte hart schlucken, um sich wieder unter Kontrolle zu bekommen.

„Innerhalb von ein paar Monaten zurück ins finsterste Mittelalter", kommentierte Lodette düster. „Ich habe nie begriffen, was für ein Glück wir doch hatten."

„Sie müssen es jetzt aber begreifen", drängte Hosper. „Wir müssen den Fluß hinunter zu Ihren Leuten und sie herbringen, daß sie uns von Gomes, Cardevant und den anderen befreien."

Die Gefangenen schwiegen bedrückt. Schließlich meldete sich Lex. „Da wären noch zwei Probleme. Erstens hatten wir genau sieben Pistolen, die wir alle mitgebracht haben, weil wir sie an der Küste nicht unbedingt brauchten."

„O nein!" Hosper biß sich auf die Lippe. Dann fuhr er eifrig fort: „Sicher, aber Sie sind achthundert starke und gesunde Leute, während wir hier oben nur ein Haufen halbverhungerte Vogelscheuchen sind. Und es würde sowieso kaum einer für Gomes kämpfen, höchstens – eh – etwa zwanzig Leute!"

„Aber gegen Energiepistolen . . .", sagte Aykin langsam „Habt ihr viele?"

„So viele, wie Sie mitgebracht haben", gab Hosper niedergeschlagen zurück. „Sieben."

„Könnten wir an ein Funkgerät herankommen?" erkundigte sich Lex.

„Unmöglich. Gomes und seine Kumpane leben im Schiff, und sie lassen auf keinen Fall zu, daß so etwas Gefährliches wie ein Funkgerät da herausgeholt wird. Jemand hat versucht, mit Ihnen Kontakt aufzunehmen, aber Gomes hat ihn erwischt und ihn auspeitschen lassen, bis er ohnmächtig geworden ist." Hospers Stimme war heiser. „Auch die anderen Pistolen befinden sich im Schiff, außer der hier und der, die Probian hat. Er bewacht die Ställe. So nennen wir die Schuppen, in denen die Arbeiter schlafen."

„Aber Sie haben eine Idee", drängte Lex.

„Nichts Großartiges, aber . . ", Hosper beugte sich vor. „Passen Sie auf! Ich bin für die erste Hälfte der Nacht hier als Wache eingeteilt. Jesset soll mich dann ablösen. Gomes vertraut uns beiden. Er hat nur ein paar Leute, von denen er glaubt, sich auf sie verlassen zu können, und da Sie hier sind, werden die Nachtwachen natürlich verdoppelt. Wenn sie herkommt, können wir Ihre Ketten mit der Pistole durchbrennen. Cardevant hat die Schlüssel wahrscheinlich mit ins Bett genommen. Das macht er immer. Vielleicht gelingt es uns, den Mann, der die Ställe bewacht, zu überwältigen – im Augenblick ist es Probian, wie ich schon gesagt habe, aber ich habe keine Ahnung, wer ihn ablösen soll. Eigentlich wäre ich es gewesen, aber ich habe gefragt, ob ich die Wache hier übernehmen kann. Wenn Sie erst frei sind, würde ich am liebsten alle wecken und ihnen sagen, daß sie sich gegen Gomes erheben sollen, aber das ist unmöglich. Gomes und die anderen würden es hören und mit den Pistolen hinter uns herkommen."

„Nein, das kommt nicht in Frage", nickte Lex. „Aber der erste Teil des Plans gefällt mir. Ich schlage vor, daß wir uns still ein Stück den Fluß hinunter verdrücken und uns dort verstecken. Dann kann einer von uns den Damm zerstören. Das werde ich übernehmen. Er ist sowieso ziemlich wackelig, also brauchen wir keinen Sprengstoff. Und dann – also, wir kennen den Weg und einen Teil der Gefahren, die unterwegs lauern. Wir können allen Verfolgern hinunter zur Küste entkommen."

„Bei Nacht?" warf Baffin zweifelnd ein.

„Es geht nicht anders", erwiderte Minty. „Es ist die einzige Möglichkeit, nicht, Lex?"

XV

IN DER Nähe trat jemand gegen einen Stein. Sie zuckten zusammen und starrten in die Dunkelheit, doch dann beruhigte sie Hosper. „Es ist Jesset", flüsterte er. „Ich kenne sie am Schritt."

Die Gefangenen entspannten sich. Die langen Stunden des Wartens hatten sie steif und müde gemacht; außerdem war es hier oben auf dem Plateau wesentlich kälter als unten am Meer. Neugierig betrachteten sie das Mädchen, das jetzt neben Hosper im Schein der herabhängenden Lampe auftauchte. Es war eine katzenhafte Gestalt mit einem elfenhaften Gesicht, kurzgeschnittenem schwarzem Haar und leuchtendschwarzen Augen; das Mädchen war sehr dünn, und unter seinen winzigen Brüsten traten die Rippen hervor. Das einzige, was sie am Leib trug, war ein Paar Shorts.

Hosper umarmte sie hastig und erklärte ihr, daß Lex mit ihrem Plan einverstanden war. Jetzt mußten sie nur sehen, daß sie die Ketten durchtrennen und den Wachtposten bei den Arbeiterschuppen überwältigen konnten.

Jesset lächelte, und ihre Zähne glänzten. „Was glaubst du,

wo ich die letzte halbe Stunde gewesen bin? Ist dir nicht aufgefallen, daß ich zu spät komme? Und was glaubst du, was mit meinem Hemd passiert ist?"

Sie hob ihre rechte Hand hoch, die sie bisher im Schatten verborgen gehalten hatte, und zeigte ihnen die Pistole.

„Ich konnte es nicht mehr mit dir besprechen", wandte sie sich an Hosper. „Die Idee ist mir ganz plötzlich gekommen, und ich hielt sie für sicherer. Cardevant sollte Probian ablösen, also bin ich mit ihm gegangen. Ich habe natürlich mit ihm schlafen müssen." Sie verzog das Gesicht. „Aber es war die Sache wert. Er wird uns diese Nacht keinen Ärger mehr machen."

„Was hat du getan?" fragte Hosper leise.

„Ich habe ihn gewürgt", meinte sie beiläufig. „Nur so viel, daß er bewußtlos wurde. Dann habe ich mein Hemd zerrissen und ihn damit gefesselt und ihm einen Knebel in den Mund gestopft. Aber ich weiß nicht, wie lange es hält, also beeilen wir uns besser. Du nimmst diese Seite und ich die hier."

Mehr als beeindruckt von dieser harmlos aussehenden und doch so wild entschlossenen jungen Frau, nahmen die Gefangenen vorsichtig ihre Ketten hoch – bemüht, keine Geräusche zu verursachen, damit sie mit möglichst wenigen Energieschüssen aus den Pistolen befreit werden konnten.

Das Plateau wirkte unheimlich im Licht der Sterne, als sie sich ihren Weg hinüber suchten, immer in der Furcht, daß jeden Augenblick ein Geräusch vom Raumschiff zu ihnen herüberkommen würde, daß eine Lampe oder eine Pistole auf sie gerichtet würde. Doch Hosper und Jesset hatten ihnen versichert, daß Gomes und die anderen in einem tiefen, erschöpften Schlaf lägen – die beiden hielten sich offensichtlich selbst nur durch bloße Willenskraft auf den Beinen –, und sie erreichten den Fluß ohne Zwischenfälle. Auf dem Damm war keine Wache postiert.

Als sie auf dem Felsen dahinter standen, trat Lex zur Seite. „Ich werde hier warten", sagte er. „Ihr geht etwa einen Kilometer stromabwärts bis zu dieser freien Stelle am linken Ufer – du weißt, welche ich meine, Baffin? Wir haben da im letzten Sommer auf unserem Weg hierher Rast gemacht. Ich habe gesehen, daß sie immer noch nicht zugewachsen ist."

Baffin nickte.

„Wartet da, bis ihr hört, daß der Damm bricht, dann zieht ihr weiter. Ich werde etwa sieben Minuten später bei euch sein. Seht zu, daß ihr möglichst schnell vorankommt – ich werde euch schon einholen. Gomes wird wahrscheinlich die ersten paar Minuten so abgelenkt sein, daß er gar nicht an uns denkt. Ich werde versuchen, diesen Kilometerabstand zwischen uns den ganzen Weg bis zur Küste zu halten. Sie werden uns nicht sehen, geschweige denn so nahe kommen, daß sie auf uns schießen könnten. Ich fürchte, es wird ein harter Marsch werden – wir müssen durch unsere Kleidung gefiltertes Flußwasser trinken und Salatbaumblätter essen, wenn wir welche finden. Aber wir werden es schaffen."

Die Taschenlampe, deren Strahl auf Bleistiftstärke verengt war, zeigte ihm einen besorgten Ausdruck auf Lodettes Gesicht. Er klopfte ihr auf die Schulter. „Mach nicht so eine Trauermiene. Du bist die Dickste unter uns – du wirst es am besten durchstehen. Hab ich recht? Hosper, kann ich deine Pistole haben?"

Hosper reichte sie ihm. Er schien etwas sagen zu wollen, überlegte es sich dann aber anders. Zusammen mit den anderen verschwand er in der Dunkelheit.

Lex wartete eine Zeitlang, bis er sicher war, daß sich seine Augen angepaßt hatten. Sein Infrarotsehvermögen war von den Technikern, die daran gearbeitet hatten, ihn körperlich zum Polymathen zu machen, verbessert worden, und er sah immer besser als ein unmodifizierter Mensch, aber es dauerte etwa fünf Minuten, bis die volle Sehfähigkeit erreicht war, wenn er vorher mit Hilfe eines Kunstlichts – wie der Taschenlampe – gesehen hatte. Dann huschte er lautlos vom Fluß weg in den Schutz eines Felsens, von dem aus er die Vorderseite des Damms im Detail begutachten konnte.

Er war sich nicht sicher, wie ihre Chancen standen, die Küste zu erreichen. Wenn sie nur irgendwo etwas zu essen und ein paar Feldflaschen mit Wasser hätten stehlen können . . . Aber die Vorräte wurden genauso scharf bewacht wie die Pistolen;

es war so oft versucht worden, Essen zu stehlen, hatte ihnen Hosper erzählt, daß Gomes schließlich die Todesstrafe für dieses Vergehen verhängt hatte. Niemand bezweifelte, daß er sie auch vollstrecken lassen würde.

Lex war erschüttert von dem ungeheuren Ausmaß dessen, wogegen er kämpfte. Bisher war es für ihn nur ein Abstraktum gewesen, daß sich Menschen in ihrer Verzweiflung wieder dem Primitiven zuwandten, eine Theorie, für die es in der jüngsten Geschichte keine Beispiele gab. Jetzt hatte er gesehen, wie sie Wirklichkeit wurde, und er war entsetzt. Das gleiche hätte auch unten an der Küste geschehen können. Statt der Versammlungen, auf denen ihre Probleme diskutiert wurden, hätten sie auch nur zusammenkommen können, um sich einen neuen Erlaß Arbogasts anzuhören, nach dem sie fünfzehn Stunden arbeiten mußten, um sich einen synthetischen Kuchen zu verdienen, oder zuzusehen, wie ein Aufsässiger ausgepeitscht wurde, weil er gewagt hatte zu protestieren . . .

Es war Lex unerklärlich, daß die bestrafte Person in der Szene, die vor seinem inneren Auge auftauchte, ausgerechnet genau wie Delvia aussah.

Die anderen mußten inzwischen genügend Vorsprung haben, schätzte er. Er konnte das Wasser hinter dem Damm sehen, das noch immer eine Spur wärmer als der umliegende Boden war – wie eine von Asche getrübte, verschwommene glühende Kohle. Er zielte mit der Energiepistole, nutzte den Felsen als Stütze für den Ellbogen und setzte einen Einzelschuß in die Stelle, die er als schwächste ausgewählt hatte.

Er wartete nicht, um zu sehen, ob er recht gehabt hatte. Er wußte es. Er wandte sich sofort um und begann ein paar Meter vor den ersten Rinnsalen das Flußbett hinunterzurennen.

DER Schlamm, der die Matten abdichtete, wurde weggespült, der Schlamm, der zwischen die Steine geschmiert war, die die Pfosten stützten, wurde naß, glitschig und wirkte jetzt als Gleitmittel. Lex, der in Gedanken überschlug, wie lange das Ganze dauern würde, rannte ohne zurückzublicken. Vier Minuten laufen und springen. Fünf. Das Wasser drückte gegen die Matten, bog sie nach außen.

Sechs Minuten – und Lex sprang aus dem Flußbett, fiel der Länge nach auf das Ufer und konnte nur hoffen, daß unter den Pflanzen, die er dabei platt drückte, nicht ausgerechnet Pustelkraut war, während das frei gewordene Wasser an ihm vorbeidonnerte. Die ersten Wellen führten Teile von Matten, Faschinen, Stöcke, Blätter und alles mögliche Treibgut mit. Gischt spritzte in die Höhe, als die Flut über die alten Fälle und Stromschnellen schäumte. Steine mahlten aufeinander und verursachten Geräusche, die an Schreie schmerzgequälter Tiere erinnerten.

Vom Plateau hinter ihm kam eine Brise herunter. Lex konzentrierte sich und lauschte, ob durch das Rauschen des Wassers von dorther auch schon Stimmen erklangen, aber er konnte nichts hören und hatte auch nicht die Zeit, länger zu warten. Er wandte sich der Vegetation zu, die das Ufer säumte; die Welt um ihn herum schien im Nebel zu verschwimmen, eine Welt, in der der nackte Boden dunkelgrau und die Vegetation und alles andere, das eine Idee wärmer war, blaßgrau wirkte.

Ein paar Minuten später hatte er die anderen eingeholt. Sie waren erst ein kurzes Stück über die Stelle hinaus, wo sie auf seine Anweisung hin gewartet hatten, bis der Damm brach. Er ignorierte ihre leisen Glückwünsche, schloß die Augen vor dem Licht der Taschenlampe und schob sich zwischen sie, um die Führung zu übernehmen.

„Haltet die Lampe von mir weg!“ wies er sie an. „Ich habe mich jetzt an die Dunkelheit angepaßt und muß bis zum Morgen so bleiben. Ihr braucht euch keine Mühe zu geben, leise zu sein – worauf es jetzt ankommt, ist, eine möglichst große Strecke hinter uns zu bringen. Lodette, du achtest auf Pustelkraut und was sonst noch gefährlich ist. Jesset, gib Baffin deine Pistole. Er ist der einzige unter uns, der außer mir diesen Weg schon einmal gemacht hat, als der Fluß Wasser führte, also braucht er nicht so aufzupassen wie ihr und kann mehr auf mögliche Gefahren achten. Und jetzt los!“

Er setzte sich in Bewegung.

Schon ein paar Minuten später wurde es hinter ihnen laut; da die Hauptflut aus dem Staubecken vorbei war und der Fluß jetzt ruhiger durch das Bett strömte, konnten sie deutlich den

Tumult hören. Sie vernahmen Rufe, die aber so weit entfernt waren, daß sie die Worte nicht verstehen konnten, und Hosper, der am Ende der Gruppe ging, meldete, daß er den Strahl einer Pistole gesehen hatte.

„Weiter!“ antwortete Lex nur. Insgeheim allerdings hoffte er verzweifelt, daß Gomes nicht so wild wurde, daß er seinen Männern befahl, sich einen Weg freizubrennen. Damit würden sie zwar ihre Pistolen sehr schnell erschöpfen, aber sie würden auch wesentlich schneller vorankommen, was sich letztendlich als entscheidend erweisen konnte. Schließlich genügte es, wenn sie in Sichtweite der Flüchtenden kamen, um sie zu erledigen.

Während sie weiter voranhasteten, wurde das Ganze zu einer Art Alptraum, in dem ihnen Zweige ins Gesicht und gegen die Beine schlugen, scharfgezackte Blätter ihre Haut zerkratzten und zerstachen und ständig irgendwelche Tiere aufgeregte Schreie ausstießen, weil sie hörten, wie sich etwas, das sie nicht sehen konnten, durch das Unterholz bewegte. Ihre Kehlen wurden trocken, ihre Lungen begannen zu stechen, und hinter ihnen wurden die Verfolger immer lauter.

„Lex!“ Es war Jessets schrille Stimme. „Sie brennen sich jetzt einen Weg mit den Pistolen frei!“

Er reagierte auf die Meldung, indem er noch an Tempo zulegte, aber er wußte, daß das keine Lösung war. Für sie selbst kam es nicht in Frage, sich ebenfalls ihren Weg freizubrennen – einmal besaßen sie nur zwei Pistolen, und zum anderen würden die Verfolger irgendwann die Stelle erreichen, an der die Flüchtenden begonnen hatten, sich einen Weg zu bahnen, und brauchten ihm nur noch zu folgen.

„Ah-ah-ach!“ Was ein Schmerzensschrei hätte werden sollen, blieb durch Willenskraft bei einem bloßen Stöhnen. Aber es klang wie ein Totengeläut. Lex schloß die Augen, damit er seine Nachtsicht nicht verlor, und fuhr herum.

„Was ist los?“

„Tut mir leid, Lex.“ Aggereth bemühte sich, seine Stimme trotz Schmerzen ruhig klingen zu lassen. „Mein Knöchel. Ich bin in ein Loch getreten. Ich glaube, ich kann nicht mehr weitergehen.“

„Zanice! Rasch – sieh dir seinen Fuß an!“

Es trat eine Pause ein, während der sie mit kundigen Fingern die Verletzung abtastete. „Es sieht böse aus", erklärte sie schließlich. „Eine schlimme Verstauchung – eine Muskelzerrung. Es wird ziemlich weh tun, Aggereth."

„Das tut es jetzt schon", stieß er zwischen zusammengebissenen Zähnen hervor.

Was nun? Sie konnten ihn nicht hier liegen lassen. Aber sie konnten ihn auch nicht tragen, wenn sie weiter zügig vorankommen wollten . . . Es sah nach einer Katastrophe aus.

Aber . . .! Lex hatte unbewußt die Augen geöffnet und starrte jetzt auf die Vegetation um sie herum. Sie erinnerte ihn an irgend etwas. Diese Schößlinge! Die üppigen, mit den spargelähnlichen Köpfen am Ende!

„Zanice, kannst du etwas für seinen Knöchel tun?" wollte er wissen.

„Ich kann ihn verbinden. Er wird damit humpeln können. Vielleicht können wir auch irgendwo einen Ast abbrechen, den er als Krücke nehmen kann."

Wo war das Ding bloß? Lex bewegte sich von links nach rechts, teilte das untere Blattwerk und spähte auf den Boden. Er war hier von einer moosähnlichen Pflanze bedeckt, die einen weichen, etwas schwammigen Teppich bildete, und es war sehr schwer, Einzelheiten zu erkennen. Er war schon fast soweit, daß er seine Nachtsicht opfern und die Taschenlampe zu Hilfe nehmen wollte, als er es endlich entdeckte und einen leisen Pfiff ausstieß. Und was für ein großes! Es hatte einen Durchmesser von mindestens zweieinhalb Metern und war unter dem Moosteppich versteckt, aber Lex hatte es gefunden, weil es etwas wärmer als der Boden war. Und da war nicht nur dieses eine, sondern noch eines und noch eines, wie Schorfstellen einer abstoßenden Krankheit.

„Na, wenigstens hast du dir eine gute Stelle für dein Mißgeschick ausgesucht, Aggereth", meinte er, bemüht, sich seine Freude nicht anmerken zu lassen. „Sieh mal hier, Baffin."

Er schloß die Augen, als Baffin mit der Lampe kam und staunte: „Aber da sind ja fünf – sechs . . . Verdammt, wie viele sind es denn?"

„Genug!" unterbrach ihn Lex knapp. „Aykin! Schnapp dir

Aggereth und bring ihn so schnell wie möglich über den Fluß."

„Hier?" warf Baffin ein.

„Ja, hier! Nimm dir eine Stange und taste den Flußboden vor jedem Schritt, den du machst, ab – der Schößling hier müßte gehen. Paß auf, daß keine von diesen Dingern hier am anderen Ufer sind. Geh ungefähr hundert Meter flußabwärts. Zanice, du kümmerst dich dort um Aggereths Knöchel. Und jetzt ab mit euch. Wartet auf Baffin und mich. Wir kommen gleich nach."

„Was habt ihr vor?" wollte Hosper wissen.

„Das wirst du schon sehen."

Die anderen gehorchten wortlos. Sobald sie sicher auf der anderen Seite des Flusses waren, begann Lex, Zweige abzureißen und sie als zusätzliche Tarnung über die Fallen unter dem Moos zu werfen. Baffin folgte seinem Beispiel.

„Das reicht", meinte Lex schließlich. „Sie sind nicht mehr weit weg. Wir brennen jetzt noch ein Stück Weg zurück auf sie zu, damit es so aussieht, als seien wir dort in Panik geraten. Dann verstecken wir uns ein Stück weiter flußabwärts."

Die Lichter und die aufflammenden Pistolen der Verfolger kamen näher. In atemloser Stille beobachteten Lex und Baffin, wie sie auf das Ende des falschen Wegs stießen, den sie mit ihren eigenen Pistolen freigebrannt hatten. Die Verfolger blieben unsicher stehen und blickten einander verwirrt an.

„Weiter, ihr Idioten!“ brüllte eine Stimme – die Cardevants, heiser, nach dem, was Jesset mit ihm gemacht hatte. „Sie müssen in Panik geraten sein! Wir haben schließlich ein Dutzend Pistolen gegen ihre zwei!“

Lex drehte sich um und jagte einen Schuß in die Vegetation etwa hundert Meter vor ihnen.

„Da!“ rief Cardevant, worauf die Verfolger vorwärts stürmten.

Plötzlich öffnete sich der Boden unter ihren Füßen. Vier – fünf – sechs von ihnen schienen auf einmal auf ihre halbe Größe zu schrumpfen. Die hinter ihnen stoppten und begannen zu rufen; diejenigen, die in die Fallen geraten waren, schrien in Todesangst. Draußen im Fluß war ein gurgelndes Geräusch zu hören, als dann der in der Erde verborgene

Fleischfresser das Wasser ansaugte, das er ebenfalls für seinen Stoffwechsel brauchte.

Die anderen zerrten an den Armen der Opfer, schafften es aber nicht, sie herauszuziehen; sie traten die tarnenden Äste weg, die Lex auf dem Boden ausgebreitet hatte, und feuerten auf die gespenstischen schwarzen Beutel. Doch die Gefangenen schrien noch schlimmer als vorher. Einer, den sie hatten befreien können, hatte im Pistolenfeuer ein Bein verloren; ein anderer wurde wieder ausgestoßen, als sich der Fleischfresser vor Schmerzen aufbäumte, aber der Mann war schon tot, als seine Kameraden ihn endlich vor sich auf der Erde liegen hatten.

„Ich . . . ich kann es nicht mehr sehen", flüsterte Baffin mit kalkweißem Gesicht.

„Ich auch nicht." Mit der grimmigen Miene eines Henkers wandte sich Lex ab und durchquerte mit Baffin im Gefolge den Fluß, um sich den anderen anzuschließen.

Hinter ihnen verhallten das Stöhnen und die Schreie.

XVI

„WAS bin ich nur für ein Esel", sagte Cheffy niedergeschlagen. „Ich habe angenommen, wenn Lex' Trupp sich nicht mehr meldet, haben sie es auch nicht geschafft, die Blockade im Fluß zu beseitigen. Als das Wasser dann plötzlich mitten in der Nacht wiederkam, hat es alle Werkzeuge und Rohre mit weggespült – und dabei haben wir so viel Arbeit darin investiert. Warum haben wir sie bloß in dem ausgetrockneten Flußbett liegen lassen?"

„Es läßt sich jetzt nicht mehr ändern." Jerode blickte sich am Konferenztisch um. „Zumindest sind unsere Unruhestifter durch die Rückkehr des Wassers abgelenkt worden."

„Meinen Sie mich?" Ornelle, die am unteren Ende des Tischs saß, verzog den Mund. Gegen besseres Wissen hatte Jerode ihrem Drängen nachgegeben, an der Zusammenkunft des Ausschusses teilnehmen zu dürfen. Sie schien sich von ihrem Nervenzusammenbruch erholt zu haben, aber bisher waren ihre Beiträge wenig konstruktiv gewesen, und sie nahm jede Bemerkung, bei der es möglich war, als persönliche Beleidigung auf.

„Meinen Sie mich?" wiederholte sie lauter, als die anderen versuchten, sie zu ignorieren. „Was Sie damit sagen wollen, ist, daß Sie hoffen, daß die Sache mit dem Fluß die Leute davon ablenkt, Naline zu ihrem Recht zu verhelfen!"

„Sie haben gehört, was ich über das Thema Naline zu sagen hatte", erwiderte Jerode knapp. „Wir sind jetzt bei einem ganz anderen Thema. Also, was ich gerade sagen wollte: Es gibt da einige, die eine Versammlung wollen, auf der über die Rückkehr des Flusses und das Verschwinden von Lex und seinem Trupp diskutiert werden soll."

Fritch schlug mit der Hand auf den Tisch. „Es dauert nicht mehr lange, dann kommen wir vor lauter Diskutieren überhaupt nicht mehr zum Arbeiten! Ich bin dagegen."

„Ich fürchte, es spielt überhaupt keine Rolle, ob wir dafür sind oder nicht", erwiderte Aldric. „Diese paar Tage ohne ausreichendes Wasser, die psychologischen Auswirkungen der Gewitter und was noch alles dazukommt – es hat den Leuten wieder bewußtgemacht, daß nicht nur ein wenig harte Arbeit vor ihnen liegt, sondern ein verdammt hartes Leben. Eine ganze Reihe ist regelrecht durchgedreht. Ein paar meiner besten Männer sprechen kaum mehr miteinander. Ich glaube, wir werden uns irgend etwas einfallen lassen müssen, wie sie ein bißchen Dampf ablassen können, Doc."

Es trat eine Pause ein. Schließlich meinte Bendle: „Was kann denn nun wirklich aus Lex und seiner Gruppe geworden sein? Wäre es möglich, daß sie vom Wasser überrascht worden sind? Ich meine, falls das Hindernis von selbst zusammengebrochen ist?"

„Nein", brummte Aldric. „Wenn sie vom Wasser überrascht worden wären, als sie sich nicht mehr gemeldet haben, hätte es uns ein oder zwei Stunden später erreicht und nicht mitten in der Nacht. Ich vermute eher, daß das Funkgerät defekt ist oder sie einen Kurzschluß in ihrem Akkumulator haben."

„Ist es nicht ein Jammer, daß wir Lex nicht gezwungen haben, Delvia mitzunehmen?" mischte sich Ornelle ein. „Dann wäre dieses Problem wenigstens aus der Welt."

„Mir wäre es weitaus lieber, Sie aus der Welt zu wissen!"

fuhr Fritch sie an. „Soll ich Ihnen mal was sagen? Sie gehen mir verdammt auf den Wecker."

Ornelle wurde rot. „Es überrascht mich nicht, daß Ihnen Delvia lieber ist als ich", fiel sie über ihn her. „Ich schätze, Sie gehören auch zu ihren Kunden, was, Fritch? Wie will sie denn bezahlt werden? Bauen Sie ihr vielleicht ein eigenes kleines Bordell?"

„Halten Sie verdammt noch mal den Mund, Ornelle!" polterte Cheffy. Jerode schlug auf den Tisch, als plötzlich alle anfingen durcheinanderzurufen.

Ornelle sprang auf, stemmte die Fäuste auf den Tisch und beugte sich mit funkelndem Blick vor. „Ich werde nicht den Mund halten!" rief sie aus. „Ich habe dieses ganze Gerede satt; es bringt uns doch nicht weiter. Mir wird schlecht, wenn ich diesen Quatsch schon höre: ‚Die Leute müssen Dampf ablassen' oder ‚Mein Gott, was kann bloß mit Lex passiert sein?'. Ich weiß verdammt genau, was passiert ist!"

„Dann sagen Sie es uns doch!" fauchte Fritch.

Sie fuhr zu ihm herum. „Wo waren Sie, als der Fluß wiedergekommen ist? Wahrscheinlich haben Sie im Bett gelegen und geschlafen, was? Ich nicht. Ich bin draußen gewesen, weil ich vor lauter Sorge um die arme Naline nicht schlafen konnte." Sie holte tief Luft, und ein abstoßendes Lächeln huschte über ihr Gesicht. „Es war nicht mehr bewölkt in Richtung Plateau. Man konnte sehr weit sehen. Da oben, wo der Fluß liegt, hat es geblitzt."

„So?" knurrte Aldric. „Das Gewitter, was sonst!"

„Nein. Das Gewitter war längst vorbei. Was ich gesehen habe, war das Feuer von Pistolen. Es hat ein paar Minuten lang gebrannt, Pflanzen wahrscheinlich."

„Was?" kam es heiser aus mehreren Kehlen.

„Ich . . ." Cheffy schien Mühe zu haben, es auszusprechen, und fuhr sich über die Lippen. „Ich bin rausgekommen, als ich den Fluß hörte und – also, ich habe auch etwas aufflackern sehen, in Richtung Berge. Ich habe gedacht, es seien Blitze, aber wenn ich jetzt nachdenke, könnte es auch Pistolenfeuer gewesen sein. Mit Sicherheit kann ich es natürlich nicht sagen. Aber es könnten Pistolen gewesen sein."

„Vielen Dank." Sarkasmus tropfte honigsüß aus Ornelles Worten. „Ich nehme an, Sie waren zu sehr mit dem Verlust Ihrer Werkzeuge und Rohre beschäftigt, um weiter darüber nachzudenken, was? Nun, ich habe mir mehr Gedanken gemacht, und deshalb weiß ich jetzt, was passiert ist. Warum wollte Lex denn unbedingt zum Plateau hinauf? Weil er uns den Fluß zurückbringen wollte? Nie im Leben!" Wieder sog sie tief die Luft ein. „Der wirkliche Grund, warum sie zum Plateau wollten, war das Schiff der anderen Gruppe. Sie haben sich nicht mehr bei uns gemeldet, weil sie festgestellt haben, daß man es reparieren kann. Als sie sich dann bewußt wurden, daß wir nach ihnen suchen würden, wenn es keinen Grund gab, es nicht zu tun, inszenierten sie dieses kleine Drama mit ihren Pistolen, damit wir denken sollten, sie seien von irgendeinem Tier oder so etwas verschlungen worden. Sie wußten, daß wir wach sein und die Schüsse sehen würden, da uns das Geräusch des zurückkehrenden Wassers geweckt haben mußte. Jetzt werden sie das andere Schiff nehmen und von hier wegfliegen!"

Die Geschichte, die sie sich zusammengesponnen hatte, war so paranoid, daß ihre Zuhörer einen Augenblick schockiert dasaßen und sie nur mit offenem Mund und einem entsetzten Ausdruck auf dem Gesicht anstarren konnten. Jerode überlegte im stillen schon, welche Maßnahme sie ergreifen konnten, um die Geisteskranke einzusperren und zu behandeln, als er draußen einen Ruf hörte, der ihn mehr erleichterte, als er für möglich gehalten hatte.

Ornelle stand noch immer da in dem falschen Glauben, mit ihrer Enthüllung Überraschung und ehrfürchtiges Schweigen hervorgerufen zu haben, als die Rufe klar verständlich wurden.

„Sie sind zurück! Lex und Baffin und alle anderen! Sie sind alle wieder zurück!"

Die Atmosphäre schien plötzlich von etwas Bedrückendem und Düsterem befreit. Sie sprangen erregt auf. Allein Ornelle stand wie erstarrt da, bis Fritch den Bann brach, indem er, als er sich an ihr vorbei zur Tür drängte, sagte: „Vielleicht lernen Sie jetzt endlich, Ihr albernes Mundwerk zu halten, Ornelle! Kommt!"

Während die anderen hinaus auf die Veranda eilten, ließ sich Ornelle wieder auf ihren Stuhl sinken, legte den Kopf auf die Arme und begann zu weinen.

Die doppelte Neuigkeit – nicht nur daß Lex und seine Gruppe wieder zurück waren, sondern daß die Leute auf dem Plateau doch noch lebten und zwei von ihnen sogar mit Lex gekommen waren – verbreitete sich wie ein Lauffeuer. Cheffys Trupp, der damit beschäftigt gewesen war, die Gegenstände wieder einzusammeln, die weggetragen worden waren, als das Wasser ihre stromaufwärts gelegene Sedimentierungsanlage erreichte, hatte die Vermißten zuerst gesehen – hinkend, dreckig und zerkratzt kamen sie an, Aggereth humpelnd auf Aykins Schulter gestützt. Sie hatten ihre Arbeit liegengelassen und waren mit ins Dorf zurückgekommen, und als die Neuigkeit bekannt wurde, ließen die anderen ebenfalls ihre Arbeit fallen. Selbst Lex' Bergungsteam, das draußen am Schiff war und alles für das spätere Auseinanderschneiden markierte – die entsprechenden Werkzeuge standen zwar immer noch nicht zur Verfügung, aber Aldric war auf eine vielversprechende neue Idee gekommen –, kam eilig zurück.

Aber es war nicht allein die allgemeine Aufregung, die den Ausschuß zwang, eine Versammlung einzuberufen. Es war das, was Elbing zu Ohren kam und was er sofort Jerode berichtete, der in der Krankenhütte Aggereths Knöchel behandelte und die Versorgung der kleineren Verletzungen bei den anderen überwachte.

„Doc!" keuchte der Raumfahrer atemlos. Er hielt sich am Türpfosten fest, um seinen Stumpf zu entlasten. „Stimmt es, daß die anderen versuchen, ihr Schiff zu reparieren und es in den Orbit zu schicken?"

Lex, der auf einem Stuhl saß und hastig etwas zu essen hinunterschlang, während eine von Jerodes Krankenschwestern die Schnitte an seinem Bein säuberte, hob den Kopf. Er sah schrecklich müde aus. „Es stimmt", bestätigte er. „Fragen Sie Hosper. Er war übrigens Gomes' Frachtaufseher."

„Dann sind sie verrückt", sagte Elbing mit Überzeugung. „Captain Arbogast hat mir geschildert, in welchem Zustand es sich befand, als er von der Expedition zurückkam. Es müßte mindestens einen Monat auf einen Antischwerkraftschlitten, bevor es wieder in den Raum kann. Ganz egal, wie lange man mit Handwerkzeugen daran arbeitet, so käme es jedenfalls nicht höher als tausend Meter."

Hosper, der in einer Ecke des Raums saß und Jessets Hand hielt, sog mit hungrigen Blicken auf, was hier alles erreicht worden war. Es ist nicht verwunderlich, daß beide überwältigt sind, dachte Lex, nachdem sie sich lange Monate mit sinnloser Arbeit abgeplagt haben.

Und doch wußte niemand besser als er, wieviel noch zu tun blieb.

„Sind Sie Raumfahrer?" wollte Hosper plötzlich wissen. Als Elbing nickte, fuhr er fort: „Dann hören Sie zu. Die Bodenplatten unseres Schiffs haben sich verzogen. Dann läuft durch Dreiviertel des Rumpfs ein Riß. Der gesamte Antrieb hat sich verschoben. Die – "

„Genug, genug", unterbrach ihn Elbing. „Ich hatte recht. Sie sind wirklich verrückt."

SIE versammelten sich in der heißen Luft des frühen Abends. Lex sah sofort, daß sich die Situation während seiner Abwesenheit verschlimmert hatte. Die Anwesenden bildeten jetzt zwei deutlich voneinander getrennte Parteien. Auf der einen Seite waren die Nützlichen, die sich um die Mitglieder des Leitungsausschusses gruppierten – hager, mit müden Gesichtern und von der Sonne tief gebräunt, unterhielten sie sich ruhig und mit einer Art ernster Aufmerksamkeit. Auf der anderen Seite gab es jetzt einen völlig neuen Mittelpunkt.

Da waren Nanseltine und Rothers sowie Nanseltines Frau, die äußerst schlecht gelaunt aussah. Sie war zur Arbeit an einem Projekt eingeteilt worden, bei dem Seife aus Asche und Fett hergestellt wurde, die ihr aber keineswegs gefiel, obwohl es keine andere leichte Arbeit gab, die man ihr hätte anbieten können.

Das war zu erwarten gewesen. Neu war allerdings, daß neben den Nanseltines jetzt Naline saß. Ihr Gesicht war zur Hälfte unter einer dicken Schicht gelber Salbe versteckt, und über dem blinden Auge trug sie einen Verband. Es war nicht zu fassen, aber ihr ganzes Verhalten drückte deutlich Selbstzufriedenheit aus, als ob das Mitgefühl und die Aufmerksamkeit, die ihr die Nanseltines, Rothers und Ornelle – die an ihrer anderen Seite saß – sowie viele andere zuteil werden ließen, sie völlig für den Verlust ihres Auges entschädigten. Lex hatte in der Geschichte der Psychologie über Menschen gelesen, die sich selbst verstümmelten, um Mitleid und Aufmerksamkeit zu erregen, aber die Fortschritte von Jahrhunderten in der Erziehung hatten ein derart pathologisches Verhalten so gut wie ausgerottet. Hätte er nicht mit eigenen Augen gesehen, was Gomes machte, wäre es ihm schwergefallen, zu glauben, daß eine so rasche und weitreichende Regression möglich war.

Dabei blieb das betroffene Individuum dasselbe. Nur die Umstände hatten sich entschieden geändert.

Die Gruppe um Nanseltine war größer, als Lex erwartet hatte, und wenn er daran dachte, was ihm Jerode – in groben Zügen in der Krankenstation – berichtet hatte, verließ ihn der Mut. Wenn er und seine Begleiter nur die Gelegenheit gehabt hätten, sich nach dem an einen bösen Traum erinnernden Rückweg erst einmal auszuschlafen . . . Aber es kreisten wilde Gerüchte, denen sie unbedingt entgegentreten mußten.

Lex merkte, wie er die Stirn runzelte, weil jemand fehlte, nach dem er unbewußt Ausschau gehalten hatte. Delvia natürlich. Und da kam sie auch schon, scheu am Rand der Menge und so weit wie möglich von Naline weg. Ein paar Leute begrüßten sie mit einem Kopfnicken. Schweigend, die Arme verschränkt, setzte sie sich etwas abseits hin.

In der Gruppe um Nanseltine wurde plötzlich heftig geredet und der frühere Kontinentalmanager erhob sich mit rotem Kopf.

„Dr. Jerode!" In seiner Stimme schwang deutliche Feindseligkeit mit. „Da Sie den Beginn dieses Treffens hinauszögern, halte ich es für angebracht, daß endlich jemand mit Verantwortung die Diskussion in Gang bringt. Was wir wollen, sind ehrliche Informationen."

Mit weißem Gesicht blickte Jerode von seinen Notizen auf, doch bevor er zu einer Erwiderung ansetzen konnte, fuhr Nanseltine schon fort: „Wir haben gehört, daß die andere Gruppe, statt an diesen hoffnungslosen und unwillkommenen Programmen für einen Aufenthalt auf Dauer zu arbeiten, die man uns aufgezwängt hat, trotz lähmender Schwierigkeiten einen kühnen und mutigen Versuch gemacht hat, ihr Schiff zu reparieren, um zu den Annehmlichkeiten und in die Normalität der Zivilisation zurückkehren zu können."

Stellenweise wurde Beifall laut. Nanseltine wartete ab, bis es wieder ruhig geworden war. „Wir wissen aus glaubwürdiger Quelle, und zwar von einer Person, die Sie eingeladen haben, Ihrem selbsternannten Ausschuß beizutreten – also jemand, den Sie sicher nicht als unglaubwürdig bezeichnen können! –, daß Sie die Absicht haben, diese wichtige Neuigkeit herunterzuspielen. Was Sie zu diesem feigen Verhalten treibt, weiß ich nicht: ob es Ihr Mangel an Unternehmungsgeist ist, ich möchte fast sagen an Mumm, oder die rücksichtslose Leichtsinnigkeit, mit der Sie unersetzliche Dinge aufs Spiel setzen – lassen Sie mich nur die Tatsache anführen, daß das Team, das Sie unter der Führung eines so jungen und unerfahrenen Burschen wie Lex mit sieben wertvollen Energiepistolen losgeschickt haben, nur zwei davon wieder mit zurückgebracht hat, abgesehen von zwei Deserteuren der anderen Gruppe, womit wir jetzt zwei Münder mehr zu stopfen haben, außerdem haben sie ein Funkgerät verloren, Medikamente und was weiß ich noch alles, und lassen Sie uns natürlich nicht die ganze Arbeit vergessen, die zunichte gemacht wurde, als die Geräte für die Trinkwasseranlage ins Meer hinausgespült wurden . . ."

So ging es immer weiter, und eine erschreckende Anzahl der Zuhörer nickte beifällig zu diesem hysterischen Angriff. Jerode warf Lex einen hilfesuchenden Blick zu.

Was tun? Hosper und Jesset waren blaß vor Wut über Nanseltines Worte; sollte Lex sie aufrufen? Elbing murmelte vor sich hin; hatte die Meinung eines Raumfahrers bei Leuten, die sich in einer solchen Verfassung befanden, irgendwelches Gewicht? Von den Mitgliedern seines eigenen Teams hatten Baffin und Minty die Hände vor die Gesichter geschlagen und boten ein Bild hoffnungslosen Jammers, während die Mienen der übrigen Verzweiflung ausdrückten.

Nein, ein Versuch, diese Leute auf der Vernunftebene zu erreichen, hatte keinen Sinn. Sie würden noch nicht einmal glauben, wenn Hosper und Jesset als Betroffene ihnen das Leben auf dem Plateau unter Gomes' Kommando schilderten, sondern die beiden wahrscheinlich niederbrüllen; sie würden argumentieren, daß Elbing das andere Raumschiff nicht mit eigenen Augen gesehen hatte und das, was er sagte, deshalb Unsinn war . . . Man konnte Ornelle nicht mehr als geistig normal bezeichnen, und das traf im Grunde auch für Leute wie Rothers und Nanseltine zu. Sie bemühten sich immer noch um die Schmeicheleien und den Status, die sie auf Zarathustra genossen, aber auch dort nicht wirklich verdient hatten.

Trotz der überwältigenden Müdigkeit zwang sich Lex aufzustehen. Er holte tief Luft, und sein Mund formte Worte, die wie Donnerschläge über die Versammelten hallten. „Dann geht doch selbst hinauf zum Plateau, wenn ihr wollt! Dann wären wir euch Gott sei Dank wenigstens los!"

XVII

DIE Heftigkeit seiner Worte ließ die überraschten Zuhörer schweigen. Sogar Nanseltine, dessen Schwall von Beschimpfungen so plötzlich unterbrochen worden war, stand einen Moment erstaunt da.

Noch erstaunter war Jerode. „Lex, diesen Vorschlag meinen Sie doch nicht ernst, oder?" fragte er schwach.

„Wieso nicht?" blitzte Lex ihn an. „Hören wir doch auf, uns selbst etwas vorzumachen! Leute, die ihrer einzigen Überlebenschance den Rücken kehren, taugen einfach nicht zum Leben!"

„Jerode!" Nanseltine hatte sich von seinem Schock erholt und forderte die Aufmerksamkeit, die er vorher auf sich gezogen hatte. „Jerode, sagen Sie diesem jungen Narren, daß wir keine Zeit für solche Wutanfälle haben. Wir . . ."

Und genau in diesem Augenblick passierte etwas, das die bis zum Zerreißen gespannte Atmosphäre plötzlich entkrampfte. Wie üblich hockten etwa ein Dutzend der stets gegenwärtigen

Fischervögel auf den umliegenden Dachpfosten. Jetzt breitete einer von ihnen, der wohl der Gedanken müde war, mit denen er sich gerade beschäftigt hatte, seine schmutzigweißen Flügel aus und schwang sich mit einem schwerfälligen Sprung in die Luft. Genau als er über Nanseltine war, ließ er einen jener glänzendschwarzen Kotkleckse fallen, die überall auf dem Strand, auf Felsen, Bäumen und Häusern herumlagen.

Er landete genau auf Nanseltines Haaren, und eine Woge von Gelächter fuhr wie eine auffrischende Brise durch die Reihen der Zuhörer, als dieser nach seiner neuen Kopfbedeckung griff und versuchte, das schwarze Zeug abzureiben. Es verschmierte seine Hände, lief über seine Stirn herunter und blieb an seinen Fingern kleben, als er versuchte, es abzuschütteln. In wenigen Augenblicken war er zum Clown für die Versammlung geworden, und die ganze angestaute Spannung löste sich in ausgelassener Heiterkeit.

Wahrscheinlich, dachte Lex, war er der einzige, der wußte, daß das Gelächter von dem kurzen, gezwungenen Kichern ausgelöst worden war, das er unmittelbar nach dem Mißgeschick reflexschnell von sich gegeben hatte.

Nein. Vielleicht der einzige außer noch jemandem. Er sah, daß Delvia nicht mitlachte. Sie saß da und starrte ihn an. Als sie seinen Blick bemerkte, runzelte sie die Stirn.

Sein Zorn ließ nach, und an seine Stelle trat jetzt kalte Entschlossenheit. Jetzt oder nie würde er seine Überlegenheit über Nanseltine, Rothers, Ornelle und die übrigen durchsetzen müssen – und dafür sorgen, daß so viele andere die Dummheit der Ideen dieser Quertreiber erkannten, daß sie von nun an nur noch mit der Verachtung, die sie verdienten, behandelt wurden.

Ein Augenblick, in dem der Wortführer der Nutzlosenpartei eine Witzfigur war, war eine Gelegenheit, die sich so schnell nicht wieder bieten würde.

Aus dem Meer von Gelächter stiegen neue Worte auf – sie kamen zuerst von Cheffy, wie Lex glaubte, und wurden dann von denen, die neben ihm saßen, unterstützt. „Setzt euch! Ruhe! Setzt euch!“

Lex ließ die Rufe lauter werden, bis sie fast die letzten Lachenden übertönten, dann hob er die Hand.

„Okay, also ruhig jetzt, Leute!" sagte er schneidend. „Ich glaube, wir sollten diesen Fischervogel mit in unseren Leitungsausschuß wählen. Er weiß, was Unsinn ist, wenn er ihn hört, und er hat keine Bedenken, den passenden Kommentar zu geben."

Seine Worte erzeugten neues Gelächter und lenkten das Interesse der Anwesenden ganz auf Lex. Er trat auf die Veranda und ließ sich auf eine Ecke von Jerodes Tisch nieder, wobei er ein Bein herunterbaumeln ließ und sich bemühte, möglichst viel Autorität auszustrahlen.

In vertraulichem Ton, als appelliere er an die ganze Menge um persönliches Verständnis, fuhr er fort: „Da ist etwas, das wir schon längst hätten richtigstellen sollen. Es gibt immer Leute, die sich schon eine Meinung gebildet haben, noch bevor sie die Tatsachen kennen. Auf Zara oder irgendeinem anderen zivilisierten Planeten sind solche Leute nicht weiter schlimm, weil man dort sowieso die meiste Zeit entfernt von allen Tatsachen lebt. Es gibt ein Dutzend verschiedene Isolationsformen, von automatisierten Häusern zu Wegwerfkleidung, von Lebensmittelfabriken bis zu klimatisierten Ferienstädten, die dazu bestimmt sind, die Tatsachen und uns zu trennen. In solchen Verhältnissen kann man jemanden, der sich unmögliche Vorhaben ausdenkt, im allgemeinen tolerieren, weil ihm Computer und Leute mit mehr Verstand sagen, daß er damit höchstens einen Narren aus sich macht, was seine Sache ist, aber man läßt nicht zu, daß er auch andere für dumm verkauft. Hier dagegen werden wir mit den Tatsachen konfrontiert. Und sie sind hart und deutlich. Hier sind Leute, die Phantastereien der Realität vorziehen, eine schwere Belastung. Wenn Sie sich mit der Geschichte der Erde befaßt haben, wissen Sie, was für eine Behinderung sie für unsere Rasse im voratomaren Zeitalter gewesen sind und um wieviel schneller wir uns entwickelten, als Leute mit Verstand endlich begriffen, daß es ihr liebster Trick war, mit anderen herumzustreiten, anstatt die Arbeiten zu erledigen, die wirklich getan werden mußten.

Wenn ihr euch unter den hier Versammelten umschaut, werdet ihr selbst feststellen, daß der gleiche Trick direkt hier vor unseren Augen abgezogen worden ist. Wir sind hier auf einer feindlichen, unzivilisierten Welt. Bemühen wir uns alle nach besten Kräften, das Leben erträglich zu machen, arbeiten wir alle gemeinschaftlich zusammen? Ich glaube nicht. Denn hier, auf dieser Versammlung, gibt es zwei Parteien, von denen die eine die Fersen in den Boden stemmt, um die andere festzuhalten."

In der Mitte der Menge sahen sich eine Reihe von Leuten – eine erfreulich große Reihe – unbehaglich um und versuchten, ihre Position so zu verändern, daß sie keine Trennlinie darstellten.

Nun, das war immerhin ein Anfang.

„Ich schätze, ihr werdet jetzt fragen, wie ich dazu komme, so zu reden. Nun . . ." Lex wog die Länge seiner Pause sorgfältig ab. „Vor ein paar Minuten konntet ihr hören, wie mich Nanseltine als jung und unerfahren abtat, als nicht einmal geeignet, eine Gruppe von sechs Leuten anzuführen, die mich willig und gern als ihren Leiter akzeptierten. Ich wußte, daß er so etwas sagen würde, denn das gehört zu den Dingen, auf die man bei der Ausbildung als Polymath hingewiesen wird."

Den letzten Satz sprach er betont deutlich aus, damit kein Zweifel an dem bestand, was er gesagt hatte. Und trotzdem dauerte es eine Weile, bis seine Zuhörer den Schock der Überraschung verarbeitet hatten. Er blickte sich um und stellte einige Schlüsselreaktionen fest.

Jerode: reine Erleichterung, was man vielleicht hätte übersetzen können mit: „Endlich ist er mit der Wahrheit herausgerückt!" Hosper und Jesset: „Kein Wunder, daß sie hier so weit gekommen sind, wenn ihnen ein Polymath dabei geholfen hat!" Nanseltine: nacktes Entsetzen darüber, wie sehr er sich zum Narren gemacht hatte. Delvia: Sie kaute auf ihrer Unterlippe und nickte nachdenklich. Aldric, Cheffy, Fritch, Aykin, Minty und viele, viele andere zeigten eine Mischung aus Erstaunen, Erleichterung und Erregung.

Lex wußte, daß irgend jemand seine Behauptung mit Sicherheit anzweifeln würde. Es war Ornelle, die jetzt aufstand und mit zitterndem Finger auf ihn zeigte.

„Sie lügen!" kreischte sie. „Das Ganze ist ein Komplott, das Sie mit Jerode ausgeheckt haben, um das zu vertuschen, was

Sie Naline angetan haben!" Ihre andere Hand verkrampfte sich um Nalines Schulter. „Wenn Sie ein Polymath sind, warum haben Sie das dann nicht viel früher gesagt? Es ist eine Lüge, eine unverschämte Lüge!"

„Ich habe es nicht gesagt, weil ich keiner bin", stellte Lex richtig. „Ich habe eine Polymath-Ausbildung gehabt und bin teilweise körperlich modifiziert worden. Stellen wir doch mal eben klar, was ein Polymath überhaupt ist, denn wenn Sie es nicht wissen, werden es auch eine Reihe anderer hier nicht wissen. Ein Polymath ist ein Mann oder eine Frau, die jahrelang, genau bis zu ihrem vierzigsten Lebensjahr, umgeformt und ausgebildet werden, um dann eine Aufgabe auf einem bestimmten Planeten zu übernehmen. Kein Supermann oder eine Art lebender Computer, sondern ganz einfach ein Mensch mit einer ganz besonderen Art von Lebensaufgabe, der von einem großen Team von Experten chemisch, chirurgisch und geistig behandelt worden ist . . . Ich konnte es nicht vorher sagen, weil dann von mir erwartet worden wäre, daß ich Wunder vollbringe. Ihr alle mußtet mich erst als Mensch kennenlernen, oder? Sonst hättet ihr in mir letztlich eine Maschine gesehen. Es kommt noch etwas anderes hinzu: Selbst nachdem er fertig ausgebildet ist, muß ein Polymath noch einmal zwanzig Jahre auf dem Planeten verbringen, für den er bestimmt ist, um ihn ganz genau kennenzulernen, bevor ihm die alleinige Verantwortung überlassen wird. Äh – um es milde auszudrücken, dieser Planet hier ist reichlich hastig zur Kolonisierung ausgewählt worden."

Schiefes Grinsen. Er schätzte, daß er die Hälfte jetzt so ziemlich auf seiner Seite hatte. Aber er mußte auch noch den Rest herüberziehen.

„Und wenn der Polymath dann endgültig fertig ist, ist es seine Aufgabe, die Arbeit der ersten Kontinentalmanager zu überwachen und dafür zu sorgen, daß sie aufhören, sich lächerlich zu machen."

So. Lex zuckte fast zusammen in Anbetracht der Selbstgefälligkeit, die in seiner letzten Aussage lag, aber es war nötig. Nanseltine, der sich mit einem Stück Lappen immer noch über den Kopf rieb, machte sich so klein wie möglich, als hoffe er, so der Aufmerksamkeit entkommen zu können. Es war ganz gewiß nicht Lex' Absicht, Nanseltine persönlich anzugreifen, aber er mußte dem Mann ein für allemal seinen unberechtigten Anspruch auf Autorität nehmen.

„Zu den wichtigsten Dingen, vor denen ein Polymath in seiner Ausbildung gewarnt wird, gehört genau die Möglichkeit, die hier eingetreten ist – daß die Leute sich uneins werden, statt mit vereinten Kräften an die Arbeit zu gehen, bis der Planet endgültig gezähmt ist. Es enttäuscht mich, daß Manager Nanseltine" – er sprach den Titel mit ätzendem Sarkasmus aus – „das offensichtlich nicht begreift. Wahrscheinlich ist der Grund der, daß er noch nie mit einem Polymathen zusammengearbeitet hat."

Der logische Folgesatz, daß er aber sehr gut gegen einen zu opponieren wußte, rastete fast hörbar ins Bewußtsein der Zuhörer ein.

Als nächstes mußte Lex Ornelle unschädlich machen. Er haßte es, daß er seinen Angriff so kalkuliert planen mußte, aber er wußte, daß er so am ökonomischsten mit ihrem wertvollsten Gut umging: der Zeit.

Jetzt hieß es, denen die Augen zu öffnen, die sie vor der Wahrheit verschlossen. „Aber es gibt noch eine schlimmere Trennung als die unter uns, und das ist die von den anderen Überlebenden oben auf dem Plateau. Ich nehme an, daß sich viele unter euch schon gefragt haben, warum sie unsere Funkrufe nicht beantwortet haben und warum sie nicht mit uns zusammenarbeiten wollten. Nun, zu dieser Frage können diese beiden hier, Hosper und Jesset, die mit uns zurückgekommen sind, am besten etwas sagen. Ich werde ihnen ein paar Fragen stellen."

Hosper erhob sich und stützte sich dabei auf einen der Fackelpfosten. Es war inzwischen fast dunkel, aber es hatte noch niemand die Fackeln angezündet. Lex wies Jerode leise darauf hin, der jemanden bestimmte, es nachzuholen.

„Hosper", fuhr er dann fort, „Captain Gomes hat uns gesagt, warum er keinen Funkkontakt mit uns aufnehmen wollte. Würdest du bitte vor den hier Anwesenden wiederholen, was genau er gesagt hat?"

Der junge Mann mit dem Borstenhaar sah so müde aus, als würde er jeden Augenblick zusammenbrechen. „Als es anfing zu tauen", begann er mit ausdrucksloser Stimme, „ließ er die Antenne wieder aufstellen, und wir dachten, wir könnten Sie zu Hilfe gegen ihn rufen, weil er nämlich den Verstand verloren hat, wie Sie inzwischen vielleicht schon wissen." Die Worte folgten einander ohne irgendeine Betonung oder Veränderung der Stimme. „Dann hörten wir eine Frau stöhnen, wie schlimm es hier unten sei und daß Ihr Schiff ins Meer gerollt sei und Sie alle verhungern oder an Krankheiten sterben würden und so weiter. Und dann hat Gomes sich plötzlich eingebildet, daß Ihr alle zum Plateau hinaufkommen und versuchen würdet, ihm sein Schiff zu stehlen, und er wollte nicht mehr, daß jemand funkt, noch nicht einmal, um euch zu sagen, daß wir noch am Leben waren. Ich habe es nie verstehen können, und jetzt bin ich hier und sehe, welche Wunder ihr geschaffen habt" – endlich kam Leben in seine Stimme –, „ich weiß nicht einmal, ob es wirklich jemand von hier war, dessen Schluchzen aus dem Funkgerät kam, oder ob es nur ein Trick von Gomes war, damit wir die Hoffnung aufgeben sollten."

„Es kam tatsächlich von hier", mischte sich Jerode ein, und seine Worte waren eine Anklage. Er klang irgendwie erstaunt, als hätte er gerade zwei und zwei zusammengezählt. „Ich fand Ornelle weinend über dem Mikro unseres Funkgeräts vor, und ich kann mich noch erinnern, daß ich ihr ein Beruhigungsmittel gegeben habe, weil sie kurz vor einem hysterischen Anfall stand."

Köpfe fuhren herum. Achthundert Blicke waren auf Ornelle gerichtet, böse Blicke.

„Sie hatte drei Tage praktisch ununterbrochen vor dem Gerät gesessen", schloß Jerode.

„Sie meinen, sie war es?" Neben Hosper erhob sich jetzt Jesset und zeigte auf Ornelle, die alle anstarrten. Vom Hunger ausgezehrt und doch mit einem Feuer des Hasses in den dunklen Augen, sah sie wie das aus, wozu das Leiden sie gemacht hatte: ein wildes Tier. „Ihretwegen mußten wir uns weiter auspeitschen, in Ketten legen lassen und hungern? Wagten nicht, uns hinzulegen, wenn wir krank waren, weil wir Angst hatten, mit

Peitschen zurück an die Arbeit getrieben zu werden, uns vor einer Pistolenmündung zu sehen, wenn wir uns auch nur einen Augenblick ausruhten? Ihre Schuld ist das?"

Einen Moment lang hatte Lex Angst, sie würde sich auf Ornelle stürzen und mit ihr das gleiche machen, was sie mit Cardevant gemacht hatte. „Jesset!" bellte er. „Auf dem Plateau! Wo schlafen die Leute da?"

„In dreckigen Lehmhütten! Auf dem nackten Boden!"

„Gomes und seine Offiziere?"

„Im Schiff!"

„Wie lang arbeitet ihr?"

„Jeden Tag vom Morgengrauen bis zum Abend, ob krank oder gesund!"

„Was eßt ihr?"

„Synthesekuchen! Zwei pro Tag!"

„Was trinkt ihr?"

„Flußwasser! In Tontöpfen über offenem Feuer abgekocht!"

„Wenn ihr euch weigert zu arbeiten?"

„Dann lassen sie einen in Ketten arbeiten!"

„Wenn ihr zu krank seid, um zu arbeiten?"

„Dann peitschen sie einen, bis man aufsteht!"

„Wenn man nicht aufstehen kann?"

„Dann lassen sie einen sterben!"

Und dann verzerrte sich plötzlich ihr Gesicht, und sie begann zu weinen. Hosper hielt sie fest, zog sie mit beiden Armen neben sich herunter und drückte sie an sich. Alle konnten hören, was er zu ihr sagte.

„Du bist jetzt in Sicherheit, Jesset. Du bist in Sicherheit! Du brauchst keine Angst mehr zu haben."

Als das darauf folgende Schweigen unerträglich wurde, ergriff Lex wieder das Wort. Seine Stimme klang rauh und fremd in seinen Ohren. „Ich schlage vor, daß wir denjenigen, die bei der Reparatur des Raumschiffs mithelfen wollen, alles zur Verfügung stellen, was sie für den Marsch zum Plateau hinauf brauchen: Lebensmittel, Wasserflaschen, Bettzeug und so weiter. Würden Sie sich darum kümmern, Doc? Es ist nicht schwer, den Weg dorthin zu finden. Sie folgen einfach dem Fluß, bis sie an den Rand des Plateaus kommen. Man kann das

Schiff schon von weitem sehen. Ich habe es nur für richtig gehalten, daß diejenigen, die dorthin wollen, auch wissen, was sie am Ende ihres Marsches erwartet."

Er blickte auf die versammelte Menge. Diese kurze, bittere Befragung Jessets hatte sein Werk beendet. Durch ihre Grausamkeit hatte sie den Leuten mehr gesagt, als es in Stunden detaillierter Erklärungen möglich gewesen wäre. Obwohl sich die Leute im Grunde nicht bewegt hatten, konnte man von einem Rückzug sprechen. Nanseltine und Ornelle waren – ausgestoßen, weil sie mit Namen genannt worden waren. Sogar Naline hatte ihr eines Auge auf sie gerichtet und starrte sie an, als sei sie eine Fremde.

Früher einmal, überlegte Lex schwermütig, hatte es so etwas wie Sündenböcke gegeben. Jahrhunderte später, Lichtjahre entfernt, hatte er zum Wohl der Gemeinschaft erneut Sündenböcke geschaffen.

XVIII

Als es vorbei war, fühlte er sich jeden Funkens Energie beraubt, und doch war er paradoxerweise gleichzeitig so aufgedreht, daß an Entspannung nicht zu denken war. Es war eine vorübergehende Lösung für das schlimmste Problem gefunden worden, das ihre Gemeinschaft bedrohte – ein menschliches und unvermeidbares Problem; und jetzt, als ob es ihm bisher den Blick verstellt hätte, sah er ganz plötzlich hundert weitere.

Während sich die Versammlung in der Dunkelheit zerstreute, saß er zusammengekauert auf einem Stuhl und starrte blind in unendliche Ferne. Sie waren die ganze letzte Nacht durchmarschiert, um zur Küste zurückzukommen, und auch die Nacht davor hatten sie nur ein paar Stunden geschlafen. Jetzt sehnte sich alles in ihm nach Ruhe, nur sein aktiver Geist wollte nicht mitspielen.

Außerdem versammelten sich allmählich die Mitglieder des Ausschusses um ihn, wenn auch ein bißchen zögernd, weil sich der Lex, den sie gekannt hatten, als jenes unglaubliche, fast fremde Wesen Polymath entpuppt hatte. Auch seine genau überlegten Dementis hatten ihre halb abergläubische Ehrfurcht vor jenen nicht beseitigen können, denen man das Schicksal einer ganzen neuen Welt anvertrauen konnte.

Er begriff, daß sie sich in einem Halbkreis um ihn aufstellten, weil sie auf Befehle warteten.

„Bevor wir weitermachen", sagte er gereizt und ohne irgend jemanden anzusehen, „möchte ich eins klarstellen. Kommt mir jetzt bloß nicht mit jedem kleinsten Problem an, das auftaucht, verstanden? Ihr seid alle fähige und selbständige Männer. Ihr habt hier Wunder vollbracht. Wenn ihr inzwischen immer noch nicht das nötige Vertrauen in eure Urteilskraft entwickelt habt, seid ihr nicht die, für die ich euch halte. Also zum Beispiel . . . Bendle!" Sein Blick fiel willkürlich auf einen der Gruppe. „Wenn Sie von mir wissen wollen, wie Sie eine Langkettenanalyse mit drei Lehmkesseln und einem GD-Akkumulator durchführen sollen, sparen Sie sich Ihren Atem. Ich bin kein Wunderkasten auf Beinen, bei dem Sie nur auf einen Knopf drücken müssen und der dann alles ausspuckt, was Sie wissen wollen. Ich bin wie jeder andere auch ungefragt in diese Situation geraten, und ich kann noch nicht einmal wirklich dankbar dafür sein, daß ich noch lebe, weil dies für mich der falsche Planet ist, und ich kann genauso sauer wie jeder andere auch werden, wenn man mir auf die Nerven geht."

Die Ausschußmitglieder sahen einander an. Nach einer Pause ergriff Fritch das Wort. „Eins zu null für dich, Lex", meinte er rauhbeinig. „Ich schätze, wir alle wollen, daß auch weiterhin alles durch gemeinsame Beschlüsse entschieden wird, nicht durch einen einzelnen wie oben auf dem Plateau."

„Und ich glaube, daß eine ganze Reihe von uns sich gar nicht im klaren darüber war, was für ein Glück wir gehabt haben", ergänzte Bendle. „Ich war verbittert, als mein Junge gestorben ist. Wenn ich nicht zu beschäftigt gewesen wäre, herumzusitzen und nachzugrübeln, wäre es mir vielleicht genauso wie Arbogast ergangen."

Sie redeten vernünftig. Lex brachte ein erleichtertes Lächeln zustande.

„Eigentlich sind wir wegen etwas anderem gekommen", fuhr Fritch fort, „etwas, das viele hier beschäftigt. Was machen wir mit der anderen Gruppe? Ein paar von uns sind so aufgebracht, daß sie darauf drängen, eine Art Armee aufzustellen und loszumarschieren, um die Sklaven zu befreien. Natürlich versuchen Hosper und dieser Hitzkopf von einem Mädchen jeden, der ihnen zuhört, zu dieser Idee zu überreden. Aber wie ich es sehe, sind sie euch ja mit Waffen gefolgt und hätten euch bedenkenlos ermordet, wenn ihr sie nicht in die Falle dieses – dieses menschenfressenden unterirdischen Ungeheuers gelockt hättet."

Lex sagte nichts, sondern nickte halb und senkte die Lider.

„Und ich habe den Eindruck", drängte Fritch weiter, „daß es da ein noch dringenderes Problem gibt. Werden diese Schurken hierherkommen? Ich denke mir, daß sie, solange sie diese wilde Geschichte glaubten, die Ornelle über Funk verbreitet hat, meinten, daß wir nichts hätten, was für sie von Interesse wäre. Jetzt haben sie dich und dein Team gesehen, Lex, und mit dir gesprochen, und sie wissen, daß wir nur zwei Pistolen haben, mit denen wir uns verteidigen können – ist es nicht anzunehmen, daß sie jetzt einen Überfall versuchen werden, um uns Nahrungsmittel und Geräte zu stehlen?"

„Diese Nacht kaum", brummte Lex. „Sie haben zu viele Leute verloren, als wir sie in diese Falle gelockt haben. Hosper sagt, daß Gomes nur etwa zwanzig Leuten vertraut, und davon sind zwei gestorben und drei weitere wahrscheinlich ziemlich schwer verletzt. Aber du hast recht. Wir werden eine Art Wachtposten aufstellen müsen."

„Und was unternehmen wir, um diesen armen Teufeln zu helfen?" murmelte Jerode. „Wir können sie doch da oben nicht einfach ihrem Schicksal überlassen."

„Aber wir können auch genausowenig in einer Nacht eine Armee aufstellen!" gab Lex mit einer Spur von Ungeduld zurück. „Natürlich werden wir uns überlegen müssen, was wir in dieser Sache unternehmen, und ich fürchte, wir müssen eine formelle Verfassung für uns entwerfen und uns überlegen, wie wir verhindern können, daß geistesgestörte Individuen eine Belastung für die Gemeinschaft werden. Wir werden Vorbereitungen für eine Flut von kranken und halbverhungerten Flüchtlingen treffen müssen und . . . und . . . und!" Er schlug sich auf den Schenkel und stand auf. „Aber jetzt gehe ich ein Stück am Strand spazieren, um mich zu entspannen, bevor ich mich hinlege. Ich habe zwei Nächte nicht geschlafen, und alles, was ich im Augenblick sage, ist wahrscheinlich höchstens Luftverschwendung. Gute Nacht!"

AM ANFANG des Strandes blieb er stehen. Im Licht der Sterne erinnerten die skelettartigen Formen der Solardestillierer und -boiler an die Gerippe halb im Sand eingesunkener alter Schiffe. Irgendein erfinderischer Geist hatte ein Ding zusammengebastelt, das, angetrieben von einem Schwimmer, der im Wasser hin und her tanzte, in unregelmäßigen Abständen ein Stück Blech gegen den Hauptboiler schlug, um so die Fischervögel zu verscheuchen, die sich hier niederließen und die Reflektoren mit ihrem Kot verschmutzten.

In der Nähe des Schiffsrumpfs stiegen glänzende Blasen an die Wasseroberfläche. Ein Meerestier fraß dort unten, setzte Gas aus dem Kadaver irgendeines der am Meeresboden wachsenden Lebewesen frei. Sie waren in den letzten Wochen zu alarmierender Größe herangewachsen, und es war nicht immer leicht, ihren Greifarmen zu entgehen, wenn man am Schiff arbeitete.

Die Gerippe von alten Schiffen . . . Das Bild blieb in seiner Vorstellung haften und schickte ihm eine Gänsehaut den Rücken hinunter, die nichts mit der kühlen Brise zu tun hatte, die jetzt aus tieferen Gewässern kam, begleitet vom Geruch nach Salz und dem Leben im Meer.

Er hatte es vor den anderen nie zugegeben, aber auch er hatte – bis zu jenem Augenblick, als ihm klar wurde, was Gomes tat – ein bißchen gehofft, daß es im folgenden Jahr oder im Jahr darauf vielleicht möglich sein würde, wenn auch nicht das ganze Schiff, so doch wenigstens eine Subfunkbake und eine Energiequelle in eine Umlaufbahn zu schicken, damit eventuelle Suchtrupps erfuhren, wie weit die Überlebenden hatten fliehen müssen.

Jetzt war er von dieser sinnlosen Hoffnung geheilt. Es würde nicht in diesem Jahr und auch nicht im nächsten geschehen. Vielleicht würde er es überhaupt nicht mehr erleben. Zum erstenmal sah er den Tatsachen, die er eigentlich immer schon gewußt hatte, klar ins Auge. Die Suchtrupps würden fast mit Sicherheit annehmen, daß niemand von Zarathustra die Katastrophe überlebt hatte, abgesehen von denen, die den Planeten schon so früh verlassen hatten, daß sie die Nova hatten umkreisen und zu den alten Systemen zurückfliegen können.

Irgendwann würde die Expansionswelle auch diesen Planeten erfassen – in fünfhundert Jahren oder vielleicht in tausend. Was würden die Pionierteams dann finden? Einen neuen Zweig der Familie der Menschen, die ihren Planeten gezähmt hatten und wieder nach den Sternen griffen? Oder . . .

„Knochen?" fragte er laut. „Verrostete Metallteile? Im Sand begrabene Kunststoffteile?"

Plötzlich hörte er hinter sich eine Bewegung. Als er erschrocken herumfuhr, vernahm er eine Stimme, die aus der Dunkelheit hinter dem Hauptboiler kam.

„Bist du das, Lex?"

„Delvia! Tut mir leid, ich hatte keine Ahnung, daß jemand hier . . ."

„Oh, ich bin allein, wenn es das ist, was du meinst." Sie richtete sich auf, so daß er sie sehen konnte. „Ich glaube, ich bin dabei, mich innerlich zu verändern. Ich bin ziemlich oft allein hier draußen und denke nach. Manchmal schlafe ich sogar hier!"

„Wenn du lieber allein sein willst, dann gehe ich!"

„Nein." Sie trat in den Sand. Körner prasselten auf den nächsten Reflektor wie getrockneter Mais in eine Pfanne. „Ich komme in erster Linie hierher, um Zara anzuschauen. Ich kann es einfach nicht glauben, daß der Stern, den ich immer als Sonne betrachtet habe, noch immer da oben ist und friedlich scheint, obwohl er in Wirklichkeit eine wilde kosmische Explosion ist. Wie lange wird es dauern, bevor wir es sehen können, Lex? Sechzig Jahre?"

„Eher siebzig." Nach den ersten Tagen ihrer Landung hatte er nicht mehr oft hinauf zu Zarathustras Sonne gesehen, die unauffällig gelb wie tausend andere dort oben am Himmel stand. Jetzt heftete sich sein Blick automatisch auf sie.

„Also werden wir es wahrscheinlich nicht mehr sehen", stellte Delvia fest.

„Nein. Ich weiß nicht, ob man dafür dankbar sein sollte oder nicht."

„Es wäre besser, wir würden es sehen", sagte sie mit Überzeugung. „Es wäre eine große, grelle Wunde am Himmel, die uns wieder mit der Wahrheit konfrontieren würde. Sie hat mich nämlich bisher nicht erreicht, weißt du? Manchmal sitze ich hier und sehe hinauf, und dann versuche ich mir vorzustellen, wie es war, in einer zivilisierten, geordneten und sicheren Welt zu leben – und weil Zara noch immer da oben ist, kann ich mir fast einreden, daß das die Realität ist und dies hier nur ein kurzer Alptraum." Sie blickte ihn flüchtig an. „Bist du auch meiner Meinung, Lex, daß dies ein Teil unseres Problems ist? Daß das Ganze hier für uns noch unwirklich ist? Ich glaube, wir spielen einfach noch. Sicher, wir arbeiten, damit wir es nicht so unbequem haben, um Essen, Wasser und Unterkünfte zu bekommen. Aber innerlich betrachten wir es doch irgendwie immer noch als eine Art aufregende Campingferien."

„Ja, ich glaube, du hast recht", nickte Lex.

„Aber was nützt das – recht zu haben?" Sie klang niedergeschlagen. „Ich hätte mir nie träumen lassen, daß mir einmal so etwas passieren könnte, weit weg auf einen fremden Planeten verschlagen zu werden, ohne Hoffnung, all die Dinge, die ich früher für selbstverständlich gehalten habe, jemals wiederzubekommen. Es gibt mir das Gefühl, als wäre ich eine – eine Gefangene. Eine verurteilte Gefangene, die sich keines Verbrechens schuldig gemacht hat. Hast du noch nie das Gefühl gehabt, daß dich das Universum zu Unrecht bestraft hat?"

Lex zögerte. „Doch, schon oft", gab er schließlich leise zu.

„Für dich muß es besonders schlimm sein, glaube ich", fuhr Delvia fort. „Aber du kannst es so gut verbergen. Deshalb habe ich immer den Verdacht gehabt, daß etwas Besonderes an dir ist. Oder irre ich mich? Hast du dich schneller mit dem, was passiert ist, abgefunden, weil du schon seit Jahren weißt, daß du einmal den Rest deines Lebens unter einer anderen Sonne verbringen würdest?"

„O nein." Lex ließ ein trockenes Lachen hören. „Ich bin gerade erst über den ersten Schock von dem, wovon du sprichst, hinweg, und es war ziemlich hart. Ich habe versucht, mir begreiflich zu machen, daß wir das, was wir hier tun, nicht für uns tun, sondern für die Kinder, die im Herbst geboren werden, und für deren Kinder – vielleicht. Wir leben in der Vergangenheit und versuchen etwas für die Zukunft zu schaffen, aber wir selbst haben keine Gegenwart."

„Wir sind in die tiefste Vergangenheit zurückgeworfen worden", erklärte Delvia. „Nicht in unsere, sondern in jene Zeit, als sich wilde Stämme ganz am Anfang über die Erde verbreiteten."

„Nein, der Vergleich hinkt. Sie sind nämlich nicht so auseinandergerissen worden, wie es bei uns war. Sie hatten weder ihre eigene Vergangenheit verloren noch die Möglichkeit erkannt, die Zukunft kraft ihres Willens zu ändern. Wir sind einzigartig, Del. Darum ist unsere Aufgabe auch so schwer."

Sie schwiegen. Delvia löste sich aus dem Schatten des Boilers und schlenderte von ihm fort, und Lex gesellte sich unbewußt zu ihr, den Blick auf das Meer gerichtet.

„Gibt es noch eine Hoffnung für uns, Lex?" fragte sie, als sie ein Stück gegangen waren.

„Eine Hoffnung? Worauf? Daß wir unser Ziel hier erreichen, daß wir ein Signal nach Hause schicken können und gerettet werden?"

„Einfach eine Hoffnung, egal welche. Genau das brauchen wir nämlich am dringendsten. Und dabei haben wir eigentlich keine. Wir tun nur so. Wenn du uns Hoffnung geben kannst, wird es uns gutgehen, ganz egal, was aus uns wird."

Er betrachtete sie, als sähe er sie zum erstenmal. „Du hast dich verändert. Oder – nein, warte. Ich frage mich, ob es nicht wir sind, die sich verändert haben, und du uns nur einen Sprung voraus gewesen bist."

„Ich verstehe dich nicht." Sie blieb stehen und sah ihn an, während sie einen Fuß hob, um sich damit an der anderen Wade zu kratzen. Die Spuren des Pustelkrauts waren immer noch nicht ganz verschwunden.

„Ich erinnere mich daran", erwiderte Lex langsam, „daß ich vor einiger Zeit gedacht habe, daß wir viel mehr Delvias und viel weniger Ornelles und Nalines gebrauchen könnten."

„Ich fühle mich direkt geschmeichelt." Die Worte waren

ironisch gemeint, aber sie klangen tonlos. „Ich wüßte allerdings nicht, wieso."

„Ich wußte es bist jetzt auch nicht, aber ich glaube, ich habe es jetzt herausgefunden. Du hast eine Gegenwart. Du lebst im Hier und Jetzt, und genau aus diesem Grund sind wir anderen neidisch auf dich. Für dich war die Tatsache, daß du noch lebst, Grund genug weiterzuleben, als es hart wurde. Ich habe gesehen, wie du dir eine Aufgabe gesucht hast, die du allein tun konntest, während wir anderen diskutiert und diskutiert haben, bis uns die Luft ausging. Und wie sich dann herausstellte, war es eine sehr wichtige Arbeit, die du übernommen hattest, was wir noch nicht einmal gesehen hatten."

„Bin ich damit in deinen Augen ein Genie? Dann muß ich dich enttäuschen, denn das bin ich ganz bestimmt nicht."

„Und du warst weiterhin fähig, dein Leben zu genießen", fuhr er fort, als ob er sie nicht gehört hätte.

„War ich das? Nein, ich glaube nicht. Was es mir eingebracht hat, war nur eine Menge Unglück. Wenn das, was ich getan habe, Leben in der Gegenwart war, macht es überhaupt keinen Spaß. Außerdem ist es jetzt die Zukunft, die zählt, und die hängt von dir ab . . . Was ist los, Lex?"

Er hatte plötzlich angefangen zu zittern; er zitterte von Kopf bis Fuß wie eine heftig vibrierende Maschine, die gleich aus ihrer Verankerung losreißt. Er konnte nichts mehr sagen. In seinem Kampf, sich wieder unter Kontrolle zu bringen und das schreckliche Zittern zu unterdrücken, hatte er die Zähne fest aufeinandergebissen und die Hände zu Fäusten geballt. Es war, als hätte durch Delvias Worte die ganze ungeheure Last seiner Aufgabe Gestalt angenommen und hätte sich auf seine Schultern gelegt, so daß er kämpfen mußte, um auf den Beinen zu bleiben. Er schloß die Augen und glaubte, schreien zu müssen. Nur daß er sein Bewußtsein ausschalten konnte!

Und dann sagte sie immer wieder seinen Namen: „Lex, Lex, Lex, Lex . . ." Ihre Arme schlangen sich um ihn. Dunkel, durch all die Schichten seines Entsetzens, konnte er ihre Haut spüren. Sie hatte ihr einziges Bekleidungsstück abgelegt; jetzt nahm sie seine Hände und preßte sie auf ihren Körper, und aus irgendeinem archetypischen Reflex heraus hielten sie sie fest; sie zog seinen Kopf zu ihren Brüsten hinunter, so daß er den warmen Geruch ihres Körper einatmen konnte.

Als er aufgehört hatte zu zittern, sagte sie immer noch nichts außer seinem Namen und zog ihn neben sich in den Sand.

XIX

WÄHREND der folgenden Tage drohten die endlosen Vorstellungen von zukünftigen Problemen ihn mehr als einmal mit dem gleichen Zittern lahmzulegen. Und wenn schon ihn, dann wie viele andere noch? Zum erstenmal verstand er Menschen, die überwältigt waren von dem, was mit ihnen passiert war, geschockt durch ein Unglück, angespannt bis zur Grenze ihrer Belastbarkeit, die Kiefer vor nervöser Spannung verkrampft, mit trockenem Mund und Magendrücken, und die sich doch nicht dazu hinreißen ließen, sich durch Aggressionen Luft zu machen oder über die Umstände zu fluchen, die sie bedrückten. Mit Delvias Worten ausgedrückt: die fühlten, daß das Universum sie zu Unrecht bestraft hatte.

Für die Männer war es schlimmer als für die Frauen. Unmerklich hatte ihre gleichermaßen primitive Situation den alten Instinkt wieder geweckt, in dem Mann den Organisator und Führer zu sehen.

Lex wußte, daß er während jener schrecklichen Augenblicke am Strand am Rande des Wahnsinns gestanden hatte. Er hatte jene Schwäche in sich entdeckt, die Arbogast zum Selbstmord getrieben hatte, die die Flüchtlinge auf dem Plateau dazu gebracht hatte, sich wie Tiere beherrschen und mißhandeln zu lassen, ohne Widerstand zu bieten.

Aber Delvia hatte erkannt, was sie tun mußte. Konnte man sagen: instinktiv? (Sie hatte einmal – es war so lange her, daß er das Gefühl hatte, sich an die Worte von einer früheren Existenz her erinnern zu können – gesagt, daß sie immer schon das gewesen war, was man als „Naturtier bezeichnen könnte".)

Nein, nicht instinktiv. Aus Erfahrung. Lex überlegte, von welchem bebenden, stöhnenden Körper sie zuerst gelernt hatte, wie man die Krankheit Angst vertrieb.

Er hatte nun allerdings kaum Zeit, sich um sich selbst Gedanken zu machen. Es war, als hätte sich das Universum in eine andere Bahn verschoben, seit er die Leitung übernommen hatte. Es gab tatsächlich keine Gegenwart für die Flüchtlinge, nur die Illusion davon. Die Vergangenheit hatte sie ausgespuckt, und nur in der Zukunft konnten sie sich rechtfertigen.

Ihre Lage war wirklich einzigartig. Wer außer ihnen war in der Geschichte jemals gezwungen worden, die Gegenwart nicht auf dem, was gewesen war, zu begründen, sondern auf dem, was kommen würde?

Und so sagte in dieser Backofenhitze des Sommers, wo die Luft über den Bergen flimmerte und das ruhige Meer zu seinem eigenen Spiegelbild am Horizont hinaufsah, alles ununterbrochen zu ihm: *Mach dir ein Bild! Schau voraus! Plane!*

Sofortpläne, Eventualpläne, Dringlichkeitspläne, Normalroutine, Übungsroutine, Dringlichkeitsroutine. Er konnte einen Plan ausarbeiten und fertigstellen, und dann passierte irgend etwas, das seine sorgfältige Planung zunichte machte. Für diese Arbeit brauchte man jenes Werkzeug, und damit konnte man sie in ein paar Tagen erledigen. Leider hatte man es im Flußbett liegen gelassen, und es war mit Cheffys verlorener Ausrüstung weggespült worden. Was ging schneller, eine Alternativmethode zu entwickeln oder Ersatz für dieses Werkzeug zu schaffen, indem Rothers Stahl in seinem Solarofen schmolz und Aldric es dann goß, so daß es eine der Frauen mit einer elektrischen Schleifmaschine schärfen konnte, die von Fritch ausgeborgt wurde und über eine Sonnenkollektormatte angetrieben wurde, und dann die Klinge mit einem Holzgriff zu versehen, den man aus einem Ast angefertigt, glatt geschmirgelt und dann mit etwas Draht umwickelt hatte, damit er nicht splitterte, eine Arbeit von einer Stunde? Das Fehlen des elektrischen Werkzeugs beeinträchtigte die Arbeit an den neuen Gebäuden, wohingegen das Fehlen des Sonnenkollektors eine Knappheit an aufgeladenen Akkumulatoren bedeuten könnte, und der Bedarf nach weiteren konnte sich plötzlich überall einstellen – in Bendles Laborhütte, draußen bei der Sedimentierungsanlage, in der Krankenstation, überall.

Überall zeigte sich, daß Jerode während seiner Amtszeit

unzählige wichtige Projekte inszeniert hatte. Was Lex am erschreckendsten fand, war die Tatsache, daß ihm trotz allem, was Jerode geleistet hatte, ständig neue, genauso wichtige Aufgaben einfielen.

Und immer, besonders wenn er Hosper und Jesset vorbeikommen sah, deprimierte ihn der Gedanke an die anderen Flüchtlinge auf dem Plateau, die von Verrückten dazu gezwungen wurden, ihre Energie und möglicherweise auch ihr Leben zu verschwenden.

Aber er blieb unerbittlich, daß kein Angriff unternommen wurde, bis nicht die entsprechenden Vorkehrungen für eine Übernahme von drei- bis vierhundert Überlebenden getroffen worden waren, von denen die meisten krank oder verletzt und alle zumindest geschwächt waren. Außerdem mußten sie, wenn – was wahrscheinlich schien – gegen Ende des Sommers ihre überbeanspruchten Nahrungssynthetisierer allmählich erschöpft waren, soviel Nahrung vorrätig haben, daß sie damit bis zum folgenden Frühjahr auskamen. Dann war es unsinnig, Energie zum Heizen heranzuziehen, nur um sie dann durch schlechte Isolierung zu verlieren, und wenn sich ihre improvisierten Windmühlen auch erstaunlich gut bewährt hatten, würden sie nicht mehr ausreichen, wenn ihre Gemeinschaft größer wurde . . . Und dann gab es immer mehr verheiratete Paare, für die Fritch separate Unterkünfte bereitstellen wollte, aber das erforderte eine Menge zusätzliches Baumaterial und Zeit, und es steigerte auch den Wärmebedarf, denn damit waren mehr Außenwände dem Wind ausgesetzt . . . Und zur gleichen Zeit, wenn sie sich um Hunderte kranker und hilfloser Erwachsener kümmern mußten, würden die ersten Kinder geboren werden, die mehr als sorgfältige Pflege brauchen würden, denn die vier kleinen Kinder, die mit hergekommen waren, waren alle gestorben . . .

ALLE suchten sie Rat bei Lex.

Wir sind in der Lage, ein weiteres einheimisches Allergen zu neutralisieren, aber wenn wir das Präparat in einem so großen Umfang herstellen wollen, daß es sich wirklich lohnt, müssen wir einen Nahrungssynthetisierer umbauen. Diese Veränderungen lassen sich mit unserer beschränkten Ausrüstung allerdings nicht mehr rückgängig machen, auf der anderen Seite aber würden dadurch diese Landpflanze, jene Meeralgen und jenes Tier eßbar. Sollen wir es tun? *Nein. Wir brauchen unsere Nahrungssynthetisierer für den Winter, wenn uns diese Dinge nichts nützen, weil wir nicht an sie herankommen können.*

Es geht um Ornelle. Sie hat Rohre vom Hauptboiler gestohlen, und als sie weglief, hat sie gesagt, sie wolle ein Raumschiff bauen, damit wir alle wieder nach Hause könnten. *Jetzt ist es also doch passiert. Sag Jerode Bescheid.*

Achtzehn Leute sind an akuter Diarrhöe erkrankt und haben leichtes Fieber. Unter ihnen sind Aykin, Fritch, Zanice und Lodette. Wir glauben, daß es in etwa das gleiche wie Amöbenruhr ist; es läßt sich mit demselben Mittel heilen, aber wir haben nur noch fünf Dosen davon übrig. Jesset sagt, es hört sich nach einer Krankheit an, die auf dem Plateau vorkommt, und wenn das stimmt, können wir mit einer ganzen Reihe weiterer Fälle rechnen. Können wir einen Nahrungssynthetisierer so lange entbehren, daß wir hundert Dosen für künftigen Gebrauch herstellen können? *Ja, aber beeilt euch. Wir können es uns nicht leisten, daß wichtige Leute krank werden.*

Heute sind fünfundsechzig Leute krank. Komme mit der gleichen Bitte. Fritch geht es wieder besser, es geht also aufwärts. *Diesmal nein. Wenn die Leute auf dem Plateau daran nicht gestorben sind, dann werden sie es auch hier nicht. Setzt sie auf Synthesekuchen und abgekochtes Wasser und seht, wie lange es dauert, bis sie sich von selbst wieder erholt haben. Stellt den Erregerorganismus fest, und überlegt euch, wie man ihn neutralisieren kann, bevor er geschluckt wird.*

Wegen der anderen Flüchtlinge: Könnten wir nicht versuchen, sie zu befreien, indem wir . . .? *Tut mir leid, Hosper. Es wird aus dem und dem Grund nicht funktionieren. Es hat keinen Zweck, etwas zu unternehmen, bevor wir nicht fertig sind.*

Immer warten. Dieses entsetzliche Warten.

Wie viele Schwangerschaften sind registriert? Ich kann mich nicht erinnern. Bis jetzt achtunddreißig. *Das ist genug: schließ die Liste.*

Wie viele neue Unterkünfte sind fertiggestellt? Wir haben

die Räumlichkeiten um dreißig Prozent erweitert. *Das reicht nicht.* Wir haben nicht genug Holz. *Dann sucht stromaufwärts Lehm und bringt ihn in großen Mengen auf Flößen her; wir werden Ziegelöfen bauen und Ziegelsteine backen. Nehmt Kieselerde als Isolierschicht.*

Lodette, unsere Kleidung besteht nur noch aus Lumpen. Früher hat man Leinen aus Naturfasern gemacht, die durch Verrotten, Klopfen, Bleichen und so weiter bearbeitet wurden. Ich möchte, daß ihr so etwas versucht.

Hier hast du eine starke Faser, Minty. So funktioniert ein Spinnrad. Und so funktioniert ein Webstuhl.

Jesset, das hier ist gewebtes Tuch. Denk dir bitte irgend etwas zum Anziehen aus, das man in ein paar Stunden anfertigen kann.

Bendle, man kann den Stoff im Saft bestimmter Bäume tränken und wärmebehandeln, um ihn widerstandsfähig und wasserdicht zu machen. Wir werden diesen Winter auch Schuhe brauchen.

Jesset soll Kleider machen, Rothers. Ich brauche Nadeln und Scheren. Hier ist eine Zeichnung.

Ja, Bendle? Aha. Und was ist mit der Rinde der Bäume? Tierhäute? Alles, woraus wir tragbare Fußbekleidung nähen, schneiden oder formen können.

Ja, Jesset? Farbstoffe? Prima, aber überprüfe erst, ob sie keine allergischen Reaktionen hervorrufen, ja?

Ja, Minty, ah ja, ein Wasserrad! Warum nicht? Ich werde dir eins aufzeichnen. Zum Antrieb des Webstuhls könntest du einen Endlosriemen aus deinem eigenen Garn benutzen.

Zumindest kein Mangel an Ideen . . .

VORSCHLAG: Wir könnten einen Kastendamm um das Schiff legen, das Wasser herauspumpen und das Metall mit dem Dreitausendfünfhundert-Grad-Strahl eines Solarofens zerschneiden. *Könnte funktionieren, Aykin, geht aber diesen Sommer leider nicht mehr.*

Vorschlag: Hydroponikbehälter in jedem Haus zur Versorgung mit frischer Grünnahrung während des Winters. *Gute Idee, aber frag Bendle, ob wir genug über die Bedürfnisse der einheimischen Flora wissen, Jerode, ob der Ertrag die Mühe wert ist, und Aldric, ob er genug Licht für das Wachstum der Pflanzen liefern kann. Dreimal ja, sonst brauchst du erst gar nicht zurückzukommen.*

Vorschlag: Wir schleichen uns nachts über den Rand des Plateaus und kidnappen Gomes und seine Kumpane. *Meine Güte, hör auf, mir auf die Nerven zu gehen.*

Vorschlag: Wir jagen das andere Schiff in die Luft, dann hat Gomes keinen Grund mehr, seine Arbeiter so zu schinden. *Du machst wohl Witze.*

Vorschlag: Dann schlag du etwas vor, wie wir diesen armen Teufeln helfen könnten! *Ich verspreche es. Ja, ja, ich schwöre es!*

Vorschlag: Komm aus dem Stuhl da raus, und geh ein Stück mit spazieren, denn wenn du keine Pause einlegst, ruinierst du dich noch.

Lex lehnte sich zurück und sah lächelnd zu Delvia hinauf. „Das ist der beste Vorschlag, den ich seit drei Tagen gehört habe", meinte er.

Er betrachtete sie nachdenklich. Sie trug eins von Jessets groben, aber praktischen Kleidungsstücken, eine bis an die Schenkel reichende, ärmellose Tunika, deren unterer Rand zu großen, nützlichen Taschen aufgeschlagen war. Im Winter würde sie mit Hosen, die am Knöchel zugeknöpft wurden, und einem Mantel vervollständigt. Die meisten hatten sie dankbar gegen ihre alten, ausgefransten Kleider eingetauscht, wenn auch nichts weggeworfen wurde, das noch irgendwie zu verwenden war.

Ihre Haare waren von der Sonne fast weiß gebleicht, und ihre Haut zeigte die tiefe Bräune, die alle hatten, die draußen im Freien arbeiteten. Es hatte sich herumgesprochen – es ließ sich unmöglich verhindern –, daß Lex sie offensichtlich sehr gern hatte, und obwohl die Leute etwas überrascht schienen, begnügten sich die meisten mit der Einsicht, daß sie sich in ihr getäuscht haben mußten. Das Leben war jetzt viel leichter für sie geworden, und ihr Gesicht hatte den früheren Ausdruck von ständiger Anspannung verloren.

Er schob seinen Stuhl zurück und informierte die beiden Frauen, die als seine Sekretärinnen arbeiteten, daß er in einer halben Stunde zurück wäre. Dann nahm er Delvia am Arm und ging mit ihr hinaus in den Sonnenschein.

Sie schlugen die Richtung zum Flußufer ein. Nachdem sie vielleicht hundert Meter gegangen waren, meinte er nachdenklich: „Du hast recht; ich treibe mich ziemlich hart an. Weißt du, was das schlimmste ist?"

Sie schüttelte den Kopf.

„Die bloße Zahl der einzelnen Gegenstände. Seife, Holz, Leim, Nägel, Hämmer, Nadeln, Spulen für Garn, Kochtöpfe, Spaten und Schaufeln, Handtücher, Decken, Binden, Stiefel ... Ich schätze, daß wir vor dem Ende des Sommers mit der Herstellung von mehr als tausend verschiedenen Dingen beginnen werden."

„Damit wir hier komfortabel leben können", antwortete Delvia.

„Damit wir hier überhaupt leben können", korrigierte er sie. „Wo keiner von uns leben will." Nach einer Pause wechselte er rasch das Thema und fuhr fort: „Hat Naline übrigens mit dir gesprochen? Ich habe gehört, daß sie – äh – viel ruhiger geworden ist."

„Ja. Anscheinend hat sie begriffen, wie dumm sie sich benommen hat. Ich glaube, sie wird jetzt ziemlich schnell erwachsen und am Ende doch noch ein ganz nettes Mädchen werden. Ich wünschte, das gleiche könnte ich auch von Ornelle sagen. Ist ihr Fall wirklich hoffnungslos?"

Lex nickte düster. „Mit den uns zur Verfügung stehenden Mitteln ja, hat der Doc gesagt. Sie schnappt sich alles, was ihr in die Hände kommt, und stapelt es auf einen Haufen. Sie sagt, sie wolle uns ein Raumschiff bauen, damit wir wieder nach Hause fliegen können." Er zögerte und fügte dann leiser hinzu: „Es ist das erste Mal, daß ich einen Fall von unheilbarer Geisteskrankheit erlebe. Es ist wirklich nicht angenehm."

„Ich denke mir, daß nur wenig Leute von heute so etwas schon erlebt haben. Aber es können auch nur wenig Leute begreifen, wie viele individuelle Dinge schon zu einer kleinen Dorfgemeinschaft wie der unseren gehören. Ich habe es jedenfalls nicht gewußt. Ich weiß nicht, ob das jetzt eine dumme Frage ist oder nicht, Lex, aber ich habe mich immer und immer wieder gefragt, warum wir nicht wenigstens einen Subfunksender in eine Umlaufbahn bringen können. Wenn wir doch so viel können . . ."

Lex überlegte einen Augenblick. „Hast du eine Uhr?" fragte er dann.

„Ja. Aber ich trage sie nicht, weil – ach, das weißt du doch! Niemand trägt hier eine Uhr."

„Glaubst du, daß eine Uhr genauso kompliziert ist wie ein Subfunkgerät?"

„Natürlich nicht."

„Das zeitmessende Element einer modernen Uhr ist ein Kristall, der mit Monomolekültoleranzen gefertigt wurde und sich in einem Zustand permanenter Resonanz befindet. Wir haben uns ausgerechnet, daß wir, wenn wir ihn auf die Tageslänge, wie wir sie hier haben, einstellen wollten" – er begann an seinen zehn Fingern aufzuzählen –, „Ultraschallschneidwerkzeuge haben müßten, die wir nicht haben; Mikroskope, die wir nicht haben; ein Flächeninterferometer, das wir nicht haben; eine Billiomokronlehre, die wir zwar haben, die aber beschädigt ist; eine Vakuum-Arbeitskammer; eine Normaluhr, nach der wir den Kristall eichen können, und fünf Jahre Beobachtung, um die Normalzeit zu kalibrieren. Um einen Ultraschallschneider herzustellen, brauchst du . . ."

„Schon gut, schon gut!" Delvia hielt sich die Ohren zu. „Aber sieh doch mal! Wir haben die Subfunkgeräte – ich meine, hatten – im Schiff. Hätten wir sie nicht einfach herausholen und sie mit einer Aufzeichnung und einem Sonnenkollektor in einen Orbit bringen können?"

„Fast", erwiderte Lex. „Aldric hat sich nach unserer Landung hier damit beschäftigt. Nur leider konnte es nicht funktionieren. Seine Idee war, eine Art Kanone aus den Katastrophenkastenauswerfern des Schiffs zu basteln; hinter diesen Sprengladungen steckt genug Kraft, um hundert Pfund in einen Orbit zu bringen. Das Problem war nur, daß die Gravitationskräfte alles zerdrückt hätten, was wir abzufeuern versucht hätten."

„Warum haben wir den Kasten dann nicht in einem Orbit gelassen, bevor wir gelandet sind?"

„Weil wir total erschöpft, halb verhungert und am Ersticken waren", fauchte Lex. „Oder hast du das vergessen?"

„Natürlich nicht, aber ich habe gedacht, daß du . . ."

„Ich habe es versucht", gab Lex zu. „Aber ich war so krank und erschöpft, daß ich es nicht geschafft habe. Und wenn du irgend jemandem erzählst, daß ich es versucht und nicht geschafft habe, dann – dann rede ich nie wieder mit dir."

Lex' Bekenntnis hing wie eine Wolke zwischen ihnen in der Luft. Sie hatten inzwischen das Ufer erreicht und sahen landeinwärts auf die rasch größer werdende Sedimentierungsanlage, wo Cheffys Team Rohre aus Holz zurechtlegte; hin und wieder konnte man hören, wie jemand einen Befehl rief.

Doch plötzlich entstand eine Unterbrechung im Arbeitsrhythmus. Einer der Wachtposten stromaufwärts – den Lex fast vergessen hatte, weil er schon so besessen von der Notlage der anderen Flüchtlinge war – lief winkend und rufend das Ufer zu ihnen herunter.

„Da kommen Leute den Fluß entlang! Ungefähr ein Dutzend! Ich habe Pistolenfeuer gesehen! Haltet euch bereit!"

Lex holte tief Luft; alles andere war augenblicklich vergessen. So wurde er also nach all der Zeit jetzt zum Handeln gezwungen, obwohl er noch nicht bereit war. Es war kaum anzunehmen, daß sich Gomes ein zweites Mal von Flüchtlingen Pistolen hatte stehlen lassen. Dies mußte der lang befürchtete Überfall sein.

XX

ER KONNTE sich später kaum erinnern, wie er die Zeit gefunden hatte, so detaillierte Instruktionen zu geben, aber er hatte es getan, und sie waren alle getreulich ausgeführt worden. Zusätzlich zu den in Bäumen getarnten Wachtposten hatte er Anweisungen für eine Kriegslist gegeben. Einen guten Kilometer hinter den Wachtposten, aber so, daß sie die Stelle genau überblicken konnten, hatte er mehr als zwanzig Löcher am Flußufer graben lassen, die so angelegt waren, daß man sie kaum vermeiden konnte. Diese Löcher waren mit alter schwarzer Plastikfolie abgedeckt, um auf diese Weise die entspannten Beutelmäuler des unterirdischen Fleischfressers vorzutäuschen.

Da Cardevants Gruppe so unerfreuliche Erfahrungen mit diesem Tier gemacht hatte, hatte sich Lex überlegt, daß jeder, den Gomes den Fluß hinunterschickte, leicht in Panik ausbrechen würde, wenn er eine solche Menge dieser gefährlichen Dinger sah. Wenn sie sich bis dahin auch noch so vorsichtig vorgearbeitet hatten, so würden sie an diesem Punkt wahrscheinlich versuchen, das vermeintliche Monster mit ihren Pistolen unschädlich zu machen, und bis sie endlich begriffen hatten, daß es nur eine Attrappe war, hatte das Feuer ihrer Pistolen sie längst verraten.

Der Plan hatte ausgezeichnet funktioniert. Er hing von keinem Funkverkehr ab, der von den Eindringlingen vielleicht abgehört wurde, von keiner Überlandleitung, für die sie nicht das nötige Kabel besaßen, und auch von keiner Blicksignalverständigung, denn dadurch wären wertvolle Laser unnötigerweise blockiert worden. So hatte er Delvia losschicken können, die durch das Dorf gelaufen war und die Leute alarmiert hatte, als die Gruppe vom Plateau noch außer Hörweite war, und den Wachtposten auf dem rechten Ufer erreichen können, während die Angreifer noch damit beschäftigt waren zu verdauen, daß sie zum Narren gehalten worden waren.

Dieser andere Posten war von Elbing besetzt; sein Holzbein war ihm immer hinderlicher geworden, und so hatte er sich nur allzugern für diese Aufgabe gemeldet, so daß jemand anders für die Arbeit frei wurde, die er nicht tun konnte. Als Lex zu ihm hinauf in seinen Ausguck aus Ästen, an denen noch die Blätter hingen, geklettert kam, begrüßte er ihn lächelnd.

„Sie sind völlig durcheinander", meinte er. „Willst du es dir selbst mal ansehen?" Er machte den Platz vor dem Okular des Schiffsteleskops frei, mit dem der Posten ausgerüstet war.

Lex murmelte ein Danke und beugte sich vor. Das Fernrohr war nicht für so kurze Distanzen ausgelegt, und es vergrößerte so stark, daß er kaum einen Mann in seiner ganzen Größe ins Blickfeld bekommen konnte, aber dafür waren die Gesichter der Störenfriede so deutlich zu erkennen, als wären sie nur ein paar Schritt weit weg.

„Gomes!“ rief er. „Und Probian! Dann ist das vielleicht gar kein Überfall. Vielleicht sind sie zur Verzweiflung getrieben worden und wollen jetzt verhandeln.“

„Ich hoffe, du hast recht“, brummte Elbing. „Jeder von ihnen hat eine Pistole, und wir haben zwei für achthundert Leute.“

Er hatte recht, stellte Lex fest. Gomes' Trupp stöberte jetzt am anderen Ufer herum; Probian hielt wütend ein Stück verkohlte Plastikfolie in die Luft und fluchte, daß man sie hereingelegt hatte, während die anderen mit Stöcken mißtrauisch in den Gruben herumstocherten, als wollten sie ihren Augen nicht trauen. Es würde mit Sicherheit noch einige Minuten dauern, bis sie ihren Weg fortsetzten, und jetzt hatte er die Gelegenheit, sie in aller Ruhe zu betrachten.

Sie waren insgesamt elf, zählte er. Eine ungewöhnliche Zahl, mit der interessanten Implikation, daß sich nur noch eine Waffe auf dem Plateau befand. Wen mochte Gomes wohl während seiner Abwesenheit zu seinem Stellvertreter ernannt haben? Nach dem Verrat von Hosper und Jesset mußte es ihm schwergefallen sein, noch irgend jemandem zu vertrauen. War Cardevant auch mit von der Partie? Lex musterte jedes Gesicht; nein, er war nicht dabei. So war die Wahl wahrscheinlich auf ihn gefallen, aber es konnte natürlich auch sein, daß er tot oder einfach zu krank war, um mitzukommen.

„Ich hatte auch die unsinnige Hoffnung“, ließ sich Elbing vernehmen, „daß die anderen sie verjagt haben könnten und sie uns um Schutz bitten wollten. Aber da hatte ich noch nicht gesehen, daß sie alle Pistolen dabeihaben. Was meinst du, Lex?“

„Tja, also die wahrscheinlichste Erklärung ist die, daß Gomes seine Probleme über den Kopf wachsen. Aber wenn die Dinge auf dem Plateau wirklich so schlimm stehen, hätte er Angst, daß, wenn er einen Stellvertreter zur Küste schickte – selbst wenn es Probian wäre –, er vielleicht nie wieder etwas von ihm hören würde. Offensichtlich macht er sich weniger Sorgen darüber, seinen Stützpunkt zu verlassen, als wieder einen seiner wenigen Getreuen zu verlieren.“

„Aber was könnte er denn so dringend brauchen, daß er persönlich herkommt?“

„Oh, eine ganze Menge – Lebensmittel, Medikamente, technische Daten . . ." Lex zuckte die Achseln.

„Glaubst du, er wird versuchen, mit Waffengewalt das zu bekommen, was er will?"

„Schon möglich. Aber wenn er auch nur ein bißchen Verstand hat, wird er behaupten, daß sein Schiff in Kürze wieder flugfähig ist oder daß sie vielleicht soweit sind, endlich ein Subfunkgerät in einen Orbit zu bringen, und jetzt unsere Hilfe brauchen. Er wird die Pistolen für sich sprechen lassen."

„Du glaubst also, daß er noch Verstand hat? Nach dem, was ich über ihn gehört habe, hat er doch seinen Verstand wohl eher verloren, oder?"

„Wenn er so verrückt wäre, dann hätte ihn längst einer seiner Kumpane verdrängt. Nein, ich glaube, daß er noch völlig normal ist, abgesehen vielleicht von dieser fixen Idee, die er hat, und seinem Hang zur Brutalität." Lex lehnte sich zurück. „Ja, ich bin überzeugt, daß er der Verzweiflung nahe ist. Alles deutet darauf hin. Ich möchte, daß seine Gruppe in schlechter Verfassung im Dorf eintrifft: erschöpft und fertig mit den Nerven und so müde und elend, wie sie sich bestimmt fühlen. Du hast dir irgend etwas einfallen lassen, um sie fertigzumachen, oder?"

Elbing grinste und deutete auf eine Reihe von Seilen, die in Reichweite um einen Ast gebunden waren. „Wir haben etwa zwanzig oder dreißig davon im Gebüsch festgemacht. Ich ziehe an einem, und dann bewegt sich irgendwo ein Ast neben ihnen und so weiter. Wenn sie schießen, werden die Seile durchgetrennt und schnellen zurück, so daß sie nicht feststellen können, was die Bewegung verursacht hat."

„Ausgezeichnet. Und wir werden ein Schauspiel für sie organisieren, wenn sie ins Dorf kommen. Ich will, daß sie einen ersten Eindruck bekommen, der sie ein bißchen entmutigt. Versuch, sie so lange wie möglich mit deinem Seilspielchen aufzuhalten, ja? Es wird etwas dauern, bis alles für sie bereit ist."

Er glitt über den Rand des Ausgucks und kletterte wieder hinunter auf den Boden.

Gomes und seine Begleiter kamen zu der Sedimentierungsanlage und fanden sie verlassen vor. Sie blieben eine Weile stehen und diskutierten, wobei sie immer wieder nervöse Blicke um sich warfen, weil sie während des letzten Kilometers unerklärliche Bewegungen im Unterholz gesehen hatten. Sie fühlten sich beobachtet – was sie auch wurden. Cheffys Arbeiter waren angewiesen worden, sich in der Nähe zu verstecken und sie im Auge zu behalten.

Schließlich kamen sie in Sichtweite des Dorfs: solide aussehende Holzgebäude, die mit Lehm abgedichtet waren, die Holzläden vor den Fenstern in der heißen Sommerluft weit geöffnet; Rauch stieg aus den Schornsteinen der Ziegelöfen auf; Nageln, Hämmern und Klopfen hallte ihnen entgegen. Sie sahen, wo Holz gefällt und der Boden gerodet und mit Salatbäumen in geraden, ordentlichen Reihen neu bepflanzt worden war. Sie sahen gesunde, wohlgenährte Menschen in sauberen, praktischen Kleidern und wurden daran erinnert, daß sie selbst dagegen zerlumpt, dreckig und dürr wie Vogelscheuchen waren.

Die Leute sahen sie zwar, kümmerten sich aber nicht weiter um sie, sondern fuhren mit der Arbeit fort, an der sie gerade waren. Dazu gehörten auch das Verteilen von großen Schüsseln mit duftendem Essen an die beschäftigten Arbeiter und das Ausgeben von Wasserrationen aus dicken Fässern.

Sie blieben ein paar Minuten so stehen und betrachteten das Dorf, unsicher, was sie jetzt tun sollten. Dann tauchten Cheffys Männer aus dem nahen Unterholz auf, und die Eindringlinge wirbelten fluchend herum und hoben die Waffen.

Keiner von Cheffys Leuten war bewaffnet. Lex hatte ihnen extra eingeschärft, nicht die Pistolen der Wachtposten zu nehmen. Noch nicht.

Cheffy trat an Gomes heran und meinte ruhig: „Wir haben Sie erwartet. Kommen Sie mit – ich bringe Sie zu unserem Polymathen."

„Was?" Das Wort löste sich aus Gomes' Mund, als würde es seine Lippen spalten. „Ihr habt einen Polymathen hier? Das glaube ich nicht! Niemand hat erwähnt . . ."

„Captain", unterbrach ihn Probian leise und legte ihm die Hand auf den Arm. Er deutete auf die aufstrebende kleine Stadt, und diese eine Geste machte jeden weiteren Kommentar überflüssig.

„Sie können Ihre Waffen natürlich behalten", fuhr Cheffy fort, der die Verwirrung in Gomes` bösartigem Gesicht las. „Man hat mir gesagt, Sie würden sich ohne sie unsicher fühlen. Aber Sie werden keinen Grund haben, sie zu benutzen. Hier entlang, bitte."

Er wartete nicht ihre Reaktion ab, sondern drehte sich um und begann den Hügel hinunterzugehen. Seine Leute folgten ihm, wobei sie Gomes` Trupp so in die Mitte nahmen, als würden sie eine Gruppe seltener Tiere vorführen. Die Leute, die an den neu errichteten Häusern hier am Rande des Dorfs arbeiteten, verstärkten noch diesen Eindruck: „Sorgt dafür, daß sie sich so barbarisch fühlen, wie sie sind!" hatte Lex gesagt, und das taten sie nun.

„Hey, Cheffy!" rief Zanice, die damit beschäftigt war, Stangen weißer Seife aus ihren Formen zu nehmen. „Ganz schön jämmerlicher Haufen, was?"

„Vor allem dreckig!" nickte Cheffy. Gomes biß die Zähne zusammen, und seine Finger schlossen sich fester um die Pistole.

„Sind sie das?" wollte Minty wissen, die auf der Stufe vor dem Junggesellinnenhaus saß und heiße Suppe an die Mitglieder von Fritchs Bauteam austeilte, die innen neue Trennwände errichteten. Sie rümpfte die Nase. „Sie sehen aus, als könnten sie etwas Anständiges zwischen die Zähne gebrauchen – und ein Bad!"

So ging es den ganzen Weg bis zur Haupthütte – immer wieder machte irgend jemand eine persönliche Bemerkung, die nie an die Fremden direkt gerichtet war, sondern sich ganz allgemein auf ihre schmutzige Erscheinung, ihren Gestank, ihre zerlumpte Kleidung und die Magerkeit bezog –, während Cheffys Team mit Argusaugen auf irgendein Anzeichen dafür wartete, daß Gomes der Kragen platzte.

Doch Gomes beherrschte sich. So gerade eben. Als die Neuankömmlinge dann vor der Haupthütte standen, waren sie, wie Lex gehofft hatte, nicht nur wütend, sondern auch überwältigt.

Von hier aus konnten sie auf die Anlagen unten am Strand blicken – Destilliergeräte, Boiler, der Solarofen und so weiter –

und sich ein Bild davon machen, was hier erreicht worden war, während sie wie besessen versuchten, ihr Schiff zu reparieren.

Lex ließ sie so einen Moment in der Sonne stehen. Dann schlug er den Vorhang vor der Tür zur Seite und trat auf die Veranda hinaus.

„Sie?" meinte Gomes schwach. Seine Stimme zitterte. „Sie sind ein Polymath?"

„In Ausbildung", korrigierte Lex und musterte den Captain. Er entdeckte auf den ersten Blick etwas, das er durch das Teleskop nicht bemerkt hatte. Die zwölfte Pistole steckte oben in Gomes' Rucksack, der aus einem mit Kordel grob zusammengebundenen Raumanzug improvisiert war. So hatten sie also entweder ihre Basis im Stich gelassen, oder sie hatten sich irgendeine andere Waffe einfallen lassen, mit der sie die Sklaven während ihrer Abwesenheit in Schach hielten. Interessant!

„Nun, was wollen Sie?" fuhr er fort. „Abgesehen von einem Bad mit einem riesigen Stück Seife und anderen Sachen, meine ich?" Er rümpfte übertrieben die Nase.

Gomes unterdrückte einen Fluch. „Was zum Teufel sollte dieser Schwachsinn mit den Löchern am Fluß?" fragte er wütend.

„Was? Ach so, das! Die sollen Tiere verscheuchen, die versuchen, unsere Anpflanzungen zu plündern. Alle großen Pflanzenfresser haben vor diesen unterirdischen Fallen Angst. Sie auch? Haben Sie auf diese Weise unterwegs einen Ihrer Männer verloren?"

Gomes verzog finster das Gesicht und schwieg, aber einer seiner Begleiter, ein junger Mann, der, wie Lex sich erinnerte, dabeigewesen war, als Cardevant sie am Damm gefangengenommen hatte, trat einen Schritt vor und rief ungläubig: „Woher wissen Sie das?"

„Halt deinen Mund, Dockle!" blitzte Gomes. „Ich übernehme das Reden hier, kapiert?"

Lex behielt die Neuankömmlinge scharf im Auge. Er hatte eine geheimnisvolle Miene aufgesetzt, die anzudeuten schien, daß er den Tod ihres zwölften Mannes auf dem Gewissen oder zumindest beobachtet haben könnte. Er befand sich in einer heiklen Situation; auf der einen Seite mußte er das Vertrauen von Gomes' Begleitern in ihren Anführer unterminieren, auf der anderen aber durfte er nicht das Risiko eingehen, daß ein Schuß abgegeben wurde. Auch wenn die Pistolen wahrscheinlich fast erschöpft sein mußten, konnten sie immer noch jemanden töten oder zumindest Gebäude zerstören.

„Ich werde nicht den Mund halten!" widersprach Dockle hysterisch. „Diese Leute haben einen Polymathen, der ihnen hilft, und seht sie euch doch mal an! Sind sie hungrig, dreckig oder krank wie wir? Sind sie . . .?"

„Ich habe gesagt, du sollst den Mund halten!" Gomes hob seine Pistole, und die Knöchel der Finger um die Waffe traten weiß unter der Haut hervor.

„Gomes, mit Ihren privaten Auseinandersetzungen haben wir nichts zu tun", warf Lex rasch ein. „Wenn Sie etwas sagen wollen, dann los. Aber beeilen Sie sich – ich habe noch zu tun."

„Sie Dreckskerl!" platzte Gomes heraus. „Hätte ich es bloß gewußt, als ich Sie oben auf dem Plateau hatte!"

„Gewußt, was ich bin, meinen Sie? Warum hätte ich es Ihnen sagen sollen? Glauben Sie denn, ich hätte Ihnen bei Ihrem sinnlosen Vorhaben geholfen und die brutale Art und Weise, wie Sie Ihre Sklaven behandeln, unterstützt? Nein. Ich beschloß, ganz einfach so lange zu warten, bis Sie in der Klemme stecken, in der Sie jetzt sind. Sie haben die Kontrolle über die Lage oben auf dem Plateau verloren. Die Leute wollen wissen, wer denn überhaupt noch am Leben sein wird, wenn die Rettungsteams sie finden sollten, selbst wenn Sie es schaffen, ein Subfunkgerät in einen Orbit zu bringen. Sie brechen bei der Arbeit aufgrund von Müdigkeit, Mangelkrankheiten und Infektionen, gegen die sie keine Widerstandskräfte haben, zusammen. Sie sind hergekommen, um uns um Hilfe zu bitten – um Essen, Medikamente, Decken und was weiß ich noch –, weil Sie Angst haben, daß Sie morgen aufwachen und entdecken, daß man Ihnen die Kehle durchgeschnitten hat."

Mit jedem Wort zeigte sich in Gomes' Gesicht immer deutlicher, wie recht Lex mit seiner Behauptung hatte. Wie er veranlaßt hatte, waren die Leute langsam herangekommen und standen nun um Gomes und seinen Trupp, um sich mit eigenen Augen und Ohren zu überzeugen. Es war eine weitere Gelegenheit, um seine Autorität zu festigen, und er durfte sich keine Gelegenheit entgehen lassen, sie zu untermauern

„Ich bin der Captain dieses Schiffs!" rief Gomes. „Ich weiß, daß es zu reparieren ist!"

„Und ich sage nein", erwiderte Lex gelassen.

„Sie sind kein Raumfahrer! Sie haben keine Ahnung – "

„In der Ausbildung zum Polymathen lernt man eine ganze Menge", unterbrach ihn Lex mit einer Stimme, die schneidend wie ein Messer war. „Und jetzt hören Sie mir mal zu! Ihr Vorschlag ist unakzeptabel für uns. Jetzt sind Sie an der Reihe, sich unsere anzuhören. Wir möchten unseren Mitschiffbrüchigen" – er erinnerte sich, daß Arbogast genau diesen Ausdruck benutzt hatte – „natürlich unbedingt helfen, aber unsere Mittel sind beschränkt, und für uns geht es ums Überleben. Wir werden allen Überlebenden auf dem Plateau Lebensmittel, Kleider, Unterkünfte und was sonst noch nötig ist zur Verfügung stellen, aber als Gegenleistung dafür werden Sie jetzt Ihre Waffen niederlegen. Und Sie, Gomes, und Sie, Probian, und wahrscheinlich noch einige andere – es gibt sicher hundert Zeugen, die uns ihre Namen nennen werden – werden offiziell im Namen des Vereinheitlichten Galaktischen Gesetzbuchs wegen Mordes, Zwangs zur Sklavenarbeit, Gewalt gegen Personen, grausamer und unüblicher Bestrafung und wegen illegaler Autoritätsanmaßung vor Gericht gestellt. Nun?"

„Sie Teufel!" sagte Gomes fast flüsternd. „Sie . . .!" Er hob seine Pistole, bis ihre Mündung auf Lex' Brust zeigte. Entsetztes Murmeln fuhr durch die Menge der Zuschauer.

„Und das sind meine Bedingungen", erklärte er. „Entweder Sie geben uns, was wir wollen, oder ich bringe sämtliche Männer hier um und brenne Ihr hübsches kleines Dorf als Scheiterhaufen ab. Wir haben zwölf Pistolen, Sie nur zwei. Los, bewegen Sie sich!"

XXI

FÜR den Rest seines Lebens würde Lex auf diesen Augenblick als den Wendepunkt zurückschauen, an dem er ganz klar sein eigentliches Wesen erkannt hatte. Von allen Seiten hatte man ihn gedrängt, etwas gegen Gomes zu unternehmen, die anderen Flüchtlinge zu befreien, eine Vergeltungseinheit oder eine Kidnappergruppe gegen ihn anzuführen. Seit seiner Rückkehr vom Plateau waren erst zwanzig Tage verstrichen, und doch kam es ihm wie eine Ewigkeit vor, weil zigmal Leute mit irgendwelchen Aktionsplänen zu ihm gekommen waren.

Er hatte sie alle zurückgewiesen; wenn er Zeit hatte, ihre Schwächen aufgedeckt oder einfach kurz und bündig abgelehnt, wenn er beschäftigt gewesen war. Er hatte sich irgendwie schuldig dabei gefühlt, weil er wußte, daß mit jedem Tag, den er vergehen ließ, ein Menschenleben oder auch mehrere Gomes' Grausamkeit zum Opfer fielen – aber gegen einen Verrückten mit einer Reihe von Energiepistolen vorzugehen hätte zumindest für einige der Angreifer den sicheren Tod bedeutet.

Jetzt erkannte er plötzlich, daß er mit seinem Zögern nicht nur aus diesem, sondern noch aus einem viel subtileren Grund recht gehabt hatte.

Seine Entscheidung konnte die gesamte Zukunft der Menschheit auf diesem Planeten beeinflussen.

Er fürchtete nicht um sein eigenes Leben, auch wenn Gomes' Pistole auf ihn gerichtet war. Dank seiner Ausbildung besaß er Reaktionen, denen ein kranker, halbverhungerter alter Mann wie Gomes nichts entgegenzusetzen hatte. In der Zehntelsekunde zwischen dem Durchziehen des Abzugs und dem Austreten des Energiestrahls hätte er sich zur Seite werfen, sich auf den Captain stürzen, ihm die Waffe entreißen und ihn in seine Gewalt bringen können, noch bevor irgendeiner seiner Begleiter hätte reagieren können.

Doch Ziel der Ausbildung eines Polymathen war nicht, das eigene Leben zu retten.

Er hätte Anweisungen für unzählige Projekte geben können, die aus dieser Handvoll Schiffbrüchiger schließlich eine blühende Gesellschaft machen würden. Aber auch das war nicht das eigentliche Ziel seiner Ausbildung.

Wie zeichnete sich ein Mann aus, der die Verantwortung über einen ganz neuen Planeten übernehmen sollte? Welche Fähigkeit berechtigte ihn dazu, eine solche Verantwortung auf seine Schultern zu nehmen? Es waren weder schnelle Reaktionen noch überlegene körperliche Fähigkeiten oder enzyklopädisches Wissen. Jeder konnte eine dieser drei Eigenschaften besitzen, und für die letzte gab es Bibliotheken, Computer und Datenspeicher, die unendlich mehr Informationen enthalten konnten als das menschliche Gehirn.

Nein. Das erforderliche, notwendige Talent war die Fähigkeit, recht zu haben.

Bei einem völlig unerforschten Planeten und einem defekten Raumschiff würde der Polymath sagen: „Zähmt den Planeten." Der normale Mensch: „Repariert das Raumschiff." Der Planet ließ sich zähmen, das Raumschiff aber nicht reparieren.

Bei zwei kollidierenden Persönlichkeiten, die die Sicherheit der Flüchtlinge gefährdeten, würde der Polymath sagen: „Dieser ist wertvoll; jener ein Handikap." Der normale Mensch dagegen: „Nun, es gibt eine ganze Menge an Für und Wider . . ." Der Wertvolle arbeitete wie besessen; der andere wurde verrückt und eine Belastung für die Gemeinschaft.

Lex hatte einen bloßen Bruchteil der vollen Polymath-Ausbildung erhalten und nur die ersten Stufen der physischen Modifikationen, doch das war genug. Die Anforderungen der Situation selbst hatten die Ausbildung so weit vervollständigt, daß sich jene unabdingbare Fähigkeit herauskristallisierte – das und die Konfrontation mit der Erkenntnis, was geschehen würde, wenn der verantwortliche Mensch die falsche Entscheidung traf.

Darum: Bei einem Geisteskranken, der mit Waffengewalt über vierhundert andere herrschte, würde der normale Mensch sagen: „Wir müssen die Unterdrückten befreien, auch wenn dabei einige von uns und viele von ihnen getötet werden." Der Polymath dagegen würde erkennen: „Jemand, der so verrückt ist, wird sich selbst einen Strick drehen."

Und hier war der Mann, der so verrückt war und der durch die Folgen seines Handelns dazu getrieben wurde, seinen Kopf in die Schlinge zu stecken.

Ganz langsam begann Lex zu lächeln.

Zuerst hielten ihn die anderen für übergeschnappt, als er Gomes sagte, er könne alles haben, was er wolle. Dann dachten sie, er wolle versuchen, Zeit zu gewinnen, so daß sie die elf überwältigen könnten, wenn sie durch Müdigkeit und Gier irgendwann so abgelenkt sein würden, daß sie nicht mehr auf ihre Waffen achteten. Und dann, als sie entdeckten, daß offensichtlich keine dieser Erklärungen zutraf, begannen sie sich zu fragen, ob er vielleicht Angst hatte.

Sie befolgten seine Anweisungen – aber sie begannen zu überlegen.

Die Ängstlichkeit, die Gomes und seine Begleiter an den Tag legten, war jämmerlich. Sie konnten nicht dem Luxus eines heißen Bads mit Seife widerstehen, die sie oben auf dem Plateau seit Monaten nicht mehr gesehen hatten. Aber sie weigerten sich, dafür in die Badehütten zu gehen, und verlangten, daß man ihnen das Wasser hinausbrachte und in Wannen goß, wo sie mit schußbereiten Waffen einander Deckung geben konnten.

Lex wies seine Leute an, alles zu tun, was die elf wollten.

Sie konnten nicht dem Angebot einer anständigen Mahlzeit widerstehen, aber sie wollten sich das Essen nicht fertig zubereitet bringen lassen, sondern gingen mißtrauisch in die Küche, wo sie die Nahrungssynthetisierer inspizierten, um sich zu vergewissern, daß sie nicht manipuliert waren.

Als eine von Bendles Assistentinnen Antiallergen auf einen Salat aus einheimischen Pflanzen tat, zwangen sie sie, es zuerst zu probieren und zu beweisen, daß sie ihn nicht vergiftet hatte.

Sie konnten dem Angebot von Vitaminspritzen gegen die Hautausschläge nicht widerstehen, an denen sie alle litten; der Anblick der elf, als sie sich für das Bad ausgezogen hatten, war abstoßend gewesen, denn sie waren über und über mit entzündeten Stellen und Schorf bedeckt. Gomes' geschwollenes Bein war auf dem Marsch durch das dichte Unterholz entlang des Flusses hierher noch schlimmer geworden, aber auch hier waren sie so mißtrauisch, daß sich Jerode zuerst selbst eine Injektion geben mußte.

Lex wagte nicht, sich seinen Triumph anmerken zu lassen, als er mit ihnen umherging. Es machte ihm Sorgen, daß die Leute sein Verhalten vielleicht nicht verstehen würden, aber wie es schien, hatte die Gemeinschaft inzwischen genug Vertrauen in ihn, daß ihn niemand öffentlich anzuzweifeln wagte.

„Ihre Kleidung ist doch völlig hinüber, versuchen Sie mal, ob das hier paßt . . . Es paßt? Behalten Sie's!"

„Ihr Bettzeug ist zerrissen und völlig verschmutzt – wir haben jetzt Laken gemacht. Nehmen Sie welche mit!"

„Der Rückmarsch wird hart – wir haben genug zu essen. Hier, bitte sehr!"

Als sie wieder vor der Haupthütte standen, betrachtete Gomes zufrieden, was sie alles bekommen hatten. Er hielt noch immer seine Pistole in der Hand, und als er jetzt Lex ansah, fuchtelte er damit herum.

„Ich hätte wohl besser mehr Leute mitgebracht, damit wir mehr hätten mitnehmen können!" höhnte er. „Tja, es sieht ganz so aus, als ob eine Pistole genauso laut spricht wie zehn Leute, nur überzeugender."

Er spuckte in den Staub. „Sie sind also ein Polymath", fügte er hinzu. „Aber Sie können genauso sterben wie jeder andere auch. Das macht uns gleich stark."

Lex war sich der vielen, vielen Augenpaare, die auf ihn gerichtet waren, deutlich bewußt. Alle hatten ihre Arbeit liegengelassen, um Zeugen des entsetzlichen Schauspiels zu werden, wie Gomes und seine Männer soviel vom Besitz der Gemeinschaft mitbekamen, wie sie tragen konnten. Zu seinem Bedauern und zu seiner Bestürzung hatte ihr Denken an diesem Punkt offensichtlich ausgesetzt – sogar Jerode, Fritch, Aldric und Cheffy schienen sich nicht gefragt zu haben, ob diese Dinge wirklich eine Siegesbeute für Gomes waren.

Es überraschte ihn allerdings nicht, als er sah, daß Delvia, die im Schatten an der Seite der Hütte stand, leise vor sich hin lächelte, als gerade niemand von Gomes' Leuten in ihre Richtung schaute.

„Noch zwei Sachen", fuhr Gomes fort. „Nur noch zwei. Sie haben immer noch zwei Energiepistolen, Lex. Wie es aussieht, glaube ich, daß wir sie besser gebrauchen können als Sie. Holen Sie sie!"

„Nein! Nein, das darfst du nicht!" Aus der vorderen Reihe der Zuschauer kam Hosper gelaufen und stellte sich mit blassem Gesicht, die Hände zu Fäusten geballt, vor Gomes.

„Du!" sagte der. „Für das, was du getan hast, sollte ich dich jetzt eigentlich erschießen!" Er verzog verächtlich den Mund. „Aber warum sollte ich wertvolle Energie verschwenden?"

Mit diesen Worten drehte er die Pistole um und hieb Hosper mit der Waffe unter das Kinn.

Jesset stieß einen Schrei aus und versuchte, ihrem Mann nachzustürzen, die Hände zu Krallen gekrümmt; wenn sie Gomes erreicht hätte, hätte sie ihm die Augen ausgekratzt. Aber jemand hielt sie zurück, nahm sie in den Arm und beruhigte sie. Es war Delvia.

Wenn jemand versuchte, die Gemeinschaft auf der Basis der Überlebensfähigkeit einzuteilen, dann käme Delvia wohl direkt nach ihm selbst, dachte Lex.

Gomes funkelte Hosper an, der vor ihm am Boden lag, und warf dann einen bösen Blick auf Jesset, die noch immer heftig atmete, während Delvia sie am Arm festhielt. „Geben Sie mir die Pistolen, oder ich schieße die beiden über den Haufen!"

„Los, machen Sie schon!" rief Jesset. „Es ist immer noch ein besserer Tod als das, was Sie mit den Leuten auf dem Plateau machen!"

„Wer hat die Pistolen?" fragte Lex ruhig. „Du, Aldric? Gib sie ihm."

„Herzlichen Dank", meinte Gomes grinsend und wischte sich den Schweiß aus dem Gesicht. „Sie haben zuerst Ihren Mund ganz schön voll genommen, Mr. Polymath! Aber diese Pistolen hier überzeugen auch Sie, was?"

Schweigend und mit einem flüchtigen Blick, als fände er, daß damit die Gemeinschaft betrogen würde, legte Aldric die Pistolen auf eins der Bündel, die für Gomes' Leute gepackt worden waren.

„Schön, das wäre es – fast. Und jetzt möchte ich noch eines klarstellen. Ich warne alle, uns zu folgen. Versucht nicht, zum Plateau hinaufzukommen. Wir haben jetzt alle Pistolen, und wir haben genug Zeit aufzupassen, ob ihr euch anschleichen wollt. Ich muß sagen, jetzt, wo ich gesehen habe, was ihr hier unten alles habt, lohnt es sich zurückzukommen. Ihr könnt uns also demnächst wieder mit Pistolen und alldem erwarten. Wir werden uns holen, was wir haben wollen und wann wir es haben wollen. Das nächstemal wollen wir vielleicht noch mehr. Und wenn wir dann mit unserem Schiff wieder im Raum sind, sind wir vielleicht sogar so nett, zu erwähnen, daß noch ein paar andere Flüchtlinge hier auf diesem elenden Dreckball sind. Das hängt natürlich ganz davon ab, wie ihr euch benehmt, verstanden?"

Er lachte glucksend. In diesem Augenblick raffte sich Hosper, der sich von dem Schlag erholt hatte, auf und versuchte, sich auf Gomes geschwollene Beine zu stürzen. Probian war schneller. Sein Fuß schoß vor, und Hosper wurde wieder zu Boden geschleudert, wo er stöhnend liegenblieb und sich das Gesicht hielt.

„Danke, Probian", nickte Gomes. „Ich denke, ich habe Hosper ein bißchen Verstand einbleuen können, selbst wenn der Rest von euch nur an eurer Bequemlichkeit und der gesunden Haut interessiert ist, auf die ihr so stolz seid."

Er wandte sich an seine Begleiter. „Also gut, nehmt die Sachen. Wir wollen hier weg sein, bevor es dunkel wird."

Sie traten gehorsam an, um ihre Rucksäcke zu schultern – alle, außer Dockle. Er war kaum mehr als ein Junge, das Gesicht so braun wie verbranntes Holz, die Glieder spindeldürr, der Körper mager. Dockle stand wie versteinert da, die funkelnden Augen auf Gomes gerichtet.

„Du auch, Dockle!" donnerte der Captain.

„Ich gehe nicht mit", erwiderte der Junge. „Ich bin nicht verrückt."

Ein eisiger Hauch durchzog plötzlich die Hitze des Tages. Alle Augen – die von Gomes, die seiner Begleiter und die der Zuschauer – richteten sich auf Dockle.

„Ich gehe nicht mit zurück!" wiederholte er lauter, und seine Stimme klang rauh von mühsam unterdrückten Tränen. „Ich gehe nicht in diese Hölle zurück! Sie werden es nie schaffen, das Schiff zu reparieren! Wir haben monatelang geschuftet, und alles, was wir erreicht haben, ist, daß wir es ein Stück hochgehoben und gesehen haben, wie kaputt der Boden ist. Auch wenn wir den ganzen Sommer über daran arbeiten, werden wir es nie hinkriegen, und wenn wir nicht Vorbereitungen für den Winter treffen, werden wir alle erfrieren. Ich gehe nicht mit zurück!"

Man konnte förmlich spüren, wie eine Welle der Wut durch die Menge ging. Lex wußte, daß sie sich auf ihn richtete. Wie konnte er, nach dem, was Dockle gesagt hatte, einen selbstmörderischen Angriff auf Gomes' Trupp verhindern? Auch jetzt war er noch sicher, daß niemand seinen Überlegungen gefolgt war. Trotzdem fühlte er, daß er mit dem, was er tat, recht hatte. Er hatte nicht das Gefühl, daß es auf die Katastrophe hinauslaufen würde, daß achthundert unbewaffnete Menschen von elf mit Energiepistolen massakriert wurden.

Und dann, als er schon an seiner speziellen Fähigkeit, recht zu haben, zu zweifeln begann, nachdem er sie gerade erst vor ein oder zwei Stunden entdeckt hatte, lieferte ihm Gomes die fehlende Antwort.

„Nimm dein Gepäck, Dockle", sagte er mit leiser, gefährlicher Stimme. „Nach dem heutigen Tag wird das Leben hier unten nämlich gar nicht mehr so angenehm sein. Sicher ist es schwierig, ein Schiff ohne die nötigen Mittel zu reparieren. Aber es heißt, daß ein Polymath ein Ersatz für so ungefähr alles ist."

Er fuhr herum, und seine Pistole zielte wieder auf Lex.

„Komm her! Du bist ein wertvoller Besitz, und wir haben nicht die Absicht, dich hier zurückzulassen."

Den Umstehenden stockte vor Entsetzen der Atem. Lex wartete, bis sie sich von dem Schock erholt hatten. Er wollte, daß alle, die zusahen – mit Ausnahme von Gomes und seinen Leuten –, deutlich mitbekamen, wie genau er seinen Gehorsam zeigte.

„Also gut", antwortete er. „Wenn Sie es unbedingt wollen. Aber ich übernehme keine Verantwortung für die Konsequenzen."

„Dann übernehme ich keine für dein Leben!" fauchte Gomes. „Zwei meiner Männer mit Pistolen werden dich die ganze Zeit im Auge behalten, also versuch besser keine Mätzchen. Es gibt keine Hospers mehr auf dem Plateau. Wir haben reinen Tisch gemacht." Er warf einen Blick auf Dockle und ruckte mit dem Kopf, worauf der Junge zögernd, aber jetzt nicht mehr fähig, sich dem Captain weiter zu widersetzen, sein Gepäck aufhob und es auf den Rücken schnallte.

Probian brachte einen Strick zum Vorschein. Während die anderen die Menge mit ihren Pistolen in Schach hielten, band er damit Lex' Hände hinter seinem Rücken zusammen und nahm das lose Ende als eine Art Leine.

„Vorwärts!" befahl Gomes barsch. „Wenn jemand versucht, uns aufzuhalten", setzte er lauter hinzu, „wird es euer Lex als erster zu spüren bekommen. Bleibt uns vom Hals, alle!"

XXII

HILFLOS folgte ihnen die Menge bis an den Rand des Dorfes, in der Hoffnung, irgendein Zeichen oder einen Wink von Lex zu bekommen, worauf sie trotz der Pistolen sofort reagiert hätten. Aber Lex ging ruhig mit Gomes und seinen Leuten mit, ohne sich umzuschauen.

Fritch ballte in ohnmächtiger Wut die Fäuste, während er zusah, wie sich die Diebe entlang des Flusses entfernten. „Was hat er sich bloß dabei gedacht?" platzte er heraus. „Jetzt werden wir ihn nie im Leben befreien können! Er muß verrückt geworden sein!"

„Er weiß schon, was er tut!" fuhr ihn Delvia an.

„Woher willst du das wissen?" fauchte Fritch zurück.

„Er ist doch ein Polymath, oder?"

„Polymath oder nicht, Tatsache ist, daß er noch reichlich jung ist. Und er hat nur einen Teil der Ausbildung mitgemacht."

„Genau", mischte sich Rothers ein, der ein paar Meter

entfernt stand. „Und er hängt so an seinem Leben, daß er vor einer Pistole klein beigibt."

„Ich glaube, Sie irren sich", gab Cheffy zurück. Sie kamen jetzt zu dichtgedrängten Gruppen zusammen, als sich die Diskussion in ein Dutzend heftig wechselnder Streitpunkte spaltete. „Er hat mit eigenen Augen die Situation oben auf dem Plateau gesehen. Sie haben Hosper, Jesset und die anderen gehört – Sie wissen selbst, daß es besser ist zu sterben, als Gomes in die Hände zu fallen, und das weiß auch Lex. Er muß irgendeinen Plan haben!"

Von irgendwo im Hintergrund der Menge bahnte sich jetzt Nanseltine einen Weg nach vorn. Seit jenem Vorfall auf der Versammlung, als Lex das Kommando übernommen hatte, hatte man nicht mehr viel von ihm gehört, aber nun sah er offensichtlich eine Chance, sich wieder aufzuspielen.

„Vielleicht hat er wirklich einen Plan!" rief er aus. „Nur keinen, der uns hilft! Was ist, wenn Gomes es mit Lex' Hilfe schafft, das Schiff zu reparieren? Paßt auf, als nächstes werden wir uns ansehen können, wie es mit ihm und Gomes an Bord in die Luft steigt . . ."

Die Worte endeten in einem Schrei, und Nanseltine wich zurück, die Hand auf seiner geröteten Wange. Delvia stand wutentbrannt vor ihm, den Arm zu einem zweiten Schlag erhoben.

„Nur weil Sie genau das tun würden, brauchen Sie es verdammt noch mal noch lange nicht Lex zu unterstellen! Und ihr anderen genausowenig!" Sie fuhr zu den Ausschußmitgliedern herum, die hinter ihr standen. „Und ihr seid nicht besser. Ihr überlaßt Lex die ganze Verantwortung und geratet dann in Panik, wenn er etwas Schlaues tut, das euch nie eingefallen wäre!"

Einen Augenblick war es still, dann wandte sich Aldric an Jerode. „Was meinen Sie, könnte sie recht haben?"

„Ich habe keine Ahnung." Jerode fuhr sich mit der Hand über den kahlen Schädel. „Es fällt mir allerdings schwer zu glauben, daß Lex einfach so nachgibt, ohne daß er ein bestimmtes Ziel damit verfolgt. Aber es scheint auf jeden Fall ein ziemlich riskantes Spiel zu sein, und ehrlich gesagt, kann ich mir nicht vorstellen, was er vorhat."

„Ich weiß einen plausiblen Grund, warum er so handeln sollte", mischte sich Delvia ein. „Stellt euch vor, wir hätten versucht, Gomes' Männer zu überwältigen. Sie hätten leicht fünfzig von uns getötet, und ein paar von ihnen hätten wahrscheinlich fliehen können. Sie hätten unsere Geräte zerstört, die Gebäude in Brand gesetzt – wir hätten vor dem reinsten Chaos gestanden! Lex macht sich Gedanken darüber, was mit uns passiert, ist euch das nicht klar? Und genauso macht er sich Gedanken über die anderen auf dem Plateau! Ihr glaubt es nicht? Nur weil er eure verrückten Pläne abgelehnt hat, mit denen ihr sie doch nie im Leben hättet befreien können?" Sie hatte jetzt die Aufmerksamkeit aller. Mit blitzenden Augen und schallender Stimme fuhr sie erregt fort. „Gomes hat gesagt, sie hätten da oben reinen Tisch gemacht, es gebe jetzt keine Verräter mehr! Aber ihr habt alle gehört, was Dockle Gomes ins Gesicht gesagt hat, nicht? Wenn seine Leute Gomes so sehr hassen, was wird dann passieren, wenn er mit seiner Beute zum Plateau zurückkommt? Glaubt ihr, er wird die Sachen mit allen teilen, hm? Sie werden ihn noch heftiger hassen als zuvor. Und wenn Lex dann noch unter ihnen ist – na!"

„Aber einer gegen so viele", sorgte sich Fritch.

„Lex ist kein gewöhnlicher Mann", beharrte Delvia. „Baffin, hat er euch nicht im Dunkeln und mit Gomes' Männern im Nacken hierher zurückgebracht?"

„Das stimmt", nickte Baffin. „Er hat gesagt, er könne im Dunkeln sehen."

„Das hat er mir auch gesagt", meldete sich Jerode. „Es gehört zu seinen Polymath-Modifikationen."

„Na also!" Delvia wandte sich an die Menge. „Gomes hat es nicht mit mir oder einem von euch zu tun, er hat eine Zeitbombe bei sich! Meine Vermutung ist, daß Lex innerhalb von einer Woche die Situation oben auf dem Plateau beherrscht und die Dinge so laufen, wie er es sich vorstellt."

„Du machst dich gut als Verteidiger für deinen Wunderknaben", brummte Fritch. „Aber wie Gomes gesagt hat, er ist ein wertvoller Besitz. Wir können ihn nicht einfach sich selbst überlassen."

„Und ich sage, wir können es und sollten es auch tun", fauchte Delvia.

Jerode dachte einen Moment nach. Schließlich richtete er

sich auf. „Ich glaube, Fritch hat recht. Wir müssen ihm einen Trupp hinterherschicken. Ich weiß zwar nicht, was unsere Leute ohne Waffen gegen die anderen ausrichten können, aber – ja, vielleicht könnten sie Gomes' Leute im Schlaf überraschen. Zumindest müssen wir wissen, was passiert. Sie haben den Weg schon zweimal gemacht, Baffin. Suchen Sie sich ein paar Leute aus."

Hosper, dessen Gesicht eine Schramme von Gomes' Schlag zeigte, trat sofort vor, zusammen mit Jesset, die sich an seinen Arm klammerte. Fritch meldete sich ebenfalls, dann Aykin, Cheffy, Aldric und andere.

„Egal, was du tust, Baffin – greif nicht ein!" bat Delvia. Baffin zuckte die Achseln und gab keine Antwort.

Es DAUERTE einige Zeit, bis sie Lampen, Äxte, Verpflegung und was sonst noch nötig war, organisiert hatten, und es war bereits später Nachmittag, als die Mannschaft endlich abmarschbereit war. Baffin legte ein rasches Tempo vor. Sie kamen an den Wachtposten vorbei, dann an der Stelle, wo Lex seine geniale Falle gelegt hatte, an der sich Gomes' Männer verraten hatten. Kurz darauf stieß Baffin einen leisen Schrei aus und deutete voraus.

„Was ist los?" wollte Fritch wissen.

„Ich habe einen Pistolenstrahl gesehen", murmelte Baffin. „Schneller! Vorwärts!"

Den Mund trocken von dunklen Vorahnungen, mit hämmerndem Herzen und schmerzender Lunge bemühten sie sich, mit ihm durch das peitschende Unterholz Schritt zu halten. Sie hatten weitere zwei Kilometer zurückgelegt, als sie den Toten fanden.

Aus einem dichtbelaubten Gebüsch ragten zwei dünne Beine hervor; die Füße waren nackt. Insekten krabbelten aus dem Busch und vom Boden hoch, um den Kadaver zu untersuchen.

Entsetzt blieben sie stehen. Als Baffin die Zweige beiseite bog, erkannten sie den Toten.

„Es ist der Junge." Fritch schluckte.

Ein Schuß hatte Dockle von der Kehle bis zum Bauch verbrannt. Man hatte ihm alles abgenommen, außer seinem verkohlten Hemd, das ihm am Körper klebte. Aus dem zu einem Schrei aufgerissenen Mund liefen schon einheimische Aasfresser.

„Steht nicht herum!" sagte Hosper heftig. „Wir müssen ihnen nach – der nächste wird Lex sein!"

Doch Baffin starrte auf den Toten, die Stirn nachdenklich gerunzelt. „Ich . . . überlege gerade", meinte er schließlich. „Wißt ihr, irgendwie glaube ich es nicht. Ich fange langsam an zu begreifen, was Delvia meinte."

DER Ärger fing früher an, als Lex zu hoffen gewagt hatte. Sobald sie außer Sichtweite des Dorfes waren, teilte sich Gomes' Trupp in zwei Gruppen. Gomes, Probian und die meisten anderen gingen vorneweg, während Lex in der Mitte blieb und Probian ihn am Ende des Stricks festhielt. Dockle und zwei andere aber, die jüngsten der elf, blieben etwas zurück und unterhielten sich leise.

Mehr als einmal fuhr Gomes sie an, bei der Truppe zu bleiben, doch besonders Dockle machte langsam, und an einer Stelle, wo das Unterholz ungewöhnlich dicht war, blieb er so weit zurück, daß er nicht mehr zu sehen war.

Nach zwanzig Schritten bemerkte es Gomes. Er sah zurück, entdeckte, daß Dockle verschwunden war, und stürmte fluchend und mit erhobener Pistole an Lex vorbei. Sein schwerer Rucksack fing sich in überhängenden Zweigen und ließ sie wie Peitschenschnüre durch die Luft pfeifen.

Sie sahen nicht, was weiter passierte, aber sie hörten es: Gomes beschimpfte Dockle und befahl ihm zurückzukommen; er bekam eine erregte Antwort, und dann blitzte die Pistole auf.

Gomes kehrte einen Augenblick später zurück. „Holt sein Zeug!" herrschte er die beiden Jungen an, die sich bei Dockle gehalten hatten. „Packt es Lex auf! Und wenn ihr schon mal dabei seid, dann seht euch Dockle genau an, denn das wird auch mit euch passieren, wenn ihr solche Mätzchen versucht."

Die beiden sahen aus, als müßten sie sich gleich übergeben, aber sie gehorchten.

Einer weg, blieben noch zehn. Ein weiterer vor Dunkelwerden war ratsam, überlegte Lex kühl. Es wäre ihm lieber gewesen, wenn es nicht gerade Dockle erwischt hätte, denn der Junge hatte den Mut gehabt, Gomes nicht nur ein-, sondern sogar zweimal die Stirn zu bieten, aber er wußte genug über die Situation auf dem Plateau, um sich ausmalen zu können, was Dockle getan oder stillschweigend mit angesehen haben mußte, daß Gomes ihn als Begleiter ausgewählt hatte. Er dachte allerdings nicht an Gerechtigkeit oder Vergeltung. Was zählte, war einzig die Zukunft der Menschheit auf diesem Planeten.

Danach sagte lange Zeit niemand mehr etwas; schweigend marschierten sie weiter. Sie kamen besser voran als Lex damals mit seiner Gruppe, denn auf dem Weg den Fluß hinunter hatte Gomes einen großen Teil der Pflanzen wegbrennen lassen. Sie hatten den Weg noch nicht wieder überwuchert, obwohl die Vegetation so üppig war, daß innerhalb einer Woche alles wieder zugewachsen sein würde.

Eine Stunde vom Dorf entfernt kamen sie an den Überresten eines der Schwarzbeutelmonster vorbei, wahrscheinlich das, das einen Mann auf dem Hinweg getötet hatte. Sie waren erstaunlich zahlreich. Irgendwann würde man doch etwas unternehmen müssen, um die Menschen vor ihnen zu schützen, auch wenn man sie nicht ausrotten konnte – ihre ökologische Funktion war offensichtlich die, zu verhindern, daß die Pflanzenfresser auf dem Planeten überhandnahmen. Die nächste Stelle mit ihnen kam einige hundert Meter weiter. Lex vernahm mit seinem ultrascharfen Gehör lange vor den anderen schon ein gurgelndes Geräusch im Fluß, und er beobachtete Gomes' Leute scharf, um zu sehen, ob sie wußten, was dieses Geräusch bedeutete. Offensichtlich wußten sie es nicht. Und genausowenig schienen ihnen die blaugrünen Schößlinge an den unversehrten Bäumen um sie herum etwas zu sagen. Auf dem Hinweg mußte es ihnen gelungen sein, diesen Fleischfresser hier zu umgehen, obwohl er durch das Pseudomoos getarnt war, das hier dicht den Boden bedeckte. Vielleicht war das Tier zu jenem Zeitpunkt gerade satt gewesen und nicht an weiterer Beute interessiert. Aber jetzt . . .?

Ohne daß es auffiel, änderte Lex seine Richtung etwas und schritt vorsichtig zwischen den Beutelmäulern durch, und weil sie genau in einer Linie mit ihm gingen, entkamen ihnen auch Gomes und Probian. Der Mann hinter ihnen aber ging etwas seitlich, und plötzlich war sein linkes Bein im Boden verschwunden.

Sofort wurden Schreie laut, und die Pistolen blitzten auf. Es war völlig verständlich, daß Lex wie alle anderen entsetzt zur Seite sprang und dabei Probian, der den Strick in der Hand hielt, so mitriß, daß dessen Schuß nicht das unheimliche schwarze Maul, sondern die Beine und den Bauch des Opfers traf.

Als die Dunkelheit über sie hereinbrach, war Gomes' Trupp in einer schlimmen Verfassung. Sie brannten mit ihren Pistolen eine große freie Stelle und zündeten dann ein Feuer an, nicht weil sie froren, denn die Nacht war warm, sondern zur Beruhigung.

Probian band Lex mit dem Rest des Stricks finster die Füße zusammen und ließ ihm die Arme hinter dem Rücken gefesselt. Lex bekam nichts zu essen, man gewährte ihm nur widerwillig einen Schluck Wasser. Die anderen aßen schweigend und sahen sich immer wieder ängstlich um. Sie vermieden es, Gomes' Blick zu begegnen.

Sehr gut.

Gomes stellte einen Wachplan auf. Bis zum Morgengrauen sollten jeweils zwei Männer mit Pistolen Lex ständig bewachen. Sich selbst ließ Gomes in der Wacheinteilung aus. Er achtete darauf, daß die beiden jungen Männer, die mit Dockle zusammengewesen waren, nicht gemeinsam Wache hatten. Sie und alle anderen wußten, warum. Auch das war sehr gut. Je öfter sie auf den Gedanken gebracht wurden, Gomes im Stich zu lassen, desto besser.

Lex merkte sich genau, welche seiner späteren Wachen im Gebüsch verschwanden, bevor sie sich hinlegten. Einer ging nicht, sondern trank nur hastig aus seiner Wasserflasche, bevor er sich erschöpft auf seine Decke warf.

Ausgezeichnet. Das war der Mann, den Gomes zusammen mit Probian für die Wache nach Mitternacht eingeteilt hatte. Lex lehnte sich zurück und döste vor sich hin.

Wie er vermutet hatte, hatten es die beiden ersten Wachen

so eilig, sich hinzulegen, daß sie dem Mann, auf den er baute, keine Zeit ließen auszutreten, bevor er seinen Dienst antrat. Sie weckten ihn und ließen ihn sofort seinen Platz einnehmen. Der Mann saß da mit der Waffe in der Hand und wurde immer unruhiger, während die anderen bald schnarchten. Lex täuschte vor, fest zu schlafen.

Schließlich konnte es sein Bewacher nicht länger aushalten. Er sagte etwas zu Probian, gab ihm seine Pistole und verschwand aus dem Lichtkreis des heruntergebrannten Feuers.

Im Schutz der Dunkelheit hatte Lex lautlos seine Fesseln durchgescheuert. Jetzt befreite er mit einem Ruck Füße und Hände und warf sich auf Probian. Der hatte noch nicht einmal die Zeit, einen Schrei auszustoßen, als sein Kopf auch schon zurückflog und er das Bewußtsein verlor.

Sie hätten es wissen müssen, dachte Lex, als er sich an den zweiten Wachtposten heranschlich, um ihn von hinten zu überwältigen: Ein gewöhnliches Seil konnte einen Polymathen nicht lange halten.

Allerdings eignete es sich ausgezeichnet, damit jemand außer Gefecht zu setzen.

Das Geräusch, das er verursachte, war nicht lauter als ein leiser Windhauch, und die anderen waren zu erschöpft, um davon wach zu werden. Sie lagen reglos auf ihren Decken, als er von einem zum andern schlich, alle Pistolen – außer der von Gomes – einsammelte und sie mit seinem Seil zusammenband.

Dann verschwand er lautlos in der Dunkelheit. Von weiter unten flußabwärts konnte er ganz schwach Geräusche hören. Wahrscheinlich hatte Jerode oder jemand anders „Retter" hinter ihm hergeschickt. Er mußte sie abfangen, bevor sie so nahe kamen, daß sie Gomes' Bande aufscheuchten.

XXIII

ALS sie den zweiten Toten fanden, der halb verkohlt und von dem angeschossenen Beutelmonster halb verdaut war, waren sie bereit zuzugeben, daß Delvia recht gehabt hatte. Sie konnten sich zwar nicht vorstellen, wie Lex es anstellte, aber sie begriffen, daß er offensichtlich versuchte, die Männer so weit zu demoralisieren, daß Gomes irgendwann die Kontrolle über sie verlor.

Bei Einbruch der Nacht sahen sie vor sich die Strahlen von Pistolen, mit denen ein Lagerplatz freigebrannt wurde. Dann wurde ein Feuer entfacht, dessen Schein von den umstehenden Bäumen reflektiert wurde. Baffin beschloß, ihrem Beispiel nicht zu folgen, sondern vorsichtig weiterzugehen und zu sehen, ob sie Gomes und seine Leute nicht aus dem Hinterhalt überfallen konnten.

So schlichen sie durch die Nacht, als ganz plötzlich Lex vor ihnen auftauchte, das Gesicht zu einem breiten Grinsen verzogen. Dabei hielt er die zusammengebundenen Pistolen hoch wie ein Fischer einen erfolgreichen Fang.

Sie wurden so überrascht, daß sie zuerst zu keiner Reaktion fähig waren. Fritch brach die Spannung mit einem leisen Ausruf echter – wenn auch widerwilliger – Bewunderung.

„Du junger Teufelskerl! Wie hast du das bloß fertiggebracht?"

Während Lex in Stichworten erklärte, was passiert war, teilte er die Pistolen aus. Sie reichten fast für alle.

„Du hast ja nicht alle mitgenommen!" stellte Baffin fest, nachdem er nachgezählt hatte.

„Nein, eine habe ich Gomes gelassen. Keine Sorge, ich habe meine guten Gründe dafür. Und jetzt paßt genau auf. Bald wird die reinste Hölle los sein, und wir werden alles wieder in Ordnung bringen müssen. Ein paar von euch kommen mit mir – du, Hosper, und Jesset, weil ihr beide euch auf dem Plateau auskennt, und Aldric und Cheffy. Baffin, du lagerst mit dem Rest hier unten. Wenn es hell wird, werden sie merken, was passiert ist. Vielleicht wird Gomes so wütend, daß er versucht, sie umzubringen, aber einige werden wahrscheinlich entkommen und flußabwärts hierherflüchten. Ihr erwartet sie, und wenn sie hier sind, nehmt ihr sie in Gewahrsam und bringt sie ins Dorf. Dann sagt ihr Jerode, er soll eine große Hilfstruppe aufstellen, mit allen Krankenschwestern, die nicht schwanger sind. Bringt Decken, Kleidung und Nahrung mit. Bis ihr oben auf dem Plateau seid, werden die Sachen dringend gebraucht werden.

Rechnet mit mindestens zweihundert Kranken und Verletzten; auf jeden Fall werden alle schwach und erschöpft sein."

Er ließ ein leises Lachen hören. „Gomes' Situation muß schon schlimm genug gewesen sein, als er sich auf den Weg zur Küste gemacht hat. Ihr könnt euch denken, was passiert, wenn er mit nur einer Pistole und wahrscheinlich nur noch einem Begleiter zurückkommt."

Ein Lächeln auf den Gesichtern der anderen war die Antwort.

Lex bedeutete den vieren, die er ausgesucht hatte, ihm zu folgen und wandte sich ab. „Kommt mit. Aber beeilt euch. Wir gehen zurück, und beobachten, was passiert, wenn Gomes wach wird."

Gomes wälzte sich mit einem Brummen herum und öffnete blinzelnd die Augen. Eine Sekunde später saß er da, die Hand an seiner Pistole, und brüllte aus Leibeskräften. Die Morgendämmerung war gerade angebrochen, und das Licht war blaßgrau. Probian lag ausgestreckt auf dem Boden, sein Atem ging röchelnd. Von der zweiten Wache war weit und breit keine Spur zu sehen, und die anderen sechs Männer schliefen fest. Natürlich war der Gefangene verschwunden.

Aus einer sicheren Entfernung von zweihundert Metern konnte Lex, der hoch in einem Baum Posten bezogen hatte, mit seinen scharfen Augen deutlich verfolgen, was geschah. In der letzten Stunde war es fast völlig still gewesen, und sein Gehör war so geschärft, daß er die streitenden Stimmen deutlich verstehen konnte. Die Männer machten es ihm leicht, da sie sich gegenseitig anbrüllten. Gomes drehte vor Wut fast durch; zuerst kreischte er, der fehlende Mann sei ein Verräter wie Dockle, und dann, als er im Gebüsch gefunden wurde, daß er und Probian unfähige Idioten seien.

Sie schütteten Probian Wasser ins Gesicht, um ihn aufzuwecken, aber er war so benommen, daß er nicht sagen konnte, was passiert war. Sein unzusammenhängendes Stottern schürte Gomes' Wut so sehr, daß er Anstalten machte, Probian ins Gesicht zu treten. Einer der Männer sprang daraufhin vor und wollte wissen, ob sie jetzt vielleicht alle wie Tiere behandelt werden sollten.

Seine Begleiter teilten seine Meinung. Hysterisch schreiend bedrohte Gomes sie mit seiner Pistole und schimpfte sie Defätisten, die sich an die Leute an der Küste verkauft hätten. Die Männer sahen sich furchtsam an, und einer von ihnen ging zu Gomes – höchstwahrscheinlich durch die Pistolenmündung überzeugt.

Nun versuchte Gomes, sie zu zwingen, zurück flußabwärts zu gehen und Lex wieder einzufangen; er könne noch nicht weit sein. Lex lächelte im stillen. Wie recht der Captain damit hatte. Allerdings war dieser Befehl der Tropfen, der das Faß zum Überlaufen brachte.

Die Männer taten, als wollten sie seinem Befehl nachkommen, und bückten sich nach ihren Sachen; dann schnappte sich einer von ihnen, als er an dem heruntergebrannten Feuer vorbeikam, einen glühenden Ast und schleuderte ihn auf Gomes. Dessen Pistole, die so gut wie leer war, blitzte schwach auf und konnte den Angreifer nicht ernsthaft verletzen. Die übrigen warfen sich auf ihn und brachten ihn zu Fall.

Sie berieten sich kurz. Aller Mut hatte sie verlassen. Sie hatten es satt, noch länger die Sklaventreiber für Gomes zu spielen, selbst diejenigen, die bisher seine Befehle getreu ausgeführt hatten. Unten an der Küste war ein Polymath, und wenn er unter den Augen zweier bewaffneter Wachen und von direkt daneben Schlafenden fliehen konnte, dann gab es keine Grenzen für das, wozu er letztlich fähig sein würde.

Sie ließen Gomes, Probian und den Mann, den Lex mit dem Seil gewürgt hatte, zurück, nahmen allerdings die leere Pistole mit, zweifellos, um damit zu bluffen. Dann machten sie sich in einer Reihe auf den Weg flußabwärts.

Ausgezeichnet.

Diese sechs Deserteure waren von Baffins Leuten schon längst kassiert und ins Dorf gebracht worden, als Gomes langsam wieder zu Bewußtsein kam. Der Tag war strahlend und hell. Benommen kam er auf die Füße und mußte feststellen, daß ihm nur noch zwei Männer geblieben waren. Voller Wut verfluchte er die anderen, die ihn im Stich gelassen hatten. Er taumelte zum Fluß, kühlte sich das Gesicht mit Wasser und ging dann hinüber zu Probian, der fast im Koma lag, um ihn aufzuwecken.

Mit Tritten und Flüchen trieb er ihn und den anderen hoch, befahl ihnen, die paar Dinge aufzulesen, die die Deserteure zurückgelassen hatten, und drängte sie dann weiter flußaufwärts.

Heimlich führte ihnen Lex seine Gruppe nach; hin und wieder kamen sie so nahe, daß sie die drei sehen konnten, aber meistens folgte er ihnen nur nach dem Gehör.

Der Mann, den er gewürgt hatte, brach am späten Nachmittag zusammen, und weder Gomes' Schreie noch seine Beleidigungen konnten ihn dazu bringen, den Weg fortzusetzen. Gomes und Probian ließen ihn daraufhin zurück, und Lex wies Aldric an, sich um den Mann zu kümmern, ihn mit etwas zu essen und Wasser zu versorgen und ihm zu sagen, daß ihm geholfen würde, wenn der Hilfstrupp aus dem Dorf vorbeikam. Das würde allerdings erst am nächsten Tag sein.

Die Vegetation umschloß den Fluß wie ein Tunnel. Mittlerweile nur noch von nackter Verzweiflung aufrechtgehalten, stapften Gomes und Probian weiter, während ihnen Lex' Gruppe in einem Abstand von ein paar hundert Metern folgte. Bei Anbruch der Nacht erreichten sie einen Lagerplatz, der schon zuvor frei gemacht worden war, und fielen so erschöpft zu Boden, daß sie kaum noch Kraft für einen Schluck Wasser und etwas zu essen hatten. Die Marter, der sie die beiden aussetzten, begann Lex' Begleitern nun doch allmählich zuzusetzen; sogar Jesset, die vorher hitzig gesagt hatte, daß für solche Teufel nichts schlimm genug sein könnte, wurde still, als sie sah, in welcher Verfassung sie sich befanden.

Mit eiskaltem Blick starrte Lex zu der Stelle hinauf, wo die unglücklichen Männer lagen und schliefen. „Wenn wir sie kurz nach Mitternacht aufwecken", meinte er, „können wir morgen früh mit dem ersten Licht am Plateau sein. Seht zu, daß ihr ein paar Stunden Schlaf bekommt. Ihr werdet ihn brauchen, das verspreche ich euch."

MITTEN in der Nacht schlichen sie sich an Gomes und Probian heran und weckten sie, indem sie ihnen mit den Taschenlampen in die Augen leuchteten. Die beiden waren zu müde, um Widerstand zu leisten. Nachdem sie etwas zu essen und zu trinken bekommen hatten, wurden sie nun ihrerseits gefangengenommen und weiter vorwärts getrieben.

Bald hatten sie schon höher gelegenes Gebiet erreicht und mußten über die Felsbänke neben den Fällen und Flußschnellen klettern, wobei ihnen das Licht der Sterne und Lex den Weg zeigten. Manchmal mußten sie die Gefangenen mitschleppen oder sie über die schlimmsten Hindernisse heben, trotzdem kamen sie zügig voran. Der Morgen dämmerte gerade, als sie sich unter den traurigen und nutzlosen Überresten von Gomes' vielgerühmtem Damm befanden. Der Fluß strömte jetzt ungehindert hinab ins Tal, und sein Rauschen war laut genug, um ein paar leise gesprochene Worte zu übertönen.

„Ich gehe zuerst rauf", flüsterte Lex. „Dann schickt ihr Gomes und Probian hinterher, und zuletzt folgt ihr so schnell wie möglich."

Die anderen nickten. Freudig drückte Hosper Jesset mit seinem linken Arm an sich, während er in der rechten Hand abschätzend seine Pistole wog.

„Und benutzt das wirklich nur, wenn es nicht anders geht", wies Lex sie an.

Er kletterte über die letzte Felskante und befand sich dann auf der gleichen Höhe wie der zerstörte Damm. Seine Vermutung, daß die Lücke hier bewacht wurde, bestätigte sich. Als er sich umdrehte und den widerstandslosen Gomes hinter sich hochzog, hörte er ein Zischen, und dann sagte jemand schneidend: „He, es sieht so aus, als ob der Captain zurück ist!"

Der Strahl einer Taschenlampe, vom Morgenlicht stark abgeschwächt, fuhr herunter und fiel auf Gomes und Probian, die benommen am Rand des Felsens standen. Nach einem Moment tauchten zwei Männer aus ihrer Deckung auf, die – als Ersatz für die fehlenden Energiepistolen – provisorische Bogen aus biegsamen Metallstreifen und Kordelstücken in den Händen hielten.

Das faßte alles zusammen, was hier oben verkehrt gelaufen war: das, was an Kreativität vorhanden war, wurde auf Waffen verschwendet . . .

Er wartete einen Augenblick, und als er seiner Sache sicher war, winkte er den anderen nachzukommen – aber diesmal hatte er sich geirrt.

Gomes leckte sich über die Lippen.

„Zurück!“ krächzte er. „Das ist eine Falle!“

Lex trat ihm die Beine weg, und er fiel der Länge nach hin. Probian versuchte, nach vorn zu flüchten, aber Lex schnappte ihn am Arm, riß ihn herum und zerrte ihn zu Boden. Damit entging er der Metallspitze des Pfeils vom Bogen des nächststehenden Wachtpostens.

Es war doch nicht so einfach und problemlos, wie er gehofft hatte. Aber es hätte schlimmer sein können.

Cheffy hing halb über der Felskante und zielte mit seiner Pistole auf den Wachtposten, doch Lex stieß die Waffe beiseite, bevor er schießen konnte.

„Was soll das?“ rief er wütend mit verstellter Stimme und hoffte, daß es ihm in dem Dämmerlicht gelang, die Wachen zu täuschen. „Der Captain hat den Verstand verloren! Er hat Dockle umgelegt! Und wir haben unsere – ach, kommt schon her und helft mir hoch!“

„Haltet euch einen Augenblick versteckt“, flüsterte er, zu Hosper und Jesset hinuntergebeugt. „Aldric und Cheffy, kommt schnell her, aber haltet eure Köpfe abgewandt, damit sie eure Gesichter nicht sehen!“

Angesichts des befehlsgewohnten Tons, den Lex angeschlagen hatte, kamen die Wachen – es waren nur zwei – näher. Damit sie ihn nicht erkannten, beugte er sich über Gomes und murmelte etwas über den Ärger, den sie unterwegs gehabt hatten.

Im selben Moment, als die verwirrten Wachen nahe genug heran waren, gab Lex ihnen einen Stoß, so daß sie das Gleichgewicht verloren.

So selbstverständlich, als ob sie es vorher geprobt hätten, versetzten Aldric und Cheffy jedem noch einen Extrastoß, der sie über den Felsrand schickte, wo sie von Jesset und Hosper in Empfang genommen wurden, die sie noch im Fallen bewußtlos schlugen.

„Nicht so grob!“ fuhr Lex die beiden an. „Denkt dran, wir

sind hergekommen, um genau diesem ein Ende zu machen!"

Leicht verschämt ließen sie ihre Opfer liegen und kletterten zu den anderen hinauf. Unter Lex' sachkundiger Anweisung wurden dann Gomes und Probian gefesselt und anschließend in eine etwas versteckt liegende Senke zwischen den zerstörten Hälften des Damms getragen.

Flüsternd teilte Lex seine weiteren Befehle aus. „Hosper, Jesset – ihr kennt den Weg. Einer von euch geht mit Aldric und einer mit Cheffy. Macht den Posten vor den Arbeiterhütten unschädlich. Aber schießt nicht, wenn es sich vermeiden läßt. Es kann sein, daß sie von dem Krach hier gewarnt worden sind, aber ich glaube, das meiste ist im Rauschen des Flusses untergegangen. Geht nicht zum Schiff – das übernehme ich. Befreit dann sofort so viele Arbeiter wie möglich. Ich nehme an, wir können uns auf alle, die angekettet sind, verlassen, oder, Hosper?"

Der junge Mann lachte bitter. „Wenn man eine Weile hier oben ist, vergißt man, daß es noch so etwas wie Vertrauen gibt! Aber die einzigen, die noch auf Gomes' Seite stehen, werden im Schiff schlafen, wo sie sich wahrscheinlich verbarrikadiert haben."

„Okay. Dann los – und versucht, möglichst wenig Lärm zu machen."

Es war eine fromme Hoffnung. Während der nächsten zehn Minuten, das graue Morgenlicht lag wie eine erstickende Decke über dem Plateau, robbte Lex auf das Raumschiff zu. Man war etwas weitergekommen mit dem Vorhaben, es in die Luft zu heben; es lag jetzt auf vier Steinhaufen, und über die Unterseite zog sich ein Netz aus Rissen. Gerade als er die Stelle erreichte, von wo aus er die Haupteingangsschleuse decken konnte, ertönte ein Schrei. Die Zeit wurde knapp.

Eine Glocke schlug Alarm. Die Schleuse öffnete sich. In den Arbeiterschuppen erhob sich plötzlich ein animalisches Geschrei, und zerlumpte Männer und Frauen, die Fuß- und Handgelenke von den Ketten wundgescheuert, ergossen sich wie zornige Hornissen über das Plateau. In der offenen Schleuse tauchten Cardevant und ein anderer Mann, den Lex kannte, auf. Beide hielten Peitschen in den Händen und einer von ihnen einen Bogen. Sie standen einen Moment unschlüssig da, als sie die befreiten Arbeiter sahen, die wie Lava aus einem gerade ausgebrochenen Vulkan auf sie zuströmten, dann machten sie gemeinsam einen Schritt vorwärts, als seien sie fest entschlossen, den Kampf um jeden Preis aufzunehmen.

Lex zielte genau und brannte Cardevant die Peitsche aus der Hand. Er stellte die Energie dabei so präzise ein, daß auf der Hülle des Raumschiffs hinter ihm kaum das Aufblitzen eines Strahls zu sehen war.

Das war mehr, als die beiden verkraften konnten. Erschrocken sprangen sie zurück und schlugen die Tür hinter sich zu. Hervorragend. Da drinnen konnten sie jetzt so lange braten, wie sie wollten.

Während er ein Auge auf das Schiff hielt, falls wieder jemand auftauchen sollte, erhob sich Lex, so daß die Arbeiter ihn sehen konnten, und steckte zum Zeichen seiner friedlichen Absichten die Pistole in seinen Gürtel.

Er winkte ihnen, sich um ihn zu versammeln. „Wir sind gekommen, um euch zu retten!" rief er. „Wir sind von der Küste! Ihr seid jetzt frei! Es ist alles vorbei! Wir bringen euch zu essen, Medikamente und Kleidung, und Gomes ist unser Gefangener! Ihr braucht keine Angst mehr zu haben!"

Taumelnd und verwirrt schwärmten sie mit ausdruckslosen Augen um ihn herum, einige starrten auf ihre Handgelenke, als könnten sie nicht glauben, daß ihre Fesseln tatsächlich weg waren. Nicht wenige hatten angefangen zu weinen.

Lex hatte sich gerade überlegt, daß er es sich nun wohl leisten konnte, sich zu entspannen, als er hinter sich plötzlich ein Geräusch vernahm, das das schrecklichste war, das er je in seinem Leben hören würde, noch schrecklicher als das Heulen des Windes, wenn er im letzten Winter über die Schleusen von Arbogasts Schiff gefahren war. Es war das Geräusch von Fusionsmaschinen, die warmliefen.

Ungläubig und begleitet von den Schreien der Arbeiter, drehte er sich um. Und sah, wie der von Rissen durchzogene Rumpf des Raumschiffs langsam vom Boden abhob.

XXIV

DER Kosmos war plötzlich zu einem Ort des Wahnsinns geworden, erfüllt von schwindlig wirbelnden Lichtern. Trotzdem blieb Lex Herr seiner selbst und wußte, was er zu tun hatte. Er lief vorwärts, weg vom Schiff, und brüllte aus Leibeskräften, um das ansteigende Dröhnen des Raumantriebs zu übertönen. „Runter mit euch! Haltet euch die Augen zu! Macht den Mund auf!"

Geprägt von unerträglichen Monaten blinden Gehorsams, hörten die Arbeiter, was er sagte, und gehorchten ihm. Wie Weizen vor der Sichel fielen sie zu Boden. Während er weiterlief, sah er Hosper und Cheffy, die hinter der letzten Gruppe, die sie befreit hatten, aus einem der stinkenden Lehmschuppen kamen. Entsetzt wollte Hosper gerade auf das Schiff feuern.

„Hosper! Nein!" brüllte Lex, und Cheffy faßte seinen Begleiter am Arm.

„Du darfst sie nicht entkommen lassen!" kreischte Hosper.

„Glaubst du denn, das können sie?" bellte Lex zurück. „Runter!" Er warf sich nach vorn auf den steinigen Boden und öffnete den Mund weit, als der schreckliche Lärm in seinen Ohren dröhnte. Das einzige, was er sehen konnte, waren die Kieselsteine und der Dreck unter seinem Gesicht. Der Lärm blieb.

Würden sie es schaffen? Würden sie es durch irgendein verrücktes Wunder schaffen? Er fühlte, wie ihm der Schweiß über das Gesicht rann und wie seine Handflächen klebten. Sollten sie doch! Sollten sie doch aufsteigen, sollte Gomes beweisen, daß er recht hatte und Lex nicht, daß Lex seine Mitmenschen unnötigerweise dazu verurteilt hatte, auf einem einsamen Planeten zu bleiben, obwohl Energie und Entschlossenheit einen Hilferuf hätten losschicken und die Retter schneller als Lichtgeschwindigkeit herbringen können . . .

Die Landschaft war jetzt von einem unerträglich hellen Strahlen erfüllt, und jedes Sandkorn unter Lex' Gesicht war von Schatten scharf umrissen. Er wagte nicht, den Kopf zu heben.

Das Geräusch wurde schwächer. Wind kam auf. Der Winkel der winzigen Schatten veränderte sich. Er hielt sich die Hand vor die Augen, rollte sich auf die Seite und riskierte einen Blick durch die Finger. Leuchtend wie ein neuer Stern schob sich das Schiff in den Himmel. Überall um sich herum sah er, daß auch andere Leute ihm nachstarrten, ungeachtet des blendenden Lichts. Er identifizierte eine weinende Stimme als die von Jesset; sie mischte sich mit dem Stöhnen von hundert anderen.

Und dann . . .

Er drückte sich auf die Knie hoch und sah jetzt hinauf, ohne seine Augen zu schützen. Das Schiff war in einer Höhe von zwei, drei Kilometern und wurde immer kleiner, als es in den blauen Rand der Morgendämmerung beschleunigte. Stille fiel über das Plateau, die nur von ein paar letzten stöhnenden Stimmen durchbrochen wurde. Sie alle starrten jetzt voll Ehrfurcht hinauf und wollten, daß das Schiff aufstieg. Auch Lex wünschte es aus ganzem Herzen.

Das Licht am Himmel, das Leuchtfeuer all ihrer Hoffnungen, wurde immer kleiner. Ein Klecks, ein Stecknadelkopf, ein Sonnenstäubchen.

Ein . . . ein Stecknadelkopf? Ein . . . ein Klecks? Ein Fleck!

Weit im blauen Feld des Morgens, draußen jenseits des Festlands, wo sich die Sonne wie eine goldene Straße auf der glatten Sommersee spiegelte, kehrte das Schiff zurück. Wie Luzifer aus dem Himmel geworfen, durchschnitt es die Luft, trug das schreckliche Licht seiner eigenen Zerstörung hinunter ins Wasser – und war verschwunden. Dort, wo es ins Meer eintauchte, stieg eine einzelne riesige Blase voll Flammen auf. Lange Zeit später schlugen träge Wellen gegen den Strand.

Die Augen noch immer von dem verschwundenen Bild erfüllt, wurde sich Lex ganz allmählich bewußt, daß er mit seinen Fäusten auf den Boden schlug und trockenes Schluchzen in seiner Kehle würgte.

Später, als er gefragt wurde, was man mit den Elendsgestalten von Gomes' Tyrannei anfangen sollte, verweigerte er eine Antwort und setzte sich allein irgendwo zwischen die Felsen, den Kopf gesenkt.

„LEX! LEX!"

Er zuckte zusammen und sah auf. Schüchtern stand Delvia vor ihm, das blonde Haar zurückgeworfen, eine Pistole in der Hand. Ihre Augen waren erfüllt von Traurigkeit. Er zwang sich zurück in die Realität, erstaunt, daß soviel Zeit vergangen sein sollte, und blickte sich auf dem Plateau um, in der Erwartung, die Hilfsexpedition bei der Arbeit zu sehen. Doch er entdeckte nur eine Handvoll Neuankömmlinge, die von den verzweifelten Gefangenen, die er befreit hatte, belagert wurden.

„Ist das alles, was Jerode an Leuten geschickt hat?" Er sprang auf.

„Nein, nein!" Delvia faßte ihn am Arm. „Wir kommen mit fünfzig Leuten und allem, was wir tragen konnten! Aber als wir dann sahen, wie das Schiff aufstieg, haben ein paar von uns gedacht, daß wir vorauseilen sollten, für den Fall, daß die Situation auf dem Plateau außer Kontrolle geraten sei. Und . . ."

„Was?"

„Und ich wollte dich sehen, Lex. Ich konnte mir vorstellen, wie es in dir aussehen mußte. In fünf, zehn Jahren hätten wir das Schiff vielleicht reparieren oder irgend etwas anderes tun können, wenn auch anders, als Gomes es plante." Die Worte kamen hastig aus ihrem Mund, als wollte sie alles sagen, bevor er sie unterbrechen konnte. „Und diese Narren haben die letzte, winzige Chance weggeworfen, und damit haben sie dir endgültig die Schwierigkeiten und Probleme einer ganzen Welt aufgebürdet, nicht?"

Ihre Lippen zitterten, und ihre Augen füllten sich mit Tränen. „Aber du wirst es schaffen; ich weiß es. Du wirst uns zeigen, wie wir hier leben können, und wir werden Kinder bekommen und ihnen alles beibringen, was wir wissen, und wir werden Erz finden und Farmen und Städte bauen, und eines Tages werden wir eine Nachricht hinausschicken und den Leuten sagen, wo wir sind, und sie werden kommen und uns finden und sagen, daß du der wunderbarste Mann bist, der je gelebt hat, weil du erkannt hast, daß wir die Geschichte unserer Welt nicht auf einer Armee, auf einem Krieg oder Töten begründen dürfen . . ."

Ihre Worte gingen in einem Schluchzen unter.

Lex stand einen Augenblick wie erstarrt da; dann nahm er sie in die Arme und küßte sie zärtlich auf ihr Haar.

„Es gibt wenigstens eine, die es versteht", murmelte er. „Aber du hast eins vergessen, das vielleicht wichtiger als alles andere ist. Du hast recht mit der Armee und dem Krieg – aber vor allem mußten wir endlich aufhören, uns falsche Hoffnungen zu machen. Das ist schlimmer als überhaupt keine Hoffnung."

Er fühlte, wie das Entsetzen, das ihn so lange in seiner Gewalt gehabt hatte, langsam wich. Seine Stimme war jetzt ganz ruhig, beherrscht.

„Weißt du was? Als Gomes in die Stadt kam, begriff ich zum erstenmal, was ein Polymath wirklich zu tun hat. Er muß recht haben. Immer und ausnahmslos. Nichts sonst ist gut genug."

„Wie schrecklich", flüsterte sie.

„Ja, das ist es. Und ich hatte solche Angst, letztlich doch nicht recht gehabt zu haben . . . Aber wenigstens bleibt uns jetzt nur noch ein Weg offen, und ich kann nicht verkehrt entscheiden. Komm mit, Delvia. Wir müssen sehen, daß wir unser Zuhause in Ordnung bringen." Ein Schatten lag auf seinem Gesicht, der seinen lässigen Ton Lügen strafte.

Jetzt ganz eindeutig und ohne eine Spur von Zweifel oder die Möglichkeit einer Einschränkung: Zuhause. Alles, was sie hatten. Wo ihre Kinder geboren und sie begraben werden würden.

„Aber es wird schließlich eine gute Welt werden."

Er hatte es nicht laut sagen wollen, und erst, als er Delvia lächeln sah, begriff er, daß er es doch getan hatte. Wenn er es sagte, mußte es natürlich stimmen. Schließlich hatte ein Polymath immer recht zu haben.

Er nahm sie am Arm, und sie gingen gemeinsam weiter.

John Brunner

John Kilian Houston Brunner, wie der Autor mit vollständigem Namen heißt, wurde 1934 in Oxfordshire geboren. Brunner studierte Sprachen am Cheltenham College (u. a. Französisch und Deutsch) und übersetzte die Lyriker Gerard Klein und Rainer Maria Rilke ins Englische. Er diente in der britischen Luftwaffe, publizierte SF-Erzählungen unter Pseudonymen in amerikanischen und britischen Zeitschriften, arbeitete anschließend bei zwei Bürojobs mit den SF-Kollegen John Christopher und Jonathan Burke und wurde 1958 freier Schriftsteller.

In jener Zeit wurde John Brunner auch politisch aktiv, engagierte sich in der Ostermarschbewegung und organisierte gemeinsam mit seiner Frau Marjorie 1959 eine Ausstellung zum Thema der nuklearen Abrüstung. 1972 schließlich nahm er als Beobachter an der Weltfriedenskonferenz in Moskau teil.

Nachdem Brunner am Anfang seiner Karriere noch bunte SF-Abenteuer ohne größeren Tiefgang geschrieben hatte, begann er in den sechziger Jahren damit, sich Themen wie Umweltzerstörung, Datenmißbrauch, Verplanung der Menschen und modernem Kolonialismus zuzuwenden. Gleichzeitig fand er zu einem eigenen Stil, entwickelte komplexe Romanstrukturen und wurde zu einem Meister in der Darstellung differenzierter Charaktere. Sein mit einer Vielzahl von Preisen ausgezeichneter Roman „Morgenwelt" (1969), eine Chronik des frühen 21. Jahrhunderts, in dem das Leben auf der Erde von Rohstoffmangel und Überbevölkerung geprägt ist, machte Brunner über die Grenzen des Genres hinaus bekannt. 1972 folgte „Schafe blicken auf", eine böse Abrechnung mit dem American Way of Life. Insgesamt hat Brunner bislang über sechzig Romane verfaßt, die in beinahe einem Dutzend Sprachen erschienen sind und ihn zweifellos zu einem der bedeutendsten SF-Autoren der Gegenwart machen.

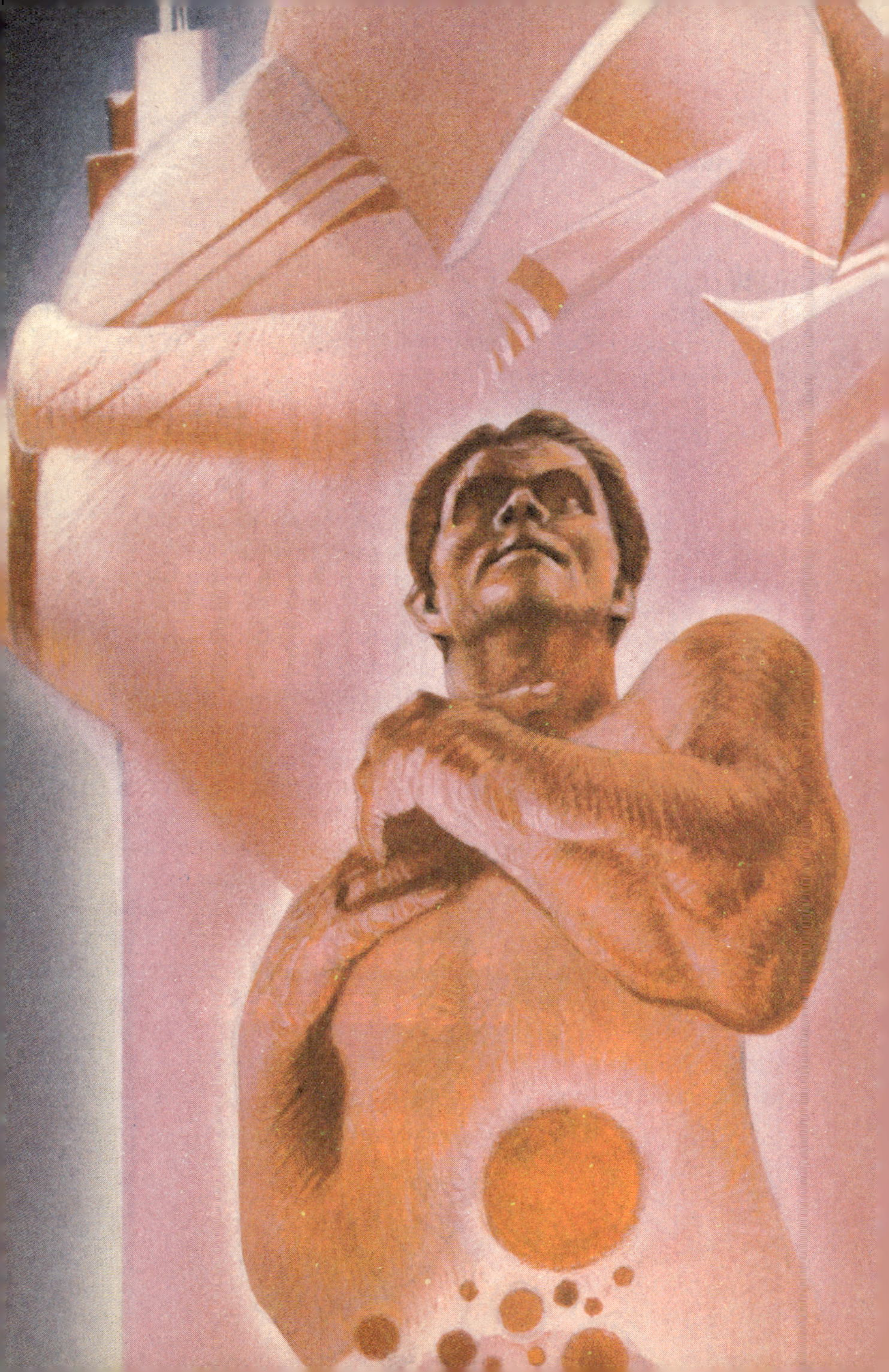

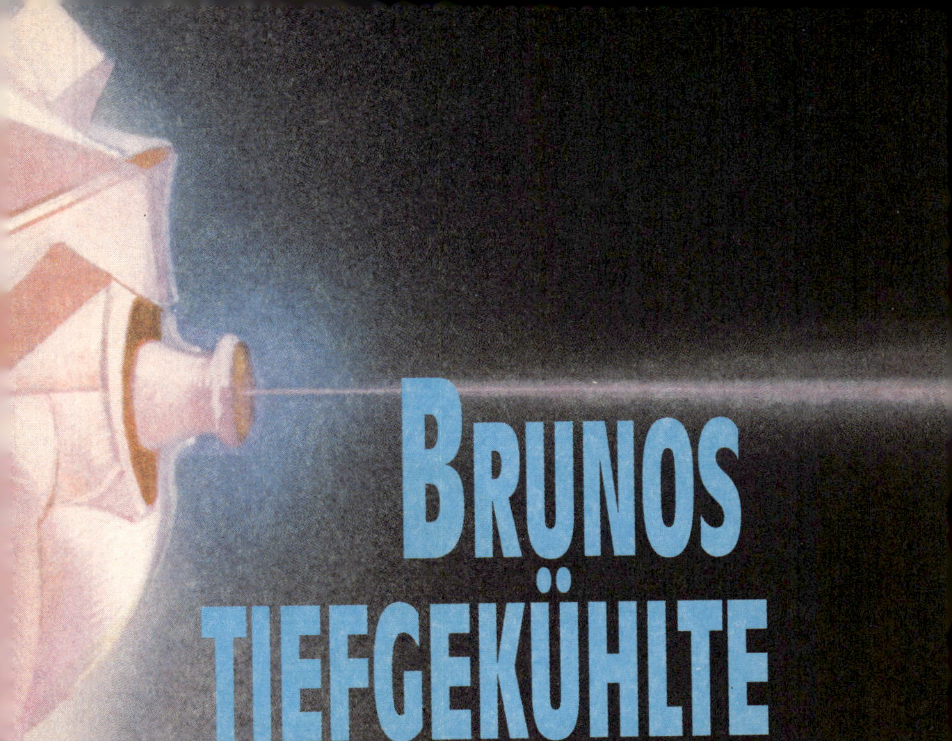

Brunos tiefgekühlte Tage

von **Anders Bodelsen**

Ins Deutsche übertragen von Monika Buttler

Titelillustration: Oliviero Berni

1

1973

DAS Telefon steht auf dem Fensterbrett. Ohne richtig wach zu sein, ist Bruno die fünf Schritte über den kalten Fußboden gegangen und nimmt das Telefon in die Hand. Während er auf die Stimme wartet, die ihm erzählen wird, daß er den Weckdienst bestellt hat und es acht Uhr ist, betrachtet er die Eisblumen hinter der Gardine, die er, ohne darüber nachzudenken, zur Seite gezogen hat. Er will das Thermometer draußen vor dem Fenster sehen, aber er kann es vor lauter Eisblumen nicht erkennen. Noch halb wach, erinnert er sich, wie er als Kind eine Münze auf die Heizung legte und später die Münze gegen die Eisblumen preßte, um ein kleines Loch zu bekommen, durch das er hinausgucken konnte, hinaus in einen dunklen Wintermorgen wie diesen.

Jetzt liegen keine Münzen auf dem Fensterbrett. Bruno lehnt sich vor und haucht die Eisblumen an. Nach kurzer Zeit hat er einen dunklen Fleck in das weiße Muster geformt: ein Eisloch.

„45 65 06 18 13."

„Ja."

„Sie haben den telefonischen Weckdienst bestellt. Es ist acht Uhr."

„Danke."

„Guten Morgen."

Bei der Morgenrasur schnitt sich Bruno. Die Klinge hatte eine Unregelmäßigkeit am Hals gestreift, und nun floß das Blut durch den leichten Rasierschaum hindurch und bildete fast einen roten Kranz um seinen Hals, bevor es ihm gelang, den Schaum abzuwaschen und die Wunde mit beißendem Rasierwasser zu schließen. Währenddessen hörte er sich eine Platte mit den *Famous Mad Scenes* an. Als er angezogen war, ging er wieder zum Fenster. Das kleine Loch, das er in die Eisblumen gehaucht hatte, hatte sich noch nicht geschlossen. Mit dem warmen Zeigefinger vergrößerte er es, bis er das Thermometer ablesen konnte. Elf Grad Kälte. Dann stieß er die Balkontür auf, stellte sich ans Geländer und fühlte, wie der Wind in sein frisch rasiertes Kinn schnitt. Die nächtliche Dunkelheit ging gerade in ein graues Zwielicht über. Er sah hinunter auf die Stadt und zu den anderen Häusern, die die gleiche Höhe wie sein eigenes hatten. In den höchsten war kein Licht, weil sie noch nicht fertiggebaut waren. Er betrachtete die letzten Kuppeln und Spitzen, die einmal das berühmte Profil der Stadt gewesen waren und die nun bald alle verborgen hinter höheren Häusern liegen würden. Von seiner Wohnung aus konnte man den größten Teil der Stadt überblicken; die Leute, die auf der anderen Seite wohnten, sahen über den Hafen und das Meer. Eine Sirene veranlaßte Bruno, auf die Feuerwache hinunterzusehen, die unten neben dem Haus lag. Ein einzelner Feuerwehrwagen bog in die Straße ein und entschwand Brunos Blicken, aber er konnte immer noch hören, in welche Richtung er fuhr – zur Stadtmitte. Dann war die Platte mit *Famous Mad Scenes* abgelaufen, und es fiel ihm ein, daß er es eilig hatte.

Er war 32 Jahre alt und ging zur Arbeit, um sein Gewicht zu halten. Seine Arbeitsstätte war ein anderes hohes Haus, nicht ganz so hoch wie das, in dem er wohnte, aber trotzdem höher als die meisten im Stadtzentrum. Bruno hatte sein Büro im neunten Stock.

FEUILLETON-REDAKTION stand an seiner Tür. Er griff als erstes zum Telefon, um Kaffee und Süßtabletten zu bestellen. Dann begann er, seine Autoren anzurufen.

„Ich habe heute eine brandneue Idee für dich", sagte er in den Hörer. „Hör zu: Ein Mann wird ermordet an einem Badestrand gefunden. Wir befinden uns in einem Ferienparadies, einer kleinen Insel im Stillen Ozean oder was weiß ich. Seine Hände umklammern die Fetzen einer Zeitung aus seinem Heimatort, und es kommt schnell heraus, daß die Zeitung vom Vortag stammt und daß sie am selben Tag zur Insel geflogen worden ist. Die Pointe ist, daß der Mörder die Zeitung zu Hause gelesen und sich schnell zur Insel begeben hat, weil etwas in der Zeitung stand, was der Ermordete auf keinen Fall lesen sollte. Mit anderen Worten: In Verbindung mit dem, was der Ermordete im voraus wußte, würde das, was in der Zeitung stand, zu einem vernichtenden Beweis werden. Was sagst du dazu?"

Bruno war nicht der einzige Feuilletonredakteur bei der Wochenzeitschrift, aber er war derjenige, der die meisten Ideen hatte. Kriminalgeschichten waren seine Spezialität, es hätte aber niemand dort verlangt, daß er sich auf sein Spezialgebiet beschränken müsse.

Ein Teil von Brunos Autoren war ziemlich abhängig von ihm. Entweder hatten sie selbst keine Ideen mehr, oder sie konnten sie nicht richtig auswerten. Bruno wußte, worin die Stärke jedes einzelnen lag, und es kam nicht selten vor, daß er von einem Autor eine Idee erhielt und sie an einen anderen weitergab oder sie dazu brachte, ihre Ideen direkt zu tauschen.

Nach einstündiger Hetze und telefonischem Hin und Her machte Bruno eine kurze Pause, bevor er zu der mehr routinemäßigen Arbeit des Manuskriptredigierens überging. Er war durchaus imstande, seine vielen Einfälle in einem humoristischen Licht zu sehen. Ein ganz kleiner Widersinn lag darin, so viele Ideen zu haben und sie danach nur unter den anderen zu verteilen. Ab und zu, wenn sich Bruno für eine seiner Ideen besonders erwärmte, konnte es einem Autor einfallen zu fragen, warum er nicht selbst versuchte, sie zu verwerten. Bruno hatte sich geschworen, daß er das einmal tun würde; einmal, wenn er eine ganz außergewöhnliche Idee hätte. Über die Mehrzahl seiner Ideen gab er sich jedoch keinen Illusionen hin: Sie waren brauchbar, aber sie waren nicht aufsehenerregend. Im übrigen war die Ausführung wichtiger als die Idee selbst. Nach mittelmäßigen Ideen konnten gute Geschichten geschrieben werden, und eine gute Idee konnte von einem schlechten Autor zerstört werden.

NACH dem Mittagessen in der Kantine im obersten Stock des Pressehauses verwandte Bruno eine Stunde darauf, Resümees und Illustrationstexte zu schreiben. Dann diktierte er Briefe, in denen er die morgendlichen Telefongespräche zusammenfaßte und die Ideen wiederholte. Um drei Uhr nahm er an einer

Konferenz teil, in der er das Sommerprogramm für seine Kriminalromane vorlegte, über die Situation der Kurzgeschichte referierte und auf eine Grundsatzdiskussion einging, bis zu welcher Grenze erotische Offenheit in den Liebesromanen zulässig sei. Bruno trat für größere Offenheit ein, nicht nur, weil man gezwungen war, mit der Zeit zu gehen, sondern auch, weil es seine persönliche Überzeugung war. Bruno war eingestellt worden, weil ein neuer Redakteur im allgemeinen für Qualität eintrat. In dem Augenblick stieg die Auflage des Blattes trotz der Konkurrenz anderer Massenmedien.

Am Abend war er zu einem Essen bei einem seiner Autoren eingeladen. Bruno umarmte die Gattin des Autors, küßte sie auf beide Wangen und überreichte ihr die zwölf gelben Rosen, die er auf dem Heimweg von der Redaktion gekauft hatte. Vor dem Essen wurde ein so starker Cocktail gereicht, daß es ihn fast umwarf. Es waren gleich viele Herren und Damen da, und Bruno gab sich als Junggeselle der Überlegung hin, welche von den Damen man wohl für ihn ausersehen und allein eingeladen hatte. Zu seiner Linken saß eine Psychiaterin, die aber verheiratet war, zu seiner Rechten ein blasses, dunkelhaariges Mädchen, dessen Vornamen er beim Vorstellen gehört und sich vorsorglich eingeprägt hatte: Jenny. Die Psychiaterin kannte und fürchtete er ein bißchen. Er hatte das Gefühl, daß sie etwas anderes in seine Worte legte – wenn er von seinem Beruf und seinen Ideen erzählte – als er selbst. Sie brachte ihn dazu, sich als Fall zu fühlen; als wären es nicht sein Beruf und seine Ideen, die sie interessierten, sondern die Motive, die ihn überhaupt veranlaßten, ihr davon zu erzählen. Er wandte sich seiner Tischdame zu, die aber recht schweigsam war. Er wollte sie nicht gleich nach ihrem Beruf fragen, aber als sie auf andere Themen nicht reagierte, kam er doch darauf zurück: Sie tanze Ballett, erzählte sie.

Nach dem Essen geriet Bruno in eine andere Gruppe. Als er quer durchs Zimmer blickte, sah er kurz das Ballettmädchen; es machte sich nützlich, indem es das Kaminfeuer in Gang hielt.

Um halb zwölf brach er auf. Er hatte das Gefühl, daß er seine

Tischdame vernachlässigt hatte. Er ging zu ihr zum Kamin hinüber und fragte, ob er sie mit dem Auto nach Hause bringen dürfe. Sie sah zu ihm auf und bejahte – wenn er deshalb nicht einen zu großen Umweg machen müsse. Die Gattin des Autors umarmte Bruno und dankte noch einmal für die gelben Rosen. Sie sah erfreut aus, und Bruno war zufrieden, daß er sich endlich dazu aufgerafft hatte, sich ein wenig um seine Tischdame zu kümmern.

Es herrschte Frost, und er mußte den Autoschlüssel mit seinem Feuerzeug anwärmen, bevor er ihn ins Schloß bekam. Das Mädchen wohnte auf halbem Weg zwischen Zentrum und Stadtrand. Das war ein Umweg; Bruno versicherte ihr aber, daß es kein Umweg sei. Er fragte sie wieder nach ihrer Arbeit, und sie erzählte ein bißchen davon, wie schwer es sei, sich beim Ballett durchzusetzen. Bruno bekam den Eindruck, daß das Mädchen fast den ganzen Tag tanzte, sich dabei überanstrengte und sich vielleicht am Rande einer leichten Depression befand, weil es nicht weiterkam. Humor fehlte ihr völlig, und gerade das empfand er als anziehende Eigenschaft. Sie saß schlank und ein wenig verloren neben ihm in ihrem allzu dünnen schwarzen Mantel. Ihr Haar war pechschwarz wie das Haar des Mädchens in der Illustration. Sie duftete angenehm, wahrscheinlich nicht nach Parfüm, sondern nur nach Seife. Sie war auf eine triste Art zerbrechlich und schön. Sie hatte in einer Wohnung, die für ein ältliches Ehepaar zu groß geworden war, ein Zimmer gemietet.

Bruno hatte das Gefühl, daß sich das Mädchen nach Gesellschaft sehnte und ihn, wenn er fragte, ohne weiteres zu einem Drink heraufbitten würde, aber er fragte nicht. Er sagte ihr gute Nacht, blieb, während sie ausstieg, am Steuer sitzen, winkte ihr, als sie sich in der Haustür umwandte, zu und fuhr dann los. Das Auto duftete noch immer ein wenig nach ihrer Seife. Auf dem Heimweg fielen ihm ein paar Zeilen eines alten Liedes ein: „You were made to go out and get her!“ Oder hieß es: „meant to“? Jetzt, wo er allein im Wagen war, summte er die Melodie.

Zu Hause lag die Platte mit *Famous Mad Scenes* noch immer auf dem Plattenspieler; er schaltete ihn ein und gleich wieder aus. Während er sich auszog, lief er herum und summte die alte Melodie. Am Fenster blieb er wieder stehen und hauchte die Eisblumen an, bis dort ein Loch entstand und er sein Thermometer sehen konnte. Das Mädchen hieß mit Nachnamen Holländer, Jenny Holländer. Er hätte gut mit ihr raufgehen können, und vielleicht hätte er es tun sollen. Holländer – könnte er sie jetzt nicht anrufen und fragen, ob er rüberkommen dürfe? Er fand sie im Telefonbuch, sie hatte eine eigene Nummer; er nahm den Hörer ab und legte ihn wieder hin. Er konnte anrufen, aber er tat es nicht. Durch das Eisloch sah er, daß dreizehn Grad Kälte waren.

Summend stellte er sich im Badezimmer vor den Spiegel. „You were meant to" – sang er – „go out und get her!" Er befühlte seinen Hals, wo er sich am Morgen geschnitten hatte. Die Finger machten an dem Hindernis halt, gegen das die Rasierklinge gestoßen war. Mit drei Fingern kreiste er es ein: eine kleine, harte Kugel unter der Haut. Er erinnerte sich, daß sie schon ein paar Tage früher da gewesen war, als er wie jetzt vor dem Spiegel gestanden hatte. Aber in der Zwischenzeit hatte sie sich vergrößert und war härter geworden.

Bruno rieb mit den Fingerspitzen über die Unregelmäßigkeit. Er hatte die Brauen gerunzelt, und er hatte aufgehört zu summen.

2

DER Arzt, Dr. Josef Ackermann, befühlte mit kalten Fingern Brunos Hals. Er wirkte jung, wahrscheinlich war er nicht viel älter als Bruno selbst. Bruno fragte sich, ob es nicht schwer sein würde, Vertrauen zu einem Mann in seinem Alter zu bekommen.

„Ja", sagte Dr. Ackermann, „da sind einige Unregelmäßigkeiten."

Über den Plural wunderte sich Bruno.

„Da ist noch etwas im Kommen. Sehen Sie, ich glaube nicht, daß Sie sich Gedanken machen müssen. Aber ich will es mir doch etwas genauer ansehen."

Er hatte Brunos Hals losgelassen, ging zurück zu seinem Schreibtisch, setzte sich und verschränkte die Hände. „Ich möchte Sie von A bis Z untersuchen, und das kann natürlich ambulant gemacht werden, aber ehrlich gesagt, ist es für alle Parteien leichter, wenn ich Sie für ein paar Tage ins Krankenhaus überweisen dürfte."

„Sie können also nicht ausschließen, daß es sich um etwas – Bösartiges handelt?" fragte Bruno und sah selbst die Überflüssigkeit der Frage ein.

„Nicht ganz. Ich würde Sie gern gleich einweisen."

„Gleich?"

„Heute nachmittag."

Bruno hatte zwar an die Möglichkeit einer Einweisung gedacht, aber er hatte nicht geglaubt, daß es so plötzlich kommen könnte und daß der Arzt eine solche Eile für erforderlich halten würde.

„Ich habe noch ein Einzelzimmer – ich könnte mir vorstellen, daß Sie es bevorzugen. Wir können Ihnen ein Telefon hineinstellen, und es läßt sich auch ohne weiteres einrichten, daß Sie etwas von Ihrer Arbeit mit dorthin nehmen."

Nachdem diese erste Untersuchung nun überstanden war, wirkte der Arzt älter und selbstsicherer. Beim Aufstehen merkte Bruno, wie ihm schwarz vor Augen wurde. Er griff schnell nach der Kante von Dr. Ackermanns Schreibtisch und hörte den Arzt mit einer Stimme, die ihn durch mehrere Räume und Türen zu erreichen schien, fragen: „Sind Sie o. k.?"

Es half, sich an etwas festhalten zu können. Der Arzt war weg und kam dann mit einem ganz kleinen Pillenglas und einem Glas Wasser zurück. Er ließ Bruno zwei gelbe Pillen schlucken.

„Das wird Sie ein wenig beruhigen. An Ihrer Stelle würde ich mich jetzt nicht besonders aufregen. Sie haben sich völlig richtig verhalten, die meisten Menschen warten zu lange, bevor sie zum Arzt gehen. Höchstwahrscheinlich ist es nichts Ernstes, und wenn es das ist, dann sind Sie ja so rechtzeitig hergekommen, daß wir gute Chancen haben, die Sache in Ordnung zu bringen. Sind Sie mit dem Wagen gekommen?"

„Ja."

„An Ihrer Stelle würde ich jetzt ein Taxi nehmen. Sie sind sicher etwas benommen."

Bruno befolgte den Rat des Arztes und ließ seinen Wagen stehen. Von der kalten Luft draußen begannen Brunos Augen etwas zu tränen. Nachdem er ein paar Minuten gegangen war, merkte er, daß die beiden gelben Pillen wirkten. Er verlangsamte seine Schritte, und er glaubte zu fühlen, daß auch das Herz langsamer wurde. Das Gefühl, daß etwas über ihn hereinbrach, verschwand. Den wichtigsten und schwersten Schritt hatte er getan, er war zum Arzt gegangen; so betrachtet, hatte er die Verantwortung abgelegt. Nun gönnte er sich für den Rest des Tages die Annehmlichkeiten geheizter Taxis.

Die Sonne schien, es war ein schöner, klarer Wintertag. Er nahm ein Taxi zur Redaktion, sank ein wenig auf dem Sitz zusammen, wie sich das ein kranker Mensch erlauben kann, betrachtete aber trotzdem von Zeit zu Zeit durch die beschlagenen Scheiben, die er mit dem Handschuh freiwischte, die Stadt im Sonnenschein.

In der Redaktion holte er fünf Romanmanuskripte hervor, deren Lektüre er bisher aufgeschoben hatte, und noch ein neues, das mit der ersten Post gekommen war. Mit den Manuskripten unter dem Arm brach Bruno dann auf, nachdem er den Rest der Routinearbeit unter den übrigen Feuilletonredakteuren verteilt hatte. Er nahm ein anderes Taxi zu seiner Wohnung.

Die gelben Pillen wirkten noch immer. Er erinnerte sich nicht, von seinen Fenstern aus die Stadt je so schön gesehen zu haben. Er machte sich eine Tasse Tee, während er einen Koffer packte.

Dann wurde ihm klar, daß die Wirkung der gelben Pillen nachzulassen begann. Das Zimmer wirkte plötzlich merkwürdig bedrohlich. Es wurde ihm bewußt, daß es nicht einen einzigen Menschen gab, dem er gern von seiner Krankheit erzählt hätte – wenn es eine Krankheit war. Keinen Kollegen in der Redaktion, keines von den Mädchen, die er kannte. Nicht das Layout-Mädchen, das er ab und zu mit nach Hause nahm, auch nicht jemanden von seinen Autoren oder Autorinnen. Er war allein mit seinem Wissen – er und Dr. Ackermann. Er nahm zwei gelbe Pillen zu dem letzten kalten Tee, spülte das Geschirr und brach auf.

Während er in der Vorhalle auf das dritte Taxi dieses Tages wartete und dafür sorgte, daß seine Post umadressiert wurde, merkte er, daß er sich wieder entspannen konnte. Wieder hatte er das Gefühl, daß er jeglicher Verantwortung enthoben war.

Er ließ das Taxi einen Umweg durch die Stadt nehmen. Die Sonne stand tief, die Stadt war voller geschäftiger Menschen, und jeder von ihnen hatte eine Geschichte, die erzählt und verwertet werden konnte.

Es dämmerte schon, als das Taxi beim Krankenhaus vorfuhr. Bruno bekam ein Zimmer in einem der alten Pavillons, mit Aussicht auf das neue Hochhaus. Das Bett duftete frisch und angenehm, zum Abendessen war er auf, dann zurück ins Bett, wo er einen Roman über eine Pastorin las, die mit einer schwierigen Landgemeinde fertig werden mußte. Nach ein paar Seiten war ihm klar, daß der Roman ausrangiert werden mußte; trotzdem las er weiter. Die Geschichte war so schlecht, daß sie ihn faszinierte.

Ein Assistenzarzt füllte das Krankenblatt aus und notierte Brunos Puls und Temperatur. Beides war normal. Es war neun Uhr, und er las noch eine Stunde. Die Pillen hatten ihn schläfrig gemacht, aber er hatte das Gefühl, daß er es sich nicht erlauben konnte, vor zehn das Licht auszumachen.

Kurz vor dem Einschlafen drängten sich ein paar klare Gedanken auf: Man hatte ihn in Windeseile eingewiesen. Er hatte niemanden auf der Welt, dem er sich gern anvertraut hätte. Zweimal innerhalb der letzten achtundvierzig Stunden war er nahe daran zu erkennen, daß seine Arbeit absurd war. War vielleicht auch sein ganzes Leben absurd, und waren es nur die vier gelben Pillen, die ihn gehindert hatten, das im Laufe des Tages zu durchschauen?

3

DER neue Tag begann mit Blutproben und ohne Frühstück. Bruno hatte die Anweisung bekommen, nach Mitternacht nicht einmal ein Glas Wasser zu trinken. Eine Frau im weißen Kittel entnahm ihm an den Ohren etwas Blut und dann noch von einer Ader im Arm, um mehrere Reagenzgläser zu füllen. Nach seinem Aderlaß fühlte sich Bruno durstig und schwindlig. Er hatte auf einen beruhigenden Blick von Dr. Ackermann gehofft, aber man ließ ihn allein – mit einer Morgenzeitung, zu deren Lektüre er sich zwingen mußte.

Um neun gab man ihm eine Spritze, und um halb zehn wurde er, wie ein richtiger Patient, durch lange, kalte Korridore zum Operationssaal gefahren. Im Operationssaal oder im Vorraum zum Operationssaal bekam er – wie er gehofft hatte – einen Stich in den Arm und war gleich darauf weg.

Jemand schlug leicht gegen seine Wangen, und er erwachte langsam. Wieder betrachtete er in den kalten Gängen die vorbeigleitenden Decken, dann war er allein in seinem Zimmer – mit der Zeitung, ein paar Keksen und einer Schnabeltasse mit Limonade. Draußen schneite es, und durch den Schnee sah man das schiffartige Hochhaus mit Fenstern, die mitten am Tag erleuchtet waren – es war Viertel vor zwölf. Auf Brunos Hals klebte nur ein Heftpflaster. Er fühlte einen schwachen Schmerz in der Lebergegend, seine Finger tasteten sich dorthin und fanden noch ein zweites Pflaster, das direkt unter dem Brustkorb saß.

Als er das nächstemal erwachte, schneite es nicht mehr, und jemand hatte die Limonade mit einer Tasse Tee vertauscht, der bereits kalt und bitter zu werden begann. Er setzte sich im Bett auf. Die Spritze wirkte nicht mehr, und er bemerkte, daß seine Hände furchtbar zitterten.

Um halb zwei fühlte er sich wieder normal. Dr. Ackermann erschien, sah kurz nach Puls und Temperatur und drückte durch die Bettdecke beruhigend seinen Fuß. Bruno bekam die Erlaubnis, aufzustehen und sich in einem Stuhl ans Fenster zu setzen; er wollte nach tausend Dingen fragen, aber er wußte, daß es dafür noch zu früh war, und so ließ er es lieber.

Um halb drei erlaubte ihm ein Assistenzarzt einen Nachmittagsspaziergang. Den Roman über die Pastorin hatte er durch, er begann mit einem neuen, der spannender, aber ebenso unbrauchbar war. Bruno legte das Manuskript beiseite. Er betrachtete seine Hände, die schon beim bloßen Gedanken daran sofort zu zittern begannen, und ging auf den Flur hinaus, um der Oberschwester Bescheid zu sagen, daß er nun seinen Nachmittagsspaziergang mache.

Die Leute, die er im Krankenhauspark traf, trugen die schwarzen Krankenhausmäntel oder eilten in dünnen Kitteln vorüber. Bruno fand einen Seitenausgang und ging zügig los.

Die Hände vergrub er in den Taschen, wo sie nicht mehr zitterten – wenn er sie nur fest genug zusammenpreßte. Über die Richtung, in die er ging, dachte er zuerst nicht nach. Dann wurde ihm klar, daß er auf dem Weg zu dem Viertel war, wo er vor anderthalb Tagen seine schweigsame Tischdame, das Ballettmädchen, abgesetzt hatte. Wie kam das überhaupt? überlegte Bruno lange und angespannt.

Jedenfalls konnte es bestimmt nicht schaden, wenn man sich irgendwie beschäftigte, während man auf sein Urteil wartete.

Er kam zu ihrer Straße – einer langen, dunklen Straße mit zu kurzem Abstand zwischen den Häuserfronten, einer Straße, wo der Schnee bereits schmutzig geworden war – und ging langsamer. Konnte er zu ihr gehen und ihr erzählen, daß er ihre Geschichte als Stoff für einen Illustriertenroman verwenden wolle? Das konnte er wohl nicht, und es kam ihm der Gedanke, daß die Vormittagsspritze vielleicht noch wirkte.

Das Problem war, dachte er, daß es in der ganzen Welt niemanden gab, den er jetzt, in diesem Augenblick, gern gesehen hätte. Er stieß mit jemandem auf dem Bürgersteig zusammen und erschrak. Die Straße und die Fußgänger, die parkenden Autos, der Verkehr und der allzu tiefe, schneeverhangene Himmel kamen ihm bedrohlich vor. Er war plötzlich nicht sicher, ob er es noch länger als ein paar Minuten aushalten konnte, ohne mit jemandem zu sprechen. Dann stand er draußen vor der Haustür und ging hinauf, ohne darüber nachzudenken, wie er wohl ein Gespräch beginnen würde, wenn sie zu Hause war.

Sie war nicht zu Hause. Eine ältere Dame öffnete die Tür, löste, nachdem sie ihn kurz in Augenschein genommen hatte, die Sicherheitskette und erzählte ihm, daß Fräulein Holländer gewöhnlich kurz nach vier von ihren Proben zurückkomme. Es war Viertel vor vier, er ging wieder auf die Straße hinunter.

Nun half es nicht mehr, daß er die Hände in den Taschen

zusammenpreßte. In einem Kellerkiosk kaufte er ein Bier, machte es in einem Torweg mit seinem Taschenmesser auf und trank es aus. Die Hände zitterten nicht mehr so stark; als er wieder auf die Straße hinausging, dämmerte es schon. Eine halbe Stunde lang ging er in der Nähe ihrer Haustür den Bürgersteig auf und ab. Er erwog, ein Taxi zu nehmen, um so schnell wie möglich zurück zum Krankenhaus zu kommen, dann fiel ihm ein, daß er für die Taxifahrt nicht genug Geld bei sich hatte. Vielleicht konnte er ganz bis vor seinen Pavillon fahren und eine Krankenschwester das Geld auslegen lassen. Während er das in Erwägung zog, fiel sein Blick auf Jenny Holländer, die ihm auf dem Bürgersteig direkt entgegenkam. Als sie ihn erblickte, lächelte sie; er erinnerte sich nicht, sie früher schon mal lächeln gesehen zu haben.

„Warten Sie auf mich?"

„Genau. Machen Sie mir eine Tasse Tee?"

Er hatte nicht das Gefühl, daß er sich aufdrängte.

„Haben Sie sie gefunden?" fragte die Wirtin, nachdem Jenny mit ihm eingetreten war. Dann kam eine Überraschung. Von der dunklen Diele, die nach Kohl und altem Tabaksrauch roch, gingen sie über eine Wendeltreppe eine Etage höher – in eine Mansarde, die durch zwei große Deckenfenster mit Licht versorgt wurde. Es schien hier heller als draußen im Freien zu sein. Es war geräumig, nur an einer der Wände standen Möbel, ein Sofa, ein kleiner Toilettentisch, ein Tonbandgerät und ein Regal mit Platten und Ballettbüchern. Die gegenüberliegende Wand war mit einer Reihe körperhoher Spiegel bedeckt. An der dritten Seite, wo sich das Licht der beiden Deckenfenster wie in einem Prisma sammelte, befand sich eine Sprossenwand. Die vierte Wand war mit einer Reihe riesiger Vergrößerungen geschmückt. Bruno betrachtete sie und sah, daß sie Jenny darstellten; auf zweien war sie im Trainingskostüm, auf dem dritten in einem klassischen Ballettkostüm.

„Ja, das bin ich", sagte Jenny und lächelte.

„Was tanzen Sie? Ich meine, auf dem Bild mit dem klassischen Kostüm?"

„Coppelia. Ich habe die Rolle einstudiert und bin so eine Art Ersatz, falls das Mädchen, das die Rolle bekommen hat, krank werden oder aus sonst einem Grund ausfallen sollte. Leider hat sie eine eiserne Gesundheit. Kennen Sie die Coppelia?"

„Ich habe sie mal gesehen. Ist das Ihre Lieblingsrolle?"

„Eine davon. Es ist aufregend, wie eine mechanische Puppe tanzen zu müssen und die ganze Zeit *fast* lebendig zu sein. Wollen Sie eine Tasse Tee?"

„Danke, ja", sagte Bruno.

Jenny setzte auf einer Kochplatte, die sich neben dem Tonbandgerät befand, Wasser auf. Vor der Couch deckte sie einen kleinen, mit Kunststoff bezogenen Tisch mit Teegeschirr und zwei Stearinkerzen. Sie warteten, bis das Wasser kochte, und setzten sich.

„Es ist nett, daß Sie vorbeigekommen sind. Erzählen Sie mir nun, was Sie wollen – nicht, daß Sie etwas zu wollen *brauchen.*"

Das Wasser kochte, und als sie ihm einen Augenblick den Rücken zuwandte, konnte er endlich auf sein Thema kommen. „Versprechen Sie mir, nicht böse zu sein?" begann er.

Sie versprach es, während sie ihn über die Schulter betrachtete. Der Tee mußte noch fünf Minuten ziehen, sie stellte sehr sorgfältig eine kleine Weckuhr ein und ging zu ihm zum Sofa zurück.

„Ich arbeite doch bei einer Wochenzeitschrift", sagte er.

Sie nickte ernst. Dann erzählte er ihr die Idee zu einem Roman über ein Ballettmädchen. Gerade als er mit seinen Erklärungen fertig war, läutete die kleine Weckuhr, und Jenny ging die Teekanne holen. Ihm war nicht klar, ob sie enttäuscht oder beleidigt war, daß er sie nur für einen Romanstoff benutzen wollte. Aber als sie zurückkam und Tee einschenkte, sah sie froh aus und begann zu erzählen. Mit einem Eifer, der ihn wieder beruhigte, sprach sie von ihrem Leben – d. h. von ihrer Arbeit. Er war also nicht aufdringlich oder taktlos gewesen. Er merkte, daß sie einfach froh war, all ihre Sorgen loswerden zu können, er brauchte ihr gar kein Stichwort zu geben.

Ihm fiel ein, daß er ihr nicht richtig klargemacht hatte, daß er nicht selbst schrieb, daß er nur Ideen hatte und sie weitergab. Er flocht das in ihren Redestrom ein, aber es sah so aus, als interessiere sie der Unterschied nicht, der Unterschied, Ideen zu haben oder sie nur zu verwerten. Genau wie er es sich vorgestellt hatte, bestand die größte Schwierigkeit darin, daß sie keine Rollen bekam, daß sie nicht die geringste Chance bekam ihr Können zu zeigen, wenn sie sich nicht darauf einstellte, mit diesem oder jenem ins Bett zu gehen. Daß sie nicht in der Stadt aufgewachsen war, bedeutete ebenfalls ein Handikap; ein drittes Handikap war vermutlich ihr übergroßer Ernst; er konnte sie sich überhaupt nur in sehr ernsten Rollen vorstellen.

Ihre Geschichte war lang und banal. An ihr war nichts, was er sich nicht hätte ausdenken können, nichts, was er nicht selbst besser erfunden hätte. Sie sprach nach und nach langsamer, wiederholte einiges, was sie bereits gesagt hatte, und brach schließlich ab.

„Hat Sie irgend etwas verstimmt?" fragte sie.

Er schüttelte den Kopf und versuchte zu lächeln.

„Warum glauben Sie das?"

„Sie sahen plötzlich so traurig aus. Aber das kommt vielleicht daher, daß ich hier sitze und so traurige Dinge erzähle. Was haben Sie denn mit Ihrem Hals gemacht?"

„Mich beim Rasieren geschnitten. Und Sie sind auch nicht böse, daß ich hierhergekommen bin und Sie auf diese Art für einen Romanstoff benutze?"

„Überhaupt nicht. Es ist doch amüsant, über seine Arbeit sprechen zu dürfen."

Sie sah auf seine Hände. Er hatte, während er saß, eine Zeitlang die eine in die andere gepreßt.

„Sagen Sie", erwiderte er, „haben Sie noch etwas anderes als die Arbeit?"

„Etwas anderes?"

„Ja, als das Ballett, als die Kunst."

„Haben *Sie* noch etwas anderes?" fragte sie. Er nickte.

„Aber da ist ein Unterschied", sagte er. „Für meine Arbeit kann man nicht richtig leben. Nicht *für* sie. Ihre . . ."

„Nun, man kann gerade von ihr leben. Wenn man aber nicht *für* sie lebt, ist man verloren."

Niemals zuvor hatte Bruno einen Menschen getroffen, der mit einem solchen Ernst sprach; dieser Ernst erschreckte ihn, zog ihn aber auch an, und er dachte das gleiche, was er schon ein paar Abende vorher gedacht hatte, als er sie mit seinem Auto nach Hause fuhr: Sie ist am Rande einer Depression, sie hängt nur noch an einem dünnen Faden.

„Sie leben also *für* Ihre Kunst?"

„Wie Sie es sagen, klingt es so hochtrabend."

„Ist es das nicht?"

„Na ja", antwortete sie und blickte zu Boden.

Jenny schenkte noch einmal Tee ein und stellte das Tonbandgerät an. „Über irgend etwas *sind* Sie doch traurig?" fragte Jenny beharrlich. Sie stand auf dem leeren Fußboden, in einer bezaubernden Haltung, und Bruno stellte sich vor, sie würde plötzlich ein paar Tanzschritte machen und damit das ernste Bild, das er von ihr hatte, zerstören. Aber sie ging mit ganz gewöhnlichen Schritten zum Sofa.

„Zum Glück darf ich hier tanzen", sagte sie, „aber nicht alle haben soviel Glück mit ihrem Zimmer, das müssen Sie in Ihrer Geschichte mitbekommen. Die kleine graue Tanzmaus darf zwar auf ihrer einsamen Bude Musik hören, aber dazu tanzen darf sie nicht."

Er lächelte.

„Graue Tanzmaus. Sie unterschätzen die Illustrierten. Und vor allem unterschätzen Sie sich selbst."

„Dann muß ich ja unbedingt mal eine lesen. Bitte versprechen Sie mir, daß Sie mir eine Nummer schicken, wenn meine Geschichte erscheint."

Er wußte nicht, unter welchem Vorwand er aufbrechen sollte, und blieb deshalb bis halb sechs sitzen. Dann erhob er sich sehr abrupt, sah auf seine Uhr – das war natürlich die verkehrte Reihenfolge – und sagte, daß ihn jemand erwarte.

„Ihre Autoren?"

„Einer von Ihnen. Ich habe viele."

Sie brachte ihn hinaus. In der Diele umarmte er sie schnell und küßte sie auf beide Wangen. Sie fühlte sich klein, kühl, fest und muskulös an, er hatte das Gefühl, daß er mit ihr Ballett tanzen könne, sie würde ihn führen und in den großartigsten Sprüngen wieder von sich schleudern. Sie duftete wieder nach Seife und dieses Mal vielleicht auch – auf eine angenehme und persönliche Weise – ein wenig nach Schweiß.

„Kommen Sie ruhig wieder, wenn Sie etwas vergessen haben“, sagte sie, als sie sich nach der überraschenden Umarmung wieder gefaßt hatte.

Wieder unten auf der Straße, kam er gerade noch in ein Blumengeschäft rein, das eigentlich schon geschlossen hatte. Ihm fiel nichts anderes ein, als ihr die üblichen gelben Rosen hinaufzuschicken, aber zwanzig statt der üblichen zwölf. Die Rechnung ließ er an die Redaktion schicken. Dann ging er zum Krankenhaus zurück und bemerkte unterwegs, daß das Zittern seiner Hände aufgehört hatte.

Das Abendessen – belegte Brote – stand neben seinem Bett, der Tee war kalt geworden. Eine Krankenschwester fragte, wo er so lange gewesen sei. Nach dem Essen zog er sich aus und begann mit einem Spionageroman, einer guten Geschichte, die man auch veröffentlichen konnte.

Bevor er einschlief, dachte er wieder an Jennys Geschichte und war sich darüber klar, daß sie altmodisch und für seine Zwecke nicht zu verwenden war. Jenny erschien ihm in seinen Träumen, wechselte aber häufig die Identität. Sie war eine Pastorin, und sie war eine Psychiaterin, die ihn bis auf den Grund durchschaute. Aber zwischendurch war sie auch Jenny Holländer, die in einer schönen, entspannten Haltung auf einem leeren Fußboden stand und aussah, als ob sie gleich zu tanzen anfinge.

4

ER HATTE Telefon und Radio ins Zimmer bekommen, benutzte aber keins von beiden. Statt mit seinen Autoren zu telefonieren, sprach er Briefe auf ein kleines Tonbandgerät, das er aufs Bett gestellt hatte.

Es war der Tag nach seinem Besuch bei Jenny, ein Tag, der sehr langsam verging. Es war noch zu früh, um auf Ergebnisse der Untersuchung und auf Besuch von Dr. Ackermann zu warten; trotzdem begann er aufmerksam die Tür und die Türklinke zu beobachten.

Am frühen Nachmittag machte Dr. Ackermann bei ihm

Visite. Während des Gesprächs berührte er, durch die dünne Bettdecke hindurch, wieder beruhigend Brunos Fuß. Ackermanns Wangen waren so rot, als hätte er sich sehr lange in starkem Frost aufgehalten, und seine schönen dunklen Augen waren größer als je zuvor; heute kam er Bruno eher jünger als gleichaltrig vor. „Morgen wissen wir, ob wir aus einer Mücke einen Elefanten gemacht haben oder ob es nötig ist, sich noch etwas mehr mit Ihnen zu beschäftigen", sagte der Arzt.

Die gelben Pillen waren bei seiner Einlieferung ins Krankenhaus abgesetzt worden. Er bat um ein paar für die nächsten 24 Stunden, was ihm ohne Zögern bewilligt wurde. Nachdem Dr. Ackermann gegangen war, dachte Bruno zunächst, daß er wahrscheinlich seine Situation von Anfang an mißverstanden hatte. Die Wahrscheinlichkeit, daß er ernstlich krank war, war sehr gering, und selbst wenn er „ernstlich" krank *war*, bedeutete das noch nicht, daß er mit Sicherheit sterben würde, es bedeutete nur langwierige und ermüdende Behandlungen.

EINE halbe Stunde später jedoch kam ihm Dr. Ackermanns Besuch in seiner Überflüssigkeit sonderbar vor. Bruno hatte eine der gelben Pillen bekommen – nicht zwei, wie er erbeten hatte – und verspürte überhaupt keine Wirkung. Nach einer weiteren halben Stunde fand er, daß er genügend Grund zur Unruhe hatte. Eine Frau erschien und entnahm ihm wieder Blut – wieder genug, um damit mehrere Reagenzgläser zu füllen. Wozu die neuen Blutproben benutzt werden sollten, wußte sie nicht. Kaum hatte sie sich entfernt, füllte sich sein Zimmer mit einer Abendvisite ungewöhnlich starker Besetzung. Dr. Ackermann erschien, begleitet von mehreren Männern, alle älter als er selbst. Mit dem Rücken zu Bruno studierten sie das Krankenblatt, das sie auf dem Tisch aufgeschlagen hatten – auf dem Tisch, an den sich Bruno immer setzte, wenn er nicht im Bett aß. Die Männer sahen kurz auf Bruno und auf die Tafel hinter seinem Bett, darauf wieder ins Krankenblatt. Dr. Ackermann lächelte aufmunternd. Einer der Männer erblickte Brunos Miniaturtonbandgerät und stellte ein paar technische Fragen. Dann war die

Visite beendet, und Bruno lag da und sah hinüber zu dem Krankenblatt, das sie vergessen hatten.

Nichts war leichter, als aus dem Bett zu steigen und das Krankenblatt zu lesen. Natürlich bestand dabei das Risiko, daß sie sehr schnell bemerkten, daß sie das Krankenblatt vergessen hatten, deswegen zurückkommen und ihn beim Lesen überraschen würden. Aber es gab ein weit schlimmeres Risiko. Die neuen Blutproben und die lange, ausführliche Visite, vor allem aber die Experten, die man hinzugezogen hatte, schienen Bruno kein gutes Zeichen zu sein. Gesetzt den Fall, er verstände das Krankenblatt? Gesetzt, er verstände es und müßte erkennen, daß seine Situation so ernst wie nur möglich war?

Jemand kam den Gang runtergelaufen, und er atmete tief aus – wahrscheinlich vor Erleichterung. Es wurde nicht geklopft, die Tür wurde nur aufgestoßen – mit einer Heftigkeit, daß sie gegen den Stopper flog, zurückschwang und wieder ins Schloß fiel. Eine Krankenschwester mit rotem Gesicht griff nach dem Krankenblatt, schloß es schnell, wandte sich außer Atem um und sagte überflüssigerweise zu Bruno: „Wir haben das Krankenblatt vergessen."

Vor dem Abendessen zwang er sich aufzustehen und einen kurzen Spaziergang zu machen. Er hatte seine eigenen Sachen an; die meisten, die zu dieser Tageszeit um das Hochhaus und die Pavillons gingen, trugen die rot- oder blaugestreifte Krankenhauskleidung mit den recht eleganten schwarzen Krankenhausmänteln. Bei dem Kiosk kaufte er die Zeitschriften der Konkurrenz – es war ja Freitag, fiel ihm ein – und ein paar gelbe Tulpen, um damit sein Zimmer zu schmücken. Es war fünf, längst dunkel. Er merkte, daß die Temperatur gestiegen war und sich dem Gefrierpunkt nähern mußte – oder dem Schmelzpunkt.

Ein tiefer Himmel nahm das rote, nächtliche Licht der Stadt auf. Er hörte den Strom heimkehrender Autos draußen auf der stark befahrenen Straße, hörte, wie sie zu hupen begannen, um aus dem Knäuel herauszukommen, in das sie sich verwickelt hatten.

Als er in sein Zimmer zurückkam, stand das Abendessen

schon bereit, daneben ein Glas mit Pillen; die Vitaminpillen ließ er erst mal liegen und spülte mit einer Tasse Tee, der überhaupt nicht schmeckte, die eine gelbe Pille runter.

Kurz danach nahm er die anderen Pillen und aß sein Brot, während er die Zeitschriften der Konkurrenz durchblätterte. Es war halb sechs, und er hatte keine Ahnung, wie er sich den restlichen Abend vertreiben sollte.

Er begann wieder von vorn mit den Zeitschriften, und diesmal las er sie langsam und gründlich.

AM NÄCHSTEN Vormittag bat er um zwei gelbe Pillen; die Krankenschwester kam, nach Rückfrage mit der Oberschwester, tatsächlich mit zweien zurück. Spät am Vormittag klopfte es an die Tür, anders als die Schwestern und Putzfrauen klopften, und er hatte gerade noch Zeit, „herein!" zu rufen, bevor Dr. Ackermann erschien. Es war ein Sonnabend; Sonnabend, der 26. Januar 1973.

„Ich habe Ihnen nun endlich etwas zu erzählen", sagte Dr. Ackermann. Er zog einen Stuhl ans Bett, setzte sich, rückte ein wenig weiter auf die Stuhlkante vor und faltete wie im Gebet die Hände, bevor er sie einzeln auf seine Knie legte.

„Sie sind nicht gesund", sagte er. Und nach einer Pause: „Man kann eine schlechte Nachricht auf viele Arten mitteilen. Ich bilde mir ein, Sie sind ein Mann, bei dem man nicht um den heißen Brei herumzureden braucht. Sie sind nicht gesund. Sie sind ernstlich krank."

Brunos erste Reaktion war, um mehrere der gelben Pillen zu bitten, aber dann hörte er sich etwas anderes sagen.

„Ernstlich krank", sagte er, „was bedeutet *ernstlich?* Wie krank ist man dann?"

Er glaubte nicht, daß man jemals einem Patienten erzählte, daß er sterben würde. Er hatte auch nicht geglaubt, daß man das Wort „ernstlich" überhaupt einem Patienten gegenüber gebrauchen würde. Er hatte geglaubt und vielleicht auch gehofft, daß Dr. Ackermann ein Arzt war, der die Wahrheit nur in gemilderter Form oder gar nicht erzählte.

Dr. Ackermann dachte eine Zeitlang nach, und das war natürlich schon ein schlechtes Zeichen.

„Sie haben Krebs", sagte er schließlich. „Die kleine Geschwulst, die wir vom Hals entfernt haben, hat sich als bösartig entpuppt. Es handelt sich um einen relativ seltenen Krebstyp."

„Aber sie ist entfernt?"

„Ja, sie ist entfernt. Aber Ihre Blutproben zeigen, daß der Krebs sich ausbreitet. Gleichzeitig mit der kleinen Operation am Hals nahmen wir übrigens eine Leberuntersuchung vor. Sie haben sicher schon das kleine Pflaster unter der Brust bemerkt. Die Untersuchung ergab leider, daß die Leber bereits angegriffen ist."

Das Bett begann sich zu drehen, Bruno versuchte, sich besser aufzusetzen, hatte aber plötzlich im Rücken und in den Armen keine Kraft mehr. „Heißt das Operation oder Bestrahlung oder beides?" hörte er sich unerwartet klar und sachlich fragen, als drehe es sich um einen Verwandten und nicht um ihn selbst.

Dr. Ackermann faltete seine Hände, drehte sie lautlos und dachte wieder eine Weile nach. „Sie wundern sich wahrscheinlich darüber, daß ich Ihnen so klar Bescheid sage. Das ist sonst nicht unsere Gewohnheit. Ich habe zwei Dinge berücksichtigt. Einmal glaube ich, daß Sie die Nerven und die Einsicht haben, um mehr von der Wahrheit zu vertragen als die meisten. Aber da ist noch etwas anderes. Ich kann Ihnen nämlich ein Angebot machen. Dazu müssen Sie aber erst mal Ihre Situation gründlich kennen."

Er zögerte. Seine Stimme schien von weit her zu kommen, vielleicht vom Gang draußen, durch eine oder mehrere Türen.

„Nun sind Sie natürlich völlig am Boden zerstört", sagte er mit veränderter Stimme. Er holte eine Spritze. „Darf ich Ihnen etwas zur Beruhigung geben?"

Bruno nickte, einen Augenblick später hatte er eine Spritze in den Schenkel bekommen und wartete auf die Wirkung.

„Im allgemeinen", sagte Dr. Ackermann, „im allgemeinen erzähle ich einem Patienten, daß er krank ist und daß die Behandlung langwierig wird, aber daß gute Aussichten für eine Heilung bestehen. Oft ist das ja auch die Wahrheit. Außerdem brauchen wir Ärzte unter allen Umständen den

Lebenswillen des Patienten – man kann auch an dem Glauben sterben, daß man sterben wird. Es gibt keine sichere Krebsprognose. Auch Ihre Prognose ist nicht sicher. Aber sie ist – nichtsdestoweniger – so sicher wie nur möglich."

„Heißt das, daß ich sterben werde?"

Die Spritze begann bereits zu wirken, Bruno hatte das eigenartige Gefühl, daß er im Begriff war, sich von der ersten in die dritte Person zu verwandeln, in eine Person, die er betrachten oder über die er lesen konnte. Er fand die Kraft, sich ein wenig im Bett aufzurichten und die Stimme zu heben.

„Warum erzählen Sie mir das?"

„In erster Linie, weil ich glaube, daß Sie die Wahrheit vertragen können. Zum anderen, weil ich Ihnen einen Vorschlag machen möchte, der es notwendig macht, daß Sie die Wahrheit kennen."

„Einen Vorschlag?"

„Wir können Sie natürlich nach der herkömmlichen Methode behandeln. Wir können ganz genau herausfinden, wie weit sich Ihr Krebs schon ausgebreitet hat. Wir können operieren, wir können bestrahlen, und wir können – wie wir es immer tun – darauf hoffen, daß in der Zwischenzeit eine neue Behandlungsmethode gefunden wird, die Ihnen helfen kann."

„Warum erzählen Sie mir das alles?"

„Wir können auf das Glück hoffen, auf ein Wunder. Ab und zu geschieht so etwas. Wir können auf die Forschung hoffen, auf die Zukunft. Aber vielleicht – *vielleicht* können wir außerdem dem Glück, dem Wunder, der Forschung, der Zukunft ein wenig nachhelfen. Aber dazu brauchen wir Ihre Einwilligung, und deshalb bin ich von meiner üblichen Praxis abgewichen und erzähle Ihnen die ganze Wahrheit anstelle eines zensierten Teils."

Dr. Ackermann hatte sich erhoben und beugte sich über ihn.

„Wirkt die Spritze etwas?"

„Ja."

„Wir können Sie zur Zeit nicht heilen. Wir können Sie eine gewisse Zeit am Leben halten, etwas anderes können wir nicht. Legen Sie sich zurück, und schließen Sie die Augen, wenn Sie mögen; Sie schlafen nicht ein, die Spritze war nur zur Beruhigung."

Dr. Ackermann griff nach Brunos Arm und drückte ihn. Bruno legte sich zurück, schloß aber die Augen nicht.

„Wir können viel tun, um Ihnen Schmerzen zu ersparen, und wir können die ganze Zeit auf eine wunderbare Heilung hoffen oder auf den medizinischen Fortschritt, der uns plötzlich neue Chancen gibt, um Sie zu heilen. Aber wir können auch etwas mehr tun. Wir können ein Spiel spielen, und es gibt eine Chance, daß wir das Spiel gewinnen. Wenn wir daran nicht glaubten, würde ich nicht hier stehen und Ihnen so viel erzählen, wie ich Ihnen jetzt schon erzählt habe."

Die Spritze wirkte. Bruno entspannte sich und mußte ein bißchen kämpfen, um nicht die Augen zu schließen. Die Stimme sprach zu ihm, aber was sie sagte, betraf ihn nicht mehr.

„Wir können zur Zeit nicht damit rechnen, Sie zu heilen. Aber wir sind mitten in einer unglaublichen Entwicklung, und gerade auf Ihrem Gebiet – bei dem Krebstyp, den wir bei Ihnen gefunden haben – entwickeln sich die Dinge in einem rasanten Tempo. Wir können zur Zeit nicht damit rechnen, Sie heilen zu können, aber in 15 oder 20 Jahren können wir es."

Bruno betrachtete den Mann über ihm. Seine Augen waren groß und weit aufgerissen, seine Wangen unnatürlich rot. War der Mann verrückt? War alles, was er bis jetzt gesagt hatte, genauso wahnsinnig wie das letzte?

„Ja, wir hoffen nicht nur darauf – wir sind davon überzeugt. Wir möchten Sie gern von Ihrer Krankheit heilen. Wir möchten das gern in fünfzehn oder zwanzig Jahren tun, wenn wir wissen, daß wir dazu imstande sind. Statt Sie jetzt langsam sterben zu lassen, möchten wir Sie einfrieren. Aber das Entscheidende ist, was *Sie* möchten. Das brauchen Sie jetzt aber nicht herauszufinden. Wir haben Zeit. Das heißt, eigentlich haben wir überhaupt keine Zeit, aber ein paar Tage haben wir schon. *Sie* haben ein paar Tage. Nun haben Sie eine Spritze bekommen und werden trotz allem bald einschlafen. Das ist auch das beste so, denn was ich Ihnen erzählt habe, ist natürlich ein Schock für Sie. Vielleicht haben Sie beim Aufwachen einen Teil davon wieder vergessen, ich weiß es nicht. Alles, was ich Ihnen jetzt jedenfalls sagen wollte, war, daß wir ein Angebot haben. Sie können zwischen zwei Möglichkeiten wählen, und bevor Sie wählen können, müssen wir Ihnen die Wahrheit sagen. Sie sind noch nicht eingeschlafen, nicht wahr?"

Bruno schüttelte langsam den Kopf.

„Sie haben ganz bestimmt über Einfrierungen gelesen. Aber ich bin mir nicht sicher, ob Sie sich klar darüber sind, wie weit wir auf diesem Gebiet schon sind, gerade *hier*. Wir würden Ihnen das nicht vorschlagen, wenn wir nicht felsenfest davon überzeugt wären. Wir denken nicht im Traum daran, es Patienten vorzuschlagen, bei denen unsere Prognosen bessere Heilmöglichkeiten bieten. Wir würden auch nicht im Traum daran denken, das in Verbindung mit Krankheiten – zum Beispiel verschiedenen Krebsarten – vorzuschlagen, bei denen wir nicht verdammt sicher sind, daß wir in fünfzehn, zwanzig Jahren solche Krankheiten heilen können. Sie sind nicht der erste, dem wir diese Behandlung oder Chance und diese Frist anbieten, und Sie werden bestimmt nicht der letzte sein. Sie verstehen doch alles, was ich Ihnen gesagt habe?"

Bruno nickte langsam. Wer, dachte er, als er so dalag, wer ist *wir?* Waren *wir* die Männer, die letzten Nachmittag an der Visite teilgenommen hatten?

„Nun will ich Sie nicht länger quälen. Die Spritze wird gleich wirken, und Sie werden einschlafen. Ich hatte nicht die Absicht, Ihnen einen Schock zu versetzen. Allerdings glaube ich, daß Sie ein robuster Mann sind, aber auch ein robuster Mann ... Vielleicht hätte ich es Ihnen mehr auf Raten erzählen sollen, aber ich sehe nicht ganz, wie. Die Situation ist auch für uns Ärzte neu. Wenn Sie wieder ganz da sind, haben Sie Zeit, darüber nachzudenken. Ich behalte Sie im Auge und komme wieder her. Ich werde Ihnen genau erklären, was wir mit Ihnen vorhaben, sowohl die rein wissenschaftliche Seite der Situation als auch die juristische und praktische. Sie haben die Freiheit, Ihre Entscheidung ganz auf eigene Faust zu treffen, niemand übt Druck auf Sie aus. Ich erkläre Ihnen noch mal alles über Ihre Wahlmöglichkeit, und Sie haben Zeit, darüber nachzudenken – ein paar Tage. Und nun setze ich mich hier so lange ans Fenster und warte, bis Sie eingeschlafen sind."

„Einfrieren lassen?" fragte Bruno.

Der Arzt nickte und setzte sich auf den Stuhl. Es war sehr weit bis zum Stuhl, zu weit, als daß Bruno hoffen konnte, seine Stimme würde bis dorthin reichen. Er stellte sich vor, wie er mitten in einem Eisblock lag, einem Eisblock, wie sie ihn in seiner frühesten Kindheit immer bekommen hatten. Schläfrig verfolgte er diese Erinnerung. Der Block war auf den Boden eines Holzschrankes gelegt worden, der in dem kühlen Lebensmittelkeller stand, am Abend war der Block geschmolzen, und man leerte das Schmelzwasser aus, am nächsten Morgen kam wieder ein neuer Block hinein. Bruno sah an dem lächelnden Dr. Ackermann vorbei und blickte auf das Hochhaus, das ihm die Aussicht versperrte. Wo würde man ihn hinlegen? Wer würde dafür sorgen, daß das Eis nicht schmolz?

„Wer . . .", begann Bruno.

Dr. Ackermann kam ein wenig näher.

„Versprechen Sie mir . . .", sagte Bruno. Dann gab er nach und schlief ein.

5

Die gelben Tulpen, die er für sich gekauft hatte, standen an dem Fenster, wo Dr. Ackermann gesessen hatte. Dr. Ackermann war weg. Es war Sonntag, und er hatte nur eine sehr undeutliche Erinnerung daran, wie der Sonnabend zu Ende gegangen war: Nach der Spritze war er aufgewacht, hatte sein Abendessen bekommen und die Blätter der Konkurrenz gelesen. Er war noch immer benommen und schlief wieder ein, ohne zu sich zu kommen, ohne irgendwie Stellung zu seiner Situation zu nehmen und ohne den Versuch gemacht zu haben, sich mit Dr. Ackermann in Verbindung zu setzen. Auf diese Weise hatte er den Sonnabend überstanden; die Pillen und die Spritze wirkten, und er war tatsächlich eingeschlafen, ohne an seine sonderbare Situation einen Gedanken verschwendet zu haben. Vielleicht, dachte er ohne Hoffnung, vielleicht war das Ganze ein schlechter Traum. Aber am Sonntag morgen war er sicher, daß es kein Traum war, weder ein guter noch ein schlechter.

Auf dem Fensterbrett leuchteten die Tulpen. Bruno hatte sie für sich gekauft. Niemand anders hatte ihm Blumen geschickt. Niemand hatte ihn angerufen, denn niemand wußte, daß er hier lag. Er hatte keinem Menschen von seiner Krankheit und der neuen Möglichkeit erzählt, und das war nun das Resultat. Man vermißte ihn überhaupt nicht in diesen wenigen Tagen, aber wie lange würde er unentbehrlich sein?

Er konnte jemanden anrufen, von seiner Situation erzählen; er nahm den Hörer, legte ihn aber wieder hin.

Bruno stand vor dem Spiegel. Neben der klassischen „Wer-bin-ich"-Frage und der ebenso klassischen „Warum bin ich hier?" drängte sich eine neue auf: „Wem kann ich mich anvertrauen?" Die Antwort lautete: „Niemandem." Er näherte sein Gesicht dem Spiegel und hauchte das Glas an, so daß er sich nicht mehr sehen konnte. Die Wärme und Feuchtigkeit, durch die der Spiegel beschlug, stammten von einem Organismus, der noch immer gesund und völlig funktionsfähig war. Er machte mit seinem Zeigefinger ein kleines, kreisförmiges Loch in das beschlagene Glas und konnte seine Nase und seine Oberlippe sehen. Dann klatschte er sich kaltes Wasser ins Gesicht, darauf Rasierwasser, aber hinter Stirn und Augen änderte sich nichts. Ihm wurde klar, daß er nicht das Format hatte, die Welt auf eine aufsehenerregende Weise zu verlassen, und sei es nur, wenn er Glück hatte, für eine begrenzte Zeit. Nein, das hätte er sich nie zugetraut. Nach ihm würden Ideen-Redakteure mit neueren Ideen kommen, und er würde nur kurze Zeit vermißt werden. Er hatte nichts geleistet, was hinterher schwer zu vergessen wäre.

Irgendein berühmter deutscher Dichter hatte mal so etwas Ähnliches geschrieben wie: „Dreiundzwanzig, und noch nichts für die Unsterblichkeit getan." Wahrscheinlich war der Mann – es war Goethe oder Schiller – ein wenig älter oder vielleicht ein wenig jünger als 23 gewesen. Er war in jedem Fall jünger als Bruno. Der Gedanke, nichts Bedeutendes zu hinterlassen, war offenbar erschreckend. Bruno griff wieder zum Telefon, zögerte einige Sekunden und legte wieder auf.

Aus Unsterblichkeit machte er sich zwar nicht viel, aber er dachte wieder: Wenn du noch die sechs oder neun oder zwölf Monate lebst, die dir der Arzt gibt, könntest du eine Geschichte schreiben, eine Geschichte über einen Mann, der sterben wird. Du könntest auch versuchen, dich in die Zukunft hineinzuversetzen, die dir Dr. Ackermann versprochen hat, du könntest einen aufsehenerregenden Zukunftsroman schreiben – über einen Mann, der im eingefrorenen Zustand einer zukünftigen, überraschenden Welt entgegenlebt. Die Idee näherte sich dem Sensationellen, und es war unwahrscheinlich, daß eine Illustrierte sie drucken würde; aber vielleicht hätte er auf diese Weise etwas für seine Unsterblichkeit getan? Doch wozu kannst du deine Unsterblichkeit gebrauchen, wenn du tot bist? fragte er sich. Zu nichts. Du würdest noch nicht mal das Geld verbrauchen können.

Er warf sich nur seinen Mantel über und ging zur Telefonzelle am Ende des Krankenhausganges. Den Namen Ackermann fand er, Josef Ackermann, aber hinter dem Namen stand Geheimnummer. Im Flur hielt er die Oberschwester an und fragte nach Dr. Ackermanns Nummer. Die kenne sie nicht, behauptete sie; sie könne aber den diensthabenden Assistenzarzt rufen, wenn es etwas Wichtiges zu besprechen gab. Bruno ging zurück in sein Zimmer. Er saß auf dem Stuhl und sah vor sich hin, rief dann eine Schwester und bekam eine gelbe Pille, nach einigem Hin und Her noch eine zweite. Seine Probleme kamen ihm jetzt nicht mehr so groß vor. Nach mehrmaligem flehentlichem Bitten bekam er die Erlaubnis, einen kurzen Spaziergang zu machen – einen Spaziergang zum Nachdenken und zum Grübeln.

Ein Mann, der sterben wird und der eine Alternative hat. Er kann noch eine gewisse Zeit leben und seine Geschichte schreiben. Oder kann er sterben, wieder aufwachen und hoffen, daß ihn inzwischen noch bessere Geschichten erwarten? Sollte man die Zeit leben, die einem zugestanden wurde, und daraus eine gute Geschichte machen? Wie ging, bis in alle Einzelheiten, das Einfrieren und später das Auftauen vor sich? Würden nicht andere eher als er aufgetaut worden sein und die Geschichte bereits besser geschrieben haben, als er es für sich hoffen konnte? Einer von seinen besseren Autoren – und ohne seine Hilfe, ohne seine nützlichen Anrufe und Briefe?

Die Krankenhauskirche läutete zur Vormittagsmesse, der Klang mischte sich mit der Blasmusik vom Fußballplatz, der nicht weit entfernt war. Bruno goß noch mehr Wasser über Haar und Gesicht und fühlte sich ganz klar, war aber nicht imstande, die richtige Entscheidung zu treffen.

Er riß das Pflaster los und befühlte die Wunde. Sie schmerzte kaum. Er erklärte einer Schwester, daß er keinen Appetit habe und deshalb das zweite Frühstück ausfallen lassen wolle; er wolle den üblichen Spaziergang rund um das schiffartige Hochhaus und die Pavillons machen. Sie klebte ein neues Pflaster auf seinen Hals. Dann verließ er das Krankenhausgelände, und kurz danach war er in der Nähe des Viertels, wo die Ballettänzerin Jenny Holländer wohnte.

Er kannte sie zwar nicht sehr gut, aber sie war ihm eigentlich auch nicht unbekannter als die Menschen, die er sonst noch hätte anrufen können. Es gab einfach niemanden, dem er von seiner Alternative erzählen konnte, auch ihr konnte er es nicht sagen. Dennoch schien es irgendwie eine Erleichterung zu sein, mit einem Menschen zu sprechen, der selbst Probleme hatte – so wie er (wobei „Probleme" allerdings ein sehr milder Ausdruck für seine Situation war); zumindest hatte er keine Lust, mit einem Menschen zu sprechen, den überhaupt keine Probleme bedrängten.

Es war Sonntag. Sonntag, der 27. Januar 1973. Die Straßen waren leer, das Wetter war grau und trübe. Er ging schnell, noch funktionierte sein ganzer Organismus perfekt. Nur ein leichter Wundschmerz unter dem Pflaster erinnerte daran, daß er körperlich kein gesunder Mensch mehr war.

Sie war zu Hause und ließ ihn selbst herein und führte ihn in ihre helle Mansarde hinauf.

„Nett, daß Sie mich besuchen", sagte sie, „ich habe eben Teewasser aufgesetzt."

„Diesmal komme ich nicht, um Sie für Romanzwecke auszufragen. Diesmal komme ich einfach, weil ich Sie gern sehen wollte."

„Das ist mir gleich, höchstens, daß ich mich ein bißchen mehr geschmeichelt fühle. Aber glauben Sie deshalb bitte nicht, daß ich etwas dagegen hatte, daß Sie mich neulich für Ihre Romanideen interviewten."

Sie trug schwarze, lange Hosen und einen schwarzen Pullover. Sie hatte vorstehende Backenknochen und einen großen Mund mit einer Reihe perfekter weißer Zähne. Sie roch nach Seife, diesmal aber nicht nach Schweiß. Er konnte nicht leugnen, daß er sich ein wenig in sie verliebt hatte oder sich zumindest stark von ihr angezogen fühlte.

Beim Tee sagte sie: „Ich habe das Gefühl, Sie möchten mir gern etwas erzählen. Sie haben etwas auf dem Herzen, nicht wahr?"

Er schüttelte den Kopf und wünschte, er hätte nicken können; im Wandspiegel gegenüber dem Sofa, auf dem sie saßen, sah er sich selbst den Kopf hin- und herbewegen; aber von außen konnte er diesem kopfschüttelnden Mann nicht ansehen, daß er in Wirklichkeit lieber nicken würde.

„Ich möchte nicht aufdringlich sein, aber irgend etwas bedrückt Sie doch."

„Ja", sagte er, „vielleicht. Aber ich kann Ihnen davon nichts erzählen."

„Warum nicht?"

Sie sah, wie er sich eingehend im Spiegel betrachtete, und fing dort seinen Blick auf.

„Es ist etwas, was ich selbst lösen muß. Ich bin auch schon dabei. Unterdessen helfen Sie mir – indem Sie mir erlauben, hier zu sitzen und Tee zu trinken."

Waren das Romandialoge? Waren das die hilflosen Dialoge, mit denen er seinen Roman über das „Stirb – oder laß dich einfrieren" gefüllt hätte? Jedenfalls hatte er nun etwas zu ihr gesagt, hatte es ausgesprochen und nicht nur gedacht.

„Ich beneide Sie", sagte er. „Sie haben Ihr Ballett, und Sie leben dafür, nicht wahr? Oder gibt es noch etwas *anderes* in Ihrem Leben?"

Sie schüttelte lächelnd den Kopf. „Kaum."

„Auch nicht ein bißchen Liebe?"

„Ab und zu. Aber ob man das Liebe nennen kann . . ."

Sie wirkte ein bißchen verlegen, nachdem sie das gesagt hatte, und hatte es plötzlich eilig, die beiden Stearinkerzen auf dem Tisch anzuzünden. In der Nähe läuteten die Kirchenglocken – in leeren Straßen ein Klang von Sonntag. Sie lehnte sich im Sofa zurück und zog die Beine herauf. „Wahrscheinlich lebe ich in den Tag hinein. Aber wenn ich anders zu leben versuche, bekomme ich immer leicht Angst. Vielleicht tanze ich eines Tages gut oder wenigstens ganz passabel – das ist dann ein guter Tag. Sie werden mich vielleicht für ehrgeizig halten, aber es ist einfach nur eine Art zu leben. Im übrigen habe ich niemals *wirklich* gut getanzt, aber wenn ich es eines Tages tue, wird man es sofort bemerken, doch am nächsten Tag wird es vergessen sein. So betrachtet, hat es keine Bedeutung, ob ich gut tanze oder nicht, aber es ist das einzige, wozu ich Lust habe."

„Gut zu tanzen – bedeutet das nur, besser als andere zu tanzen?"

„Auch das, aber nicht nur. Nun müssen Sie aber doch versuchen, mir zu erzählen, was mit Ihnen los ist."

Bruno trank von dem Tee, der für seinen Geschmack zu parfümiert war; er sah wieder in den Spiegel, erblickte darin, hinter einer Stearinkerze, sein Gesicht und hörte sich aufs Geratewohl sagen: „Wie Sie wissen, schreibe ich nicht selbst Geschichten, sondern bearbeite sie nur."

„Ja, das haben Sie erzählt."

„Stellen wir uns jetzt mal vor, wir befinden uns in einer dieser Geschichten. Ein Mann und eine Frau auf einem Sofa. Beide kennen sich noch nicht besonders gut. Es sind Stearinkerzen da, und es gibt Tee; man kann irgendwelche Kirchenglocken hören, und es ist Sonntag nachmittag. Wir haben den Spiegel und die Sprossenwand und den parfümierten Tee, den wir trinken; damit die Leute sich was vorstellen können, muß es ja Details geben, nicht wahr? Dann kommt aber die Frage: Was *geschieht?*"

„Geschieht?"

„Die Situation ist gar nicht besonders kompliziert. Der Mann hat eine ganz bestimmte Frage, einen Wunsch. Wenn damit aber einer meiner Autoren sofort loslegen würde, dann würde ich halt sagen. ‚So leicht geht das nicht', würde ich sagen. Es muß ein . . ."

„*Was* geht nicht so leicht?"

„. . . Vorspiel geben, auch ein psychologisches. Die Szene muß fertig entworfen sein, bevor man sie spielen kann. Zehn, fünfzehn Dialoge wirken da schon Wunder, wenn sie nur den richtigen Ton treffen. Das mit den Stearinkerzen und den Kirchenglocken ist schön, aber nicht genug. Ich würde also einen bestimmten Dialog eine gewisse Zeit durchhalten, vielleicht über zwanzig Satzreihen beziehungsweise zwei-, dreihundert Wörter beziehungsweise tausend Anschläge."

„Was für einen Dialog?"

„Diesen: Könnten Sie sich vorstellen, jetzt mit mir ins Bett zu gehen?"

Sie lächelte und überlegte.

„Sind wir jetzt in Ihrem Roman oder in der Wirklichkeit?"

„Ja, was meinen Sie?"

Sie zögerte und lächelte noch immer.

„Die Leute reden immer drum herum", fuhr Bruno schnell fort. „Sie sprechen niemals ganz aus, was sie denken. Immer kommen sie durch irgendeine Hintertür, um ja nicht das Gesicht zu verlieren. Im Moment denke ich an einen Dialog, der die Sache so vorsichtig angeht, daß man dabei bestimmt nicht das Gesicht verliert. Wollen Sie ihn hören?"

„Ja, bitte."

„Der Mann trinkt seinen Tee, so wie ich hier, nimmt einen großen Anlauf – sagen wir zehn Sekunden, wir können ja auf die Uhr sehen –, dann sieht er dem Mädchen in die Augen, lächelt – das ist die Hintertür, durch die er wieder herauskommt – und sagt folgendes: Ich habe eine sehr ernste Frage an Sie."

„Und was antworte ich dann?"

„Sie antworten nur: ‚Ja, Fragezeichen.'"

„Okay: Ja, Fragezeichen."

„Und dann komme ich mit der ersten Frage. Ich sage: ‚Die Frage ist die: Haben Sie unter Ihrem Pullover *überhaupt* etwas an?' Nun antworten Sie bitte."

„Hier oder in der Illustrierten?"

„Sagen wir hier. Wenn die Antwort nein ist, können Sie sich eventuell darauf beschränken, lächelnd den Kopf zu schütteln. Ja, genau so. Dann habe ich den Mut gefunden, folgendes zu sagen (und vergesse dabei auch nicht zu lächeln): Meine nächste ernste Frage, sage ich, ist eine Fortsetzung der ersten, überspringt aber ungefähr zehn Fragen dazwischen. ‚Wollen Sie mit mir ins Bett gehen?'"

„Und wo befinden wir uns nun? In der Illustrierten oder hier?"

„Hier. Nun zögern Sie, und das ist gut. Ich fülle die Pause, indem ich sage: ‚Ich bin kein Ballettmeister. Deine Karriere hängt nicht davon ab, du kannst es also ganz zu deinem eigenen Vergnügen tun, wenn du Lust dazu hast.' Bitte beachte, daß ich die Gelegenheit benutzt habe, um vom Sie zum Du überzugehen."

„Und was antworte ich dann?"

„Das würde ich auch gern wissen."

Sie hatte bei der Komödie mitgespielt, plötzlich sah er aber an ihren Augen, daß sie das Spiel abrupt abbrach – jedenfalls wirkte es so auf ihn.

„Stellst du es immer so kompliziert an, wenn du mit einem Mädchen ins Bett gehen willst?" fragte sie.

„Nein, nicht immer. Aber heute bin ich verwirrt und ein wenig traurig. Entschuldige, wenn ich mich dumm benommen habe."

„Du hast dich durchaus nicht dumm benommen. Ich glaube aber, du solltest das Mädchen in deiner Geschichte mit ‚nein' antworten lassen: ‚Vielleicht geht es ein anderes Mal, wenn wir uns ein bißchen besser kennen.'"

„Das glaube ich auch. Aber was antwortest *du?*"

„Ich zögere ein bißchen, so wie sich das gehört, und dann antworte ich, indem ich mit gesenkten Augen zur Seite blicke: Ja, danke."

„Weil ich kein Ballettmeister bin?"

„Unter anderem auch, weil du kein Ballettmeister bist."

Jenny brachte das Teegeschirr weg und machte das Bett zurecht, legte das Laken drauf, die Decke und das Kissen warf sie hinter das Bett. Dann ging sie aus dem Zimmer und kam in einem Kimono zurück. Ihre Kleidung trug sie über dem Arm und legte sie dann auf einen Stuhl.

„Muß ich dir unbedingt erzählen, was mit mir los ist?" fragte er.

„Nein", antwortete sie und löste den Gürtel des Kimonos. „Nur wenn du Lust hast", fügte sie hinzu. „Aber vielleicht fühlst du dich dann glücklicher?"

In voller Kleidung legte er sich ruhig neben sie. Ihr Körper war muskulös, so wie man es sich bei einer Tänzerin vorstellte. Unter den Brüsten waren sehr deutlich die Rippen zu sehen, und ihre Schulterblätter standen so weit vom Rücken ab, daß er dachte, man könnte ein Streichholz oder eine Streichholzschachtel dazwischenklemmen. Vielleicht ist sie das letzte Mädchen, mit dem ich ins Bett gehe, dachte er. Sollte er vielleicht doch die kurze Zeit ausnutzen, die er nach Dr. Ackermanns Prognose noch zu leben hatte – sollte er leben, jeden Tag dieses Mädchen lieben und einen Roman schreiben? Seinen einzigen Roman – über einen Mann, der zum Sterben verurteilt ist und über seine Liebe zu einem ehrgeizigen und traurigen Ballettmädchen, das noch viel vom Leben vor sich hat. Wenn dieser Roman in der Redaktion überhaupt akzeptiert würde, dann würde das die kitschigste Geschichte seiner Redakteurslaufbahn dort werden. Die Ausnahme würde die kurze Szene bilden, mit der weichen Musik und dem ganzen Vorspiel, wo er sie (oder sie ihn) *nicht* verführt hatte; aber wenn ein anderer die Geschichte herausgab, würde diese Szene bestimmt rausgenommen oder gründlich umgeschrieben werden.

„Hast du etwas genommen?" fragte er.

Die Frage fiel so spät, und sie waren beide so außer Atem, daß er nicht hören konnte, ob sie ja, nein oder noch etwas anderes flüsterte. Und plötzlich war es ihm gleichgültig. Wofür er sich auch entschied – für Dr. Ackermanns Angebot oder für die Frist, die er noch zu leben hatte –, in jedem Fall wäre er nicht mehr am Leben und würde das Ergebnis nicht mehr erfahren. Wenn das Ergebnis ein Kind war, so wäre es in diesem Fall das einzige, das er in die Welt gesetzt hätte.

„Ich habe nichts genommen", sagte sie ein wenig später,

konnte aber nicht feststellen, ob er es wirklich gehört hatte.

Eine Zeitlang, vielleicht nur ein paar Minuten, gab es nichts mehr zu denken oder zu erklären. Vielleicht lag es an der Spritze oder an den gelben Pillen, daß er sich schnell entspannt und zufrieden fühlte; wieviel Vergnügen Jenny von diesen Minuten gehabt hatte, konnte er nicht beurteilen. Er saß auf der Bettkante und betrachtete ihren schönen, durchtrainierten Körper, sie rauchten die obligatorische Zigarette, dann begann sie zu frieren und hüllte sich wieder in ihren Kimono.

Nachdem sie ins Badezimmer gegangen war, zog er seine beiden Hosen an und stellte fest, daß sie den Krankenhausgeruch angenommen hatten. Dann drückte er seine Zigarette aus – zu der er zwar keine Lust gehabt hatte, die ihm aber dazuzugehören schien.

Völlig angezogen kam sie zurück und trank langsam den Rest ihres kalten Tees aus.

„Du hast doch etwas, bitte erzähle mir davon", sagte sie.

Er zögerte zu lange. Plötzlich wurde er sich bewußt, daß sie trotz allem in ihrer eigenen Welt und mit ihren eigenen Problemen beschäftigt war. Wenn er gleich geantwortet hätte, hätte sie ihm vielleicht zugehört; nun wurde ihm klar, daß sie wieder zu ihren eigenen Sorgen hinüberglitt und daß er es ihr mit seiner Erzählung über seine absurde Alternative nur noch schwerer gemacht hätte.

„Vielen Dank für alles", sagte er schließlich. Kaum hatte er es ausgesprochen, kam ihm die Formulierung in ihrer Kälte sogleich unangebracht vor. „Du hast mir geholfen", sagte er und mußte sich eingestehen, daß es nun ein dummer, sentimentaler Romandialog war – aus dem Roman, den er niemals schreiben würde. Außerdem stimmte es nicht; sie hatte ihm nicht helfen können. Und im übrigen: Wie konnte er überhaupt sicher sein, daß ihm ein Roman gelingen würde? Er hatte es ja nie versucht. In diesem Augenblick wußte er plötzlich, daß er seine Wahl getroffen hatte – seine absurde Wahl zwischen zwei absurden Möglichkeiten.

„Sehe ich dich wieder?" fragte sie.

„Ja", log er.

Unten im Eingang küßte er sie auf den Mund. Eine Kirchenglocke läutete immer noch, der Schnee taute, und in der schmalen Straße mischte sich der Tauwettergeruch mit anderen Gerüchen. Der Himmel klärte sich auf, und einen Augenblick fiel die Sonne auf ein Gebäude am Ende der Straße. Er hatte gar keine Lust, diese Straße zu verlassen, die so vertraut nach dem allerersten, frühen Tauwetter seiner Kindheit duftete; aber selbst wenn er langsam mit schleppenden Schritten ging, nahm sie ja mal ein Ende.

Auf dem Weg durch den Krankenhauspark hörte er, daß oben auf dem Fußballplatz noch immer das Blasorchester spielte. Die Dämmerung kam, und niemals war die Welt so schön gewesen – auch nicht, als er noch ein Kind gewesen war. Er war allein, und es gab keinen Grund mehr, das viele salzige Wasser zurückzuhalten, das in seine Augen trat und durch das er den dämmerigen Krankenhauspark nur noch verschwommen sehen konnte.

Das Abendessen stand auf dem Tisch, wo vor kurzer Zeit das Krankenblatt gelegen hatte. Er aß ein paar Scheiben Brot und las noch einen Artikel. Wieder betrachtete er sich im Spiegel, und wieder hauchte er gegen das Glas, bis er sich selbst nicht mehr sehen konnte. Dann lag er im Bett, hatte die eine gelbe Pille geschluckt, merkte keine Wirkung und betrachtete das Hochhaus, das die Aussicht versperrte, die man wohl einmal vom Bett aus gehabt hatte. Wo werden sie mich wohl aufbewahren? fragte er sich. Das Telefon auf dem Nachttisch klingelte nicht, aber plötzlich hatte er Angst, daß Jenny auf irgendeine Weise seine Nummer herausbekommen könnte. Er riß den Steckkontakt heraus. Dann nahm er die Illustrierte vom Nachttisch und las zum drittenmal den gleichen Artikel über Afghanistan. Die Buchstaben verschwammen ihm vor den Augen, und während er die Zeitschrift schloß, ließ er das Blatt auf die Decke sinken; er öffnete sie wieder, aber nun hatte das Salzwasser einen dichten Schleier gebildet, und die müden Augen sahen nichts mehr; er war ein Kind, er hatte Angst und brauchte sich dessen nicht mehr zu schämen.

6

DIE Nachtschwester warf einen Blick auf die welkenden Tulpen und trug sie hinaus. Bruno stand auf und wusch sich flüchtig am Waschbecken. Um halb sieben kam das Frühstück, das er gar nicht erst probierte. Um sieben kam die Morgenzeitung mit einer siebenspaltigen Schlagzeile über internationale Unruhen. Er las sie, begriff sie, vergaß sie aber gleich darauf wieder. Um halb acht kam der Friseur, den er gleich weiterschickte. Es spielte wohl keine Rolle, ob er diese Welt mit kurzem oder halblangem Haar verließ. Die Putzfrau kam und schrubbte mit einem feuchten Lappen auf dem Steinboden herum. Jemand riß sein Fenster auf, und das Zimmer füllte sich mit dem Duft nach Tau. Um neun kam Dr. Ackermann – allein.

„Bitte nehmen Sie es mir nicht übel, daß ich Ihnen am Sonnabend eine so starke Spritze gegeben habe", sagte er, „aber ich wollte auf jeden Fall irgendeine Panikreaktion vermeiden." Er sah auf die Tafel, die sich hinter Bruno befand.

„Haben Sie heute morgen schon etwas Beruhigendes genommen?"

„Noch nicht."

„War das Wochenende schlimm?"

„Ja. Ich habe gestern versucht, Sie anzurufen. Warum haben Sie eine Geheimnummer?"

„Ich war am Nachmittag da, aber da waren Sie auf einem Spaziergang. Im übrigen wollte ich Ihnen gern Zeit zum Nachdenken geben. Ich möchte Ihnen auch gleich sagen, daß Sie ja noch ein paar Tage haben. Ich denke nicht daran, Sie unter Druck zu setzen. Haben Sie Zeit gehabt, über die Sache nachzudenken?" Bruno zögerte. Er wollte eigentlich mit Ja antworten, hörte sich dann aber schließlich sagen: „Noch nicht."

„Verständlich. Aber sicher möchten Sie noch mehr Einzelheiten hören, nachdem nun der allerschlimmste Schock überstanden ist und Sie wieder klar denken können. Wie gesagt, das mit der Spritze tut mir leid, aber ich glaube, es war die beste Lösung."

Bruno zögerte erneut. Dr. Ackermann gab ihm auch genügend Zeit. Schließlich sagte er. „Ich habe über etwas nachgedacht. Ich bin doch der erste, den Sie ausgesucht haben und der . . ."

„Nicht ganz der erste."

Die Antwort ließ Bruno verstummen, aber wieder überließ es ihm Dr. Ackermann, weiterzufragen.

„Die Überlegungen, die Sie angestellt haben, sind sicher viel schwerwiegender als meine", sagte er schließlich. „Aber eins würde ich gerne wissen: Haben Sie festgestellt, in was für Verhältnissen ich lebe? Hat es für Sie eine Rolle gespielt, daß ich Einzelkind bin, daß meine Eltern tot sind und daß ich Junggeselle bin und keine Kinder oder sonstige, mir nahestehende Erben habe?"

Dr. Ackermann zögerte, dann sah er Bruno fest in die Augen und antwortete: „Ja. Das hat eine Rolle gespielt. Auf längere Sicht werden wir eine ganz neue Gesetzgebung brauchen. In Ihrem Fall sind die juristischen Konsequenzen aber überschaubar."

„Also, um noch mal zusammenzufassen", sagte Bruno und umklammerte die eine Hand mit der anderen, um beide ruhig zu halten, „also, es gibt keine oder im schlimmsten Fall überschaubare juristische Komplikationen. Meine Krankheit ist zu einem ungewöhnlich frühen Zeitpunkt festgestellt worden. Ich bin jung und hätte alle Chancen für ein langes Leben, wenn mich nicht gerade jetzt eine tödliche Krankheit überfallen hätte. Die Aussicht, daß man meine Krankheit in absehbarer Zeit heilen kann, ist ziemlich vielversprechend. Das heißt, ich bin genau der Patient, auf den Sie gewartet haben, um Ihr Experiment durchführen zu können. So ist es doch, oder?"

„So wie Sie es sagen, bekommt es einen falschen Klang. Es ist nicht mein Experiment, sondern das des Krankenhauses und – in noch größerem Rahmen – das der Wissenschaft. Wenn ich . . . wenn *wir* eine echte Chance gesehen hätten, Sie zu heilen oder längere Zeit am Leben zu halten, hätten wir Sie niemals mit diesem Angebot konfrontiert."

„Aber wenn ich nun glaube, daß ich in dem halben oder dreiviertel Jahr, das ich noch habe, ein wichtiges Stück Arbeit vollbringen kann? Oder wenn ich mehr Angst vor dem Einfrieren als vor dem Sterben habe?"

„Dann sagen Sie einfach nein. Die Entscheidung liegt bei Ihnen, nur bei Ihnen."

„Dann erzählen Sie mir doch bitte, wie man einen Menschen einfriert und wieder auftaut. Erzählen Sie mir, warum Sie glauben, daß man mich in fünfzehn, zwanzig Jahren heilen kann. Erzählen Sie mir von den juristischen und ökonomischen Lösungen, die Sie mir für mein Problem anbieten können."

Dr. Ackermann setzte sich, bot Bruno eine Zigarette an, gab ihm und sich Feuer und erzählte eineinhalb Stunden lang. Draußen vor dem Fenster hingen lange Eiszapfen herunter, von denen das Wasser tropfte. Der Einfrierungsprozeß ginge natürlich ohne Schmerzen vor sich, begann er, und würde mit einer Vollnarkose eingeleitet. Man müsse den Sauerstoffbedarf des Organismus, vor allem des Gehirns, so schnell wie möglich heruntersetzen. Die genaue Temperatur würde, besonders anfangs, von Stunde zu Stunde reguliert werden. Es sei nötig, während des Einfrierens dem Blut neue Stoffe zuzuführen; zum Teil es auch auszutauschen, um eine Kristallisierung und eine damit verbundene Beschädigung der Blutgefäße zu vermeiden. Ackermann betonte, daß seine Darstellung – milde ausgedrückt – eine Vereinfachung genannt werden dürfe. „Um die Technik zu entwickeln, von der ich Ihnen hier erzähle, hat die Wissenschaft mindestens die letzten fünfzehn, zwanzig Jahre gebraucht. Ich weiß nicht, ob Sie das bis in alle Einzelheiten hören wollen. Man hat das alles auch woanders ausprobiert, zuerst und – mit Erfolg – an Tieren, aber während des letzten Jahres auch an Menschen. Wir spielen ein Spiel mit Ihnen. Aber es ist durchaus kein reines Hasardspiel. Wir sind gezwungen, realistisch zu sein, und uns selbst die Frage zu stellen: Was haben wir zu verlieren? Auch jetzt möchte ich wieder betonen, daß Sie Ihre Entscheidung nicht heute treffen müssen. Sie sollen weiter nachdenken und mit sich zu Rate gehen, was speziell für *Sie* die richtige Lösung ist. Ich bin den restlichen Tag im Krankenhaus. Sie bekommen meine persönliche Nummer, und Sie dürfen mich zu jeder Zeit anrufen, und sei es um vier Uhr nachts, wenn Sie gern noch mehr wissen wollen. Wir sind uns klar darüber, daß Sie sich in einer besonderen, angespannten Situation befinden, und wollen deshalb alles tun, damit Sie die richtige Wahl treffen können. Nicht für uns, sondern für *Sie*."

Dr. Ackermann redete allmählich wie ein Maschinengewehr. Seine Augen waren groß und dunkel, und auf seinen Wangen brannten rote Flecken. Bruno kam es vor, als wirkte er bei jedem Gespräch jünger.

„Und die juristischen Konsequenzen?"

„Sie sterben ja nicht. Auch juristisch bleiben Sie weiterhin am Leben. Wir bieten Ihnen damit einen Service, den wir wahrscheinlich nicht weiterhin allen Eingefrorenen zukommen lassen können. Aber weil Sie einer der ersten sind, die eingefroren werden, haben wir uns vorgenommen, daß wir *Ihnen* die Sicherheit dieses Services anbieten können."

„Und das bedeutet?"

„Daß Ihr Vermögen – sofern Sie eins haben – erhalten bleibt und bis auf unbestimmte Zeit Zinsen trägt. Keine Erbsteuer, keine anderen Steuern als die Kosten, um Ihr Eigentum zu verwahren."

„Meine Wohnung kann nicht unter meinem Namen weiterlaufen? Vermögen habe ich so gut wie keines."

„Wenn Sie unter Ihrem Namen weiterläuft, wo soll dann die Miete herkommen?"

Dr. Ackermann nahm einen neuen Anlauf: „Im übrigen sind wir bereit, Ihr Eigentum auf unsere Rechnung zu verwahren."

Bruno merkte, daß er lächeln mußte. „Ich bin wohl das ideale Versuchskaninchen, was? Meine Zustimmung scheint Ihnen ja ziemlich viel wert zu sein?"

„Durchaus nicht. Ich kann nicht deutlich genug betonen, daß wir Ihnen die Entscheidung völlig freistellen. Wir möchten auch nicht den geringsten Druck auf Sie ausüben. Und nun sollten Sie eine oder vielleicht lieber zwei der gelben Pillen nehmen, sich zurücklegen und ganz ruhig und nüchtern darüber nachdenken. Ich weiß, es ist sehr viel verlangt, daß ein Mensch in dieser Situation ruhig und nüchtern sein soll. Ich verstehe besser als jeder andere, daß das nicht leicht ist. Aber Sie haben ja noch ein paar Tage, um über unser Angebot nachzudenken. Und ich möchte Sie noch einmal daran erinnern, daß Ihre Entscheidung – wie immer sie ausfällt – wirklich nichts mit unseren Interessen zu tun hat. Sie sollen *nur* Ihre eigenen Interessen berücksichtigen."

Ackermann ging, nachdem er sich vergewissert hatte, daß Bruno noch eine zusätzliche gelbe Pille bekam. Bruno ließ die beiden Pillen liegen. Er zog sich an, ging durch den Krankenhauspark, ließ sich, als ihn die Beine nicht länger tragen wollten, in ein Taxi sinken und fuhr zur Redaktion. Hätte er vorgehabt, die anderen von seiner Entscheidung zu unterrichten, so war dieser Plan jedenfalls schon ein gutes Stück vor dem Eingang aufgegeben. Er setzte sich an seinen Schreibtisch und legte die neuen Illustrationen zu zwei ordentlichen Stapeln zusammen. Das Telefon klingelte, aber er nahm nicht ab. Ein Roman über einen Mann, der vor die Wahl gestellt wird, noch ein halbes Jahr zu leben oder sich einfrieren zu lassen? Zu sehr auf die Spitze getrieben, für die nächsten Jahre noch zu unwahrscheinlich, zu makaber, auch bei einem Minimum an Einzelheiten und vor allem – zu spät. Sollte er es jemandem erzählen? Hier oder privat? Die Tatsache, daß es keinen einzigen Menschen gab, dem er es erzählen konnte, sagte natürlich etwas Entscheidendes über ihn, und zwar etwas Negatives. Aber um daran etwas zu ändern, war es ja nun auch zu spät. Jenny hatte ihm am nächsten gestanden, Jenny, die er gar nicht kannte (hätte er es ihr gerade deshalb beinahe erzählt?).

Aber wenn er nicht imstande war, es *ihr* zu erzählen, dann konnte er es überhaupt niemandem erzählen. Dann mußte Dr. Ackermann das Nötige regeln – hinterher.

Er nahm ein Taxi zu seiner Wohnung, und nun bereute er, daß er nicht die beiden gelben Pillen genommen oder zumindest eingesteckt hatte. Er konnte sich nicht mehr auf den Beinen halten, er mußte sich setzen. Die Platte mit den *Mad Scenes* lag noch immer auf dem Plattenspieler. Er sah sich in der Wohnung um. Gab es etwas, das er vernichten sollte? In einer Schublade seines Schreibschrankes, ganz weit unten, lagen zwei Bündel mit persönlichen Briefen – Liebesbriefe, die er mal bekommen hatte. Er überlegte, ob er sie verbrennen sollte, fand das aber überflüssig, um nicht zu sagen theatralisch.

Aus irgendeinem Grund fand er es nötig, daß es in seiner

Wohnung einigermaßen ordentlich war. Deshalb ging er herum und entfernte das Gröbste. Er öffnete den Kühlschrank, räumte ihn aus und stellte ihn ab; die Lebensmittel, die er nun nie mehr essen würde, warf er in den Müllschacht. Die Platte mit den *Mad Scenes* steckte er in die Hülle und stellte sie auf ihren Platz im Plattenregal. Mehr gab es nicht aufzuräumen. Er stand am Fenster und sah auf das Thermometer: ein Grad über Null. Das Zimmerthermometer zeigte neunzehn Grad, er stellte die Temperatur ein wenig runter. Dann klopfte er gegen das Barometer. Es bewegte sich in einem einzigen federnden Ruck von „stürmisch" auf „schön". Dann gab es wirklich nichts mehr zu tun, und er schloß zum letztenmal seine Wohnung zu. Die Zeitung abbestellen? Die Mühe konnte er sich wohl sparen. Briefe waren nicht gekommen, während er fort war. Die beiden Wohnungsschlüssel legte er auf den Zähler, dann fuhr er mit dem Fahrstuhl nach unten.

Wieder ein Taxi, diesmal zurück zum Krankenhaus. Du kannst es dir immer noch anders überlegen, dachte er, aber diese Möglichkeit war eine ganz und gar theoretische. Im Krankenhaus verlangte er Dr. Ackermann. Die Sekretärin sagte ihm, daß er gerade auf einer wichtigen Sitzung sei; trotzdem erreichte es Bruno, daß sie ihn holte.

„Gibt es etwas Neues?"

„Ich habe mich entschlossen."

„Übereilen wir uns nicht ein bißchen?"

„Nein. Ich will mich einfrieren lassen."

„Warum wollen Sie nicht noch einen oder zwei Tage darüber nachdenken?"

„Versuchen Sie doch mal, sich in meine Lage zu versetzen."

„Das ist nicht so leicht."

„Ich will eingefroren werden, und zwar heute."

„Unmöglich."

„Morgen."

„Sie müssen auch erst noch einige Formalitäten erledigen. Übermorgen ist der früheste Termin, und Sie können sich die Sache noch mal überlegen."

„Morgen."

„Gut, ich will sehen, was ich tun kann."

Es war Montag, der 29. Januar 1973. Er ging zurück in sein Zimmer und nahm die zwei gelben Pillen, die man für ihn bereitgelegt hatte. Er konnte nichts essen, und als er trotzdem etwas nahm – es war fünf geworden, und man hatte ihm ein besonders gutes Abendessen hingestellt –, mußte er sich übergeben. Die beiden Pillen wirkten nicht, er konnte nicht einschlafen; auch die Spritze, die er später bekam, half nicht. Durch ein Klappfenster kamen der Duft nach Tau und die fernen Geräusche der Stadt herein. Wider Erwarten schlief er doch ein oder zwei Stunden lang, bis die Nachtschwester hereinkam und ihm das Waschzeug ans Bett stellte.

Dann gab es nicht mehr viel zu tun. Er wusch sich und rasierte sich gründlich. Nahm wieder zwei gelbe Pillen, legte sich aufs Bett und betrachtete die Decke; wies die Morgenzeitung und den Friseur ab und wartete darauf, daß die Zeit verging. Um zehn Uhr kam Dr. Ackermann mit den drei anderen Herren der Freitagsvisite. Sie wirkten alle vier nervöser als er selbst, fand er. Er bekam seine Papiere und unterschrieb, ohne sie zu lesen. Dann ließ er sich zum Operationssaal fahren, wobei die vier Herren nicht von seiner Seite wichen. Er bekam eine Spritze und fühlte, daß er jeglicher Verantwortung enthoben war und nichts mehr zu denken brauchte. An seinem Hals juckte es ein bißchen.

Als sie anhielten, beugte sich Ackermann über ihn. „In gewisser Weise beneide ich Sie. In zwanzig Jahren sind Sie immer noch jung und ich im besten Fall alt. Sie werden etwas erleben, was wir anderen nicht mehr erfahren werden. Sie werden ein Stück Zukunft erleben, etwas, was wir anderen vielleicht nie mehr kennenlernen werden.“ Und während Bruno langsam nickte, damit er nicht noch weiterredete, sagte Dr. Ackermann etwas, das in seiner Absurdität nicht mehr überboten werden konnte: „Also dann: Kopf hoch!“

Von hinten näherte sich jemand, und Bruno bekam schnell etwas über die Nase. Es war ein Gefühl, als wäre man untergetaucht und könnte nicht wieder hochkommen. Vielleicht bereute er seinen Entschluß, aber es war zu spät. Ackermann lächelte und verschwand. Im ganzen Körper prickelte es, und er bekam keine Luft mehr.

Ein Bild: Die Scheiben sind mit Eisblumen bedeckt, und man taut sie auf – mit einer Münze, die auf der Heizung gelegen hat. Der warme Atem haucht gegen die kreisrunde Öffnung, und nun kann man in einen dunklen Wintertag hinaussehen. Über das erste Bild legt sich ein zweites: ein Eisloch in einem zugefrorenen See. Das harte Geräusch von Schlittschuhen und der Schreck, so dicht an einem Loch vorbeigelaufen zu sein. Es müssen noch mehr Löcher da sein, und nun knackt das dünne Eis. Man erkennt plötzlich, daß man allein auf dem See ist und daß man aus irgendeinem Grund keinen Laut hervorbringen kann.

Aber dann verschwindet auch das zweite Bild, es gibt keine Bilder mehr, es gibt überhaupt nichts mehr. Noch einen Augenblick ist Bruno Bruno, dann ist er niemand mehr. Die Bilder sind weg, und Bruno ist weg, nichts bleibt zurück.

7

1995

DAS Erwachen geschieht nicht im Laufe von ein paar Stunden, eines Tages oder von ein paar Tagen. Dieser Prozeß dauert mindestens eine Woche, wahrscheinlich sogar länger. In der ganzen Zeit ist er weder in einem bewußten noch in einem unbewußten Zustand, und das ist mit einer Reihe von Problemen verbunden.

Man schüttelt ihn. Man beugt sich über ihn. Er weiß nicht, wer er ist, woher er kommt und was für ein Ziel er hat. Eine Zeitlang erscheint es ihm so, als ob er aus einer warmen Höhle kommt, aus einer Höhle, die Schutz bedeutet, und als ob er nun in eine Welt hinaus muß, die lauter Ansprüche an ihn stellt, z. B. daß er die Augen öffnet und daß er Eindrücke aufnimmt. Ein Gesicht gleitet quer durch sein Blickfeld, jedenfalls scheinen sich die Vokale des Wortes Gesicht aufzudrängen. Er kann die Arme nicht richtig bewegen, weil etwas an sie gebunden ist. Unter Schmerzen und mit einem unbehaglichen Gefühl kommt er aus der warmen, dunklen Verengung, die ihm so angenehm erscheint. Merkwürdig, denn auch das entgegengesetzte Gefühl, die Kälte, scheint verbunden mit diesem Versteck, in dem er sich so lange verborgen hat. Und hier sind zwei Begriffe (aber noch längst nicht Worte): Wärme und Kälte. Ihn friert. Er flüstert ein Wort, das am Anfang einen Vokal hat: *Mutter*. Nun ist Mutter weg, und er muß selbst fertig werden. Dies und nichts anderes geben ihm auch die vielen lächelnden Gesichter zu verstehen (ja – lächeln ist das Wort, das zu den Gesichtern gehört). Aber dann lassen sie ihn etwas in Ruhe, und er gleitet wieder zurück in die Wärme (oder ist es die Kälte? – die beiden Begriffe verschmelzen, Wärme heißt vielleicht, in Ruhe frieren zu dürfen). Jemand schlägt ihm vor, die Augen einen Moment zu öffnen. Jemand – wer? Ein Gesicht. Jemand klopft seine Wangen; er erinnert sich, daß das schon früher mal jemand bei ihm gemacht hat. War er zehn Minuten weg gewesen? Er empfindet es so, und empfindet es auch wieder nicht. Er ist wohl länger weg gewesen. Er hat Lust, noch einmal länger weg zu sein. Und nun lassen sie ihn in Ruhe, und er sinkt mit großem Behagen in die Höhle zurück – während es draußen vor der Höhle kalt und feindlich ist und man Forderungen an ihn stellt – die Forderung, ihr Lächeln mit einem Lächeln zu erwidern. Es vergehen – wahrscheinlich – Tage und Nächte, aber dann sind sie wieder da. Er muß sich aufsetzen; seine Handgelenke sind nicht mehr mit Schläuchen verbunden (Handgelenke: ein Wort – vier Silben), auch die Knöchel sind frei (noch ein Wort, zwei Silben, zwei Vokale). Sie stützen ihn, und er setzt mühsam ein Bein vor das andere. Sie setzen ihn in eine Badewanne – auch das ein neues, wiedergefundenes Wort –, und das warme Wasser wird zu einer Höhle, in der er sich zusammenkauert, die Knie bis zum Kinn hochgezogen. Dann steht er, in ein großes Frotteehandtuch gehüllt, in der Wanne, und sie halten ihn und klopfen wieder seine Wangen. Eine Zeitlang hat er die Empfindung, daß er nur ein paar Tage weg gewesen ist. Sie verstehen offenbar den Ausdruck in seinen Augen und führen ihn zu seinem Bett zurück. Sie verlangen nichts von ihm, keine Handlung, kein Wort. Er versinkt in sich selbst.

Viel Zeit verstreicht, er bekommt ein neues Bad, der

Schlauch am Handgelenk ist weg. Er liegt auf dem Rücken, betrachtet die Decke, denkt daran, daß er lebt. Sagt zu dem nächsten Gesicht: *Leben!* Das Gesicht ist weg, er ist weg gewesen, er ruft: *Leben?* Das Gesicht ist wieder da und lächelt. Und ein Kopfschütteln. Er sagt: *Wärme.* Er hat das Gefühl, daß sich das Gesicht verneinend von einer Seite zur anderen dreht. Dann ist er wieder allein.

Seinem Gesicht nähert sich eine Tülle, und instinktiv öffnet er den Mund, um zu saugen. Etwas Süßes und Schweres rinnt ihm durch Gaumen und Hals. Zum ersten Mal fängt er an, nachzurechnen: Einen Monat ist es her, daß er weg gewesen ist – einen Monat. Oder ein Jahr oder länger. Länger, als er je zuvor weg gewesen war.

Er muß genau wissen, wie lange, aber es gibt vorläufig kein Wort, das sich zu den Begriffen Zeit, lang, kurz finden läßt. Dann überreden sie ihn (reden tun sie in jedem Fall), sich wieder in das warme Bad zu hocken (Bad – ein neues, leichtes Wort, er wiederholt es, und sie lächeln bekräftigend). Sie spritzen etwas in ihn hinein. Er entleert sich durch die Öffnungen seines Körpers, eine ist dicht beim Kopf (Mund), eine andere weiter weg. Jemand legt etwas unter ihn, läßt ihn den Körper heben und noch einmal heben. Wieder wird ihm etwas zwischen die Lippen gesteckt, wieder wird es herausgezogen. Diesmal behält er die Flüssigkeit bei sich.

Dunkelheit, Nacht, Tag, Licht. Er sagt: *Bruno,* und sie nicken und lächeln begeistert. Er sagt *Zeit* oder vielleicht nur ein *ei,* aber niemand ist da, der es hören kann. Neues Bad, mehr zwischen die Lippen, Dunkel, Licht, Dunkel, Licht. *Bruno* – sie nicken; andere Wörter – meistens mit Vokalen –, ihre Gesichter nähern sich seinem, um etwas zu verstehen. *Bruno* ist jedesmal das Stichwort. Jedesmal Begeisterung.

Einsam, im Dunkeln, tastet er sich zu zwei besonders komplizierten Wörtern vor: Feuilleton, Redaktion. Zu den Gesichtern, die wieder vor ihm auftauchen, sagt er – obwohl er bereits weiß, daß er sie weder zum Lächeln noch zum Nicken bringen wird –: Verlag und darauf wie in Trotz: Ackermann. Und Schlittschuhe. Und schließlich *Bruno,* was wieder die erwartete Reaktion auslöst.

In der warmen, beruhigenden Badewanne betastet er von oben bis unten seinen Körper und entdeckt, daß er in der Lendengegend zwei Narben hat, die um seinen Körper herumlaufen und beinahe wieder zusammenstoßen. In diesem Augenblick beherrscht er weder das Wort *Lende* noch das Wort *Narbe* und gibt es auf, eine Frage zu stellen, die doch kurz danach vergessen ist. In ein Handtuch gehüllt, hält er sich an einer Fliesenwand fest und sagt zu jemandem, daß er am Leben ist, daß er lebt (zwei Arten, dasselbe zu sagen), was wieder mit diesem Lächeln bekräftigt wird, an das er sich schon gewöhnt hat und das bedeutet, daß man ein richtiges Gespräch, einen Austausch von Gefühlen und Gedanken, noch immer nicht für möglich hält. Er muß eben geduldig warten.

Eine Gardine weht vom Fenster gegen sein Bett. Einen Augenblick kann man einen Fensterrahmen und einen blauen Himmel sehen, und Brunos Augen werden plötzlich feucht. Als der Schleier von seinen Augen verschwunden ist, atmet er einen Duft ein, der ihm irgendwie bekannt vorkommt. Das Vertraute läßt ihn wach werden, und beim Erscheinen des nächsten Gesichts sagt er: *Jahreszahl*. Und nun ist endlich die Verbindung da. Das Gesicht antwortet: neunzehnhundertfünfundneunzig. Obwohl ihm die Zahl nichts sagt, kann er sie behalten. Und später, als er allein ist und sie mehrmals wiederholt, beginnt das Neunzehnhundertfünfundneunzig einen Sinn zu bekommen. Er versteht es noch nicht ganz, aber er versteht, daß er es später gebrauchen kann.

Und so ist es auch. Nach noch mehr Dunkelheit und noch mehr Licht, nach mehreren Bädern und weiteren Gesichtern sagt er langsam und ruhig zu sich selbst: Du mußt etwas abziehen. Und später: Du mußt dreiundsiebzig von fünfundneunzig abziehen. Das gibt . . . Zu kompliziert. Aber später dann: zweiundzwanzig. Und nun erkennt er die einzelnen Gesichter und kann sie auseinanderhalten. Es sind – Männer, und es sind Frauen. Mehrere von jeder Art. Die Frauen zögern am längsten, wenn er seine Worte herausstößt, und Frauen sind die meisten der Anwesenden (aber sie gehen alle wieder, er kann nicht eine einzige dazu bewegen, lange genug zu bleiben).

Zweiundzwanzig, sagt er. Und nun bekommt er Kontakt. Ein

Frauengesicht wiederholt: Zweiundzwanzig. Bruno möchte gern noch etwas mehr sagen, aber es gibt nichts mehr, über das sie sich jetzt verständigen könnten.

Ein neues Wort meldet sich: *Gesund?* Dasselbe Frauengesicht wiederholt lächelnd: Gesund! *Operiert?* Kopfschütteln. *Aber gesund?* Ein Nicken: Ja, gesund. Und . . . Die Finger tasten sich zu der unverständlichen Narbe herunter, die fast ganz um seinen Körper herumführt: *Operation?* Kopfschütteln.

„Wie gesund?" fragt Bruno das Gesicht eines Mannes, und die Antwort ist ein Wort, das ein paar Stunden später seinen Sinn bekommt: medizinisch. Bruno ist allein, starrt gegen die Decke und wiederholt ständig: 1995. Zweiundzwanzig Jahre, und später – vielleicht sogar in derselben Nacht: Ich war zweiunddreißig, ich bin vierundfünfzig. Oder bin ich immer noch zweiunddreißig? Zum ersten Mal überfällt ihn Angst. Dann nähert sich jemand mit einer Spritze. Später lacht er so sehr, daß ihm die Brust weh tut, und all die Menschen, die um sein Bett herumstehen, lachen mit. Dann schläft er wieder.

Noch ein Bad, und plötzlich ist er ganz klar. „Wo bin ich?" fragt er. Aber es gelingt ihm nicht, eine vernünftige Antwort zu bekommen, oder die Antwort ist zu kompliziert für ihn. Wieder ist es dunkel, er liegt auf seinem Bett und kann nicht schlafen. Er schafft es aus eigener Kraft aufzustehen – wobei er allerdings etwas umstößt – und erreicht die Gardine, die bis in den Raum hineinweht. Mit dem Zugwind strömt ein angenehmer, vertrauter Duft herein, und aus der Ferne sind schwache Geräusche zu hören. Er zieht die Gardine zur Seite und sieht, daß er sich hoch oben in einem Gebäude befindet, das von noch höheren umgeben ist. Auf einem der Dächer sieht er eine Reihe leuchtender roter Buchstaben, aus denen er jedoch kein Wort bilden kann. Später (kein Zweifel, es ist noch dieselbe Nacht) steht er wieder am Fenster und zieht wieder die Gardine zur Seite. Die Buchstaben auf dem nächsten Haus bilden eine Reihe roter Wörter, die er lesen kann: NATÜRLICHES LEBEN. Und in einer Reihe darunter mit grünen Buchstaben: NATÜRLICHER TOD. Dann wendet Bruno den Blick zu einem noch höheren Haus, das weiter entfernt ist: EINMAL-LEBEN AG. Und noch weiter weg: JETZT-LEBEN-BELEIHUNG.

Oder träumt er das alles? Er schläft, wacht, schläft, wacht

und badet. Es ist wieder Nacht, und er fühlt sich ganz klar. Er entdeckt, daß an seinem Kopfkissen eine kleine Klingel angebracht ist; er drückt auf den Knopf. Kurz danach taucht ein ihm wohlbekanntes Frauengesicht auf. Er steigt aus dem Bett und bringt die Frau dazu, mit ihm ans Fenster zu gehen. Aber die Leuchtschriften sind verschwunden, vielleicht waren sie überhaupt nie da? Draußen herrscht graues Tageslicht. Er versucht, sich zu erinnern; mit Mühe gelingt es ihm schließlich, ihr mit einer Reihe von Wörtern eine Frage zu stellen: „Was bedeuten diese Worte? Was bedeutet natürliches Leben? Was bedeutet Einmal-Leben?“ Die Frau zieht wieder die Gardinen vor und führt ihn zum Bett zurück.

„Darum müssen Sie sich nicht kümmern. Sie sollen jetzt nur liegen, ruhen und erst mal zu sich kommen, ja?“

ALS er das nächstemal erwacht, ist es hell, und er stellt sich wieder ans Fenster. Im Tageslicht kann man die Buchstaben, die auf den neuen und höheren Häusern seiner Umgebung angebracht sind, nicht lesen. Er kann nur sehen, daß es Buchstaben sind, aber er fühlt sich ganz sicher, daß die merkwürdigen Worte kein Traum waren. Er kann sich nur nicht mehr an sie erinnern, und er weiß auch nicht mehr, warum sie so wichtig waren, daß er sie behalten wollte. Wieder ist es dunkel, wieder ist es Nacht, und er hat Gelegenheit, sich ans Fenster zu stellen und auf die Worte zu blicken. Die Gardinen sind beiseite gezogen; trotzdem kann er aber nicht hinaussehen. Warum nicht? Weil eine Jalousie davor ist. Vielleicht ist es ja nur dunkel und nicht Nacht?

„Darf ich hinaussehen?“

„Es ist Nacht. Gehen Sie bitte zu Ihrem Bett zurück, und schlafen Sie.“

Am Tag ist die Jalousie hochgezogen, in der Nacht, wenn draußen die Buchstaben leuchten, ist sie heruntergelassen. Sicher hat man sie mal, während er schlief, dort angebracht, damit er die merkwürdigen Worte nicht sehen sollte.

Diese Worte hat er jetzt vergessen, aber sie umleuchten ihn noch immer seit jener einen Nacht; und wenn er sich zu erinnern versucht, machen sie ihn unruhig.

8

EINES Morgens erreichte Bruno, daß einer der Ärzte – einer von den Männern im blauen Kittel – an seinem Bett sitzen blieb und mit ihm redete.

Das Stichwort war *Ackermann*. Bruno hatte die Namen zweier Menschen im Kopf, das waren Jenny Holländer und Josef Ackermann. Den letzten Namen sagte er zu dem Mann im blauen Kittel, wobei er sich bemühte, den Namen sehr deutlich auszusprechen. Der Mann zog den Stuhl näher an das Bett heran.

„Dr. Ackermann", wiederholte Bruno beharrlich. Wieder sprach er sehr deutlich, wobei er alle fünf Silben gleichmäßig betonte. Plötzlich erhellte sich das Gesicht des anderen.

„Professor Ackermann", sagte er. Er hatte ein kleines Namensschild auf dem Kittel: Dr. Bernard, las Bruno.

„Wissen Sie, wo Sie sich jetzt befinden?" fragte Dr. Bernard und lächelte breit.

Bruno schüttelte den Kopf.

„Im Josef-Ackermann-Zentrum."

Bruno hatte immer noch Mühe, die Tatsachen, die man ihm mitteilte, zu verknüpfen; er hatte das Gefühl, daß das mehr Zeit erforderte, als man ihm gab. Aus Dr. Ackermann war Professor Ackermann geworden, das ganze Haus hatte man nach ihm benannt, und es war kein Krankenhaus mehr, sondern ein Zentrum.

„Ich würde gern Dr. Ackermann sehen – Professor Ackermann."

Bruno hatte Lust, ein bekanntes Gesicht zu sehen. In seinen einsamen Stunden war es ihm gelungen, sich ganz klar darüber zu werden, daß Dr. Ackermann ja jetzt zweiundzwanzig Jahre älter sein mußte, sein Gesicht konnte also nicht mehr besonders jung aussehen. Vielleicht war es auch nicht sofort wiederzuerkennen.

„Das wird nicht so leicht sein." Dr. Bernard lächelte. „Professor Ackermann ist nämlich unten."

„Wo ist er?“

„Er ist unten – eingefroren.“

Dr. Bernard machte Anstalten, sich zu erheben, Bruno hielt ihn aber am Arm fest.

„Es gibt noch so vieles, wonach ich fragen möchte.“

„Alle, die wieder raufkommen, haben Fragen“, sagte der Arzt und setzte sich wieder. „Wir beantworten am liebsten nur jeweils eine Frage. Es ist nicht gesund, zweiundzwanzig Jahre in ein paar Tagen aufholen zu wollen.“

„Darf ich trotzdem nach drei Dingen fragen?“

„Okay, drei Dinge.“

„Als erstes: Bin ich gesund?“

„Sie sind medizinisch ganz und gar geheilt und kuriert.“

„Warum habe ich dann zwei Narben?“

„Das ist eine lange Geschichte.“

„Erzählen Sie sie bitte.“

„1982 hatten wir einen katastrophalen Nierenmangel.“

„Einen *was*?“

„Einen Nierenmangel, zuwenig Nieren, und das bei einem Ersatzteil, das zu jenem Zeitpunkt noch unentbehrlich war. Ein Gesetz mit rückwirkender Kraft, ein Notgesetz, gab uns die Möglichkeit, Nieren zu entleihen, und zwar von Patienten, die gerade unten waren und ihre Nieren nicht brauchten. Auch Ihre Nieren haben wir entliehen.“

„Habe ich sie wiederbekommen?“

„Sie haben ein paar andere bekommen, als wir in die entgegengesetzte Lage geraten waren, weil wir die synthetische, computergesteuerte Niere entwickelt hatten und uns plötzlich einem Nierenboom gegenübersahen.“

„Ich habe also nicht meine eigenen Nieren zurückbekommen?“

„Nein, Sie haben ein paar jüngere und bessere erhalten.“

„Aber ein paar richtige Menschennieren?“

„Ja. Wenn man von einem Patienten, der unten war, Nieren entliehen hatte, so mußte man nach diesem Gesetz den Patienten auch wieder mit organischen Nieren versehen – soweit das überhaupt möglich war. Ich persönlich war gegen das Gesetz, weil ich synthetische Nieren in fast jeder Beziehung für leistungsfähiger halte. Außerdem finde ich, daß ein Patient, der nach mehr als zwanzig Jahren rauf soll, das Beste verlangen kann, was wir ihm bieten können. Nun haben wir aber schon so viel besprochen, daß Sie sich nur unnötig Gedanken machen werden, anstatt erst mal zu Kräften zu kommen."

„Sie haben mir aber drei Fragen erlaubt."

„Sie haben doch schon viel mehr gestellt."

„Noch eine Frage bitte."

„Okay."

„Wie alt bin ich?"

Dr. Bernard war ein kleiner Mann mit abstehendem Haar und buschigen Augenbrauen, die über der Nase beinahe zusammenwuchsen. Zu Brunos Überraschung antwortete er: „Was glauben Sie, wie alt *ich* bin?"

Bruno mußte überlegen. Die Frage interessierte ihn nicht, und ihm wurde klar, daß er noch nicht so weit war, sich für die Menschen seiner Umgebung auch dann zu interessieren, wenn es mit ihm und seiner Situation nichts zu tun hatte.

„Fünfundvierzig", sagte er schließlich.

„Das stimmt genau. Ich bin fünfundvierzig, und ich bin fünfundfünfzig. Einige von uns haben nämlich zwei Alter. Biologisch bin ich fünfundvierzig. Chronologisch gesehen muß man zehn Jahre hinzufügen, weil ich zehn Jahre mit Leukämie unten war. Wir sprechen also von einem biologischen und von einem chronologischen Alter. Chronologisch sind Sie vierundfünfzig, biologisch zweiunddreißig. Aber das chronologische Alter können Sie seelenruhig als Kuriosum betrachten. Sie sind zweiunddreißig – basta. Nun haben Sie aber soviel gefragt, und ich habe mich leider verleiten lassen, Ihnen soviel zu erzählen und Ihnen soviel Auskunft zu geben, daß Sie bestimmt dauernd darüber grübeln und sich aufregen. Deshalb bekommen Sie jetzt eine kleine Pille. Sie wird dafür sorgen, daß Sie zur Ruhe kommen."

„Ich will aber keine Pillen. Ich habe schon zu viele bekommen."

Es kam zu einer Streiterei, Bruno stieß das Glas und die Pillen von sich, wobei das Wasser Dr. Bernard traf, der sich bemühte weiterzulächeln. Schließlich verschwand er, und kurz danach kam Brunos Essen herein; man gab ihm noch keine feste Nahrung, aber die Schnabeltasse war von Tuben abgelöst worden, in denen eine Art Creme oder Püree war. Das Essen machte ihn so schläfrig, daß ihm klar wurde, daß man etwas Beruhigendes hineingemischt hatte.

Die Krankenschwestern hatten wie die Ärzte blaue Kittel an und trugen kleine Namensschilder. Kurze blaue Hauben verbargen das Haar. Unter den Kitteln trugen sie blaue Strumpfhosen, die in langschäftigen blauen Stiefeln verschwanden. Bruno konnte die Gesichter schon wiedererkennen und voneinander unterscheiden, obwohl das schwer war, weil man das Haar nicht sehen konnte. Er studierte ihre Namensschilder und versuchte, eine Eigenschaft des Gesichtes mit einem Namen zu verbinden. Er begann, ihnen Fragen zu stellen, merkte aber, daß sie offenbar nicht die Erlaubnis hatten, auf sehr viel zu antworten.

„Wann komme ich aus diesem Zimmer heraus?" (In der Nacht oder richtiger: wenn die Jalousie herabgelassen war, hatte er schon längst entdeckt, daß die Tür nur von außen zu öffnen war.) „Sind schon Menschen auf dem Mars gewesen? Erscheinen noch immer Illustrierte? Gibt es Krieg auf der Welt? Wie kommt es, daß ich deutlich sehen kann, obwohl ich meine Brille nicht aufhabe?"

Die letzte Frage beschäftigte ihn so sehr, daß er sie immer wieder stellte. Er war sehr kurzsichtig gewesen, und nun sah er phantastisch – ohne Brille. Nachdem er sein Essen bekommen hatte, verlor er die Lust, Fragen zu stellen. Ihm war klar, daß sie etwas Beruhigendes ins Essen schmuggelten, aber er war jetzt zu hungrig, um es stehenzulassen. Er bekam nun „festes" Essen – Blöcke aus einer weichen Masse, die mit einem Plastiklöffel zerkleinert werden konnten und fleischartig schmeckten, aber mit einem Nachgeschmack, der mit Fleisch nichts zu tun hatte. Andere Blöcke hatten einen mehr gemüseartigen Geschmack und auch denselben undefinierbaren Nachgeschmack. Die Blöcke waren braun und grün; in dem ovalen Teller, auf dem sie serviert wurden, waren kleine Vertiefungen für sie. Auf dem Teller befand sich schließlich noch ein roter Block; er war ein wenig kleiner als die anderen und schmeckte nach Frucht. In der Mitte des Tellers standen zwei Tassen, die eine mit etwas Warmem in Gelb, die andere mit etwas Kaltem in Blau. Das Warme schmeckte wie Bouillon – aber wieder mit diesem Nachgeschmack –, das andere schmeckte gerade so viel nach Bier, daß Bruno keinen Zweifel hatte: Es *war* Bier, alkoholfreies Bier.

„Wieso kann ich ohne Brille sehen? Welche Jahreszeit haben wir? Warum regnet es nie? Warum regnet es nie am Tag, wenn ich hinaussehen kann?" (In der Nacht, wenn die Jalousie davor war, glaubte er, an der Scheibe ab und zu den weichen Laut von Regentropfen gehört zu haben.) „Was stellt man sich eigentlich vor? Wie lange soll ich hier noch liegenbleiben? Was bedeutet natürliches Leben? Was bedeutet" (ihm waren die Worte wieder eingefallen) „Jetzt-Leben?"

Aber die Krankenschwestern antworteten nicht; sie durften offenbar wirklich nicht.

Mehrere Ärzte erschienen, um ihn zu untersuchen, aber am häufigsten kam Dr. Bernard.

„Drei Fragen?" Bruno versuchte zu lächeln – es war schon eine ganze Zeit her, daß er gegessen hatte, und er fühlte sich jetzt nicht mehr müde.

„Nein, nur eine Frage. Eine am Tag, sonst kann ich nicht versprechen, daß ich antworte. Wir haben noch einen weiten Weg vor uns."

„Wie kommt es, daß ich ohne Brille sehen kann?"

„Das ist eins unserer kleinen Wunder des Jahres neunzehnhundertfünfundneunzig. Keiner braucht sich heutzutage damit abzufinden, kurzsichtig oder weitsichtig oder etwas Ähnliches zu sein."

„Kontaktlinsen?"

„Etwas Besseres. Wir können steife Linsen wieder geschmeidig machen, und wir brauchen nicht einmal zu operieren. Die Arzneimittelkunde hat die Chirurgie überholt und wird sie bald ganz überflüssig machen."

„Sie sind Mediziner?"

„So kann man mich schon nennen."

„Wann bekomme ich die Erlaubnis, dieses Zimmer zu verlassen?"

„Nur eine Frage pro Tag. Denken Sie an unsere Abmachung."

Die Krankenschwester Yvonne Klein, von der er oft den Eindruck hatte, als würde sie ihm doch mal richtig antworten, fragte er etwas, das endlich nichts mehr mit ihm und seiner Zukunft zu tun hatte. „Sagen Sie, haben Sie rotes Haar? Nach Ihrer Gesichtshaut kommt es mir so vor, als ob Sie rothaarig sein müßten."

Sie lächelte zögernd. Dann nahm sie plötzlich die blaue Haube ab und schüttelte den Kopf, so daß ihr langes rotes Haar ihr Gesicht umrahmte; einige Strähnen waren vor ihren Mund gefallen, sie schnappte danach und hielt sie zwischen den Lippen fest. Dann lächelte sie, nahm das Haar wieder hoch und steckte es unter die enge blaue Haube.

„Was bedeutet Jetzt-Leben?" fragte Bruno und hörte, wie sie die Tür hinter sich schloß.

AM TAG durfte er im Zimmer herumgehen. Das Zimmer war groß und hell, ohne Dekorationen und ohne jede technische Einrichtung, die seine Aufmerksamkeit hätte fesseln können. In der Decke über seinem Bett befand sich ein kleines, rostartiges Gitter, und manchmal kam es ihm so vor, als ob ein schwacher, sausender Ton von dort käme. Das einzig Interessante in dem Zimmer war das Fenster. Dort stellte er sich hin und sah hinaus. Immer schien die Sonne, und nie gab es Wolken am Himmel. Überall sah man hohe graue Häuser, auf deren Dächern die Buchstaben standen, die nachts zu leuchten anfingen. Jetzt, wo er sich an die Worte erinnern konnte, konnte er sie auch am Tag lesen: EINMAL-LEBEN AG, JETZT-LEBEN. LEBE NATÜRLICH – STIRB NATÜRLICH.

Zwischen den Häusern waren Straßen und fuhren Autos, aber die Straßen wirkten leer. War Sonntag? Nein, am nächsten und am übernächsten Tag waren die Straßen immer noch leer. Die Autos fuhren in weiter Ferne, sie waren ganz klein und schienen ihm nicht viel anders zu sein als die Autos, in denen er selbst früher die Straßen hinuntergefahren war. Die Bäume hatten eine so helle Farbe, daß er glaubte, es sei Mai oder Juni. Gerne hätte er das Fenster aufgemacht und die Luft eingesogen – warme Luft, wie er glaubte. Unten am Haus, in einem Park, bewegten sich ein paar Baumkronen in der leichten Luft. Aber er mußte sich mit dem Hinaussehen begnügen.

Das Essen hatte noch immer einen Beigeschmack, machte ihn aber nicht länger schläfrig. Nachts hatte er mehrmals beängstigende Träume, an die er sich zwar nicht mehr erinnern konnte, die aber beim Erwachen noch immer eine schwache Angst hinterließen, die jedoch auf keinen bestimmten Gegenstand gerichtet war. Unruhig lag er im Bett und lauschte auf den kleinen sausenden Laut hinter dem Gitter.

„Meine heutige Frage: Was geht in dem kleinen Gitter über meinem Bett vor sich?"

Dr. Bernard schien diesmal mehr Zeit zu haben. Er zog sich einen Stuhl an Brunos Bett.

„Wir haben ein Auge darauf, daß es Ihnen gutgeht. Wir sehen und hören nach Ihnen. Im Moment geht es Ihnen wohl nicht besonders gut?"

„Nein."

„Aber deswegen müssen Sie sich keine Sorgen machen. Wir sind jetzt dabei, die beruhigenden Mittel abzusetzen. Sie müssen sich darüber klar sein, daß das Einfrieren und Auftauen etwas Schockartiges ist. Aber Sie sind da prima durchgekommen, besser als viele andere."

„Ich bin also nicht der erste?"

„Der aufgetaut wird? Gelinde gesagt: nein. Sie sind zwar unter den ersten, die wir eingefroren haben, aber Sie sind länger als die meisten unten gewesen. Wir haben aber auch Patienten gehabt, die schon ein paarmal eingefroren und wieder aufgetaut worden sind; also selbst, wenn Sie sich als Oldtimer bezeichnen dürfen, so sind Sie doch bestimmt kein besonders aufsehenerregender Fall. Sie machen nun eine unruhige Zeit durch, lassen Sie sich dadurch aber nicht erschrecken, das ist normal, und Sie kommen da durch. Sollen wir Ihnen von nun an zwei Fragen pro Tag erlauben?"

Bruno dachte nach. Warum scheint ständig die Sonne? Was bedeutet Jetzt-Leben? Warum gibt es so wenig Verkehr auf den Straßen? Wozu werden die vielen Hochhäuser gebraucht? War das ganze Haus, in dem er sich befand, voller Menschen, die unten oder – so wie er – auf dem Weg nach oben waren? (Er gebrauchte nun auch die neuen Worte – sie waren praktisch.) Schließlich fragte er: „Was soll mit mir geschehen?“

„Sie sollen sich in aller Ruhe an das neue Leben gewöhnen. Wir entlassen Sie nur langsam in dieses Leben – mit Rücksicht auf Ihr eigenes Wohlbefinden. Vor zehn Jahren haben wir die Leute zu früh entlassen, und das hatte eine Reihe von Katastrophen zur Folge. Sie müssen erst noch ein bißchen auf die Schulbank zurück, könnte man sagen. Glauben Sie mir, wir wissen, was wir tun.“

SONNENSCHEIN, der Arzt war gegangen, und Bruno hatte die Erlaubnis bekommen, sich in einen Stuhl ans Fenster zu setzen, wo er sich von der unermüdlichen Sonne wärmen ließ. Yvonne Klein kam mit einem richtigen Glas, so daß er die Farbe des Getränks sehen konnte. Er ließ die Sonne im Glas spielen – es war alkoholfreies Bier – und sah, wie in ihrem Glanz die Kohlensäureblasen an die Oberfläche stiegen. Plötzlich wußte er, was er vermißte: etwas zu lesen.

„Haben Sie ein Buch?“ fragte er sie. Sie schüttelte lächelnd den Kopf; er hatte das Gefühl, daß es jetzt etwas Vertrauliches zwischen ihnen gab, weil er ihre Haarfarbe kannte.

„Darf ich Ihr Haar sehen?“

Sie zeigte es ihm. Er interessierte sich nicht für sie persönlich, fühlte sich aber stark von ihr angezogen. Als sie gegangen war, wurde seine Ruhelosigkeit unerträglich.

Manchmal kam, während er allein war, zu dem Gefühl der Ruhelosigkeit noch eine unbestimmte Angst vor dem Alleinsein. Von nun an drehten sich alle seine Fragen ums Lesen.

„Gibt es noch immer Bücher?“ fragte er Dr. Bernard.

„Gewiß. Aber Bücher sind voller Probleme, sie bringen die Gedanken allzusehr in Gang.“

„Meine Gedanken sind bereits gut in Gang.“

„Ich habe einen anderen Vorschlag“, sagte Dr. Bernard. „Sie sollen bald einige Bücher bekommen – alte Bücher. Aber was halten Sie davon, heute nachmittag etwas Musik zu hören?“

Bruno legte sich aufs Bett und wartete. Eine ganze Zeit nachdem Dr. Bernard gegangen war, knackte es in dem Gitter über seinem Bett, und einen Augenblick später sagte dann eine Stimme langsam und deutlich: „Johann Sebastian Bach."

Dann gab es eine Pause, und danach strömte die Musik durch das Gitter.

Hinter der Fensterscheibe war der Himmel blau und wolkenlos, bis die Sonne unterging und der Mond groß und rot in der Dämmerung auftauchte. Bruno lag ausgestreckt auf seinem Bett und lauschte Johann Sebastian Bach.

9

BRUNO fiel auf, daß immer weniger Menschen in seinem Zimmer erschienen. Am Anfang waren es sehr viele gewesen, aber mit der Zeit kamen nur noch zwei: Dr. Bernard und die Krankenschwester Yvonne Klein, die ihm bereitwillig ihr rotes Haar unter der blauen Haube zeigte, wenn er darum bat. Es ärgerte ihn jedoch, daß die Kameras – oder was zum Teufel das hinter dem Gitter war – leicht feststellen konnten, daß er sie ohne die blaue Haube sehen durfte. Sie mußten wohl die kleine Intimität als einen Beitrag zu seiner Rückkehr in das Leben der Funktionstüchtigen werten.

Ein paar Tage erschien Dr. Bernard nicht, was zur Folge hatte, daß Bruno von besonders großer Ruhelosigkeit ergriffen wurde. Dann kam ein Morgen, an dem Yvonne Klein die Tür nur angelehnt ließ. Nachdem sie das Frühstück serviert hatte, sagte sie unaufgefordert: „Wollen Sie mein rotes Haar sehen?"

Das wollte er gern, sie nahm die Haube ab und schüttelte den Kopf, bis ihr die Locken ins Gesicht fielen. Konnten sie das Ganze durch ihr Gitter sehen und billigten es? Es mußte wohl so sein.

„Sie haben vergessen, die Tür zu schließen", sagte er zu Yvonne.

„Ja, richtig. Würden Sie jetzt gern ein Bad nehmen?"

Wenn er sich richtig erinnerte, hatte er seit der langen, verschwommenen Zeit des Erwachens kein vernünftiges Bad mehr bekommen. Lange Zeit hatten sie seinen Körper nur abschnittweise gebadet.

„Ja, das möchte ich", sagte er.

Zum ersten Mal in der langen Zeit, die nach seinem Erwachen vergangen war, wurde er dann aus seinem Zimmer geführt. Yvonne Klein hakte ihn unter, was eigentlich gar nicht nötig war. Im Badezimmer wandte er ihr den Rücken zu und wartete darauf, daß sie hinausgehen würde, aber sie näherte sich ihm mit Waschlappen und Seife. Daß er von seinem Zimmer weg war, erfüllte ihn mit Angst, aber das Bad – das warme Bad – schloß sich wie eine dichte, beruhigende Hülle um ihn. Als er aus der Wanne gestiegen war, kam sie zu ihm, reichte ihm ein großes Frotteehandtuch und hüllte ihn von der Taille bis zu den Knöcheln darin ein. Ein wenig später setzte er sich auf den Rand der Wanne und ließ sich bereitwillig von ihr warm frottieren. Hatten sie durch das Gitter mit ihren Seh- und Hörapparaten bemerkt, daß ihm gerade diese rothaarige Krankenschwester gefiel? Es wirkte – darüber war er nicht mehr im Zweifel –, als ob es ihre Aufgabe geworden war, sich fürsorglich seiner anzunehmen.

Sie frottierte seinen Hals, die Brust, den dünner gewordenen Bauch (nahm man während der Einfrierung ab?) und die Hüften.

„Haben Sie Lust, es mit mir zu probieren?" fragte sie ihn plötzlich.

Er hörte sich eine Frage stellen, gleichsam als automatische Reaktion: „Haben Sie etwas genommen?"

Sie verschloß die Badezimmertür und kam zurück.

„Sie brauchen keine Angst zu haben", sagte sie. „Sie sind sterilisiert."

„*Was* bin ich?"

„Es gibt zu viele Menschen auf der Welt. Man hat Sie sterilisiert; auch alle anderen, die unten sind, hat man sterilisiert. Jetzt brauchen Sie Sex, und dafür bin ich hier. Übrigens müssen Sie nicht glauben, daß Sie mich für etwas benutzen, zu dem ich selbst keine Lust hätte."

„Nimm die Haube ab."

Sie nahm die Haube ab, anschließend zog sie ihre blaue Kleidung aus.

„Ich bin steril?" Seine Stimme hob sich.

„Wir haben eine Überbevölkerung auf der Welt. Es gibt zu

wenige, die sterben, und zu viele, die geboren werden. Komm und sei ein bißchen nett zu mir."

Er ging hinüber zu der Pritsche, auf die sie sich gelegt hatte

„WAR es Dr. Bernards Beschluß, daß ich ein wenig Sex brauche?" fragte er hinterher.

„Ja", antwortete sie.

„Und das alles, weil ich sehen wollte, was für eine Farbe dein Haar hat?" fragte er und war sich bewußt, daß er zum ersten Mal du sagte. „Beobachtet man uns die ganze Zeit?"

„Ja", antwortete sie.

„Und deshalb hast schließlich nur noch du mir das Essen gebracht."

„Ja."

Er war ins Schwitzen gekommen und bekam ein neues, siedendheißes Bad.

„War ich einigermaßen gut?" fragte er.

„Du warst besser als die meisten, die zweiundzwanzig Jahre unten gewesen sind."

„Wie alt bin ich?"

„Zweiunddreißig. Das beste Alter."

„Warst du auch schon unten?"

„Noch nicht."

„Was bedeutet Jetzt-Leben? Was bedeutet natürliches Leben und natürlicher Tod?"

„In ein paar Tagen wirst du am Unterricht teilnehmen."

Auf dem Rückweg durch den Gang sah er zum ersten Mal einige der anderen Patienten. Sie trugen blaue Mäntel und blaue Anzüge, so wie er.

„Wie lange sind die unten gewesen?" fragte er neugierig.

„Ganz verschieden. In den nächsten Tagen kommst du mit ein paar Gleichaltrigen zum Unterricht."

Bevor sie das Badezimmer verließen, hatte sie ihre blaue Haube straff über das rote Haar gezogen. Man mußte schon sehr genau hinsehen, wenn man sie jetzt unter all den vielen jungen blaugekleideten Mädchen noch erkennen wollte.

„Vielen Dank für alles", sagte er zu ihr, und es war wie ein Echo auf etwas, das er vor langer Zeit einmal gesagt hatte.

BRUNO lag auf seinem Bett und hörte Bach, Mozart und Schubert. Neuere Musik ließ man ihn nicht hören. Er wollte Musik der neuen Zeit hören, 1995-Musik, aber Dr. Bernard lächelte nur. Hinter der Scheibe war der Himmel Tag für Tag blau und wolkenlos. Die Jalousie hatten sie inzwischen entfernt – man hielt sie wohl nicht mehr für nötig –, und wenn er Lust hatte, konnte Bruno nachts ans Fenster gehen und den sternenlosen Himmel, den Mond und die Leuchtbuchstaben betrachten: JETZT-LEBEN, NATÜRLICHES LEBEN, NATÜRLICHER TOD, EINMAL-LEBEN AG. Dann, an einem Vormittag, hakte sich Dr. Bernard bei ihm unter und führte ihn den Gang hinunter.

An seiner Zimmertür fiel sein Blick zum ersten Mal auf ein Schild. Bevor ihn Dr. Bernard wegziehen konnte, hatte er es schon gelesen: 1973–1995, geboren 1941. Am Ende des Ganges kamen sie zu einer Tür, auf der 20–25 stand. Drinnen befanden sich fünfzehn bis zwanzig Zuhörer, wie Bruno alle in der blauen Krankenhauskleidung. Dr. Bernard überließ das Rednerpult einem fremden Mann, der von Kopf bis Fuß grün gekleidet war und durch dessen unbedecktes, abstehendes Haar man die rote Kopfhaut sehen konnte.

„Ihr seid sicher mit einer gewissen Neugier hierhergekommen", sagte der grüne Mann mit dem superkurzen Haar, „und das ist ganz natürlich. Ihr könnt schließlich verlangen, daß gewisse Fragen beantwortet werden. Ich will mein möglichstes tun. Das ist nur die erste von mehreren Zusammenkünften. Ich darf um etwas Geduld bitten. Es können nicht alle Fragen auf einmal beantwortet werden. Ich will am Ende beginnen. Wir schreiben das Jahr 1995. Viele von euch sind mehr als zwanzig Jahre unten gewesen. Die Welt hat sich verändert, und wir denken nicht im Traum daran, euch ohne Vorbereitung auf sie loszulassen. Einige von euch sind bereits mehrmals oben und unten gewesen. Ihr habt Glück gehabt. Wir haben euch heraufgeholt und geheilt. In ein paar Monaten werden wir es riskieren, euch in die Welt von 1995 zu entlassen. Aber dazu ist eine Umschulung oder Eingewöhnung notwendig. Ich will euch nun die Situation von 1995 erklären."

Der grüne Mann und Dr. Bernard wechselten einen Blick. „Wir haben neue Sonden ins Weltall geschickt und sehr gute

Fotos von Mars und Venus bekommen. Wir hatten und haben Pioniere und eine Pionierzivilisation auf dem Mond, aber wir haben noch etwas viel Wichtigeres unternommen. Wir haben zum Glück Mittel gefunden, um Kernexplosionen von vornherein unschädlich zu machen. Kriege haben wir nicht gehabt, jedenfalls keine großen. Das Ernährungsproblem haben wir gelöst, indem wir Nahrung aus dem Meerwasser gewonnen haben. Ihr alle habt sie gekostet. Wir haben auch die Probleme überwunden, die mit der Unberechenbarkeit des Wetters zusammenhängen. Jetzt regnet es nachts, und am Tag scheint die Sonne. Für einige von euch, die mehrmals oben und unten waren, sind das natürlich Banalitäten. Wir haben das Bevölkerungsproblem gelöst und auf mancherlei Art Ernährungsmöglichkeiten für alle geschaffen. In den letzten Jahren haben wir an diesen Problemen nicht weitergearbeitet, weil sie in der Realität praktisch gelöst sind. Das einzige ernsthafte Problem, das noch besteht, ist das Lebensproblem. Der Mensch wünscht sich ein ewiges Leben, und das ist auch schon jetzt nahezu möglich. Wenn ihr bereit seid, den entsprechenden Preis zu zahlen, können wir euch zur Zeit ein Leben anbieten, das garantiert beinahe ewig dauern wird. Wünscht ihr dagegen ein Leben von sogenannter ‚natürlicher' Länge, so können wir euch auch das anbieten. Wenn ihr ewig leben wollt, müßt ihr dafür in Form von harter Arbeit bezahlen. Begnügt ihr euch mit einem sogenannten Normalleben, so läßt sich auch das arrangieren; dafür gibt es keinen Preis, im Gegenteil, das wird bezahlt. Wir haben einen Begriff – ich persönlich verabscheue den Ausdruck –, der sich *natürliches Leben* nennt. Ewiges Leben ist für mich nämlich genauso natürlich. Aber wenn ihr auf verschiedenes verzichtet – auf Lebensverlängerung, regelmäßige Entkalkungen, Transplantation neuer Organe, Einfrierung oder auf den für Notfälle vorgesehenen Winterschlafurlaub –, dann könnt ihr leben, ohne arbeiten zu müssen.

Ihr könntet eure Organe beleihen lassen und von dem Geld leben, bis ein sogenannter ‚natürlicher' Tod eintritt. Findet ihr euch mit diesem ‚natürlichen' Tod ab, wird kein Mensch von euch verlangen, daß ihr einen Finger rührt. Ich weiß nicht, ob ich es schon gesagt habe, aber in der Gesellschaft von 1995 sind wir zu einer neuen Klasseneinteilung gekommen. Die Gesellschaft besteht aus zwei Klassen: aus der Jetzt-Lebens-Klasse, die sich, sobald das erste Organ versagt, mit dem Tod abfindet, und aus der Unsterblichkeitsklasse – mit diesem Ausdruck haben die Werbeleute allerdings ein Wort geprägt, das meiner Meinung nach trotz allem etwas zuviel verspricht –, aus der Unsterblichkeitsklasse also, die mit Arbeit für ihre sogenannte Unsterblichkeit bezahlt. Die Organe und das Einfrieren und natürlich auch der Winterschlaf kosten Geld. Die Unsterblichen müssen für ihre Unsterblichkeit bezahlen, sie müssen arbeiten, um das System zu erhalten und um sich ihre Privilegien zu sichern. Für viele von euch ist dies eine beinahe unbegreifliche Situation. Wir haben aber dafür gesorgt, daß ihr Zeit habt, euch in diese Situation erst mal hineinzufinden und daran zu gewöhnen, bevor ihr eure Wahl trefft."

Der grüne Mann machte eine Pause, und Bruno reckte wie ein Schuljunge den Finger in die Luft. „Kann man nicht leben, ohne sich beleihen zu lassen, und trotzdem der Verschrottung entgehen, wenn das erste Organ versagt?"

„Nur, wenn man sich für ein sogenanntes Immer-Leben entschieden hat, im Gegensatz zum Jetzt-Leben. Tote Menschen gehören laut 1982er Gesetz der Gesellschaft."

„Ändern synthetische Organe nicht die ganze Situation, die Sie hier skizziert haben?"

Der grüne Mann zögerte lange, dann antwortete er: „Zum Teil, ja."

„Wie steht es mit den synthetischen Nieren?"

„Nieren sind nicht das einzige Ersatzteil. Wir sind noch immer dabei, eine synthetische Hypophyse oder eine synthetische Leber zu entwickeln. Wir brauchen deshalb noch das System des Jetzt-Lebens. Abgesehen davon gibt es immer noch eine Anzahl Menschen, die sich von der Ewigkeit mehr erschreckt als angezogen fühlen. Und zentrales Nervensystem, Rückenmark und Wirbelsäule sind einfach Probleme, deren Lösung wir noch nicht absehen können."

„Erscheinen noch immer Illustrierte? Können die Leute noch immer lesen?" hörte sich Bruno fragen.

„Die Anhänger des Jetzt-Lebens, ja. Aber auch viele von den

Immer-Leuten", fügte der grüne Mann schnell hinzu, als ob er fühlte, daß er im Begriff war, von seiner Linie abgelenkt zu werden.

„Wieviel Zeit bekommen wir, um unsere Entscheidung zu treffen?" fragte Brunos Nebenmann, ein großer Blonder, der dreißig sein konnte, chronologisch aber fünfzig sein mußte.

„Soviel, wie Sie brauchen."

„Wie viele sind zur Zeit eingefroren?" fragte eine Dame, deren biologisches Alter zwischen vierzig und fünfzig liegen mußte.

„Darüber", antwortete der grüne Mann nach einer verräterischen Pause, „darüber haben wir wirklich keinen Überblick."

„Und wenn wir uns für ein Immer-Leben entscheiden, dann müssen wir also für deren Unterhalt sorgen?"

„Durchaus nicht. Sie haben ja für ihre Einfrierung bezahlt."

„Sind all die Hochhäuser für die Eingefrorenen gebaut worden?"

„Einige davon."

Die Instruktion hatte fünfundvierzig Minuten gedauert und schien alle ratlos und unsicher zurückzulassen. Auf dem Rückweg durch den Gang ging Bruno zusammen mit dem großen blonden Mann, der in seinem eigenen doppelten Alter war: zweiunddreißig und zirka vierundfünfzig. Der Blonde flüsterte ihm zu: „Die, die es sich leisten können und die Vermögen haben, sind nur die Hälfte der Zeit oben. ‚Unten' heißt bei denen aber nicht, daß sie eingefroren sind. Wenn sie sich langweilen, lassen sie nur ihre Stoffwechselfunktionen herabsetzen. Sie lassen das im Winter machen, beziehungsweise in dem, was nach der Wetterregulierung davon noch übrig ist, sie lassen es nachts machen und immer dann, wenn sie merken, daß sie sich langweilen. Was meinen Sie wohl, warum wir uns diesen Vortrag anhören mußten? Weil wir unseren Stoffwechsel schön ‚oben' lassen sollen und mit unserer Arbeit für die anderen bezahlen sollen. Es gibt zu viele, die auf irgendeine Art ‚unten' sind, und nun will man erreichen, daß wir die am Leben halten sollen – oder wie man diesen Zustand nun nennen will. Das Ganze ist im Begriff, zum Stillstand zu kommen."

„Zum Stillstand?"

„Haben Sie gesehen, wie wenig Autos es auf den Hauptstraßen gibt? Warum haben wir niemals Menschen zum Mars oder zur Venus geschickt? Warum führen wir nicht mehr Kriege? Alles, was der Mann erzählte, über die Ernährungslage, über die Atombombe und über die Entwicklungsländer, ist faustdick gelogen. Die haben es mit ihrer Unsterblichkeit so eilig gehabt, daß sie gar keine Zeit hatten, sich um etwas anderes zu kümmern. Das Ganze kommt zum Stillstand. Und nun sind sie dabei, synthetische Ersatzorgane zu entwickeln, so daß es für die Jetzt-Leute absolut keine Verwendung mehr gibt. Und dann gibt es einen Aufstand, da können Sie sicher sein."

BRUNO lag auf seinem Bett und wußte nur noch die Hälfte von dem, was der grüne Mann erzählt und was er selbst gefragt hatte. Auf einen Tisch neben seinem Bett hatte man ein Buch gelegt, *Impressionen aus der Jugendzeit der Eisenbahn*, und er fühlte sich sehr ergriffen, als er die alten Lokomotiven auf den Farbtafeln betrachtete. Den ganzen Tag war der Himmel blau und wolkenlos, und die Sonne schien. Die Parkbäume schienen noch immer ihr erstes Grün zu haben, obwohl schon viele Wochen vergangen sein mußten. Manchmal fand ein Vortrag mit anschließender Fragestunde statt; Bruno kam es aber so vor, als ob er dadurch nicht klüger als am ersten Tag geworden wäre.

„Gibt es noch immer Illustrierte?"

„Natürlich."

„Dann würde ich gern eine sehen."

„Ich fürchte, dafür ist es noch zu früh."

Statt dessen beschaffte ihm Dr. Bernard *Fünf Wochen im Ballon*, das ihm mit seinen Erinnerungen an die Lektüre seiner Kindheit ein paar schlaflose Nächte bereitete. Aber es war schön lang und vertrieb ihm viel Zeit. Nach *Fünf Wochen im Ballon* bekam er *Reise um die Welt in 80 Tagen*, wobei er noch weniger zum Schlafen kam.

Yvonne Klein sorgte dafür, daß er sein tägliches Bad bekam, massierte ihn, zog sich in dem dampfenden Badezimmer aus und ließ sich auf der Massagebank von ihm lieben. Das wurde schnell eintönig, und er bekam einen neuen Wutanfall, als er daran dachte, daß man ihn sterilisiert und mit den Nieren eines anderen Menschen versehen hatte. Dr. Ackermann bzw. Professor Ackermann war „unten“, und er gab es auf, nach ihm zu fragen. Der nächste Name, der ihm einfiel, war Jenny Holländer. Er war nur einmal mit ihr im Bett gewesen, aber sie war das letzte Mädchen, mit dem er in seinem alten Leben ins Bett gegangen war. Ihr Name drängte sich ihm immer wieder auf. Er wiederholte ihren Namen, sah sie vor sich, träumte nachts in allen Einzelheiten von ihr und überlegte, wo auf der Welt sie sich jetzt wohl befinden konnte. Jenny Holländer, die er vier Tage gekannt hatte und mit der er an jenem Tage ins Bett gegangen war, an dem er sich dann entschlossen hatte, sich für zweiundzwanzig Jahre einfrieren zu lassen. Was war aus Jenny Holländer geworden?

10

Es gab noch mehr als eine Jahreszeit. Die grünen Bäume wurden dunkelgrün und staubig. Die Sonne stand tiefer und ging nicht mehr zwischen zwei hohen Häusern, sondern hinter dem östlicheren von ihnen unter. Sein Essen bestand immer noch aus gepreßten ovalen Stücken, die wie Seife aussahen, aber sie waren jetzt fester, und an den Beigeschmack hatte er sich gewöhnt. Er bekam die Erlaubnis, auf dem Gang auf und ab zu gehen und sich in einem Aufenthaltsraum, der sich auf der Mitte des Flurs befand, mit anderen Patienten zu unterhalten. Dort standen Fächerpalmen und mehrere bequeme Stühle, die Bruno schon 1973 altmodisch gefunden hatte. In der Decke darüber war ein kleines Gitter, in dem ab und zu ein Sausen und Knacken zu hören war. Bruno führte mehrere Gespräche mit dem großen blonden Mann – er hieß Henry –, der in einem flüsternden Ton sprach.

„Tiefschlaf oder Winterschlaf heißt die neue Lösung“, flüsterte Henry, der aus der Umwelt Informationen zu bekommen schien. „Sie liegen im Tiefschlaf – nachts, sonntags, im Winter und wenn sie sich einfach nur langweilen. Tiefschlaf verlängert die Lebensdauer, und außerdem haben sie eine Menge chemischer Mittel gefunden, durch die sie länger leben können – wenn man das Wort ‚leben' überhaupt gebrauchen kann. Die Entkalkung wirkt nicht richtig, nur auf die Adern und die Blutgefäße. Sie sind senil, haben aber junge Körper. Haben Sie schon einen alten Mann gesehen? Oder ein Kind? Das Problem des Alterns und Älterwerdens hat noch keiner gelöst. Die Zellen selbst, die Gehirnzellen, werden älter, während der Rest sich nicht verändert."

In dem Gitter über ihnen knackte es, und beide versuchten schnell, über etwas anderes zu sprechen.

„Über das Wetter können wir ja nicht reden, es ist ja immer dasselbe", sagte Henry. Das war allerdings nicht ganz richtig. Die Blätter der Bäume zum Beispiel veränderten sich, sie wurden dunkelgrün, darauf gelb, rot oder braun. An den Kronen konnte man sehen, daß es ein paar Tage heftig stürmte. Und jede Nacht hörte es sich an, als ob es regnete. Wenn Bruno nachts am Fenster stand, sah er feuchte Streifen an der Scheibe herunterlaufen.

EINES Tages hatte Bruno mit Dr. Bernard ein Gespräch über seine finanzielle Lage und über seine Zukunft.

„Ihre Möbel sind verkauft, entsprechend dem rückwirkenden Gesetz von 1987. Sie haben Glück gehabt. Die anderen mußten für die Erlaubnis, eingefroren zu werden, jeden Pfennig und noch mehr hinlegen. Heute ist es in der Regel so, daß nur die Unentbehrlichen auf Staatskosten runterkommen."

„Die Unentbehrlichen?"

„So gut wie nur Ärzte und Krankenschwestern. An beiden besteht konstanter Mangel. Andere dagegen wachen auf und sind beinahe hoffnungslos verschuldet. Sie allerdings nicht. Sie waren einer der ersten, und die Gesellschaft betrachtet Sie noch immer als eine Art Versuchskaninchen. Auf Sie wartet eine hübsche kleine Geldsumme."

„Aber bin ich denn unentbehrlich?"

„Wissenschaftlich sind Sie interessant."

„Aber ich kann nur eins: Ideen haben – Ideen für Geschichten."

Dr. Bernard lächelte, und Bruno sah ein, daß er etwas

Dummes gesagt hatte. Wie konnte er sicher sein, daß seine Geschichten das Publikum noch immer interessierten? „Gibt es noch immer Illustrierte?" fragte er zum wer weiß wievielten Mal.

„Natürlich gibt es die", antwortete Dr. Bernard.

„Warum darf ich nicht eine einzige davon sehen?"

„Geduld, Geduld!"

„Fahren die Autos noch immer mit Benzin?"

„Nein, elektrisch."

„Gibt es noch immer Fernsehen?"

„Ja, das Bild nimmt jetzt eine ganze Wand ein."

„Kann ich das mal sehen?"

„Bald."

„Wie viele Großmächte gibt es auf der Erde?"

„Die Frage nach Leben und Tod ist die einzig entscheidende geworden."

„Gibt es Entwicklungsländer?"

„Nicht ernährungsmäßig."

„Überbevölkerung?"

„Es gibt vielleicht zu viele alte Menschen" (alt hörte sich an, als ob es in Gänsefüßchen stand). „Aber Alter ist eine Krankheit, und wir machen ständig Fortschritte darin, sie zu heilen."

„Werden gar keine Kinder geboren?"

„Nur wenn es notwendig ist."

„Das Durchschnittsalter ist also gestiegen?"

„Ja, wenn man sich starr an den Begriff chronologisches Alter klammert."

„Wer bestimmt, wo und wann Kinder geboren werden?"

„Sollen wir für heute nicht aufhören?"

DER Mann im grünen Kittel sprach täglich über die Notwendigkeit der Umschulung, aber ohne zu sagen, wofür man sich umschulen lassen solle. Er sprach über die Notwendigkeit, nicht zu viele Fragen auf einmal zu stellen, und darüber, daß man sich auf die Wahl zwischen Jetzt-Leben und Immer-Leben vorbereiten müsse.

„Kann ich eines Tages in meinen alten Beruf zurückkehren?" fragte Bruno Bernard.

„Warum nicht? Wir haben ständig Bedarf an guten Geschichten."

„Interessiert man sich noch immer für Ballett?"

„Natürlich. Wie kommen Sie denn auf diese Frage?"

„Sagt Ihnen der Name Jenny Holländer etwas?"

„Nicht das geringste. Arbeitet sie hier im Ackermann-Zentrum?"

Die Blätter fielen von den Bäumen, aber die Sonne schien unermüdlich Tag für Tag.

„Das Ganze geht zum Teufel, aber sie wagen nicht, es vor uns zuzugeben", sagte Henry.

Über ihnen im Gitter klirrte es.

„Sagt dir der Name Jenny Holländer etwas?" fragte Bruno.

„Die Ballettänzerin?"

„Ja."

„Die, die so groß Karriere machte und eine Menge Preise bekam und in den Illustrierten abgebildet wurde?"

„Ja", antwortete Bruno zögernd.

„Soviel weiß ich noch", sagte Henry, „aber dann bekam ich meine Gehirnblutung."

„Holländer", sagte Yvonne im Badezimmer. „Sie war Primaballerina, aber dann passierte irgend etwas mit ihr, und alle vergaßen sie. Ich sah sie ein paarmal tanzen, als kleines Mädchen, zusammen mit meiner Mutter. Ich sah sie als Coppelia. Ich glaube, sie bekam einen Bandscheibenschaden und mußte mit dem Tanzen aufhören. Jedenfalls verschwand sie. Warum fragst du danach? Kanntest du sie?"

„Ja", antwortete Bruno.

„Gut?"

„Ja."

Auf der Toilette traf er Henry. Beide drehten die Wasserhähne voll auf; Bruno blickte verstohlen zu dem Gitter in der Decke, dann sah er im Spiegel, wie sich Henrys Mund seinem Ohr näherte.

„Der Präsident ist ein Arzt."

„Der Präsident?"

„Und auch die Minister sind fast alle Ärzte. Ärzte und Politiker haben ein Recht auf neue Organe, auf Entkalkung und auf alle Verbesserungen, die ihnen die Forschung bieten kann. Nur kranke Ärzte werden kostenlos im öffentlichen Gefrierhaus eingefroren."

„Woher weißt du das alles?"

„Vor drei Jahren war ich mal draußen. Zwei Wochen lang. Ich bin Elektroingenieur. Sie steckten mich gleich in einen Zeichenraum, damit ich für sie Gefrieranlagen konstruierte."

„Und was geschah dann dort?"

„Es war ein privates Zeichenbüro. Wir machten Heimgeräte, sowohl für Tiefschlaf als auch für die Dauereinfrierungen. Die Familien wollen es nämlich oft am liebsten so haben, daß die Verwandten, die im Tiefschlaf oder die eingefroren sind, im Keller liegen können. Einmal in der Woche schickten wir dann jemand vom Wartungsdienst hin, um zu sehen, ob alles in Ordnung war."

„Aber was war mit dir selbst?"

„Ich konnte es nicht aushalten. Ich war ja auf einigen dieser Wartungstouren. Aber dann kriegte ich einen Nervenzusammenbruch und mußte zum Psychiater. Bereits die Hälfte der Ärzte sind Psychiater, und trotzdem gibt es noch nicht genug. Auch sie haben Privilegien und werden auf Staatskosten eingefroren."

Durch das Rauschen von den beiden Wasserhähnen konnten sie ein deutliches Klicken im Deckengitter hören.

„Aber wie ist das mit dir selbst?" fragte Bruno weiter.

Bevor Henry antworten konnte, donnerte die Schicksalssinfonie mit einer solchen Stärke durchs Gitter, daß es nicht möglich war, seine Antwort zu verstehen.

DER Mann im grünen Kittel, dessen kurzes Haar und rotfleckige Augen Bruno an einen Oberst erinnerten, gab einen kurzen Überblick über die allgemeine technische und soziale Entwicklung, über die Weltlage und über die neuen Wortbildungen in der Umgangssprache. Dann sprach er wieder von der Lebensdauer und von der Notwendigkeit, zwischen zwei Leben zu wählen, zwischen dem vom Staat unterstützten Jetzt-

Leben und dem Immer-Leben, das nur unter ungeheuren Entbehrungen gelebt werden konnte. „Ob wir wollen oder nicht, wir sind gezwungen, die Anhänger des Jetzt-Lebens zu unterstützen", sagte der Mann im grünen Kittel. „Sie rühren keinen Finger und leben in Saus und Braus – solange sie leben. Es gibt nur eine einzige Bedingung für sie: Außer dem Organ, an dem sie eines Tages zugrunde gehen, dürfen sie keines ihrer sonstigen lebenswichtigen Organe zerstören. Wenn wir entdecken, daß sie trinken, fliegen sie aus der Jetzt-Ordnung raus, denn wir müssen uns dagegen sichern, daß sie ihre Leber kaputtmachen. Rauschmittel sind zugelassen, Alkohol ist verboten. Wegen der Nieren wird auch der Verbrauch an Medikamenten kontrolliert. Wir haben immer noch Präparate, die den Nieren schaden, aber sie sind der arbeitenden Immer-Klasse vorbehalten. Von Ihrer chronologischen Lebensperiode werden Sie sich sicher an Begriffe wie Bohemiens und Bürger erinnern. Oder an Hippies und Squares. Die Jetzt-Leute sind die Hippies unserer Zeit. Nur sind wir längst nicht mehr der Auffassung, daß sie Parasiten der Gesellschaft sind. Im Gegenteil, wir finden jetzt, daß sich die beiden Gruppen ergänzen und daß beide unentbehrlich sind. Aber ich muß Sie auf einen wichtigen Punkt hinweisen: Noch haben wir Bedarf an gewissen ‚Ersatzteilen', aber die Entwicklung bleibt nicht stehen. Der Wert der Ersatzteile steigt nicht, er fällt. Wir sind imstande, immer mehr Ersatzteile synthetisch herzustellen, mit der Zeit sogar bessere als die sogenannten organischen. Der Marktwert der organischen Ersatzteile fällt; mit dieser Zukunftsperspektive muß man rechnen. Eines Tages wird die Gesellschaft der Jetzt-Klasse nicht länger Vorrechte einräumen, so wie das heute noch geschieht. Diesen Faktor sollten Sie nicht außer acht lassen, wenn Sie Ihre Wahl treffen."

Bruno, der halb geschlafen hatte, weil der Mann im grünen Kittel die Angewohnheit hatte, genau dasselbe in allen möglichen Versionen zu sagen, wachte auf und reckte den Finger in die Luft.

„Und wie *leben* diese Jetzt-Leute?" fragte er neugierig.

„Sie leben im Rausch, sie faulenzen, lesen Bücher und hören Musik. Viele von ihnen müssen wegen Psychosen behandelt werden, weil sie wissen, daß sie sterben müssen, wenn sie sterben."

„Kann man von der einen Klasse in die andere überwechseln? Vom Jetzt-Leben zum Immer-Leben?"

„Unter gewissen Umständen, ja. Allerdings ist das kostspielig, und es wird selbstverständlich teurer, je später man sich dazu entschließt."

„Können Sie mir nicht eine Illustrierte besorgen?"

„Sollten wir mit diesen mehr persönlichen Fragen nicht bis nach der Stunde warten?"

Aber nach der Stunde eilte der Mann im grünen Kittel davon. Henry und Bruno gingen zusammen den Gang hinunter in den Aufenthaltsraum mit den altmodischen Möbeln und dem Gitter in der Decke.

„Das Ganze hat was Verrücktes", sagte Henry. „Kannst du es nicht hören?"

In der Nacht hatte Bruno schlechte Träume, am Tag konnte er sich nicht vom Fenster losreißen, von wo er immer wieder die Bäume betrachtete, die in der unermüdlichen Sonne ganz fahl geworden waren. „Ludwig van Beethoven", sagte die Stimme in dem Gitter über seinem Bett, „Sinfonie Nr. 9 in d-Moll, Opus 125." Man konnte die Musik nicht abstellen. Aber in einer Pause zwischen zwei Sätzen fiel Bruno etwas von einem alten Lied ein: „You were made to go out and get her!" Das Klappfenster stand offen, er sog die Herbstluft ein und wurde von Sentimentalität ergriffen; später, als es dunkel geworden war und auf den Hausdächern die Reklamesprüche aufleuchteten, packte ihn die Angst. In der Nacht lag er wach, fand auf dem Nachttisch ein Glas, nahm es in die Hand und ging näher ans Fenster. Plötzlich schleuderte er das Glas durch die Scheibe. Der Lärm rief Yvonne Klein herbei, die ihm, nach einer Besprechung draußen auf dem Gang, eine Beruhigungsspritze gab.

Am nächsten Vormittag – man hatte ein durchsichtiges Stück Plastik über das Loch gespannt – erschien Dr. Bernard. „Wir brauchen wohl ein bißchen Luftveränderung?"

Am gleichen Nachmittag wurde Bruno den Gang hinuntergeführt, voll angezogen und in jeder Hand einen kleinen Koffer. Eine Krankenschwester schloß den Fahrstuhl auf. Später fuhr er mit einem Auto, das überhaupt keinen Fahrer hatte und das auch keinen Motor zu haben schien, denn es startete und fuhr ganz lautlos. Zwischen den vielen Hochhäusern ging es aus der Stadt hinaus auf eine fast leere Hauptstraße. Neben Bruno saß auf jeder Seite eine Krankenschwester.

Am Abend befand er sich in einem Haus, das höher als alle anderen war, die er bis jetzt gesehen hatte, und dessen Balkon zum Meer hinausging. Bruno hatte ein eigenes Zimmer (mit dem unvermeidlichen Gitter), aber der Balkon war gar kein richtiger Balkon, denn der Raum über der Brüstung war mit Hilfe eines glasähnlichen Materials geschlossen worden, das jedoch nicht die geringste Spiegelung aufwies.

Das Zimmer hatte zwei Türen, eine zum Balkon und eine, die ähnlich wie im Ackermann-Zentrum auf einen langen Gang hinausführte, der sich auf halber Höhe zu einem Aufenthaltsraum erweiterte. Auch hier gab es wieder auffallend alte, bequeme Möbel und ein Gitter in der Decke. Auf einem Tisch stand ein Telefon; Bruno nahm versuchsweise den Hörer ab, aber es kam kein Zeichen. In einem Fach unter dem Telefon lagen zwei Telefonbücher. Bruno ging mit dem ersten, das von A bis K reichte, in sein Zimmer und setzte sich damit auf den Balkon in die Abendsonne. Er schlug H auf und suchte den Namen Holländer. Es stand nur ein Name da, Holländer, Bruno, und keine Adresse, nur eine zehnstellige Telefonnummer. Er ging wieder in den Aufenthaltsraum hinaus und nahm den Hörer ab, es ertönte jedoch kein Zeichen. Die Nummer hatte er auswendig gelernt und wiederholte sie, während er in sein Zimmer zurückging. Sein Abendessen mit den braunen, grünen und roten Blöcken servierte man ihm auf einem Teller draußen auf dem Balkon. Durch die Glaswand, die unsichtbar sein mußte, weil sie nicht reflektierte, hörte er das Meer, das genauso klang, wie das Meer immer geklungen hatte. Eine schmale, öde Düne erstreckte sich zwischen dem Meer und dem Haus, in das man ihn gesteckt hatte. Während er den Sonnenuntergang über dem Meer betrachtete, wiederholte er ständig die zehnstellige Nummer, die er im Telefonbuch gelesen hatte.

Die Eindrücke auf der hastig zurückgelegten Fahrt über die öden Straßen hatten ihn ziemlich mitgenommen, und er merkte, wie er allmählich schläfrig wurde. Vielleicht hatten sie ihm wieder ein Schlafmittel ins Essen getan. Er hatte nichts zum Schreiben dabei; bevor er sich dem Schlaf überließ, gelang es ihm aber noch, die zehnstellige Telefonnummer mit dem Fingernagel in ein Stück Seife zu ritzen, das auf seinem Waschbecken lag. Eine ganze Zeit nachdem die Sonne untergegangen war, sah der wolkenlose Himmel noch immer blutigrot aus; Bruno lag auf seinem Bett und betrachtete ihn; er lauschte den Wellen und hatte das wohlige Gefühl, daß der Wellenschlag genau denselben Rhythmus wie sein Puls hatte.

11

Beim Frühstück auf dem Balkon hinter der unsichtbaren Scheibe bekam Bruno Gesellschaft. Der Besucher war ein ältlicher Mann mit weißem Haar, der sich als Dr. Cavalcanti vorstellte. Bruno fragte den Arzt, warum man ihm nicht zutraue, sich auf einem gewöhnlichen Balkon ohne Schutzgitter aufzuhalten. Ganz oben in der glasartigen Wand waren ein paar Gitter, durch die man das Meer hören und seinen Tanggeruch wahrnehmen konnte.

„Sie müssen sich klar darüber sein, daß man Ihnen noch immer Selbstmordabsichten zutraut – eine zwanghafte Neigung, sich selbst auszulöschen. Sie haben eine Fensterscheibe zerschmettert, und man hat festgestellt, daß Bücher und Musik aus Ihrem früheren Leben oder aus früherer Zeit Sie in Unruhe versetzen. Diese Scheibe hier kann nicht kaputtgehen."

„Glauben Sie wirklich, ich würde mir was antun?" entgegnete Bruno.

„Nein, nicht jetzt. Aber wir haben gewisse Vorschriften, an die wir uns halten müssen. Als Begleiterscheinung des Auftauens und der elektrischen Schocks, mit denen auch Sie wieder lebendig gemacht worden sind, beobachten wir regelmäßig

Depressionen, über die wir nicht einfach hinweggehen können."

„Sie wirken alt, Sie haben weißes Haar. Sie sind der erste alte Mensch, den ich in meinem neuen Dasein treffe. Sind alle Ihre Organe organisch – Ihre eigenen? Hat man nicht versucht, Sie zu entkalken?" fragte Bruno.

„Ich bin einer der wenigen Ärzte, die sich ans Jetzt-Programm gehalten haben, ohne daß das mein Verantwortungsgefühl geschwächt hätte", antwortete Dr. Cavalcanti. „Ich habe eine Schwäche für natürliches Leben und natürliches Sterben. Das muß ja nicht bedeuten, daß ich mich in einen Rausch stürze und mir überhaupt nichts Vernünftiges mehr vornehme. Wir sind eine Minderheit, aber diese Minderheit kann man nicht entbehren."

„Und trotzdem wollen Sie jetzt, daß ich mich der Immer-Leben-Gruppe anschließe?"

„Ich möchte, daß Sie Ihre eigene, ganz persönliche Wahl treffen. Vorläufig gilt es, Sie in guter Verfassung zu halten."

„Wieso, bin ich deprimiert?"

„Natürlich sind Sie deprimiert. Wir geben Ihnen jetzt die Möglichkeit, das Meer und die frische Luft zu genießen. Nehmen Sie es uns aber bitte nicht übel, wenn wir Sie eine Zeitlang noch ein wenig einsperren."

Dr. Cavalcanti ging in Brunos Zimmer, und als er zurückkam, war die unsichtbare Scheibe heruntergelassen, und Bruno konnte den Geruch des Meeres einsaugen und noch viel deutlicher als vorher das Rauschen der Wellen hören.

„Ja, nun sind wir in der Natur und können frei sprechen. Was empfinden Sie selbst als Ihr größtes Problem?" fragte er Bruno.

„Mein voriges Leben war nur auf einer Fähigkeit aufgebaut. Ich produzierte Ideen, die sich dann für Geschichten in Zeitschriften eigneten – für Romane. Ich muß die Welt von heute kennenlernen; man kann keine guten Ideen bekommen, ohne die Welt, in der man lebt, zu kennen. Ich gehe ganz naiv davon aus, daß die Leute immer noch unterhalten werden wollen."

„Gewiß wollen sie das."

„Wie alt sind Sie?"

„Chronologisch und biologisch, denn ich bin niemals unten gewesen, Mitte Sechzig."

„Und Sie haben sich niemals entkalken lassen?"

„Nein, im Älterwerden liegt für mich eine eigentümliche, vielleicht sogar unnatürliche Befriedigung."

„Und trotzdem arbeiten Sie und führen ein sogenanntes Immer-Leben?"

„Ja, den Gedanken, nichts zu tun, finde ich unerträglich."

„Könnte man eine Geschichte über Sie schreiben?"

„Das bezweifle ich. So ungewöhnlich bin ich auch wieder nicht."

„Könnte man über eine Ballettänzerin schreiben, die sich ihr Rückgrat verletzt und sich einfrieren läßt, bis sie ein neues bekommen und wieder tanzen kann?"

„Ich fürchte, die Zeit der Einfrierungsgeschichten ist schon vorbei."

„Sagen Sie mir eins: Haben Sie Angst vor der Unsterblichkeit?"

„Die Unsterblichkeit ist bis jetzt noch ein Wunschtraum. Sprechen wir in fünfzig oder besser in hundert Jahren darüber. Vorläufig muß man sich einfrieren lassen, wenn man fest entschlossen ist, nicht zu sterben. Und man muß im voraus bezahlen, man muß sein Kapital plus Zinsen ausgeben, kann damit also auch nichts mehr für seine Erben tun. Es sei denn, man wird von der Gesellschaft in die Kategorie A eingestuft, das heißt bei den ganz Unentbehrlichen. Beispielsweise Ärzte oder Schwestern."

„Wann darf ich eine Zeitschrift sehen? Eine Geschichte lesen, wie man sie heutzutage schreibt?"

„Bald."

„Wann darf ich einen Spaziergang am Strand machen?"

„Morgen, wenn Sie mich begleiten wollen."

Bevor Dr. Cavalcanti Bruno verließ, sorgte er dafür, daß die unsichtbare Scheibe wieder heraufgezogen wurde. Bruno hielt die Hände gegen das Glas und betrachtete die Aussicht – eine weite Bucht mit Dünen und Sandstrand – und bemerkte, daß sich bis zu beiden Landspitzen hohe, hotelähnliche Häuser hinzogen. Am Abend bekam er sein Essen nicht aufs Zimmer, sondern wurde in einen Speisesaal hinuntergebeten, wo er fürs erste mit einer älteren Dame an einem Tisch saß. Sie hieß Bourcell.

Frau Bourcell nahm zum Essen mehrere Pillen und erzählte Bruno, daß sie die Hälfte einer Entkalkungskur hinter sich hätte; die Kur hatte bei ihr offenbar sehr euphorische und sehr depressive Phasen zur Folge. Wieder genoß es Bruno, mit einem Menschen zusammenzusein, der sichtlich älter war als er. Bei einer der Mahlzeiten erzählte er ihr seine ganze Geschichte. Auch hier bestand das Essen aus denselben braunen, grünen und roten Blöcken wie im Ackermann-Zentrum, aber man hatte sich noch die Mühe gemacht, ihnen die Form von Beefsteak, Gemüse und Früchten zu geben.

Frau Bourcell und ihr Mann waren beide Mitte Fünfzig, frisch und gesund – das war vor zehn Jahren –, als sie ihre finanzielle Lage prüften und dabei feststellten, daß sie nicht die Mittel hatten, um sich beide ein Immer-Leben zu leisten. Herr Bourcell, der Unternehmer war, wenn auch in kleinem Rahmen, hatte sich für das Jetzt-Leben entschieden und trotzdem seine ganze Kraft für die Arbeit und die Firma eingesetzt. Sieben Jahre später streikte das Herz. Frau Bourcell hatte sich angeboten, zu einem Jetzt-Leben überzugehen, um ihm ein neues Leben zu finanzieren, aber er hatte sie davon abgebracht.

„Wir liebten uns, wie sich sehr wenige lieben", sagte Frau Bourcell. „Er opferte sich für mich. Wir wußten beide, daß ich zu alt war, um vom Immer-Leben zum Jetzt-Leben übergehen zu können. ‚Du hast die besseren Chancen', sagte er. Es war, als ob er die Lust aufs Immer-Leben verloren hätte. Ich versuchte, ihn vom Sterben abzubringen, aber die Ärzte waren auf seiner Seite. Sie ließen ihn sterben, und kurz danach bekam ich meine erste Entkalkung."

„Ihre erste?" fragte Bruno erstaunt.

„Ich bekomme jeden Herbst eine. Bis zum Frühjahr geht es immer sehr gut, aber durch den Sommer zu kommen ist schwer. Im September werden dann abgenutzte Organe ausgetauscht – sofern einige von ihnen ausgetauscht werden müssen –, und hinterher bin ich ein paar Wochen hier, um entkalkt zu werden und um wieder zu Kräften zu kommen."

„Und wie verbringen Sie den Rest des Jahres?"

„Mit Wohltätigkeit. Sie müssen wissen . . ." Frau Bourcell senkte die Stimme und fuhr fort: „Sie müssen wissen, es gibt ja immer noch so etwas wie Slums zum Beispiel. Das ganze Geld geht schließlich an die Gefrierhäuser, nicht wahr?"

Am nächsten Tag machte Bruno Arm in Arm mit Dr. Cavalcanti einen Spaziergang am Strand entlang.

„Stimmt es, daß man das Ernährungsproblem gelöst hat?" fragte Bruno.

Es schien ihm, als ob Cavalcanti seinen Kopf mit dem weißen Haar schüttelte; aber eine Antwort bekam er nicht.

„Hat man die Kernwaffen unschädlich gemacht und mit den Kriegen aufgehört?" fragte Bruno.

Dr. Cavalcanti drückte vorsichtig seinen Arm und antwortete: „Das Lebensproblem hat alle anderen verdrängt. Diese Probleme sind nicht gelöst, sondern eher vergessen worden."

„Man kann Autos ohne Fahrer fortbewegen, man kann das Wetter beeinflussen, und man kann – jedenfalls habe ich es gehört – ein Farbfernsehen produzieren, das eine ganze Wand füllt", sagte Bruno. „Mir imponiert das nicht. Ich hatte größere Fortschritte erwartet."

Cavalcanti hielt an, ließ einen Stein über das ruhige Wasser hüpfen und entgegnete: „Das Geld regiert alles, und Leben ist die wichtigste Ware geworden. Der Rest sind Kleinigkeiten, auf die man zweifellos schon in Ihrer ersten chronologischen Lebensperiode hätte kommen können. Das Problem beim automatischen Auto und beim Wandfernsehen ist, daß für beide zuwenig Bedarf besteht. Die Immer-Klasse hat es zu eilig, für ihr Immer-Leben und ihre diversen Einfrierungen Geld zu verdienen, um für diese Dinge etwas auszugeben. Und die Jetzt-Leute interessieren sich nur dafür, wie sie im Rausch leben können und wie sie vergessen können, daß sie eines Tages sterben müssen. Ich selbst gehöre zu einer Minderheit; der euphorische Lebensstil langweilt mich, aber die neuen Errungenschaften langweilen mich noch mehr. Wenn ich eine einzige wirklich gute Sache nennen soll, so die, daß wir das Wetter einen Tag vorher und nicht einen Tag hinterher kennen. Ich spreche nicht von der Sonne, nur vom Wind und vom Feuchtigkeitsgrad."

„Dürfte ich eine einzige neue Zeitschrift lesen?" fragte Bruno zum wer weiß wievielten Mal.

„Bald. Fürs erste würde ich mich an Ihrer Stelle freuen, daß man noch immer flache Steine über das Wasser hüpfen lassen kann."

FRAU BOURCELL war von Mahlzeit zu Mahlzeit kaum wiederzuerkennen. Die Depression verschwand, und sie erzählte immer lebhafter; sie sah wirklich jeden Tag jünger aus. Bruno hörte nur zur Hälfte auf ihren Redestrom. Mit Appetit widmete er sich dem Essen, das jetzt so wie in seinem ersten Leben war. Er ertappte sich dabei, daß er Henry vermißte. Henry, der sich immer beklagt hatte, der eine Welt weit außerhalb der Hochhaus- und Umschulungszentren zu kennen schien und der gegen alles und alle ein Mißtrauen an den Tag gelegt hatte, das Bruno jetzt erfrischend vorkam.

Frau Bourcell wirkte so exaltiert und war in ihren Erklärungen so ungenau, daß Bruno es bald aufgab, sie nach der Welt, aus der sie kam, zu fragen.

BEVOR er sich schlafen legte, wusch er sich gründlich. Eines Tages sah er auf sein Seifenstück und entdeckte, daß die Telefonnummer weg war, die er mit dem Nagel hineingeritzt hatte. Er lief auf den Gang, fand das Telefonbuch und gab sich diesmal größere Mühe, die Nummer zu behalten – die Nummer eines gewissen Bruno Holländer, der ohne Beruf und Adresse aufgeführt war –, bevor er in sein Zimmer zurückging und diesmal die Ziffern mit dem Nagel nicht in die Seife, sondern in die weiche Tapete ritzte.

Das Haus hatte auch eine Bibliothek. Das interessanteste Buch, das Bruno dort finden konnte, beschrieb mit vielen farbigen Illustrationen die Anfänge der Dampfschiffahrt. Er saß auf dem Balkon, dessen Glaswand entfernt worden war – man traute ihm offenbar keine Selbstmordabsichten mehr zu –, und las mit einer Decke über den Beinen von alten Dampfschiffen. Ab und zu besuchte Dr. Cavalcanti ihn auf seinem Balkon.

„Sagt Ihnen der Name Jenny Holländer etwas?“ fragte Bruno.

„Recht viel. Sie war Tänzerin und wurde sehr berühmt. Dann wurde sie wahrscheinlich krank, und man hörte nichts mehr von ihr. Warum?“

„Ich kannte sie mal.“

„Und Sie haben Lust, sie wiederzusehen?“

„Ja, aber sie steht nicht im Telefonbuch.“

FRAU BOURCELL wurde immer jünger und lebendiger, und eines Tages saß Bruno allein an seinem Mittagstisch. Am nächsten Tag fragte er Dr. Cavalcanti wieder: „Haben Sie wirklich keine Lust, jünger zu werden?“

„Nein. Ich bin zufrieden mit dem Alter, das ich habe.“

„Beantworten Sie mir noch etwas anderes. Warum, zum Teufel, hat man mich eigentlich sterilisiert?“

„Das hat man doch gar nicht. Jedenfalls nicht unwiderruflich. Sie können zwar keine Kinder bekommen, wann Sie wollen, aber Sie können einen Antrag stellen, und dann bekommen Sie eine Pille, die Sie innerhalb von 24 Stunden wieder entsterilisiert. Auf diese Weise haben wir die Geburtenzahl unter Kontrolle und sorgen dafür, daß sich die Plusvarianten wie Sie und ich nur dann vermehren, wenn es bevölkerungspolitisch sinnvoll ist.“

SONNTAGS läutete eine dünnstimmige Glocke die Patienten zum Gottesdienst. Bruno ging mit, um sich die Zeit zu vertreiben. Ein Pfarrer predigte speziell für die vielen Neuaufgetauten. „Gott hat das Leben des Menschen verlängert“, sagte er. „Warum? Wir wissen es nicht. Vielleicht, damit der Mensch Gott auf der Erde länger dienen kann, bevor uns Gott endlich zu sich heimruft in den Himmel. Sollte sich Gott eines Tages entscheiden, den Menschen nie mehr zu sich in den Himmel zu rufen, ja, so ist auch das sein Wille – dann soll der Mensch Gott auf der Erde bis in die Ewigkeit dienen.“ Die Lieder und Gebete kannte Bruno noch aus seiner Kindheit. Einen Tag später referierte eine militärische Person im grünen Kittel: „Viele von euch sind in eine neue und erschreckende Welt erwacht. Glaubt mir, es ist eine bessere Welt als die, von der ihr entschlafen seid. Es gibt keine Probleme mehr, die nicht gelöst werden können. Aber die Welt, in die ihr erwacht seid, stellt immer noch Forderungen. Ich weiß nur allzugut, daß es unter euch böse und kranke oder schwache Menschen gibt, die Mißtrauen und Angst verbreiten. Das einzige, was ihr zu fürchten braucht, ist die Angst selbst. Oder die Angst vor der Angst. Ich stehe später am Tag auch für individuellere Fragen zur Verfügung."

Nach dem Vortrag suchte Bruno den Mann im grünen Kittel auf und fragte: „Wie kann ich lernen, Feuilletonstoff zu bearbeiten und zu redigieren, der 1995 interessiert?"

„Zu redigieren?"

„Ja, gute Geschichten besser zu machen. Verkürzen, Resümees und Bildtexte ausdenken, Ideen weitergeben. Was für Geschichten werden denn heutzutage gelesen?"

„Die gleichen wie in Ihrem ersten Leben, würde ich denken. Gute Geschichten sind ja zeitlos, nicht wahr?"

„Aber ich muß erst die neue Welt kennen?"

„Ja, lernen Sie sie kennen. Nehmen Sie sich Zeit. Ich werde Ihnen persönlich die Kontakte verschaffen, die Sie brauchen."

EINE neue Krankenschwester kam in Abständen und sorgte in dem dampfenden Badezimmer für Brunos Wohlbefinden. Das Mädchen hieß Margarethe Sundmann und glich in vieler Hinsicht Yvonne Klein – auch sie war füllig und rotblond.

Auf der Wand in seinem Zimmer studierte Bruno ab und zu die Nummer, die er dort mit einem Nagel eingeritzt hatte und die er schnell auswendig gelernt hatte.

Ein jüngerer Mann – der versprochene „Kontakt" – kam und versicherte Bruno, daß Geschichten – egal für welches Medium – genauso seien, wie Geschichten schon immer gewesen waren. „Gab es nicht in Ihrem ersten Leben eine Geschichte, die immer gut lief und die von einer Frau handelte, die ihr verschwundenes oder gekidnapptes oder sonst was Kind sucht?" fragte der junge Mann. „Diese Geschichte kommt immer noch an. Ich habe mir die Mühe gemacht, Ihre alten Zeitschriften zu lesen. In ein paar Monaten, in einem halben Jahr, können Sie die Geschichte schreiben, und sie wird wieder gut ankommen."

„Aber ich habe nie geschrieben. Ich habe Geschichten bearbeitet."

„Schreiben oder bearbeiten, jedenfalls werden Sie wieder gebraucht. Die Klasse, die die Zeit und die Mittel für Geschichten hat, ist allerdings kleiner geworden. Aber es gibt sie noch, und es werden immer noch Geschichten für sie geschrieben."

FRAU BOURCELL kam zurück, bei der Entkalkung war geschlampt worden, und nun saß sie mit einem abwesenden Blick an ihrem Tisch. Nach dem Essen ging Bruno zu dem Telefon, nahm den Hörer ab und wählte die zehn Ziffern, die hinter dem Namen Bruno Holländer gestanden hatten. Die Stimme eines jungen Mannes antwortete: „Hallo?", und Bruno legte den Hörer wieder auf. Bei den Mahlzeiten war er noch abwesender als seine Tischdame, die nach ihrer Rückkehr gealtert ausgesehen hatte, die aber nun ihre Jugendlichkeit zurückzugewinnen schien, ohne diesmal ganz so exaltiert und geschwätzig zu sein.

„Deprimiert?" fragte Dr. Cavalcanti, während sie später in der kalten Wintersonne einen ihrer Spaziergänge am Meer machten. Bruno nickte. „Vielleicht", sagte Dr. Cavalcanti, „vielleicht sollten wir versuchen herauszubekommen, was aus Ihrer Ballettänzerin geworden ist. Ich weiß, Sie kannten sie nur einige wenige Tage. Aber vielleicht könnte ein Wiedersehen mit ihr Ihnen über den toten Punkt hinweghelfen?"

Bruno antwortete nicht.

„Vielleicht sollten wir zusammen versuchen, sie zu finden", sagte Dr. Cavalcanti.

12

AN EINEM Frosttag mit hohem, klarem Himmel fuhren Bruno und Dr. Cavalcanti in einem der lautlosen, führerlosen Autos vom Umschulungssanatorium an die Küste.

„Wie funktioniert so ein Auto eigentlich?" fragte Bruno.

„Ganz simpel: elektronisch. Mit dem Wissen, mit dem Sie damals runterkamen, sollte Sie das nicht allzusehr überraschen. Soweit mir bekannt ist, funktionierte die Elektronik bereits zu Ihrer Zeit besser als das menschliche Nervensystem. Im übrigen haben sich diese Konstruktionen seit den letzten zehn Jahren nicht geändert."

„Wo fahren wir hin?" fragte Bruno.

„Zu Bruno Holländer. Unter Holländer steht sonst keiner im Telefonbuch. Ich habe mir erlaubt, ihn anzurufen, und er hat offenbar nichts dagegen, daß wir ihm einen kurzen Besuch abstatten. Zum Glück wohnt er hier in der Nähe, an der Küste."

„Sie wissen etwas, was ich nicht weiß?"

Dr. Cavalcanti antwortete nicht gleich, doch dann sagte er: „Haben Sie daran gedacht, daß sie, wenn wir sie überhaupt finden, wahrscheinlich älter ist als Sie?"

„Warum heißt er Bruno? Ist das nicht immer noch ein seltener Name?"

„Bruno? Nein, das ist nicht so selten."

„Wäre es nicht besser, wenn Sie mich ein bißchen vorbereitet hätten?"

„Lieber Freund, ich weiß nicht mehr als Sie."

Bruno konnte hören, daß Cavalcanti ihn belog, und stellte keine Fragen mehr.

Das Auto folgte den Kurven einer Küstenstraße und erhöhte und verminderte die Geschwindigkeit, je nachdem, wie es der nur schwache Verkehr erforderte. Bruno merkte, daß man ihm wieder ein Beruhigungsmittel ins Essen getan hatte, und lehnte sich im Sitz zurück. Bevor das Auto gestartet war, hatte Dr. Cavalcanti in einem Schlitz vor dem Sitz eine plastikbezogene Karte angebracht, und zu einem bestimmten Zeitpunkt drehte daraufhin das Auto von der breiten Küstenstraße ab und arbeitete sich über eine Reihe Serpentinen bis zu einem Plateau hinauf, wo es anhielt. Ein schmaler Weg, den man nur zu Fuß gehen konnte, führte die beiden Männer auf eine felsige Lichtung zu einem Chalet. Das Haus glich Sommerhäusern aus Brunos erster Lebensperiode, und dabei fielen ihm wieder die altmodischen, bequemen Stühle ein, die man unweigerlich in allen Aufenthaltsräumen der Krankenhauszentren und Umschulungssanatorien fand. In diesem

Punkt war die Entwicklung offenbar nicht nur stehengeblieben, sondern schien geradezu zurückgeschraubt worden zu sein. Während des Spaziergangs dachte er auch daran, daß er in seinem neuen Leben noch kein Kind gesehen hatte. Auch alte Menschen hatte er nicht getroffen, außer Dr. Cavalcanti und vielleicht Frau Bourcell, die ständig ihr Alter zu wechseln schien. Dann mündeten seine Gedanken schließlich in das ein: Er hatte keine neue Idee gehabt, keine Idee für eine Geschichte des Jahres . . . Es mußten ungefähr sechs Monate, vielleicht auch etwas mehr, von seinem neuen Leben vergangen sein.

Ein Hund kam ihnen entgegen. Bevor sie das Haus erreichten, erschien ein junger Mann in der Tür. Bruno hatte sofort das Gefühl, als hätte er den jungen Mann schon mal gesehen.

„Bruno", stellte er sich vor.

„Bruno", wiederholte der junge Mann.

Dr. Cavalcanti legte beiden Männern einen Arm um die Schultern und folgte ihnen in das dunkle Wohnzimmer des Chalets.

„Mein Freund hier", sagte Cavalcanti, als alle drei in Korbstühlen Platz genommen hatten und der junge Mann jedem von ihnen ein kleines Glas Korn eingeschenkt hatte. „Mein Freund ist darauf versessen, eine gewisse Dame aufzuspüren, die Ihren Nachnamen trägt und über die Sie uns vielleicht Aufschluß geben können."

Bruno fühlte sich in seinem Verdacht bestätigt. Die beiden Männer hatten bestimmt schon lange miteinander gesprochen, und nur er selbst hatte noch die eine oder andere Überraschung zu erwarten.

„Ich bin zweiundzwanzig Jahre unten gewesen", sagte Bruno. „In meinem ersten biologischen Leben traf ich eine junge Ballettänzerin, die Jenny Holländer hieß. Nun würde ich gern wissen, ob Sie mit ihr verwandt sind und ob Sie mir vielleicht erzählen können, was in den Jahren, wo ich unten gewesen bin, aus ihr geworden ist."

Der junge Mann nippte an seinem Glas. „Sie ist meine Mutter", sagte er. Er nippte wieder an seinem Glas und fügte hinzu: „Nicht, daß ich davon viel gemerkt hätte."

„Wieso?"

„Ihre sogenannte Kunst interessierte sie mehr als ein Kind, das offenbar weder geplant noch erwünscht war."

„Und wo kann ich sie jetzt finden? Warum steht sie nicht im Telefonbuch?" fragte Bruno.

„Meine verehrte Mutter ist unten. Sie schaffte es, eine bedeutende Tänzerin zu werden. Dann bekam sie ein Rückenleiden, einen unheilbaren Bandscheibenschaden, und entschied sich dafür, unten zu sein, bis man sie mit einem ganz neuen Rücken versehen könnte. Ich persönlich bezweifle allerdings, daß das je gelingen wird. Daß sie zufällig ein Kind in die Welt gesetzt hatte, beeinflußte ihren Entschluß offenbar nicht."

„Einen ganz neuen, gesunden Rücken?" hörte sich Bruno geistesabwesend sagen.

„Alles für die Kunst. Der wahre Idealismus oder der wahre Egoismus."

Bruno zögerte, bevor er die nächste Frage stellte: „Und Sie heißen also Bruno?"

„Ja."

Dr. Cavalcanti unterbrach sie: „Rückgrattransplantationen oder die Transplantation einzelner Wirbel dürfte in absehbarer Zeit möglich sein. Vielleicht in zwanzig, dreißig Jahren."

Bruno leerte sein Glas, bevor er wieder eine Frage stellte: „Dürfte ich Sie nach Ihrem genauen Alter fragen?"

„Mein genaues Alter beträgt zweiundzwanzig Jahre."

„Dieser Herr ist dreiunddreißig", sagte Dr. Cavalcanti, als eine längere Pause entstand. „Dreiunddreißig rein biologisch."

Der junge Mann stellte sein Glas ab und begann zu lachen.

Cavalcanti übernahm die Gastgeberrolle und schenkte für sie alle ein. Bruno merkte, wie sich der Korn mit dem Beruhigungsmittel mischte, das man ihm ins Frühstück geschmuggelt und das er ganz deutlich herausgeschmeckt hatte. Ihm fiel beim besten Willen nichts mehr ein, wonach er hätte fragen können. Schließlich machte Cavalcanti Konversation. „Sie gehören zur Jetzt-Gruppe, nehme ich an."

„Irgendeiner Gruppe muß man ja wohl angehören", antwortete der junge Mann. „Ja, der Jetzt-Gruppe, aus Mangel an Besserem."

„Dann sollten Sie eigentlich nicht trinken."

„Nein, das sollte ich eigentlich nicht. Wer weiß, vielleicht hat meine Mutter eines Tages Bedarf für meine Leber."

„Theoretisch könnte ich Sie anzeigen."

„Fast alle in der Jetzt-Gruppe trinken ab und zu, und der Apparat, der das überwachen müßte, ist so überlastet, daß er nie bis zu mir vordringen würde, selbst wenn Sie mich anzeigen würden. Sie müssen doch zugeben, daß sich das Ganze in Auflösung befindet."

Bruno räusperte sich und fragte dann: „Wo . . . befindet sich Ihre Mutter?"

„Im Keller irgendeines großen Gefrierhauses, Friede sei mit ihr."

„Haben Sie sie *gesehen*?"

„Ob ich sie gesehen habe?"

„Ich meine, seit sie . . . runterkam?"

„Warum um Himmels willen sollte ich auch noch einen Blick auf diese tiefgekühlte Dame werfen, die zwei Jahre älter ist als ich selbst und die da beharrlich auf ein neues Rückgrat wartet, damit sie wieder ihre absurden Luftsprünge machen kann, oder wie man das nun nennen will? Wissen Sie überhaupt, wie man ‚aussieht', wenn man unten ist? Glauben Sie, es ist ein Vergnügen, sich das anzusehen? Glauben Sie, daß man dort einfach so einen Besuch machen kann?"

„Könnten Sie sich nicht dazu überwinden, mit einem klein bißchen . . . Respekt von Ihrer Mutter zu sprechen? Immerhin hat der Herr sie gekannt."

Bruno sah zu Dr. Cavalcanti und meinte trotz der Zurechtweisung eine stillschweigende Sympathie zwischen den beiden zu bemerken.

„Immerhin hat der Herr sie *gekannt*", wiederholte der junge Mann.

Bruno wurde plötzlich schwindelig, und er stellte das halbvolle Glas ab. „Wovon leben Sie?" fragte er, indem er Dr. Cavalcanti und den jungen Mann erstaunt ansah.

„Vom Jetzt-Leben. Ich bin bis zum Scheitel beliehen. Das erste Mal, wo das allerkleinste Ersatzteil ausfällt, ist es aus. Gott sei Dank habe ich mich rechtzeitig beleihen lassen. Die letzten drei, vier Jahre sind die Beleihungssätze in den Keller gegangen, weil man etliche Organe auf synthetische Weise billiger herstellen kann. Mir tun alle leid, die heute achtzehn sind – das ist das entscheidungsfähige Alter – und die zufälligerweise ein Immer-Leben nicht reizen kann, in dem sie von morgens bis abends schuften müssen, um die Ersatzteile zu finanzieren und alles, was nötig ist, damit man sich unter dem Gefrierpunkt aufhalten kann."

Einen Augenblick herrschte Schweigen, dann sagte Dr. Cavalcanti: „Wo kann der Herr einen Blick auf Ihre Mutter werfen?"

„Ich bezweifle, daß er einen ‚Blick' werfen kann. Aber sie liegt in irgendeinem Keller des Ackermann-Zentrums."

„Ackermann-Zentrum? Aber da komme ich ja selbst her", rief Bruno.

„Na so was", sagte der junge Mann und unterdrückte demonstrativ ein Gähnen.

Bruno und Dr. Cavalcanti verabschiedeten sich und gingen zurück zum Auto. Der Hund folgte ihnen noch ein Stück.

„Ein unangenehmer junger Mensch", bemerkte Dr. Cavalcanti. „Ich fürchte, er ist nicht ganz untypisch für seine Generation und für eine Gruppe, die wahrscheinlich noch im Wachsen ist. Irgendwie muß ich aber zugeben, daß ich mich in seine Situation hineinversetzen kann und daß ich etwas von dieser Bitterkeit verstehen kann, die Sie nun bei dieser Gelegenheit unglücklicherweise mitbekommen mußten."

Cavalcanti zog die Lochkarte aus dem Schlitz, drehte sie auf den Kopf und steckte sie wieder hinein. Lautlos fuhr das Auto die Serpentinen hinunter, und vor ihnen tauchte wieder das Meer auf.

„Hätten Sie eventuell Lust, sie zu sehen?" fragte Cavalcanti.

Bruno nickte langsam.

13

AM NÄCHSTEN Morgen kam Frau Bourcell nicht zum Essen herunter. Bruno betrachtete ihr Gedeck und benutzte das Alleinsein, um ihr Arzneiglas herumzudrehen und zum erstenmal das

Etikett zu lesen: *Eternol* stand auf dem Glas. Die Pillen waren grün.

Nach einiger Zeit kam mit schnellen Schritten eine Krankenschwester herbei und nahm das Glas weg.

„Frau Bourcell kommt heute morgen nicht herunter", sagte die Krankenschwester.

Sie kam auch nicht zum zweiten Frühstück herunter, und Bruno bemerkte, daß man nicht mehr für sie gedeckt hatte. Als er sich am Nachmittag in dem altmodisch möblierten Tagesraum aufhielt, hörte er von einem Patienten, daß sie tot war.

„Tot – wie stellt man es heutzutage überhaupt an zu sterben?"

„Frau Bourcell nahm einfach zu viele Pillen. Sie muß bei jeder Mahlzeit zusätzlich ein paar Pillen beiseite geschmuggelt und gesammelt haben. Sie hatte die ganze Nacht dazu, um daran zu sterben. Und ein neues Gehirn kann man uns ja immer noch nicht verpassen."

Bruno versuchte, sich an sie zu erinnern; sie hatte blauweißes Haar gehabt und so ausgesehen, als ob sie zwischen 50 und 60 war; aber das war schwer zu entscheiden, denn das Alter, das sich in ihren Gesichtszügen und ihrer mal schnelleren, mal langsameren Redeweise verriet, hatte die ganze Zeit gewechselt. Bruno bereute, daß er ihr nicht mehr Fragen gestellt hatte. „Aber warum?"

Der Patient schüttelte den Kopf und sagte dann: „Wahrscheinlich ein Unglücksfall. Aber erzählen Sie mir doch mal ganz genau, wofür Sie leben?" Bruno blieb ihm die Antwort schuldig; beim Mittagessen saß zu seiner Überraschung Dr. Cavalcanti an seinem Tisch.

„Hätten Sie eventuell Lust, sie zu sehen?" fragte der Doktor mit dem weißen Haar und dem müden, freundlichen Gesicht.

„Wen? Frau Bourcell?"

„Nein, Ihre kleine Ballettänzerin."

„Was war in diesen Pillen? Warum heißen sie *Eternol*?"

„Irgendeinen Namen muß das Kind ja haben. Kein Mensch hat Frau Bourcell vorgegaukelt, daß sie ein ewiges Leben erwartet. Hätten Sie wohl Lust, Jenny Holländer zu sehen?"

„Aber sie ist doch eingefroren?"

„Eingefroren und auch nicht mehr ganz jung. An Ihrer Stelle würde ich mir eine ganz junge Freundin suchen, wieder mit der Editionsarbeit anfangen, wie Sie das nennen, und abwarten, bis man mit der Zeit ein Mittel findet, das im Gegensatz zu *Eternol* ganz ohne Nebeneffekte ist. Aber ich finde, Sie sollten sie mit eigenen Augen sehen – Jenny Holländer."

Bruno zerkleinerte sein synthetisches Beefsteak und sagte: „Ich kannte sie nur einige wenige Tage."

Der Arzt lächelte und antwortete: „Aber sie nannte ihren Sohn Bruno. – Sehen Sie sich Fräulein Holländer an, und bringen Sie die Sache hinter sich."

Bruno versuchte das Thema zu wechseln: „Ich habe daran gedacht, meine Erinnerungen zu schreiben. Ich war immerhin unter den ersten, die man eingefroren hat, und ich kann mir nicht vorstellen, daß es noch andere gibt, die länger unten gewesen sind als ich, jedenfalls sehr viel länger. Wie finden Sie den Titel *Oben und unten*?"

„Kommt mir bekannt vor. *Ein* Buch ist mindestens mit diesem Titel erschienen."

„Und wenn ich sie nun aufwecken ließe? Könnte sie nicht mit dem Rückenleiden leben? Könnte sie dann nicht genauso lange leben wie alle gesunden Menschen?"

„Wir sind noch nicht so weit, daß wir ausdrückliche Wünsche der Eingefrorenen übergehen, solange eine wirtschaftliche Deckung da ist. Ihre kleine Ballettänzerin hat für die Zeit bezahlt, die nach unserer Prognose nötig ist, bis wir Rückenwirbel verpflanzen können."

„Aber sie wußte nicht, daß ich bereits jetzt oben sein würde?"

„Tja, ob sie das nicht wußte? Lieber Freund, sehen Sie sich Jenny Holländer an, streichen Sie die Sache aus Ihrem Gedächtnis, und suchen Sie sich eine neue kleine Freundin."

„Kann ich nicht eine Illustrierte von diesem Jahr sehen?"

„Bald. Ich finde, wir fahren zuerst zum Ackermann-Zentrum und zeigen Ihnen Ihre Freundin, die lieber unten sein wollte, als . . . sich um das Kind zu kümmern, dem sie den Namen Bruno gab."

„Wie ist es eigentlich möglich, daß man die Eingefrorenen sehen kann?" hörte sich Bruno fragen.

„Das ist – mit einer kleinen Vorbereitungszeit, um den Betreffenden herzurichten –, wie wenn man eine Schublade aufzieht. Eine Schublade mit Glasdeckel. Der Einblick wird nicht jedem gewährt, aber ich kann Ihnen dieses Vorrecht verschaffen."

„Und hinterher?"

„Hinterher suchen Sie sich eine kleine Freundin, die wie Sie oben ist und auch vorläufig nicht nach unten muß."

SPÄT in der Nacht – Bruno konnte nicht schlafen – warf er von der Tür aus das gebundene Buch in Richtung Balkon gegen das unsichtbare Glas, das ihn vom Meer und vom Strand trennte. Die Scheibe hielt, aber das Buch fiel auseinander.

Am nächsten Tag frühstückte Dr. Cavalcanti wieder mit Bruno. „Wir warfen unser Buch gegen die Scheibe", konstatierte Cavalcanti. „Wie ich höre, kam das Buch dabei schlechter weg. Sollten wir nicht einen Vormittagsspaziergang am Wasser machen?"

Bruno und Cavalcanti gingen zusammen den Strand entlang, an der Landspitze vorbei bis zu einer neuen Bucht, in der sich endlos Hochhaus an Hochhaus reihte, genau wie in ihrer eigenen Bucht.

„Das Angebot bleibt bestehen. Wir besuchen das Ackermann-Zentrum und werfen einen Blick auf die Dame, die noch ein bißchen bläulich um die Wangen ist. Hinterher suchen wir uns eine kleine nette Freundin, die oben ist. Abgemacht?"

„Wird Frau Bourcell begraben?" fragte Bruno.

„Sie wird in Ersatzteile zerstückelt; der Rest wird in die Erde gesenkt, und ein Pfarrer hält eine Predigt, genau wie in Ihrem ersten Leben."

„Und was geschieht Ihrer Meinung nach eines Tages mit Ihnen selbst?"

„Genau dasselbe, abgesehen davon, daß ich diese Welt *gegen* meinen Willen verlassen werde. Selbstmord versetzt die Menschen automatisch vom Immer-Leben ins Jetzt-Leben. Aber ich bin als Anhänger des Jetzt-Lebens bekannt und werde bis zum bitteren Ende durchhalten, weil ich mich so am wohlsten fühle. Außerdem werden wir in Zukunft dafür sorgen, daß von den *Eternol*-Tabletten jeweils nur eine ausgeteilt wird."

„Um den Selbstmord zu erschweren?"

„Ja, das ist die Absicht. In der neuen Klassengesellschaft hat Selbstmord keinen Platz. Betrachtet die Gesellschaft Sie als unentbehrlich, dann wird sie auch für Ihr Immer-Leben sorgen."

„Aber Sie sind Arzt."

„Ja, gewiß, aber ich falle rein juristisch unter die alte Ordnung. Außerdem fürchte ich, daß die Gesellschaft mich eines Tages gegen meinen Willen zum Immer-Leben zwingen wird. Wußten Sie, daß heutzutage schon fast die Hälfte der Bevölkerung Ärzte und Krankenschwestern sind? Und daß sich neunzig Prozent von ihnen, wenn nicht mehr, zum Immer-Leben verpflichtet haben? Kommen Sie, ich verrate Ihnen jetzt ein paar von den kleinen Tricks, die man kennen muß, damit man flache Steine dazu kriegt, mehr als nur einen Satz zu machen."

Bruno unternahm einen neuen Versuch, die Scheibe zu zerschmettern, diesmal mit einem Zahnbecher vom Waschbecken. Der Becher ging kaputt, die Scheibe hinter dem Balkon hielt. Am nächsten Tag hatte sein Frühstück wieder einen Beigeschmack, und auf dem Spaziergang war er an Dr. Cavalcanti gekettet.

„Entschuldigen Sie die dramatischen Vorkehrungen, aber Sie sind sich wohl nicht richtig klar darüber, daß Sie aus dem Gleichgewicht geraten sind. Am Nachmittag fahren wir in die Stadt und werfen einen Blick auf Ihre eingefrorene Freundin."

Die Kette wurde auf der Fahrt in die Stadt nicht entfernt. In der untergehenden Wintersonne leuchtete rosig das Ackermann-Hochhaus, dessen Länge Bruno wieder an ein Schiff erinnerte, das aber alle gewöhnlichen Schiffe an Höhe übertraf. Der Fahrstuhl fuhr nicht nach oben, sondern viele Stockwerke abwärts. Ein altes Lied tauchte in Brunos abgestumpftem Bewußtsein auf: „Take a sad song, and make it better – you were made to go out and get her." Sie gingen durch lange

Gänge, und in einem Badezimmer ließ ihn Dr. Cavalcanti eine Pille einnehmen. Danach konnte sich Bruno nicht mehr richtig auf den Füßen halten und mußte sich mit schleppenden Beinen von Dr. Cavalcanti und einer Krankenschwester mehr oder weniger tragen lassen.

In einem grünen Kellerraum mußte er sich zum Verschnaufen auf einen Stuhl setzen. Dann wieder durch Gänge und vor dem Ende eines Ganges ein neuer grüner Raum mit einem Stuhl. Eine Wand enthielt grüne Schubladen, auf denen Ziffern standen. Eine der Schubladen wurde aufgezogen, und da lag Jenny. Die oberste Hülle ihrer Verpackung war ein dicker Stoff, der sich wie bei einer Mumie in Schlangen um sie wand. Man wickelte etwas davon ab, und nun sah Bruno ihr Gesicht wieder, das dunkle Haar (kurz geschoren), die starken Wangenknochen und den breiten Mund, hinter dem immer eine Reihe gesunder Zähne verborgen gewesen war.

„Wir haben sie zur Feier des Tages ein bißchen aufgetaut", sagte die Krankenschwester. „In zwanzig Jahren können wir ihr ein schönes neues Rückgrat geben, und sie kann wieder tanzen oder etwas anderes machen, wozu sie dann Lust hat."

Jenny sah ein wenig älter aus. Bruno hatte das Gefühl, daß es nicht nur die Jahre waren, sondern auch das Kind, das sie zur Welt gebracht hatte. Ein starkes Wort drängte sich auf, er liebte sie, selbst jetzt, sie war wahrscheinlich die einzige, die er je geliebt hatte; Dr. Cavalcantis Plan war fehlgeschlagen, dachte er. Dann merkte er, wie ihm schwindlig wurde, und suchte nach einem Stuhl, um sich wieder hinzusetzen, aber es war keiner da, und so setzte er sich auf den Fußboden. Man hatte ihn einen Augenblick allein gelassen. Er schloß die Augen, fühlte ein Ohrensausen und überließ sich ohne Scham einer Ohnmacht. Als er wieder zu sich kam, war er noch immer allein, und die Schublade war noch immer aufgezogen. Er beugte sich darüber und drückte einen Kuß gegen das Glas, das sie trennte; es war so kalt, daß ein paar Hautfetzen von seinen Lippen daran hängenblieben; auf dem Heimweg schmerzten seine Lippen noch immer – Dr. Cavalcanti hielt deshalb das Auto an, indem er die Lochkarte aus dem Schlitz riß, und kam mit einem Pomadestift zurück. Den Fußweg vom Ackermann-

Zentrum zurück zum Auto und die Fahrt aus der Stadt machte Bruno wie im Traum. Er war schläfrig, während Cavalcanti deprimiert wirkte.

„Ist es *so* ernst?" fragte Cavalcanti, ohne Bruno dabei anzusehen. Bruno war viel zu schläfrig, um zu nicken. „Aber Sie kannten sie doch nur drei Tage, ich habe in Ihre Kartei gesehen."

In der Nacht riß Bruno den Tisch vom Fußboden, an dem er angeleimt war, und hob ihn mit beiden Armen hoch. Die Balkontür hatte er geöffnet. Er lief quer durchs Zimmer auf den Balkon hinaus und schmetterte den Tisch gegen das unsichtbare Glas. Endlich hatte er Glück. Das Glas zersprang, und er hörte den Wellenschlag – der gleiche Rhythmus wie sein Pulsschlag – und sog den Geruch von Tang und Salzwasser tief in die Lungen. Aber das Krachen des zersplitternden Glases war durchdringend gewesen, und während er noch dastand und das Geräusch und den Geruch des Meeres in sich aufnahm, stürmten sie auch schon in sein Zimmer. Sie banden ihn ans Bett und gaben ihm eine Spritze. Am nächsten Tag fuhren sie ihn ohne Dr. Cavalcantis Begleitung zum Ackermann-Zentrum zurück, und diesmal bekam er ein Zimmer ganz ohne Fenster. An der Decke über seinem Bett war ein Gitter, und sechzehn Stunden war das Zimmer ununterbrochen künstlich beleuchtet. Die letzten acht Stunden lag es im Dunkeln, und da man ihm, bevor abgeschlossen wurde, etwas ins Essen getan hatte, schlief er die acht dunklen Stunden, ohne zu träumen und ohne zu wünschen, daß das Zimmer ein Fenster gehabt hätte, zu dem er sich hinschleppen und die Hochhäuser um das Ackermann-Zentrum mit ihren Leuchtbuchstaben auf dem Dach betrachten könnte.

14

DR. BERNARD erschien wieder und fragte: „Und was können wir nun für Sie tun?"

Bruno überlegte. Er hatte einen klaren Vormittag; ein Vormittag mußte es sein, wenn man danach gehen konnte, daß erst vor kurzem das Licht im Raum wieder angemacht worden war.

„Sie könnten mich wieder einfrieren", antwortete er.

„Unmöglich. Begreifen Sie doch: Sie sind ein Oldtimer. Die Öffentlichkeit verfolgt Ihr Schicksal, weil Sie einer unserer ersten erfolgreich behandelten Patienten sind", sagte Dr. Bernard.

„Sie könnten mich in soundso viele Ersatzteile zerstückeln."

„Wissen Sie nicht, daß Frühling ist? Die schönste Zeit, sich zu verlieben."

„Sie könnten mich einfrieren und wieder auftauen, wenn die bewußte Dame wieder aufgetaut werden kann."

„Fräulein Holländer? Aber das kann zwanzig oder fünfzig Jahre dauern."

„Ich kann nicht viel vom Frühling sehen. Kann ich nicht ein Fenster bekommen, durch das man wenigstens am Tage hinaussehen kann?"

„Sie haben ja leider die unglückliche Neigung, Glas kaputtzumachen."

„Wie alt bin ich Ihrer Meinung nach in fünfzig Jahren?"

„Nun, wir haben ein paar recht gute Präparate."

„*Eternol?*"

„Auch *Eternol.* Aber wir haben noch andere. Wissen Sie, was Sie jetzt brauchen? Ein wunderschönes, warmes Bad."

Bruno bekam sein Bad. Nach dem Bad trocknete ihn Yvonne Klein mit einem warmen Frotteehandtuch ab. Als sie anfing, sein Glied zu massieren, stieß er sie weg.

„Können wir absolut nicht mehr zusammenarbeiten?" fragte Dr. Bernard.

„Nein."

„Wir haben einen Mann, der sich auf Zeitschriftengeschichten spezialisiert und der sich gern mit Ihnen unterhalten würde. Er ist gerade draußen auf dem Gang."

„Sagen Sie ihm, daß er sich davonscheren soll."

„Das Gesetz verbietet uns, Fräulein Holländer aufzutauen. Wir haben noch kein neues Rückgrat für sie, und ihr letzter Wunsch war, wieder tanzen zu können."

„Dann frieren Sie mich ein, bis sie wieder tanzen kann."

„Wir haben noch andere nette Damen außer Fräulein Klein. Möchten Sie sich nicht vielleicht mit einer von den anderen treffen?"

„Nein. Sagen Sie mir lieber, warum ich eigentlich um jeden Preis oben bleiben soll."

„Weil Sie länger als die meisten unten gewesen sind und weil wir kein Interesse daran haben, die Leute die ganze Zeit rauf- und runterzuschicken. Wir können uns schließlich nicht von irgendeiner kleinen Stimmungskrise beeinflussen lassen. Außerdem, weil Sie rein physisch in Topform sind und der Gesellschaft eine Arbeitsleistung schulden. Schließlich, weil Sie so lange unten gewesen sind, daß wir gezwungen sind, Sie ein bißchen als eine Art Versuchskaninchen zu betrachten und uns bemühen müssen, herauszufinden, was das für Depressionen sind, die es so verdammt schwer machen, unsere Oldtimer wieder in Stimmung zu bringen. Sie können uns doch nicht einfach im Stich lassen."

„Ich lasse Sie im Stich?"

„Sie haben ein Immer-Leben bekommen, ohne einen Pfennig dafür zu bezahlen. Andere müssen ein ganzes Leben dafür arbeiten."

Brunos Essen hatte wieder die Form von braunen, grünen und roten Preßblöcken. Eine Uhr hatte man ihm nicht gegeben, und seine einzige Zeitorientierung war das Licht im Raum, das an- und ausgemacht wurde. Die Tür konnte nur von außen geöffnet werden. Er durfte auch nicht mehr draußen auf dem Gang hin und her gehen und auch nicht mehr den optimistischen und etwas unklaren Vortrag des militärischen Mannes im grünen Kittel hören. Eines Tages behielt er das Plastikmesser, ohne daß es jemand bemerkte. Nachdem sie das Licht ausgemacht hatten, versuchte er, die Haut auf seinem Handgelenk anzusägen, aber das Messer hinterließ nur quer über seinem Handgelenk ein rotes Zeichen. Am nächsten Tag entdeckte Dr. Bernard es sofort. Darauf bekam Bruno sein Essen in weicheren Blöcken und nur noch einen Löffel dazu. Bücher gab man ihm nicht mehr, aber ab und zu durfte er durch das Gitter über dem Bett Musik hören.

„Geben Sie sich einen Ruck. Nicht Ihretwegen, sondern uns zuliebe. Sie gehören nicht mehr sich selbst. Sie gehören der Gesellschaft. Wenn es nicht für die Gesellschaft wäre, würden Sie jetzt nicht hier liegen."

„Ganz recht."

„Hätten Sie eventuell Lust, eine Redaktion zu besuchen? Zusammen mit mir?"

Bruno fühlte, wie sich etwas in ihm regte, schüttelte aber dann doch den Kopf. „Wecken Sie mich in fünfzig Jahren", sagte er und schloß die Augen.

Als Dr. Bernard gegangen war, versuchte er, sich den Plastiklöffel in den Hals zu stecken und ihn bis zum Ersticken drinzulassen, aber dann hustete er ihn nach und nach wieder heraus.

Eines Tages holte ihn Dr. Bernard ab, ging mit ihm den Gang hinunter und führte ihn auf einen Balkon.

„Es ist Frühling", erklärte er. „Frühling, und die Welt ist voller Geschichten, die nur darauf warten, geschrieben zu werden."

Bruno sah auf die hellgrünen Parkbäume hinunter und sog den Duft von Tau, Erde und Laub ein.

„Sollten wir nicht zusammen in die Stadt gehen und bei einer Redaktion hereinschauen? Wenn ich Ihnen nun eine Schreibmaschine und etwas Papier gebe, hätten Sie dann wohl Lust, eine Geschichte zu schreiben? Eine Geschichte über einen Mann, der nach zweiundzwanzig Jahren in die Welt zurückkehrt?"

„Diese Geschichte ist doch bereits geschrieben."

„Wer hat Ihnen denn das weisgemacht?"

„Ich kenne ja meine Leser nicht mehr."

„Dann schreiben Sie für sich selbst."

„Ich habe nie schreiben können. Man kann auch nicht ohne Leser schreiben. Außerdem *kann* ich gar nicht schreiben. Meine Aufgabe war, Ideen zu haben und sie zu verteilen."

„Aber nur mal als Anfang? Eine Schreibmaschine und ein Besuch bei einer Redaktion?"

Bruno starrte auf die Stadt und wünschte sich, daß eine einzige Wolke auf dem blauen Frühlingshimmel gewesen wäre. Durch die Nasenlöcher sog er tief die Luft ein; sie roch nach frischem Laub, fand er. Etwas anderes vermißte er jedoch: den Benzingeruch, der in seiner Jugend zu seinen Frühlingsspaziergängen durch die Stadt gehört hatte.

„Was ist denn da unten auf der Hauptstraße los?"

Eine kleine Gruppe von Menschen war dabei, die Hauptstraße zu blockieren. Bruno konnte sehen, daß sie Plakate trugen, konnte aber den Text nicht lesen. Auf der Hauptstraße war nicht viel Verkehr, aber nach und nach schafften sie es doch, daß ein paar Autos anhielten.

„Das sieht wie eine Demonstration aus", sagte Bruno. „Wissen Sie, wogegen demonstriert wird?"

„Ach, Kinderkram."

„Nein, erklären Sie es mir. Ich kann keine neuen Geschichten erfinden, wenn ich nicht die Welt kenne, in der sie sich abspielen, und wenn ich nicht das Publikum kenne, von dem sie gelesen werden sollen. Außer mir gibt es hier offenbar noch andere, die nicht zufrieden sind."

„Das sind natürlich Jetzt-Leute. Sie sind verärgert, daß die Preise für Ersatzteile fallen, weil wir die Teile hier nach und nach besser herstellen. Synthetisch."

„Warum halten die Autos an?"

„Das sind Ärzteautos. Nur Ärzte und Politiker, und auf dem Ackermann-Boulevard fahren so gut wie nur Ärzte. Im übrigen sind zur Zeit alle unsere Politiker ausgebildete Ärzte, und man kann mit einem gewissen Recht behaupten, daß alle Ärzte als Politiker fungieren."

„Das Ganze löst sich allmählich auf, nicht wahr?"

„Ja, die Jetzt-Form befindet sich im Umbruch. Ich kenne mich in Geschichte aus und weiß, daß es auch in Ihrer ersten biologischen Lebensperiode Anpassungsprobleme und soziale Unruhen gab. Das ist nichts Neues."

Ein Auto mit Blinklicht stieß dazu, und kurz danach ließen sich die Demonstranten zerstreuen. Bruno sah, wie sie in einer kleinen Gruppe mit ihren Plakaten friedlich weitergingen. Sie näherten sich dem Krankenhaus und verschwanden hinter einem Hochhaus.

„Aber Sie können mir glauben, die kommen bestimmt nicht hinein."

„Tauen Sie Jenny auf, und lassen Sie uns zusammen sprechen. Nur für zehn Minuten."

„Wir dürfen nicht. Es bekommt dem Organismus nicht gut wenn er zwischendurch oft eingefroren und wieder aufgetaut wird."

„Kann ich nicht in Tiefschlaf versetzt werden?"

„Dadurch werden die Probleme nicht gelöst. Ernsthaft aufhalten oder unterbrechen können wir den Alterungsprozeß nur bei den Eingefrorenen. Diejenigen, die nur im Tiefschlaf sind altern, selbst wenn es langsamer geht."

„Dann können Sie mich ja entkalken. Wie ist es mit *Eternol*?"

„Ein Fiasko. Wir haben unsere Fähigkeiten leider überschätzt. Auch die *Eternol*-Leute verlieren ihren Lebensmut Zeigen wenigstens Sie uns ein bißchen Draufgängertum."

Eines Tages stellte sich Bruno im Bett auf die Zehenspitzen und zerschmetterte mit seinem Teller das Gitter. Auch hinter dem Gitter ging noch irgend etwas kaputt, denn die Musik hielt plötzlich mitten im Stück an.

Kaum hatte die Musik gestoppt, brachte man ihn auch schon in einen neuen Raum. Seine Mahlzeiten wurden nun wieder in Tuben serviert. Die Besuche im Badezimmer wurden fortgesetzt, aber Yvonne Klein war nicht mehr da. Es gab niemanden mehr, der darauf achtete, daß er sein Bad nahm und ihn massierte und hinterher mit großen Frotteehandtüchern abtrocknete. Eines Morgens – das Licht war angemacht worden – tauchte Dr. Bernard wieder auf.

„Gut, Sie bekommen Ihren Willen. Sie erhalten eine neue Einfrierung. Das wollten Sie doch, nicht wahr?"

Dann wurde Brunos Bett auf Räder gestellt und den Gang hinuntergerollt. Jemand kam hinterher und gab ihm eine Spritze. Die Spritze wirkte schnell und nahm ihm das letzte Gefühl von Angst, das ihn noch erfüllte. Dann war er in einem blauen Zimmer, und es näherte sich jemand von hinten und legte ihm etwas Feuchtes über Nase und Mund.

Das Eis ist dünn, es trägt nicht. Das Eis ist voller dunkler Löcher. Es knackt, und Bruno ruft lautlos um Hilfe. Aber niemand ist da. Diesmal geht es schnell, und er verliert sich fast augenblicklich.

15

2022

In Wirklichkeit war Bruno einundachtzig Jahre, biologisch höchstens dreiunddreißig, als man ihn zum zweitenmal aus der Welt der Eingefrorenen weckte. Das Auftauen ging diesmal sowohl behutsamer als auch schneller vor sich, wenn man Brunos Zeitempfinden glauben darf. Nur kam es ihm so vor, als wenn es „unterwegs" eine längere Unterbrechung gegeben hatte oder ein kurz dauerndes Erlebnis von Bewußtsein, das sich in die lange oder kurze (das Zeitempfinden versagte) Periode der Unbewußtheit eingeschoben hatte. Eine kurze Zeit, in der er sich halb bewußt und deshalb in Gefahr gefühlt hatte. Das Erlebnis war vorübergegangen, und für den erwachenden Bruno war nicht zu entscheiden, ob es nicht vielleicht nur ein Teil des Auftauungsprozesses gewesen war.

War er unterwegs „oben" gewesen? Oder zumindest im „Tiefschlaf"? Ein Gesicht schwebte durch sein Blickfeld, ein bekanntes Gesicht, bekannter (so kam es ihm auf den unmittelbaren Eindruck vor) als irgendeines, das seiner zweiten Bewußtseinsperiode angehörte: das Gesicht Dr. Ackermanns. Und gleich danach waren die Reflexe da und korrigierten bereits: *Professor* Ackermann.

Professor Ackermanns Gesicht war jung. Er hatte rote Wangen und große, lebhafte Augen, so wie beim erstenmal, als ihn Bruno gesehen hatte. Konnte es sein, daß dieses Gesicht noch jünger, röter und lebhafter war als bei ihrer ersten Begegnung?

„Unten?" sagte Bruno. Und da er gleich darauf imstande war, einen ganzen Satz zu bilden (im Auftauen hatte man offenbar Fortschritte gemacht), sagte er: „Auch *Sie* sind unten gewesen, nicht wahr?"

„Ich war unten, als Sie raufkamen. Ich kam in dem Jahr rauf, als Sie wieder runterkamen, oder das Jahr danach."

„Und welches Jahr haben wir jetzt?"

„Zweitausendzweiundzwanzig. Drei Zweierzahlen. Leicht zu merken."

„Wie alt sind Sie, wie alt bin ich?"

„Wir haben viele Alter. Jeder Körperteil hat sein Alter. Chronologisches Alter, biologisches Alter. Psychologisches Alter, physiologisches Alter. Durchschnittsalter, partielles Alter."

„Ich bin – wie lange unten gewesen? Dieses Mal?"

„Siebenundzwanzig Jahre. Alle Ihre lebensnotwendigen Ersatzteile sind neu oder überholt. Können Sie sich an Ihren Namen erinnern?"

„Bruno."

„Und der Nachname?"

„Habe ich vergessen."

„Ihr Beruf?"

„Vergessen. Glaube ich jedenfalls."

„Gut. Die Kur ist gelungen. Wir haben *tabula rasa*. Wir sind dreiunddreißig und beginnen ein neues Leben."

„Während ich weg war, war ich plötzlich einen Augenblick *anwesend*. Für eine kurze Zeit."

„Das war sicher vor zehn Minuten. Das Gedächtnis spielt uns manchmal einen Streich, besonders beim Zeitgefühl."

„Jenny Holländer", sagte Bruno.

Ackermann sah bekümmert aus.

„Sie nennen einen Namen. Den Namen einer Person. Was bedeutet dieser Name für Sie?"

„Wir sollten zur gleichen Zeit geweckt werden."

Ackermann runzelte die Brauen.

„Erinnern Sie sich noch an etwas anderes? Nennen Sie, was Ihnen einfällt."

„*Eternol*. Lippenpomade. Frau Bourcell."

Ackermann sprach, über die Schulter, zu einer anderen Person. „Teilweise Gedächtnis", sagte er. „Wir verordnen weiter *Obliviol*."

„War ich die ganze Zeit unten? Oder nur im Tiefschlaf?"

„Unten."

„Aber ich erinnere mich an etwas. Da war nichts. Und dann war da etwas. Und dann war wieder nichts?"

„Sie waren die ganze Zeit unten."

„Und Jenny Holländer? Ist sie oben?"

„Sie ist jetzt auf dem Weg nach oben. Wir haben Ihre Bitte erfüllt."

„Lüge", wollte Bruno rufen, aber seine Stimme reichte nur zu einem Flüstern.

„Wahrheit", sagte Ackermann und war weg.

DAS nächstemal flüsterte Bruno: „Bernard, Cavalcanti. Bourcell. Jenny Holländer. Henry."

„*Obliviol,* doppelte Dosis", sagte Ackermanns Stimme.

Bruno war allein. Seine Aufmerksamkeit wurde von etwas angezogen, das sich in seiner linken Achselhöhle befand, von einem Fremdkörper. Er versuchte ihn zu entfernen, aber er saß fest, er war an seinen Oberarm gebunden. Er befand sich in einem Raum ohne Fenster. Wenn andere im Raum waren, ging das Licht an, und Decke und Wände begannen zu leuchten. Wenn sie verschwanden, verschwand das Licht. Der Fremdkörper war kälter als sein eigener Körper, er konnte ihn jedoch nicht entfernen. Der Fremdkörper füllte seine Achselhöhle. Wenn Ackermann verschwunden war und mit ihm das Licht in dem fensterlosen Raum, kam es vor, daß Bruno in dem Fremdkörper in seiner linken Achselhöhle ein Ticken hörte oder fühlte.

„Abmachung", rief Bruno. „Sie wollen mich wohl betrügen?"

„*Obliviol* absetzen", sagte Ackermann. „*Neutrol* verordnen."

„Zeitschriften", rief Bruno. „Feuilleton, Redaktion, Verlag."

„*Neutrol* absetzen. *Memorol* verordnen."

Nach diesen Worten verschwand Ackermann wieder. Aus dem dunklen Raum rief Bruno: „Fenster!" Und: „Hinaussehen!"

Der Raum war voller Licht, und Bruno dachte: Gleich kommt Ackermann. Aber das Licht verschwand, und das nächste, was passierte, war, daß jemand angelaufen kam, eine Tür aufriß, eine Stearinkerze auf den Tisch stellte, sie anzündete und wieder hinauslief. Das war die Gelegenheit, den Fremdkörper loszuwerden, und Bruno beugte sich über die Kerze, bemerkte zum erstenmal, daß er nackt war, und versuchte, den linken Ellbogen über der Flamme zu krümmen, um den Fremdkörper zu vernichten. Die Flamme ging aus, und er lag wieder im Dunkeln. Ackermann erschien mit einer Taschenlampe (Kindheitserinnerungen, Sommerhäuser, eine Lampe unter der Bettdecke, bei deren Schein man lesen konnte, nachdem gute Nacht gesagt worden war), zündete die Stearinkerze wieder an und stellte sie so weit von Bruno weg, daß er sie auch mit all seiner Lungenkraft nicht hätte ausblasen können. Bruno hatte bemerkt, daß er nackt war; nun erkannte er, daß er sich nicht vom Bett entfernen konnte – er war angebunden; oder irgendwas anderes war mit ihm gemacht worden, so daß er sich keinen Millimeter von der Stelle bewegen konnte. In seiner linken Achselhöhle, nahe beim Herzen, tickte es.

„Jenny Ackermann", sagte er, als das nächstemal Licht war, und nun lächelte jemand. Er verbesserte schnell: „Jenny Holländer." Als es wieder dunkel war, tickte es heftig in dem Fremdkörper, und er fand sich mit der Dunkelheit ab und schlief. Nach und nach fand er sich auch damit ab, daß ihm dieses Ticken in der Achselhöhle die Initiative nahm, jemanden zu rufen und seine Erinnerungen aufzufrischen, die Namen und Jahreszahlen, und sie den Gesichtern zu sagen, die mit dem Licht in den Raum kamen.

Eines Tages hörte er, halb wach, Lärm draußen vor dem Raum. Jemand erschien und stemmte, nachdem er die Tür aufgestoßen und eine Taschenlampe angemacht hatte, beide Hände gegen die Tür. Es war eine stumme Szene wie im Traum, und vielleicht träumte es Bruno tatsächlich? Die Tür wurde mit Gewalt geöffnet, von einem anderen in gelber Kleidung und mit einem Gerät in den Händen, der den ersten zum Mitgehen zwang. Der Fremdkörper unter der Achselhöhle hörte eine Zeitlang mit dem Ticken auf, und eine Menge Namen und Bilder tauchten in Brunos Bewußtsein auf. Später stellte wieder jemand eine Stearinkerze an Brunos Bett; und noch später kam das Licht in die Decke zurück, und die Stearinkerze an seinem Bett wurde entfernt.

Dann erschien Ackermann.

„Was geht hier vor?" fragte Bruno.

„Hier geht überhaupt nichts vor."

„Gewehr", sagte Bruno, obwohl das Instrument, das er gesehen hatte, nicht den Gewehren glich, die er aus seiner Kindheit kannte.

„Gelber Mann."

Ackermann schüttelte lächelnd den Kopf; und nun tauchten keine Stearinkerzen mehr auf.

„Sie haben sicher schlechte Träume", meinte Ackermann. Es wurde hell, wenn jemand mit Bruno sprechen oder nach ihm sehen wollte. Und es wurde meist dunkel, wenn man ihn wieder verließ.

Sein Bewußtsein wurde immer klarer.

„Wir haben zweitausendzweiundzwanzig?"

„Ja. Drei Zweierzahlen."

„Wie kann ich wissen, daß das stimmt? Daß ich nicht nur ein paar Monate unten gewesen bin, damit ich ruhiggestellt werden konnte?"

„Sie können strenggenommen nichts wissen. Sie müssen sich auf mich verlassen. Sie haben sich auf mich verlassen, und ich fror Sie ein und rettete Ihr Leben. Nun müssen Sie sich wieder auf mich verlassen. Wir schreiben 2022, drei Zweierzahlen."

„Aber ich bin immer noch erst dreiunddreißig?"

„Genau. Oder Sie werden vielleicht gerade erst dreiunddreißig."

„Kann ich nicht bald die Gelegenheit bekommen, Jenny Holländer zu sehen? Wenn wir wirklich 2022 schreiben, und wenn sie wirklich gerade raufkommt?"

„Geduld. Es hat hier einige kleine Unregelmäßigkeiten im Arbeitsablauf gegeben, und wir haben uns verspätet. Es war beabsichtigt, Sie zu genau dem gleichen Zeitpunkt raufzuholen."

„Das stimmt nicht. Sie wollten, daß ich sie vergesse, und dieser Versuch mißlang."

„Also gut. Wir machten einen Versuch – um Ihretwillen. Aber er schlug fehl, und nun halten wir uns an die Abmachung."

„Um meinetwillen?"

„Angenommen, es wäre tatsächlich eine Enttäuschung geworden. Wir versuchen, Enttäuschungen zu vermeiden."

„Aber . . ."

ACKERMANN war weg, es wurde dunkel, aber später tauchte er wieder auf.

„Weiß Jenny Holländer von meinem Wunsch, daß man mich auftauen soll, wenn sie geheilt werden kann?"

„Ja, das weiß sie."

„Und was sagt sie dazu?"

„Sie war erfreut. Erfreut und gerührt, glaube ich. Sie sagte, daß sie Sie vermißt hätte."

„Gerührt? Vermißt?"

Bruno sprach die Worte ins Dunkel, denn Ackermann war wieder gegangen.

In seiner Achselhöhle tickte es zart.

Alles in allem verlief Brunos zweites Auftauen ohne Schmerzen. Er hatte schnell den Gebrauch der notwendigen Worte wiedergewonnen, er konnte sich an vieles erinnern, an das er sich gern erinnern wollte, und dieses Mal hatte er ja Dr. Ackermann, Professor Ackermann, an den er sich halten konnte.

„Erzählen Sie mir, was ich hier in meiner Achselhöhle habe."

„Eine kleine Einrichtung, die uns hilft, Sie in Ihrer Bestform zu halten. Elektronisch gesteuert. Besser als Pillen oder wozu man sonst noch Zuflucht nahm, als Sie zuletzt oben waren und wir versuchten, mit Ihnen fertig zu werden. Hilfe zur Selbsthilfe. Steuert die Organe und sorgt dafür, daß Sie in Topform und bei Laune sind. Sie haben *Obliviol, Memorol* und *Neutrol* in elektronischer Form bekommen. Viel besser als Pillen. Elektronisch gesteuert."

Ackermann konnte es nicht dabei belassen, eine Sache nur einmal zu erklären. Wenn er etwas erklärt hatte, begann er von vorn, und oft benutzte er genau die gleichen Wendungen zweimal.

„Abmachung", sagte Bruno und unterbrach seinen Redestrom. „Ich wollte geweckt werden, wenn Fräulein Holländer ihr neues Rückgrat bekommen und wieder tanzen könnte."

„Genau. Fräulein Holländer hat ihr neues Rückgrat bekommen. Wir haben sie gerade geweckt. Sie werden der erste sein, der sie begrüßen darf, wenn sie wieder oben ist und Sie selbst noch ein bißchen besser in Form sind. Der neue Rückenwirbel ist eingesetzt."

Bruno ließ Ackermann gehen und gab es auf, den Fremdkörper in der Achselhöhle zu entfernen. Du wirst sie wiedersehen, sagte er zu sich. Dieses Mal werden wir gleichzeitig oben sein. Und während es in seiner Achselhöhle stärker denn je tickte, ertönte im Dunkeln ein alter Refrain: „Don't be afraid / you were made to / go out and get her!" Chronologisch war er einundachtzig, biologisch dreiunddreißig. Es war noch nicht zu spät, er war noch jung; man konnte es noch schaffen. Es war das Jahr zweitausendzweiundzwanzig; aber sie waren beide noch jung, und sie würden sich wiedersehen.

16

AM ANFANG glaubte Bruno, daß die Krankenschwester angewiesen worden war, ihm nicht zu antworten, wenn er Fragen stellte. Dann wurde ihm klar (eines Tages, als zwei von ihnen zusammen sein Bett machten), daß sie eine Sprache sprachen, die er nicht verstand. Er wandte sich an sie, von dem Stuhl aus, in den man ihn gesetzt hatte, und stellte fest, daß sie seine Sprache nicht nur nicht verstanden, sie überhörten sie, als ob sie sich längst daran gewöhnt hätten, daß ein Teil der Patienten eine andere Sprache als sie selbst sprachen, und als ob sie nicht darauf hören sollten. Bruno rechnete: Die beiden Mädchen wirkten jung und mußten nach seiner eigenen zweiten biologischen Lebensperiode geboren sein, wenn seine Altersbestimmung überhaupt noch gültig war. Er versuchte es mit verschiedenen Stichworten, die jedoch ohne Wirkung blieben: Immer-Leben. Jetzt-Leben. Die Mädchen machten sein Bett zurecht und reagierten überhaupt nicht auf die beiden Worte, die er nach ihnen geworfen hatte.

Ackermann war auf Brunos Frage hin nur imstande, das zu

wiederholen, was er bereits gesagt hatte, und Bruno bat darum, mit Dr. (sicher hatte er einen neuen Titel bekommen) Bernard sprechen zu dürfen.

„Im Tiefschlaf", antwortete Ackermann.

„Cavalcanti?"

Ackermann zögerte. Dann antwortete er, als ob er damit etwas Unanständiges sagte: „Tot."

„Yvonne Klein? Henry?"

Die Namen schienen bei Ackermann nicht die entfernteste Erinnerung zu wecken. Bruno hatte keine Zweifel mehr, daß Ackermann trotz seines jungen und geröteten Gesichts hoffnungslos senil war.

„Jenny Holländer?"

„Sie werden sie an einem der nächsten Tage sehen. Wir haben ihr einen prächtigen neuen Rückenwirbel gegeben."

„Warum zum Teufel gibt es hier keine Fenster?" rief Bruno. „Werde ich nicht umgeschult für . . ." Er mußte nachdenken, um sich an die Jahreszahl zu erinnern: „. . . für 2022?"

Ackermann legte beruhigend eine Hand auf Brunos Schulter. Bruno sah, daß Ackermanns Kittel unter der linken Achselhöhle mit irgend etwas ausgefüllt war.

„Teufel", meinte Ackermann. „Lustig, eines dieser alten Wörter zu hören."

„Was sagt man denn jetzt? Können *Sie* die neue Sprache?"

„Ob ich die neue Sprache kann? Was glauben Sie, wie ich hier wohl ohne die neue Sprache aktiv tätig sein könnte?"

„Was heißt ‚Teufel' in der neuen Sprache?"

Ackermann dachte nach.

„Dafür gibt es bestimmt kein ganz genaues Synonym."

„Gibt es außer Ihnen keinen einzigen Menschen, der die gleiche Sprache wie ich spricht? Die alte?"

Ackermann wirkte verärgert. „Warum nun das?"

„Es ist nicht besonders lustig, daß nur einer da ist, mit dem man reden kann. Warum hat man überhaupt die Sprache verändert?"

„Die alte Sprache enthielt allmählich lauter bedeutungslose Worte. Nutzlose Worte, die nur alle Menschen unruhig machten."

„Und trotzdem finden Sie, daß es lustig ist, mit mir die alte Sprache zu sprechen?"

„Und mit anderen Patienten. Ich nehme an, es ist eine Art Sentimentalität. Wir werden Sie die neue Sprache noch lernen lassen."

Ackermann rührte an das Ding in Brunos Achselhöhle.

„Erscheinen die Zeitschriften in der neuen Sprache?" fragte Bruno.

Die Frage war offenbar zu problematisch, um sie beantworten zu können, aber das Wort Zeitschriften schien bei Ackermann mehrere sentimentale Erinnerungen zu wecken.

„Warum antworten Sie nicht?"

„Weil ich finde, daß Sie zuerst Ihre Freundin mit dem neuen Rücken treffen sollten, bevor wir all diese Probleme in Angriff nehmen. Sagen Sie, lernten Sie sie wirklich in den paar Tagen kennen, als Sie auf meiner Abteilung lagen . . ., bevor wir vereinbarten, daß Sie runterkämen, um den Gang der Dinge abzuwarten?"

„Ich traf sie, einen Tag bevor ich entdeckte, daß ich krank war."

„Eine sonderbare Begegnung, nicht wahr? Und Sie denken so lange danach noch immer an sie – leben praktisch nur, um sie wiederzutreffen?"

„Ja."

„Erstaunlich. Wir gaben Ihnen *Obliviol*, damit Sie vergessen sollten, aber dieses Präparat ist offenbar noch längst nicht fehlerlos. Ich fürchte, wir haben auch Fräulein Holländer zu irgendeinem Zeitpunkt zuviel vom Präparat *Obliviol* gegeben."

„*Sie* können sich an mich erinnern. Haben Sie . . . *Obliviol* bekommen?"

„Ich bin Arzt. Wir können uns den Luxus einer *tabula rasa* nicht leisten."

„*Obliviol*, ist das eine Pille?"

„Pillen gibt es nicht mehr. *Obliviol* ist ein elektronisches Zeichen, das wir zu Ihrem kleinen Empfänger in der Achselhöhle senden. Wir können sehr genau treffen. Es ist für mich keine Überraschung, daß Sie sich an Zeitschriften erinnern, das ist – trotz allem – ein Gebiet, von dem Sie auch in Ihrem neuen

Leben wieder Gebrauch machen können. Aber wir hatten gehofft, gewisse andere Zentren zu treffen. Theoretisch sollten wir eigentlich in der Lage sein, genau die Zentren treffen zu können, die unseren Patienten nichts als Kummer bereiten. Wir hatten in der Tat gehofft, das Zentrum zu treffen, das Jenny Holländer heißt. Normalerweise treffen wir sehr genau. Wir waren ziemlich sicher, das Zentrum Jenny Holländer getroffen zu haben."

„Wissen Sie, daß Sie senil sind? Wissen Sie, daß Sie sich wiederholen?" rief Bruno.

Ackermann zögerte. „Wiederhole ich mich?" fragte er erstaunt. Er erhob sich und ging einmal in dem würfelförmigen, fensterlosen Raum herum, dessen Wände grün glommen.

„Ich weiß es. Ich brauche eine Entkalkung und mehrere neue Ersatzteile, aber die Wartezeit wird länger und länger. Lassen Sie sich dadurch nicht verwirren. Meine fachlichen Zentren sind intakt und in ihrem besten Alter. Die kleine Unart mit den Wiederholungen ist ein Fehler, der korrigiert werden kann, sobald man uns unsere elektronische Apparatur in Ordnung bringt. Meine fachlichen Zentren sind intakt. Man hat mir versprochen, die kleine Unart mit den Wiederholungen so bald wie möglich in Ordnung zu bringen. Meine fachlichen Zentren sind intakt."

„Gibt es überhaupt keine anderen, die die alte Sprache sprechen?"

„Wir sind ein paar. Aber Sie dürfen mir nicht das Vergnügen rauben, die alte Sprache durch ein tägliches Gespräch zu pflegen, ja?"

„Ich will mit jemand anders sprechen. Kann ich nicht ein Buch bekommen? Kann ich mir nicht ein Bild an die Wand hängen oder ein bißchen Musik hören?" fragte Bruno.

„Natürlich können Sie das. Aber ich finde, erst sollten Sie Ihre kleine Freundin treffen, deren Name mir im Augenblick entfallen ist", antwortete Dr. Ackermann.

„Jenny Holländer."

„Richtig."

Ackermann ging, und Bruno lag in seinem Bett, das noch immer dem Bett seiner ersten beiden Lebensperioden glich. Er vermißte das Gitter in der Decke, durch das immer Musik gekommen war, vermißte Bücher, Fenster und eine Uhr, mit der er die Stunden zählen konnte, bis er mit der aufgetauten und mit *Obliviol* behandelten Jenny zusammentreffen würde. Während er auf seinem Bett lag, verschwand das Licht einen Augenblick, kam aber gleich wieder. In den folgenden Tagen verschwand es ab und zu, aber nie so lange, daß es jemandem einfiel, mit Stearinkerzen zu ihm hereinzukommen.

Er bekam regelmäßig sein Essen; es glich zum Verwechseln dem, das er in seinen vorigen biologischen Lebensperioden bekommen hatte: grüne, braune und rote Blöcke aus einem weichen, eßbaren Material in drei verschiedenen Geschmacksrichtungen, das mit einem Plastiklöffel zerkleinert werden konnte. Zum Waschen nahm man ihn nicht aus dem Zimmer, sondern brachte eine Plastikwanne herein, in der er nur sitzen konnte, wenn er sich, die Knie ganz bis ans Kinn gezogen, darin zusammenkauerte. Eines Tages ging beim Baden der Nagel von dem einen großen Zeh ab. Der ganze Nagel schwamm auf der Oberfläche des Badewassers.

„Ganz natürlich", sagte Ackermann, als sich Bruno beklagte. „Beim Einfrierungsprozeß und beim Auftauen lassen sich kleine Schäden nicht vermeiden. Das ist ganz normal. Daran sind wir durchaus gewöhnt, daß ein kleines Ding wie gerade ein Nagel nicht mehr mitmacht. Seien Sie froh, daß Ihnen nicht etwas Schlimmeres abgefallen ist. Kleine Schäden lassen sich nicht vermeiden. Wenn nur so etwas wie ein Nagel streikt, ist man noch gut davongekommen. Seien Sie froh, daß nicht Schlimmeres auf die Idee kam zu streiken."

Der Nagel des kleinen Zehs fiel auch ab, aber der Rest der Nägel blieb an seiner Stelle. Viele Tage vergingen, und er dachte daran, daß Ackermann ihm schon vor geraumer Zeit ein Wiedersehen mit der aufgetauten Jenny Holländer versprochen hatte. Hatte das senile Gehirn in Ackermanns jungem Körper das vergessen? Es hatte nicht, denn eines Tages wurde das Licht angemacht, Ackermann kam an sein Bett und drückte durch die Bettdecke Brunos Fuß, so daß Bruno plötzlich an seinen allerersten Aufenthalt bei Ackermann denken mußte, an die Tage, bevor er vor die Alternative gestellt worden war, nur noch eine kurze Zeit zu leben oder sich einfrieren zu lassen.

Ackermann verkündete: „Morgen geschieht es. Morgen werden Sie Ihre kleine Freundin begrüßen dürfen."

Bruno konnte nicht schlafen. Der Name und der Gedanke an ihr Gesicht hielten ihn wach. Es war seine letzte Chance, dachte er unklar; der kleine, kühle Fremdkörper in seiner linken Achselhöhle tickte heftig.

17

„Sie haben einen Nagel verloren", stellte Ackermann fest, als er am nächsten Morgen kam, um Bruno abzuholen.

„Zwei, um ganz genau zu sein", antwortete Bruno.

„Das ist ja gut ausgegangen. Nicht alle kommen mit einem einzelnen Nagel davon. Wir versehen Sie mit synthetischen Nägeln, und kein Mensch kann den Unterschied sehen. Heute ist nun der Tag", fuhr Ackermann fort. „Ihre kleine Freundin wartet auf Sie." Dann wurde die Tür geöffnet, und Ackermann ließ ihn auf einen kurzen grünen Gang hinaus. „Ich habe bemerkt, daß Sie einen Nagel vom großen Zeh verloren haben", fing er wieder an, während sie den kurzen Gang hinuntergingen. „Darüber müssen Sie sich keine Sorgen machen, wir können Ihnen einen neuen geben, der nie geschnitten werden muß und der sich nie spaltet. Wir werden auch etwas für Ihr Haar tun. Es gibt keinen Grund, daß ein Mann in Ihrem Alter Haar zu verlieren beginnt. Aber genug von diesen Trivialitäten. Heute ist es nun soweit! Sie werden Ihre kleine Freundin treffen und mit ihr sprechen können."

Andere Menschen waren nicht auf dem Gang. Am Ende des Ganges war eine Doppeltür, die zur Seite glitt, als sie sich ihr näherten. Hinter der Tür lag ein grüner Raum mit drei bequemen, altmodischen Lederstühlen und einem Mahagonitisch dazwischen, der beinahe wie ein Spieltisch aussah.

„Warum sind alle Dinge grün?" fragte Bruno.

„Fragen Sie mich nicht", antwortete Dr. Ackermann.

„Aber wir befinden uns trotz allem im Josef-Ackermann-Zentrum. Da müssen Sie Bescheid wissen."

„Der Name ist geändert worden. Man wollte nicht etwas nach einem Mann benennen, der wieder quicklebendig ist. Jetzt hat es nur eine Nummer. Setzen Sie sich hierher, und sehen Sie, was für Besuch wir für Sie haben."

„Aber warum grün? Warum nicht wie beim letztenmal, als ich oben war, blau?" sagte Bruno, während er sich auf einen der grünen Lederstühle setzte.

„Das ist wahrscheinlich beinahe eine politische Frage. Die grüne Farbe symbolisiert ja Hoffnung, nicht wahr? Und sie ist beruhigend. Lehnen Sie sich nun zurück und entspannen Sie sich."

„Arbeitet mein . . ., wie heißt das eigentlich . . ., die Einrichtung in der Achselhöhle . . ., arbeitet es die *ganze* Zeit? Einige Male tickt es, einige Male nicht."

„Es arbeitet, wenn es arbeiten soll. Wenn wir entdecken, daß Sie nicht ruhig und entspannt sind oder wenn Sie sich an mehr erinnern, als Ihnen guttut. Oder wenn Sie gerade versuchen, zu viel zu vergessen."

Bruno lehnte sich im Stuhl zurück und entspannte sich; ein Begriff, ein Bedürfnis, dem er in seinen beiden neuen Leben nicht einen Gedanken geschenkt hatte, meldete sich: Tabak. „Könnte ich eine Zigarette bekommen?" fragte er.

Ackermann schüttelte lächelnd den Kopf und antwortete: „Um Ihre schönen, neu gereinigten Lungen zu verseuchen? Apropos Körperteile: Wir müssen daran denken, Ihnen einen neuen Nagel zu beschaffen."

„Zwei."

„Zwei?"

„Zwei neue Nägel."

„Sie fragten nach den Farben hier", sagte Ackermann. „So wie ich es verstanden habe, ist Grün beruhigend und außerdem die Farbe der Hoffnung."

Während sie warteten, verschwand das Licht, kam aber gleich wieder. Das Licht kam nicht von Lampen, es waren die Decke und die Wände, die leuchteten, so wie in Brunos eigenem Zimmer. „Warum gibt es soviel Durcheinander mit dem Licht?" fragte Bruno.

Ackermann sah zur Decke, als wenn er erwartete, daß das

Licht jederzeit verschwinden könnte. Dann zog er eine Stearinkerze aus seiner Kitteltasche und stellte sie mitten auf den Tisch.

„Wir müssen ja dafür sorgen, daß wir irgendein Licht haben, wenn Sie Ihre kleine Freundin wiedersehen."

Die Tür hatte sich hinter ihnen geschlossen. Nach ein paar Minuten leuchtete über der Tür eine grüne Lampe auf, und sie öffnete sich wieder. In der Öffnung stand Jenny Holländer, gestützt auf zwei Krankenschwestern.

Einen Augenblick war Bruno nicht sicher, ob sie ihn wiedererkannte. Dann lächelte sie, und er war nicht mehr im Zweifel. Mit grafischer Deutlichkeit sah er zwei Bilder vor sich, zwei Bilder, die ineinander übergingen und zu einem wurden. Jenny in der Tür – es war nach ihrem letzten Zusammensein –, vom Treppenabsatz aus gesehen, er war auf dem Weg nach unten und hatte die Entscheidung getroffen, sich einfrieren zu lassen. Und Bild Nummer zwei: ihr Gesicht unter der Glasscheibe, die er geküßt hatte und die so kalt gewesen war, daß ein paar Hautfetzen von seinen Lippen daran hängengeblieben waren. Sie kam auf ihn zu.

Sie kam lächelnd auf ihn zu, und Bruno dachte an eines der wenigen Ballette, die er gesehen hatte: *Coppelia*. Die Krankenschwestern ließen sie los, und sie ging die letzten Schritte allein. Bruno hatte sich erhoben und öffnete die Arme. Mit ein paar kleinen, vorsichtigen Schritten ging sie in seine offenen Arme, ließ sich mit ihrem ganzen Gewicht gegen ihn fallen, und er umarmte sie. Brunos Hände glitten ihren Rücken hinunter, während er sie an sich drückte und sich selbst im Gleichgewicht hielt. Zwischen Rücken und Arm spürte er etwas Hartes, einen kleinen harten Gegenstand wie eine Revolverhülle, und merkte, wie es in der Hülle ruhig tickte. Er verschob die Hand ein bißchen, und es schien ihm, als könnte er ihr erregtes Herz spüren – oder war es sein eigener Puls, der in den äußersten Fingerspitzen schlug? –, als könnte er es durch das Schulterblatt spüren, das vom Rücken abstand. Er erinnerte sich, wie er einmal gedacht hatte, daß sich ein Streichholz in der Spanne halten könnte. Einer von ihnen weinte, vielleicht weinten sie beide. Es war nicht 2022, und es war nicht 1995, es war 1973, die Zeit war stehengeblieben, sie waren geduldig gewesen, und nun war die Geduld belohnt worden. Sie würden einander nicht wieder loslassen.

Zum ersten Mal dachte Bruno an die Ewigkeit – an diese Ewigkeit, die das einzige geworden war, für das Menschen kämpften, um daran teilzuhaben – als etwas, das mehr war als nur der Gegensatz zum Sterbenmüssen. Er dachte, daß er richtig gewählt hatte, als er einmal vor langer Zeit das Einfrieren und die Trennung gewählt hatte. Er drückte Jenny an sich, hielt für sie beide das Gleichgewicht, lauschte dem Schlag ihrer Herzen und dem ruhigen, mechanischen Ticken in ihren Achselhöhlen.

Und in diesem Augenblick hatte er die wichtigste Faustregel seines Lebens vergessen: daß große Augenblicke aufgehoben werden müssen, weil sie Stoff für Geschichten enthalten, Geschichten, die man weitererzählen und an Autoren verteilen kann.

Ackermann ließ sie Platz nehmen. „Fräulein Holländer muß ein wenig vorsichtig sein mit ihrem neuen Rücken", sagte er.

„Ich habe einen neuen Rückenwirbel bekommen", erklärte Jenny. „Warum hast du mir nicht erzählt, daß du an dem Tag eingefroren werden solltest – am letzten Tag?"

„Das war zu kompliziert. Niemand hatte damals vom Einfrieren gehört."

„Ich konnte nicht verstehen, warum ich nie wieder von dir hörte. In deiner Wohnung lebte ein anderer, in deinem Büro saß ein anderer. Es dauerte mehrere Monate, bis ich die Wahrheit erfuhr."

„Und dann wurdest du eine große Tänzerin?"

„Ja."

„Und du bekamst einen Sohn?"

„Ja."

„Und du nanntest ihn Bruno?"

„Nach seinem Vater."

„Wo ist er jetzt?"

„Ich weiß es nicht."

„Professor Ackermann, können Sie uns helfen?"

Ackermann hörte wieder zu. „Der Rücken ist in ein paar Monaten prima in Schuß. Was diesen Nagel betrifft . . ."

„Wissen Sie etwas über unseren Sohn? Über Bruno?"

„Bruno? Aber Bruno sind *Sie* doch!"

„Wir hatten einen Sohn. Ich besuchte ihn eines Tages."

„Taten Sie das? Das ahnte ich nicht. Gehörte er zu denen, die man damals ‚Jetzt-Leute' nannte?"

„Ja."

„Er ist vielleicht tot? Wenn er nicht . . ., lassen Sie mich rechnen . . ., neunundvierzig ist. Ein älterer Herr, wenn er nicht Ersatzteile oder ein Ewigkeitsmedikament bekommen hat. Er könnte . . ."

Ackermann lächelte. „Er könnte beinahe Ihr Vater sein!"

Bruno suchte unter dem Tisch Jennys Hand und sagte dann: „Und dann bekamst du etwas am Rücken?"

„Ich bin gefallen und hätte den Rest meines Lebens im Rollstuhl zubringen müssen."

„Und dann hast du dich einfrieren lassen?"

„Ja."

„Alles für die Kunst?"

„Ich werde wieder tanzen können."

„Aber du hattest einen Sohn. *Wir* hatten einen Sohn."

Jenny begann zu weinen. Das Licht ging aus.

„Gut, daß ich eine Stearinkerze mitgebracht habe", hörte Bruno Ackermann im Dunkeln sagen. Eine kleine warme Flamme beleuchtete von unten die drei Gesichter. Bruno erhob sich.

„Warum zum Teufel geht die ganze Zeit das Licht aus?"

„Fragen Sie mich nicht." Ackermann schirmte die Flamme ab, damit sie noch etwas größer werden konnte. „Mir erzählt man nichts mehr."

Jenny trocknete sich die Augen. „Ich dachte ja auch", flüsterte sie, „ich dachte ja auch, daß ich dich wiedertreffen würde, wenn ich lange genug unten wäre."

„Du kanntest keine anderen Männer?"

„Doch. Aber ich dachte soviel an dich. Und für den kleinen Bruno wurde gut gesorgt."

„Wußtest du, daß ich ´95 oben war?"
„Ich sah dich. Tief unter der Erde."
„Ich habe es vor kurzem erfahren."
Jenny begann wieder still zu weinen.
„Ich liebe dich", sagte Bruno.
„Mir erzählt man nichts mehr", murmelte Ackermann. „Alles, was ich weiß, ist, daß man gut daran tut, eine Stearinkerze in der Tasche zu tragen. Man läßt mich außen vor."
„Du hast dich nicht verändert", sagte Bruno.
„Ich liebe dich auch", flüsterte Jenny und trocknete sich mit einem Ärmel des grünen Kittels die Augen.
Ackermann gab ihr ein kleines grünes Taschentuch, mit dem sie sich die Nase putzte.
„Morgen fange ich an zu trainieren", flüsterte sie. „Der Rücken wird mit jedem Tag besser."
„Und morgen treffen wir uns alle drei wieder hier", sagte Ackermann. „Zur gleichen Zeit, am gleichen Ort. Und morgen bekommen wir zehn Minuten statt fünf. Vielleicht bekommen wir doch noch die Erlaubnis, uns, ohne von Stromunterbrechungen gestört zu werden, zu unterhalten."
Wie auf ein Stichwort kam das Licht zurück. Bruno merkte, daß es in seiner Achselhöhle schwach tickte, er hatte gar nicht darauf geachtet, daß es zwischendurch aufgehört hatte.
„Ich nehme jedenfalls meine Stearinkerze mit, sicher ist sicher", meinte Ackermann. Er pustete das Licht aus und steckte die Kerze in die Tasche. Bruno drückte aufs neue Jenny an sich und küßte sie. Ackermann sah einen Augenblick lächelnd zu, jung und altväterlich zugleich. Dann wurde über den Türen das grüne Licht angemacht, und zwei Krankenschwestern kamen, um Jenny abzuholen.
Durch den kurzen Gang mit den seidenartigen Tapeten gingen Bruno und Ackermann zusammen zu Brunos Zimmer zurück.
„Ich habe immer eine Stearinkerze in der Tasche", erklärte Ackermann. „Es gibt da irgendwelche kleinen Stromstörungen, deshalb habe ich mir das zur Gewohnheit gemacht. Ich gehe nicht einen Schritt ohne diese Stearinkerze."

18

Die gleiche Zeit, der gleiche Ort, hatte Ackermann gesagt, aber am nächsten Tag wurde Bruno früher abgeholt, als er erwartet hatte.

In den vergangenen vierundzwanzig Stunden hatte er erlebt, wie eine ganze Reihe alter Bedürfnisse zum Leben erwacht war – viele aus seinem allerersten Leben, von denen sich etliche in seinem zweiten Leben gar nicht aufgedrängt hatten. Es gab das Bedürfnis zu rauchen. Es gab das Bedürfnis, ein Auto zu fahren, nicht nur eine Lochkarte in einen Schlitz zu stecken und davonzugleiten, sondern selbst Steuer, Gas, Kupplung und Bremsen zu bedienen. Es gab das Bedürfnis, etwas zu kaufen, irgend etwas, Anzeigen zu lesen und sich Dinge zu wünschen. Es gab das Bedürfnis, sich zu rasieren und sich danach Kinn und Wangen mit kühlem Rasierwasser einzureiben. (Und plötzlich merkte Bruno: Mein Bart wächst nicht, ich rasiere mich nicht mehr, wie haben sie denn dieses Kunststück angestellt?)

„Warum wächst mein Bart nicht mehr?“ fragte er Ackermann, während sie den grünen Gang hinuntergingen.

„Warum sollte er denn wachsen? Damit Sie täglich die Mühe haben, ihn wieder abzuschaben?“

„Aber nun verliere ich auch mein Kopfhaar.“

„Das ist ein kleiner Fehler, den wir schnell bereinigt haben werden.“

Ackermann führte Bruno nicht zu den Doppeltüren am Ende des Ganges, sondern hielt an einer anderen Tür an. Ein Fahrstuhl führte sie nach oben. Sie überquerten wieder einen grünen Gang und befanden sich in einem Raum, dessen eine Wand vom Boden bis zur Decke aus einem Spiegel bestand. Zum ersten Mal in seinem dritten Leben sah Bruno sich selbst. Neben ihm stand der lächelnde Ackermann. „Nun werde ich Ihnen ein kleines Zauberkunststück von uns vorführen.“ Ackermann glich in diesem Augenblick wirklich einem Zauberkünstler. Er wedelte mit der Hand, und auf dieses magische

Zeichen verschwanden Bruno und Ackermann im Spiegel, der Spiegel wurde zu einer Scheibe, und durch die Scheibe sahen sie in einen neuen Raum, in einen Raum, in dem ein junges Mädchen in einem grünen Trainingsanzug Übungen an einer Sprosse machte. Es war Jenny.

Ackermann schielte zu Bruno hinüber, um zu sehen, ob sein Kunststück Eindruck machte. Der junge eifrige Ackermann lächelte das Lächeln eines alten Mannes, ein Lächeln, dachte Bruno, das an einen Kuppler erinnerte, an jemanden, der Liebende zusammenführt.

„Kann sie uns sehen?“ fragte Bruno.

Ackermann schüttelte lächelnd den Kopf. Er machte eine neue Zauberbewegung mit den Händen, und der Raum, in dem sie standen, füllte sich mit der Musik, zu der Jenny übte. Bruno erkannte die Musik wieder. Es war die Musik zu Coppelia. Jenny machte graziöse, aber vorsichtige Übungen. Plötzlich ließ sie sich von der Sprosse weggleiten, machte einen kleinen Sprung, drehte sich in der Luft, landete sicher nach dem Sprung, stand dann aber einen Augenblick unbeweglich, als müßte sie darum kämpfen, das Gleichgewicht zu halten.

„Phantastisch!“ rief Ackermann aus. „Am ersten Trainingstag mit einem ganz neuen Rücken! In vierzehn Tagen tanzt sie besser, als sie es mit ihrem alten Rücken je hoffen konnte.“

Jenny lief zu der Sprosse zurück und wiederholte die Übungen, mit denen sie begonnen hatte. Dann ließ sie sich aufs neue von der Sprosse gleiten und drehte mitten auf dem Fußboden eine Pirouette. Plötzlich brachte sie sich zum Stehen, stand schwankend da, war unübersehbar dabei, die Balance zu verlieren, und wischte sich mit dem Handrücken den Schweiß von der Stirn. Sie machte einen Schritt auf die Sprosse zu und fiel hin.

„Hoppla“, sagte Ackermann.

Jenny richtete sich langsam auf und sah sich um, als ob sie nicht wüßte, wo die Sprosse zu finden sei.

„Fräulein Holländer überschätzt ihre Kräfte ein wenig. Wir müssen dafür sorgen, daß sie sich nicht übernimmt.“

Jenny machte wieder einen Schritt zur Sprosse und fiel wieder hin. Ackermann machte aufs neue die magische Handbewegung, und Bruno starrte auf sein Spiegelbild.

„Tanzt man überhaupt noch?" fragte Bruno. „Kann sie das Tanzen überhaupt verwenden, selbst wenn sie es wieder lernt?"

„Selbst wenn sie es wieder lernt! Bestimmt tut sie das. Klassisches Ballett ist zeitlos, klassisches Ballett hat immer noch ein Publikum."

Bruno fiel Ackermann in den Arm. „Aber Zeitschriftengeschichten sind nicht zeitlos. Geben Sie nun zu, daß es gar keine Wochenzeitschriften mehr gibt?"

„Also gut. Es gibt keine Wochenzeitschriften mehr. Schon deshalb nicht, weil es keine Wochen mehr gibt. Das Zehnersystem hat endlich gesiegt, auch hier. Aber Geschichten gibt es."

„Lassen Sie mich Jenny noch einmal sehen", bat Bruno. Ackermann zögerte. Dann machte er seine Handbewegung, und durch die Glaswand sahen sie Jenny, die wieder auf die Beine gekommen war, leichtfüßig eine lange Folge von Pirouetten drehen.

„Was glauben Sie, woran denkt sie?" fragte Bruno Ackermann. „Wenn sie tanzt, sieht sie aus, als ob sie an gar nichts denkt."

„Ob da Zeit ist, so schrecklich viel zu denken?"

„Sie denkt nicht an mich", sagte Bruno.

Im selben Moment fiel Jenny wieder hin.

„Nun müssen wir sie wohl aufhören lassen", meinte Ackermann, machte wieder seine Handbewegung und ging zu einem Wandtelefon, um in der Sprache, die Bruno nicht verstand, einen schnellen Bescheid zu geben. Während Ackermann telefonierte, wurde die Musik abgebrochen. Bruno hatte nur den einen Wunsch, eine Zigarette rauchen zu dürfen.

SIE trafen sich für zwanzig Minuten (zirka zwanzig Minuten – aber Bruno hatte das Gefühl, daß er die Zeit auch ohne Uhr genau messen konnte) in dem grünen Zimmer mit den drei Lederstühlen und dem Mahagonitisch, am Ende von Brunos Gang. Jenny und Bruno umarmten sich, Ackermann ließ sie Platz nehmen.

Jenny sah niedergeschlagen aus.

„Ich falle die ganze Zeit hin", sagte sie.

„Immerhin ist es Ihr erster Tag, Fräulein Holländer."

„Könnte ich nicht wenigstens" (Jenny hob den linken Arm, so daß der Fremdkörper sichtbar wurde) „beim Tanzen das Ding loswerden?"

„Sie werden sich daran gewöhnen. Ich selbst denke nie mehr an meins."

„Du tanzt wunderbar", meinte Bruno. Im selben Moment ging das Licht aus. Ackermann zündete seine Stearinkerze an und stellte sie auf den Tisch.

„Lassen Sie sich nicht von diesen kleinen Stromstörungen verwirren. Ich persönlich habe es mir angewöhnt, ständig eine Stearinkerze in der Tasche zu tragen. Freuen wir uns doch über das schöne natürliche Licht."

„Wer unterbricht nun eigentlich den Strom?" fragte Bruno.

„Irgend jemand draußen, irgendwelche Spaßvögel. Fragen Sie mich nicht, ich habe es längst aufgegeben, da noch mitzukommen."

„Bei was mitzukommen?"

„Ich habe jämmerlich getanzt", klagte Jenny. „Ich verlor die Balance, und mir war die ganze Zeit schwindelig. Noch jetzt ist mir schwindelig."

„Sagen Sie, was es ist. Was haben Sie aufgegeben? Wobei kommen Sie nicht mehr mit?" rief Bruno.

Bevor Ackermann antworten konnte, blinkte die grüne Lampe über der Tür auf. Bruno entdeckte es, als er Ackermanns Blick folgte; Ackermann wirkte erschreckt.

Dann glitten die Doppeltüren zur Seite, und in der Türöffnung erblickte Bruno eine Gruppe Männer. Einer der Männer hatte einen schweren Projektor in den Händen; der Lichtstrahl blendete Bruno einen Augenblick. Als der Strahl weiterglitt, bemerkte er, daß die Männer hinter dem Mann mit dem Projektor waffenähnliche Instrumente in den Händen hielten. Der Projektorstrahl verweilte auf Ackermann, und jemand rief ihm etwas in der Sprache zu, die Bruno nicht verstand.

Der Rest war Chaos. Sie wurden alle drei, mit den Händen über dem Kopf, auf den grünen Gang gejagt. Die Männer riefen Bruno alles mögliche zu, was er nicht verstand. Er wurde neben Jenny an die seidenartige grüne Tapetenwand gestellt,

Ackermann wurde weggeführt. Der Gang war voller Männer; im Licht mehrerer Projektorstrahlen sah Bruno, daß die Männer in gelben Anzügen steckten, mit gelben Stiefeln und gelben Hemden. Die Fahrstuhltür wurde aufgestoßen, und noch mehr gelbe Männer strömten in den Gang. Nun ging man daran, die grünen Türen eine nach der anderen zu sprengen, und aus den Räumen holte man Menschen in grüner Kleidung, so wie Bruno und Jenny sie trugen. Auf einmal kam das Licht wieder. In Brunos linker Achselhöhle tickte es schwach, ein Mann in einem gelben Anzug zwang ihn aufs neue, die Hände über dem Kopf zu halten, richtete ein Instrument gegen den kleinen Kasten unter Brunos Achselhöhle und drückte auf einen Abzug, mit dem Ergebnis, daß der Kasten mit dem Ticken aufhörte. Nach Bruno kam Jenny an die Reihe. Der Mann unterzog einen nach dem anderen dieser Behandlung, die ganze Reihe der Grüngekleideten, die an den Wänden des Ganges aufgestellt worden waren.

Ackermann war mit dem Fahrstuhl runtergebracht worden. Die gelben Männer sprengten eine Tür und führten kurz danach eine kleine Gruppe Krankenschwestern über den Gang in den Fahrstuhl. Bruno wandte sich an Jenny: „Verstehst du etwas davon?"

Sie schüttelte den Kopf. Ein gelber Mann rannte auf sie zu und rief ihnen eine ganze Reihe unverständlicher Worte entgegen.

Zum Schluß wurden sie in kleinere Gruppen eingeteilt, und Gruppe für Gruppe wurde in ihren Raum geführt. Jenny und Bruno wurden voneinander getrennt, Bruno landete in einem Raum, der seinem eigenen glich, zusammen mit ein paar Männern, die wie er grün gekleidet waren. Die Tür wurde zugemacht und hinter ihnen abgeschlossen.

„Sprechen wir die gleiche Sprache?" fragte Bruno einen der anderen Männer. Der Mann, der ein paar Jahre jünger als Bruno zu sein schien, schüttelte den Kopf. Bruno wandte sich dem ältesten der Männer zu.

„Und Sie? Sprechen Sie die gleiche Sprache wie ich?"

„Ich spreche die alte Sprache."

„Verstehen Sie, was hier geschieht?"

„Ich verstehe nichts. Ich glaube, sie sind gekommen, um uns zu befreien."

„Und wovon zu befreien?"

„Keine Ahnung."

Bevor Bruno dazu kam, weitere Fragen zu stellen, ging das Licht aus. Durch das Gitter in der Decke rief eine Stimme etwas in der fremden Sprache.

„Gibt es hier jemanden, der dolmetschen kann?" fragte Bruno, als die Stimme schwieg.

„Sie sagen, daß wir nicht miteinander sprechen dürfen", antwortete jemand im Dunkeln. „Sie sagen, daß . . ."

Bruno hörte nichts mehr. Ein Heulton erklang aus dem Deckengitter und übertönte die restliche Erklärung des anderen.

Bruno setzte sich auf den Fußboden. Nach ein paar Minuten hörte der Heulton auf.

„Sie sagen", flüsterte jemand im Dunkeln, „daß der Heulton wieder anfängt, wenn noch jemand etwas sagt." Ein kurzes Aufheulen zeigte an, daß sie sein Flüstern gehört hatten. Bruno blieb im Dunkeln sitzen und lauschte den Atemzügen der anderen.

19

Ein paar Stunden saßen sie im Dunkeln und lauschten ihren verhaltenen Atemzügen. Der Heulton kam nicht wieder. Dann wurde das Licht im Raum angemacht, und einen Augenblick später wurde die Tür aufgestoßen. In der Türöffnung stand Ackermann, bleich, aber lächelnd; hinter ihm eine Gruppe Krankenschwestern in ihrer grünen Kleidung.

„Ich glaube, wir konnten unsere Gäste überreden, wieder aufzubrechen", sagte Ackermann.

Bruno war der letzte, der den Raum verließ, um sich in sein Zimmer zurückführen zu lassen. „Jenny?" fragte er.

„Frisch wie ein Fisch. Unsere ungeladenen Gäste benahmen sich alles in allem wie Gentlemen."

„Finden Sie nicht, daß Sie uns eine Erklärung schulden?"

„Lieber Freund, wenn ich eine hätte, würde ich sie Ihnen geben."

„Hier sind Kämpfe gewesen?"

„Unsere Gäste waren in der Minderheit. Wir machten verschiedene Überredungsversuche."

„Aber was wollten sie?"

„Ich nehme an, sie glaubten, uns befreien zu müssen. Von was, weiß ich auch nicht. Statt dessen befreiten wir uns von ihnen."

„Aber wer sind wir, und wer sind sie? Sind einige von ihnen Ärzte?"

„Abtrünnige vielleicht. Ausgestoßene vielmehr. Die allermeisten waren vermutlich zufällige Mitläufer."

„Können Sie mir nicht mehr erzählen, oder dürfen Sie nicht?"

„Ich erzähle Ihnen alles, was ich weiß."

Ackermann führte Bruno zu seinem Raum zurück, schnitt mit einem scharfen Messer das Band durch, mit dem der Fremdkörper in der Achselhöhle befestigt war, und machte sorgfältig einen neuen fest.

„Haben *sie* den Strom unterbrochen?" fragte Bruno.

„Sie oder noch ganz andere. Und nun senden wir Ihnen einige Radiowellen, damit Sie eine ruhige Nacht haben. Von Pillen und intravenöser Behandlung sind wir abgekommen. Aber das habe ich Ihnen wohl schon erzählt? Durch dies hier bekommen Sie eine kleine Welle, und so haben Sie eine ruhige Nacht."

Ackermann ging. Im Dunkeln versuchte Bruno, den neuen Fremdkörper abzureißen, aber er saß so unverrückbar fest wie der alte. Er tickte leise, und Bruno gab sich einem Halbschlaf hin, der mit gelben Männern bevölkert war, die ihre Projektoren gegen ihn richteten und ihm in der fremden Sprache etwas zuriefen.

Er erwachte, als das Licht angemacht wurde. Dr. Ackermann hatte sich über ihn gebeugt.

„Erzählen Sie mir, was Sie von gestern noch in Erinnerung haben."

„Das Ganze. Glaubten Sie, ich würde es vergessen?"

„Natürlich nicht. Kommen Sie, wir wollen Ihre kleine Freundin tanzen sehen."

„Würden Sie mir einen Gefallen tun, sie nicht die ganze Zeit ‚meine kleine Freundin' zu nennen. Wir lieben uns."

„Eben, und nun wollen wir ihr beim Tanzen zusehen."

Durch den Spiegel, der zu einer Scheibe wurde, sahen sie, wie Jenny an der Sprosse übte; wie sie von ihr weg über den Boden schwebte, mit einer Reihe Pirouetten begann, die Balance verlor und hinfiel. Sie kam hoch und fiel gleich wieder hin. Kam wiederum hoch und ging langsam zur Sprosse zurück. Begann eine neue Übung, sank plötzlich zusammen und setzte sich auf den Boden.

„Ihre kleine Freundin nimmt sich zuviel auf einmal vor."

Eine grüne Krankenschwester kam und hob die verwirrte Jenny auf. Es kam zu einem kurzen Kampf, der damit endete, daß Jenny die Erlaubnis bekam, die Übung an der Sprosse fortzusetzen. Als die Musik dann wechselte und lebhafter wurde, begann Jenny wieder von neuem zu tanzen, sie drehte wunderhübsche Pirouetten und hielt diesmal sogar die Balance.

„Sie tanzt wunderschön", sagte Bruno.

„Sie hat ja auch den besten Rücken bekommen, der für Geld und gute Worte aufzutreiben war."

Bruno überlegte, ob er je wieder eine Idee zu einer Geschichte haben würde. Ein Ballettmädchen, das mit einem neuen Rücken tanzen lernt? War das nicht schon hundertmal geschrieben worden? Wurde überhaupt noch geschrieben oder gelesen? Waren die Männer in den gelben Anzügen und Helmen sein Publikum? Oder die grünen Ärzte, Patienten und Krankenschwestern? Wer beherrschte die Welt draußen vor dem Gebäude, in dem sie sich befanden? Gab es noch immer eine Welt mit hohen Häusern, Leuchtbuchstaben auf den Dächern, Boulevards und Autos? Las man in dieser Welt? Es waren zu viele Fragen, und er glaubte nicht mehr, daß Ackermann eine einzige von den Antworten kannte.

Jenny drehte Pirouetten auf der Stelle und fiel um. Ackermann machte seine magische Handbewegung, und die beiden Männer starrten auf ihre Spiegelbilder.

„Wir müssen Fräulein Holländer überreden, sich noch eine Zeitlang an der Sprosse zu halten. Es gefällt uns nicht, daß sie so ungeduldig ist.“

Bruno wandte sich an Ackermann und sagte: „Könnte ich nicht die Erlaubnis bekommen, heute mit Fräulein Holländer allein zu sein?“

„Wenn Sie Liebe meinen, so glaube ich allerdings, daß für den Rücken und auch für das Seelische zunächst mehr Ruhe nötig ist. Auch Sie müssen ein wenig Geduld haben.“

An diesem Tag ging das Licht nicht aus, als die drei ihre zehn Minuten in dem Raum mit den grünen Lederstühlen zubrachten. Jenny wirkte abwesend, als Bruno sie umarmte; er erkannte den leichten und eigentlich eher anziehenden Schweißgeruch ihrer allerersten Umarmung wieder. Er hatte Lust, ihr wie beim erstenmal Blumen zu schenken, und dachte, daß auch das etwas war, was er bis jetzt vergessen hatte zu entbehren: Blumen. Blumen, Kinder, Tabak, ein Bart, den man sich morgens abrasieren konnte. Sonne, Wolken, das Geräusch von Regen. Mit einem Mädchen allein zu sein und es zu lieben.

„Du tanzt wunderschön“, sagte er.

„Seht ihr mir zu, während ich tanze? Ich will nicht, daß ihr mich jetzt schon tanzen seht. Mir ist schwindelig, und ich falle dauernd hin.“

Bruno wiederholte, daß sie wunderschön tanze, daß sie ganz wesentliche Fortschritte mache. Jenny schien in ihre eigenen Gedanken zu versinken. Er sah sie an und wußte, daß er sie liebte, auch ihre Abwesenheit jetzt, wie sie zusammengesunken auf dem Stuhl saß, und auch ihr Schweigen. Man liebt nur einmal in seinem Leben, in *seinem* Leben, dachte er, und das ist dieses eine Mal. Das war die abgedroschene Pointe in den Geschichten, die er einmal an seine Autoren verteilt hatte, die Pointe mit der einen großen Liebe; es überraschte ihn, daß das wahr sein konnte. Als sich Jenny nach den zehn Minuten vom Stuhl erhob, suchte sie einen Augenblick mit beiden Beinen das Gleichgewicht. Sie umarmten sich wieder, und Bruno hatte von neuem das Gefühl, daß er sie und sich selbst aufrecht halten mußte. An der Tür verlor sie das Gleichgewicht, wurde aber schnell von einer Krankenschwester aufgefangen.

„Warum fällt sie die ganze Zeit hin?“ fragte Bruno.

„Gewöhnungsprobleme. Stellen Sie sich doch mal vor, Sie hätten einen nagelneuen Rückenwirbel bekommen.“

AM NÄCHSTEN Tag durfte Bruno Jenny nicht tanzen sehen, und ihr Treffen war auf fünf Minuten gekürzt worden. Jenny war schweigsam und abwesend; es kam Bruno so vor, als ob sie die meiste Zeit an ihm vorbei auf die Wand sah, als ob es dort etwas Wichtiges für sie zu sehen gab. Als sie aufstand, fiel sie vornüber, und Bruno und Ackermann mußten sie gemeinsam aufheben. „Könnte man es nicht mit einem ganz neuen Rücken versuchen?“ fragte Bruno, als die Krankenschwestern sie fortgeführt hatten. Ackermann schüttelte den Kopf ohne das gewöhnliche aufmunternde Lächeln.

Am nächsten Tag gab es kein Treffen zwischen den dreien. Wieder einen Tag später kam Ackermann zu Bruno herein und setzte sich auf die Armlehne seines Stuhls. Er zog eine Stearinkerze hervor, um zu zeigen, daß er auf alle Eventualfälle vorbereitet war. Dann steckte er die Kerze in die grüne Kitteltasche und sagte ernst: „Fräulein Holländer ist nicht ganz gesund.“

„Geben Sie ihr einen neuen Rücken“, sagte Bruno.

Ackermann schüttelte den Kopf. „Das ist es nicht. Ich fürchte, es ist etwas Ernsteres, irgend etwas ist schiefgegangen.“

„Etwas Ernsteres?“

„Gewisse Pannen beim Auftauen. Oder vielleicht schon in der eigentlichen Gefrierperiode. Diese langen Gefrierperioden haben ihre Nebenwirkungen.“

Bruno sagte etwas, das er schon mehrere Tage lang sagen wollte: „Diese Stromunterbrechungen. Treffen sie nur unsere Abteilung? Oder können sie auch direkt die Gefrierabteilungen treffen?“

Ackermann zögerte.

„Das ist es, nicht wahr?“ rief Bruno.

„Die Gefrierabteilungen haben ihre eigene elektrische Notversorgung.“

„Aber auch die kann getroffen werden?"

„Ist mir nicht bekannt."

„Einmal, während ich unten war – kann es sein, daß ich da zu einem bestimmten Zeitpunkt kurz davor war, das Bewußtsein zu erlangen?"

„Unmöglich."

Ackermann sah von Bruno weg, und Bruno wußte, daß er log.

„Deshalb verliere ich die Nägel und das Haar. Deshalb verliert Jenny das Gleichgewicht."

„Sie vereinfachen den Zusammenhang. Ich wußte gar nicht, daß Sie Ihre Nägel verloren haben. Darf ich mal sehen?"

„Nur zwei. Erzählen Sie mir lieber, was Sie mit Jenny anstellen wollen."

„Sie wieder einfrieren. Sie kann sich einfach nicht mehr auf den Beinen halten. Verlieren Sie nicht den Mut, wir finden ständig neue Behandlungsmethoden. Das langwierige Einfrieren hat gewisse schädliche Wirkungen – in manchen Fällen. Aber die Entwicklung wird nachkommen. In zehn oder zwanzig Jahren haben wir ein wirksames Heilmittel gegen diese schädlichen Wirkungen. In zehn oder zwanzig Jahren wird Fräulein Holländer nicht die geringsten Beschwerden haben, weder mit dem Gleichgewicht noch mit diesen Depressionen, unter denen sie leidet."

„Depressionen?"

„Wir können sie kaum noch zum Reden bringen."

„Ich möchte sie gern sehen."

Ackermann zögerte. „Gut, folgen Sie mir."

„Ich könnte wohl nicht zuerst eine Zigarette bekommen?"

„Ich dachte, dieses Thema hätten wir ausdiskutiert. Zigaretten gibt es hier im Gebäude nicht."

Jenny lag auf dem Rücken in ihrem Bett und starrte gegen die Decke. „Ich kann nicht mehr aufstehen", sagte sie.

„Komm, ich werde dich stützen."

„Ich kann nicht stehen, und ich kann überhaupt nicht mehr tanzen."

„Und du könntest nicht ohne das Tanzen leben?" Bruno hatte das Gefühl, daß sie durch ihn hindurchsah.

„Ich will wieder eingefroren werden. In zehn Jahren können sie mich so behandeln, daß ich tanzen kann."

„Zehn oder zwanzig", warf Ackermann ein.

„In zehn Jahren bin ich 43", sagte Bruno.

„Wirklich?" sagte Jenny und sah ihn an, als hätte er etwas geäußert, das nicht das geringste mit dem Thema zu tun hatte. „Ich will eingefroren werden", sagte sie, „bis ich tanzen kann."

„Wir sind in einer schweren Stimmungskrise", erklärte Ackermann und befühlte seine Tasche, um festzustellen, ob er auch an seine Stearinkerze gedacht hatte.

„Dürften wir einen Augenblick allein sein?" fragte Bruno. Ackermann ging, ließ aber die Tür einen Spalt auf.

„Ich liebe dich", sagte Bruno.

„Ich liebe dich auch", sagte Jenny und sah auf ihre Hände. „Aber ich kann ja nicht mehr stehen. Könntest du nicht auf mich warten?"

„Warten?"

„Die zehn Jahre. Oder zwanzig."

Bruno beugte sich über sie und küßte sie. Der Fremdkörper in der Achselhöhle tickte diskret. „Ich sah mal ein Ballett", sagte er, „über einen Mann, der ein Mädchen mit einem Kuß weckt."

„Und sie zum Tanzen bringt!"

„Aber ihr Tanzen bedeutete etwas anderes. Sie tanzten zusammen. Es bedeutete, daß sie sich liebten."

Jenny sah wieder auf ihre Hände hinunter; sie machte Übungen damit, als ob sie sie geschmeidig halten wollte.

„Ich sah auch noch ein anderes Ballett. Über einen Mann, der sich in eine mechanische Puppe verliebt."

„Coppelia!"

„Aber sie ist nur eine Puppe. Du bist *keine* Puppe."

„Coppelia!" flüsterte Jenny und sah durch Bruno hindurch. Er küßte sie wieder und fand wirklich, daß er eine Puppe küßte. Irgend etwas war mit ihr geschehen, oder vielleicht war sie schon immer so gewesen. Kannte er sie überhaupt, oder war sie für ihn nur ein Vorwand gewesen, um zwei Einfrierungen auf sich nehmen zu können – ein Vorwand, damit er seine Ewigkeit wünschen konnte? Hatten sie ihn selbst zur Puppe gemacht?

Er mußte etwas Abschließendes finden, das er ihr sagen konnte, und dabei ging ihm ein Strom von Zeitschriftendialogen durch den Kopf. Wir sehen uns wieder. Du hast mich nie geliebt. Ich werde dich immer lieben. Schlußdialoge. Fortsetzungen in der nächsten Ausgabe. Aber er glaubte nicht mehr an Fortsetzungen. Ohne ein Wort stand er auf und ging zur Tür.

An der Tür wandte er sich um und sah sie zum letzten Mal. Sie hatte bereits vergessen, daß er dagewesen war, und betrachtete schläfrig ihre Hände, mit denen sie Lockerungsübungen machte. Draußen vor der Tür griff Ackermann nach Brunos Arm. „Verstehen Sie jetzt? Wir können diese Depressionen nicht mehr in den Griff bekommen. Wir können nichts anderes tun, als sie einfrieren und auf bessere Zeiten hoffen – unser Vertrauen auf den Fortschritt setzen. Und glauben Sie mir, wir finden ein Heilmittel. Zehn Jahre, zwanzig Jahre. Im schlimmsten Fall dreißig oder vierzig."

AM ABEND froren sie sie ein.

Bruno sah auf seinen Kamm, der voller Haare war. Einen Augenblick blinkte das Licht, aber es verschwand nicht. Er legte sich auf sein Bett und hatte nur den einen Wunsch, daß das Licht verschwinden und nie mehr wiederkommen möge. Er hatte die gelben Männer und ihre kurze Aktion in dem Gebäude nicht verstanden, er hatte nicht ein Wort von dem, was sie riefen, verstanden, aber er fühlte, daß sie auf seiner Seite waren. Wie Jenny starrte er auf seine Hände und wünschte nur, daß er sterben könnte.

20

„KÖNNTE ich nicht zerstückelt werden? Werden die einzelnen Teile von mir nicht gebraucht?"

„Aber wir haben Sie gerade lebendig bekommen! Sie sind dreiunddreißig, in Ihrem besten Alter! Es gibt keinen Mangel an Teilen mehr. Fehlt uns etwas, so stellen wir das auf bessere Weise synthetisch her. Aber darum dreht es sich ja gar nicht. Die Gesellschaft hat Millionen in Sie gesteckt. Sollen die nun . . ., sollen die nun in den Schornstein geschrieben werden? *Alle* Menschen haben diese Depressionen nach dem Auftauen und nach dem Schock der Wiederbelebung."

Bruno wiederholte, daß er sterben wollte.

„Es gibt gar nichts, das sich Sterben nennt. Wenn wir den dürftigsten Grund hätten, Sie wieder einzufrieren, so ließe sich das vielleicht machen. Aber nun waren Sie, lassen Sie uns das ruhig sagen, ein halbes Jahrhundert lang ein Schmarotzer der Gesellschaft. Nun schulden Sie der Gesellschaft eine Arbeitsleistung."

„*Welche* Arbeit?"

„Das müssen wir ja eben langsam herausfinden. Aber zuerst müssen Sie eins verstehen, voll und ganz verstehen: Sie gehören nicht mehr sich selbst, Sie haben eine Sonderbehandlung erhalten – eine Extraeinfrierung –, weil Sie uns als einer der ersten erlaubten, sich für längere Zeit einfrieren zu lassen. Aber nun ist Schluß mit der Sonderbehandlung."

„Nun soll für das ganze Geld ein Immer-Leben gelebt werden? Ein Immer-Leben mit harter Arbeit?"

„Was war das wieder für ein Wort?"

Bruno fiel ein, daß sich Ackermann nicht mehr genau an die Worte erinnerte, die man 1995 gebrauchte, Immer-Leben und Jetzt-Leben. Ein paar Minuten lang war Ackermann unerwartet klar gewesen, aber nun begann er sich zu wiederholen. Er erklärte auf alle nur denkbaren Arten, daß Bruno der Gesellschaft gehöre, daß Bruno der Gesellschaft etwas schulde und daß nun die Zeit gekommen sei, die Schuld allmählich zurückzuzahlen.

„Kann ich wirklich nicht mit anderen Ärzten sprechen?"

„Sie waren mein erster Patient. Meine erste gelungene Einfrierung. Glauben Sie vielleicht, ich würde Sie jetzt irgendeinem jungen Kollegen überlassen?"

Ackermann schien tief gekränkt zu sein. „Ich verstehe sehr gut, daß das mit Fräulein Holländer eine Enttäuschung war. Aber wir können den Patienten keine Gleichzeitigkeit mehr versprechen. Was Ihren Haarausfall betrifft, so werden Sie in kurzer Zeit erleben, daß er nicht nur aufhört, sondern daß sogar das verlorene Haar ersetzt wird. Sie haben einfach keinen triftigen Grund mehr, um unten zu sein. Das wäre unmoralisch in einer Welt, die nach Arbeitskräften schreit."

„Ich will nicht unten sein. Ich will sterben."

„Was noch unmoralischer ist. Und im übrigen nur ein vorübergehendes Auftauungssymptom, das wir bald bewältigt haben werden."

Ackermann überließ Bruno sich selbst. Bruno sah sich im Raum um. Es gab keine losen Gegenstände, mit denen er sich etwas hätte antun können. Als das Essen kam, sah er, daß es aus so weichen Blöcken bestand, daß man es mit den Fingern essen konnte – nicht einmal einen Plastiklöffel überließ man ihm. Bruno ließ das Essen stehen, obwohl er hungrig war.

„Nahrungsverweigerung", stellte Ackermann fest, nachdem Bruno vierundzwanzig Stunden das Essen stehengelassen hatte.

„Das können Sie sich sparen. Wenn Sie schwach genug sind, bekommen Sie einen Schlauch mit flüssiger Nahrung in den Arm. Auf diese Weise ist noch keiner dem 21. Jahrhundert entschlüpft."

Bruno ließ wieder das Essen stehen. In seiner Einsamkeit, während Licht und Dunkelheit wechselten, fühlte er eine Art Solidarität mit den gelben Männern aufkommen, die den Krankenhausgang besetzt hatten und die irgendeine Veränderung in Aussicht gestellt hatten. Es war das erste ernsthafte Engagement in seinem Leben. Ein Engagement für das Unbekannte, ein Engagement für Veränderung, gleichgültig, für welche Veränderung. Das Wort wurde magisch, wenn man es für sich wiederholte: *Veränderung. Veränderung.*

„Sie wünschen den Tod", sagte Ackermann. „Verstehen Sie, was der Tod bedeutet? Der Tod ist der letzte Feind des Menschen. Wir haben eine Gesellschaft geschaffen, die nur auf einen einzigen Wert baut: das Leben. Als ich in ferner, ferner Vergangenheit meinen Ärzteeid ablegte, bekannte ich mich zu diesem Wert."

„Es ist nicht mehr das Leben, an das Sie glauben", erwiderte Bruno. „Es ist die Ewigkeit. Die beiden Dinge haben nicht das geringste miteinander zu tun."

„Es ist ein und dasselbe. Geben Sie uns eine Chance, um Sie davon zu überzeugen."

„Sie sprechen von der Gesellschaft. Aber ich glaube nicht mehr, daß eine Gesellschaft existiert. Wissen Sie, daß ich nicht ein einziges Fenster in meinem neuen Leben gesehen habe?"

„Fenster?" fragte Ackermann, als ob er sich anstrengen müßte, um sich an die Bedeutung des Wortes zu erinnern. Dann lächelte er.

„*Gewiß* haben Sie ein Fenster gesehen. Sie sahen durch ein Fenster Ihre kleine Freundin tanzen. Sie werden noch viel mehr Fenster sehen, sobald Sie durch diese Stimmungskrise hindurch sind – sobald Sie sich mit der Ewigkeit abgefunden haben, die noch ein bißchen erschreckend sein kann, die aber gesunde Menschen trotz allem weniger als der Tod erschreckt. Essen Sie nun und versuchen Sie, zu Kräften zu kommen, damit Sie sich mit der Ewigkeit abfinden können. Andere haben es vor Ihnen getan."

Bruno schleuderte den Teller mit den weichen Blöcken aus grünem, braunem und rotem Essen gegen die Wand. Kurz danach tickte es ruhig in seiner Achselhöhle, und er fiel in einen leichten Schlaf, der mit Träumen von dem Essen seiner Jugendzeit erfüllt war. Duftende, gegrillte Beefsteaks, grüne Bohnen und glasierte Kartoffeln, langstielige Weingläser, gebogene Schalen mit Früchten, dampfender Kaffee und große Zigarren, eine Hand, die ein Kognakglas umschließt und seinen Inhalt wärmt. Eisstücke, die in einem kalten Glas mit Whisky und schäumendem Sodawasser klirren, Schachteln mit gefüllter Schokolade, beschlagene Bierflaschen. Musik, Bücher. Wände mit Regalen und Bildern. Fenster, die man aufstößt, Luft, die von der Welt draußen hereinweht. Sonnenschein und das Geräusch von Regen. Die Bilder wiederholten sich wie ein ständig von vorn beginnender Film. Als er wiederum wach war, schleuderte er von neuem das Essen von sich. Als er das nächstemal erwachte, war er ans Bett gebunden, und an seinem Handgelenk war ein Schlauch befestigt. Er merkte, wie das Hungergefühl langsam verschwand.

„Hören Sie", sagte Ackermann. „Sie sind dreiunddreißig, und es gibt keinen Grund, daß Sie je älter werden. Es ist Ihr bestes Alter, und wir haben es Ihnen geschenkt. Sie sind immer noch dreiunddreißig, wenn wir das nächstemal Fräulein

Holländer heraufrufen und deren Probleme lösen können."

Bruno wollte schreien, merkte aber, daß es ihm nicht gelang. „Wissen Sie, daß Sie hoffnungslos senil sind? Wissen Sie, daß Sie sich dauernd wiederholen?"

„Ich warte zur Zeit auf eine kleine Behandlung, die speziell das beheben wird. Verstehen Sie nicht, daß gerade das Wort ‚hoffnungslos' überflüssig geworden ist? Das gibt es in der neuen Sprache gar nicht. Nichts ist hoffnungslos. Was wir heute nicht in Ordnung bringen können, können wir morgen in Ordnung bringen. Ihre schlechte Stimmung. Fräulein Holländers Gleichgewichtsprobleme."

„Wohnen Sie hier im Krankenhaus?" fragte Bruno.

„Krankenhaus?" wiederholte Ackermann und runzelte die Brauen, wie um sich an ein vergessenes Wort zu erinnern.

„Hier auf dem Zentrum?"

„Zentrum?"

„Haben *Sie* ein Fenster?"

„Das Wort Fenster scheint für Sie eine ganz bestimmte Rolle zu spielen."

„Fenster, Spiegel."

„Alle diese Dinge gibt es. Aber sie helfen uns nicht, die gute Laune wiederzugewinnen."

„Sprechen Sie über etwas, das hilft."

„Die Ewigkeit. Die Hoffnung auf die Ewigkeit. In Ihrem Fall die Hoffnung auf das Wiedersehen mit Fräulein Holländer."

„In zwanzig Jahren?"

„Zwanzig Jahre sind eine kurze Zeit geworden. Nicht zuletzt die Ewigkeit hat uns von unserer Angst vor der Zeit befreit."

„Mich nicht. Ich fürchte die Zeit. Ich fürchte die Ewigkeit."

„Ein wohlbekanntes Symptom einer kleinen Krise, durch die wir alle zusammen hindurch müssen. Ich bin selbst durch diese Krise gegangen."

„Aber ich will nicht durch sie hindurchkommen. Ich will sterben."

„Todessehnsucht gehört zu den sterblichen Menschen. Der sterbliche Mensch sehnte sich nach dem Tod, weil er ihn fürchtete. Der sterbliche Mensch sehnte sich auch nach der Ewigkeit und erfand das Paradies, das ewige Leben. Getrieben von unserer Todesangst, haben wir dieses Paradies, dieses ewige Leben wirklich geschaffen. Unser letztes Problem besteht darin, uns an die Ewigkeit zu gewöhnen."

„Wissen Sie, daß Sie sich widersprechen? Gibt es überhaupt keine anderen, mit denen ich sprechen könnte?"

Ackermann ging, eine Zeitlang glaubte Bruno, daß er einen anderen holen würde, dann wurde ihm klar, daß er nur wieder allein sein sollte. Er lag da und betrachtete den Schlauch, der Nahrung in sein Handgelenk führte. Der Schlauch kam aus einer Art Rohr in der Wand. Bruno versuchte, den Schlauch so zu dirigieren, daß er sich in einer Schlinge um seinen Hals legte, aber es ging nicht. Statt dessen schlug er den Hals wieder und wieder gegen den Schlauch, erreichte damit aber nur, daß er sich am Adamsapfel wundscheuerte. Ermattet legte er den Kopf aufs Kissen zurück und versuchte zu zählen, während er die Luft anhielt. In seiner Achselhöhle tickte es, und er fiel in tiefen Schlaf.

Als er wieder erwachte, beugte sich Ackermann gerade über ihn.

„Würden Sie gern wieder eingefroren werden?" fragte er.

Bruno schüttelte den Kopf.

„Eingefroren werden. Und wieder aufgetaut werden, wenn Fräulein Holländer das nächstemal rauf soll?"

Bruno zögerte nur einen Augenblick, bevor er von neuem den Kopf schüttelte.

„Wir machen es auch nicht sehr gern. Jede Einfrierung und jedes Auftauen bringt neue Probleme. Aber das ist das Beste, was wir Ihnen anbieten können. Wir haben uns an unseren Ärzteeid zu halten, und Sie sind unser erster Patient – einer von ihnen. Pech, daß wir an einen Menschen mit so ausgeprägten Selbstmordneigungen geraten mußten. Können wir denn absolut nicht zusammenarbeiten?"

„Absolut nicht."

„Gut. Einfrierung."

„Nein!" rief Bruno.

„Ja, ja", sagte Ackermann ruhig. „Aber zuerst muß ich Sie ein bißchen erschrecken. Wir dürfen nicht mehr so tief hinuntergehen. Wir dürfen nicht weiter als bis zu einer Art Winterschlaf gehen. Der Winterschlaf verursacht nicht diese

Nebenwirkungen, diese Depressionen. Aber er hat seine eigenen Probleme. Gewisse Funktionen widerstehen nach und nach der Tiefkühlung. Das Bewußtsein zum Beispiel. Ich nenne das mit Absicht, um Sie zu erschrecken, denn am liebsten möchte ich Sie gar nicht wieder einfrieren. Aber wenn Sie nicht mit mir zusammenarbeiten wollen, dann ist meine einzige Alternative Winterschlaf mit dem Risiko einer gewissen Bewußtseinsresistenz. Ein gewisses Bewußtseinsleben, auf einem niedrigen Niveau. Kleine Bewußtseinsverläufe, die sich wiederholen wie bei einem Film, der sich immer wieder abspult. Angenehm oder vielleicht auch nicht so angenehm."

Ackermann ging, und Bruno versuchte, sich mit dem Schlauch zu erdrosseln und die Luft, so lange er konnte, anzuhalten. Ackermann erschien wieder.

„Winterschlaf", sagte Ackermann. „Den tiefsten, den wir geben dürfen."

Und ein paar Krankenschwestern, die Brunos Bett auf die Räder setzten, gab er eine Reihe von Anweisungen in der fremden Sprache.

Das Bett rollte durch den grünen Gang und fuhr mit dem Fahrstuhl abwärts. Bruno hoffte, daß gerade jetzt die gelben Männer in das Gebäude eindringen würden und daß das Licht ausginge, aber das Licht ging nicht aus, und ein Stockwerk unter Brunos eigenem wurde er quer durch einen Gang in einen Raum gefahren, der die gleiche Größe wie sein eigener hatte, und noch einmal: grün. Zum drittenmal in seinem Leben näherte sich ihm jemand langsam von hinten, und eine Narkosemaske wurde über sein Gesicht gelegt.

„Zählen Sie, damit wir hören können, wenn Sie weg sind", sagte Ackermanns Stimme irgendwo hinter Bruno.

Bruno begann zu zählen.

Anders Bodelsen

Anders Bodelsen wurde am 11. 2. 1937 in Kopenhagen geboren und wuchs dort auch auf. Nach Beendigung der Schule studierte er Rechts-, Volks- und Literaturwissenschaft. Von 1959 an schrieb er als freier Mitarbeiter für verschiedene dänische Zeitungen. Heute gibt er eine Literaturzeitschrift heraus und arbeitet bei der Tageszeitung „Politiken" und beim dänischen Fernsehen als Kommentator.

Neben seiner journalistischen Tätigkeit hat er sich vor allem mit Hörspielen und Kriminalromanen einen Namen gemacht. „Brunos tiefgekühlte Tage" ist sein einziger Science-fiction-Roman. Bodelsen benutzt darin das in der Literatur häufig verwendete Motiv des länger währenden Tiefschlafs, aus dem der Protagonist in einer veränderten Welt erwacht und sie dann mit anderen Augen sieht und nach anderen Wertmaßstäben beurteilt als seine Zeitgenossen. Auf diese Weise wird, oftmals humorvoll, Gesellschaftskritik geübt, wobei es sich aber meistens um tatsächlich bestehende Gesellschaftssysteme handelt. Bodelsen hingegen entwirft ein düsteres Zukunftsbild unserer Welt, das durch seine Dringlichkeit und Überzeugungskraft besticht und zum Nachdenken über die ja gar nicht mehr so abwegige Möglichkeit des Einfrierens von Menschen anregt.

Wieviel Stadt verträgt die Erde?

Großstädte der Zukunft

Wieviel Stadt verträgt die Erde? Und wieviel Stadt verträgt der Mensch? Die größten Ballungszentren der Erde werden mehr und mehr zu den größten Krisenherden. Ist die Großstadt am Ende? Ist sie noch zu retten? Oder kommt ihre große Zeit erst im nächsten Jahrhundert?

Das einstmals strahlende New York, ein Juwel unter den Millionenstädten, wird heute „amerikanisches Kalkutta" genannt. Im hoffnungslos übervölkerten Schanghai leben die Angehörigen mehrerer Generationen in einem einzigen Zimmer. Blutige Bandenkriege in den Pariser Vororten haben Frankreich in eine Staatskrise gestürzt. In vielen deutschen Großstädten, allen voran München, sind die Mieten so hoch, daß Familien mit dem Einkommen eines mittleren Beamten in die Umgebung flüchten müssen. Viele fürchten schon, daß sich das Stadtleben bald nur noch die Reichen leisten können . . .

Diese drückenden Probleme lassen vergessen, was wir der Stadt alles verdanken. Erst hinter ihren schützenden Mauern fand der Mensch die Freiheit und die Muße, sich mit Philosophie, Kunst und Technik zu beschäftigen und die moderne Zivilisation hervorzubringen. Aber auch nur im Dunstkreis der Stadt konnte das Massenelend entstehen.

Überbevölkerung, chaotischer Verkehr, miserable Behausungen – zweitausend Jahre hat sich das Gesicht der Weltstädte nicht grundlegend verändert, außer in einem Punkt: während das alte Rom noch eine klar begrenzte Millionenstadt war, ufern die modernen Nachfolger hemmungslos aus.

1. Stufe: die Dynapolis. *Vor gut 100 Jahren war Los Angeles ein 10 000-Seelen-Nest. Auf zwei Dritteln der Fläche von Schleswig-Holstein sind heute 14 Millionen Menschen zu Hause. Dieses Ballungsgebiet hat eine so große Wirtschaftskraft wie ganz China.*

2. Stufe: die Megalopolis. *Im Stadtgebiet von New York leben mehr Menschen als in ganz Österreich. Auf 816 Quadratkilometern (etwa der Fläche von Gesamt-Berlin) drängen sich 7,8 Millionen Einwohner. Die City geht fließend in einen breiten Kranz von Vororten über, die noch einmal so viele Menschen beherbergen.*

15,5 Millionen Einwohner machen aus dem ehemals strahlenden New York einen gigantischen Alptraum.

Doch auch dahinter stößt man auf keine eindeutige Stadtgrenze. New York ist die größte Perle in einer 650 Kilometer langen Kette von Städten entlang der Ostküste, an der insgesamt 45 Millionen Menschen zu Hause sind.

3. Stufe: die Nationalpolis. *Nicht nur eine Region, das ganze Land wird zur Stadt. Beispiel Japan. Da das Inselreich zu über 80 Prozent aus unwegsamem Bergland besteht, leben die 123 Millionen Japaner hauptsächlich an der Küste, auf einem Landstreifen, nicht größer als Bayern. Und im 592 Quadratkilometer großen Tokioter Stadtgebiet wohnen 10 Millionen Menschen!*

4. Stufe: die Ökumenopolis. *„Japanische Verhältnisse" greifen auf immer mehr Länder über. Während es 1950 zwei und 1975 sieben Städte mit mehr als zehn Millionen Einwohnern gab, sollen es im Jahr 2000 bereits 25 und eine Generation später 90 sein – davon*

80 in der dritten Welt! Nach den neuesten Berechnungen der Bevölkerungswissenschaftler leben schon im Jahr 2010 voraussichtlich mehr als die Hälfte der dann sieben Milliarden Erdenbürger in Städten.

Das ist also das Szenarium für die Zukunft. Mündet das Abenteuer „Städtisches Leben", in das sich vor 10 000 Jahren eine Handvoll aufsässiger Ackerbauern stürzte, in eine weltweite Krise? Oder sind die Anzeichen einer drohenden Katastrophe in Wirklichkeit nur die Vorzeichen dafür, daß die Menschheit gerade wieder zum Sprung auf eine ganz neue Stufe der Zivilisation und des Zusammenlebens ansetzt?

Urbanistik, also Stadtforschung, heißt das Wissenschaftsgebiet, das konkrete Antworten auf diese Probleme geben will. Aus systematischer Forschung sollen neuartige städtebauliche Konzepte entwickelt werden, mit denen man die globale Verstädterung in gesunde Bahnen lenken kann.

Die Stadt, die im Brennpunkt des wissenschaftlichen Interesses steht, ist Großbritanniens Hauptstadt London. Die Metropole an der Themse gilt unter Fachleuten als Prototyp der modernen Großstadt. Bereits im 14. Jahrhundert war die alte Römerstadt mit ihren 35 000 Einwohnern eine Weltstadt, übertroffen nur von Zentren wie Paris (60 000) oder Venedig (100 000).

Als London zu Beginn der Neuzeit Mittelpunkt eines weltweiten Kolonialreichs wurde, wuchs es auf mehrere hunderttausend Menschen an. Schon damals galt die Stadt als hoffnungslos übervölkert. 1650 lebten in London bereits eine halbe Million Menschen. Bis 1810 hatte sich die Bevölkerung Londons auf eine Million verdoppelt. Mitte des vergangenen Jahrhunderts stand der dreimillionste Einwohner auf der Schwelle. Zu Beginn unseres Jahrhunderts hielt die britische Hauptstadt einen einsamen Weltrekord: Mit 6,3 Millionen Bürgern war sie die einzige Stadt der Welt über der Fünfmillionengrenze. Im Zweiten Weltkrieg waren es dann 8,7 Millionen. In nur 130 Jahren hatte sich die Bevölkerung der Themsestadt verneunfacht!

Von Stadtkritikern als „land- und menschenfressender Moloch" verflucht, ließ sich Londons unersättlicher Expansionsdrang durch

Oben: **Millionen von Menschen leben in Mexiko-City vom Ausschlachten der Müllhalden.**
Links: **Leben auf dem Abstellgleis**

nichts stoppen. Groß-London besteht heute aus drei Ringen. Im Stadt- und Vorortring leben 7,4 Millionen Menschen. Im äußeren „Landring" lebt noch einmal die gleiche Anzahl. Der gesamte Ballungsraum wird also von knapp 15 Millionen Menschen bevölkert. Doch nach vierhundert Jahren ungebremsten Wachstums hat London offenbar die Kinderkrankheiten einer Großstadt überwunden.

Wie sieht es in anderen Erdteilen aus? Die Städte der dritten Welt erleben heute ein genauso explosives Wachstum wie seinerzeit London. Nach Schätzungen der Weltbank könnte die brasilianische Industriemetropole São Paulo von 10,7 Millionen Menschen im Jahr 1975 auf über 25 Millionen im Jahr 2000 anwachsen; Schanghai von 11,6 auf 22,7 Millionen und Kairo von 10 auf 16 Millionen.

Das klingt beängstigend, doch die Stadtforscher geben zu

bedenken: der Wandel vieler Entwicklungsländer von Agrar- zu Industriestaaten sei mit genau denselben Geburtswehen verbunden, unter denen im vergangenen Jahrhundert die Europäer stöhnten. Die Städte waren davon immer am meisten betroffen.

Aktuelles Beispiel: Mexiko-City, seit einigen Jahren größte Stadt der Welt. Hier die jüngste Entwicklung: 1940 beherbergte die Stadt auf einem Gebiet, so groß wie Braunschweig, gut eine Million Menschen. Bis 1970 hatte sich das Stadtgebiet fast versechsfacht und die Einwohnerzahl verzehnfacht. Inzwischen bevölkern den Moloch zwanzig Millionen.

Unser Bild von dieser Megastadt ist geprägt von menschlichem Elend und Müllbergen. Doch der zähe Lebenswille der Mexikaner hat die zusammengepferchte Bevölkerung der Hauptstadt mit so viel Improvisationsgeschick und Erwerbsgeist ausgestattet, daß sich mancher Wohlstandsbürger ein Scheibchen davon abschneiden könnte. Ein imposantes Beispiel für diese Mentalität sind die Pepenadores, *die Müllbergbewohner, die oft alles andere als einen Müllberg bewohnen. Etlichen Großfamilien verschafft das Verwerten der Abfallhalden ein so gutes Einkommen, daß sie sich eigene Häuser und Autos leisten können.*

Ein großes Problem ist der historisch gewachsene Zentralismus. Seit den Zeiten der spanischen Kolonialmacht passiert alles Wichtige in der Hauptstadt – deshalb ist sie für die Mexikaner der strahlende Stern, der alle magisch anzieht.

Diese übermäßige Attraktion der Metropole, die die mexikanische Hauptstadt bis zum Jahr 2000 möglicherweise auf 30 Millionen Bewohner anschwellen lassen könnte, gilt auch für andere Länder der dritten Welt. In über Jahrzehnte angelegten Planungen wird deshalb versucht, diese monopolartigen Strukturen aufzubrechen und nicht nur die Geschäftswelt aus der Hauptstadt zu locken, sondern sogar Regierungsbehörden abzuziehen. Gleichzeitig wird die Entwicklung auf dem Lande beschleunigt. Die Erweiterung der Elektrizitätsnetze und der Bau von Schulen und Krankenhäusern sind erste Schritte, die Provinz attraktiver zu machen.

Das alles hilft zwar, die Großstadt zu entlasten, aber den ent-

Los Angeles: ein einziges, riesiges Gewirr von Autobahnen

scheidenden Impuls, die Zusammenballung der Menschen zu verhindern, kann nur die Wirtschaft geben.

Den besten Beweis dafür liefern uns die Länder Südostasiens, besonders der Stadtstaat Singapur. Noch vor 25 Jahren prallten in der kleinen Republik an der Südspitze der malaiischen Halbinsel extreme Armut und unermeßlicher Reichtum knallhart aufeinander. Inzwischen hat sich die Millionenstadt zu einer fast schon grotesk sauberen und wohlhabenden Weltmetropole des Handels und der Banken gemausert. Ihr Erziehungs- und Gesundheitswesen ist vorbildlich, die Geburtenrate hat sich normalisiert, die Hälfte der fünf Millionen vorwiegend chinesischen Einwohner lebt in Eigenheimen oder Eigentumswohnungen der gehobenen Klasse.

Viele andere Großstädte der dritten Welt sind von einer solchen Entwicklung noch weit entfernt. Aber es ist bereits erkennbar, daß auch sie in eine Art organischen Zyklus eingebunden sind, der von Wachstum über Sättigung schließlich zur Schrumpfung führt. Auf Landflucht und Industrialisierung folgt die Stadtflucht, dann das „Überschwappen" der Städte aufs Land bei gleichzeitiger Entvölkerung der Stadtkerne.

Während die Entwicklungsländer noch auf Stufe eins und zwei verharren, haben die Industrieländer bereits die dritte erreicht. Die meisten westlichen Großstädte verlieren Einwohner. Die Stadt als Ballungszentrum, von der Industrialisierung hervorgebracht und geformt, ist auf dem Weg zum Zivilisationsfossil. Nicht mehr die Schwerindustrie mit ihren rauchenden Schloten, sondern die saubere Elektronik ist der Lebensnerv der Informationsgesellschaft des Jahres 2000. Entsprechend verändert sich auch die Arbeits- und Lebensform. Computer und Telefax erlauben eine neue Art der Heimarbeit.

In den Industrieländern wird die städtische Lebensform mehr und mehr in die Region ausgreifen und den Unterschied zwischen Stadt und Land verwischen. Damit wird sich aber auch das Profil der Stadt entscheidend verändern. Besonders experimentierfreudig auf diesem Gebiet sind die Japaner, die bereits in so qualvoller Enge leben, daß zum Schlafen vielen nur eine Art Schließfach bleibt. Die Doppelstadt Tokio/Yokohama zählt heute schon 17 Millionen Menschen.

Es bleibt gar keine Wahl: Unter Einsatz modernster Technik erschließen die Japaner neuen Lebensraum – unter Tage, zu Wasser und in der Luft. Dieses Besiedlungsprogramm läuft bereits: Tokio gräbt sich in den Untergrund. Wie Maulwurfsgänge werden die ersten Stadtteile des nächsten Jahrtausends tief unter der Oberfläche angelegt. Überraschend: Dort sollen einmal nicht viel andere Verhältnisse herrschen als bei Tageslicht. Spezialspiegel fangen das Sonnenlicht

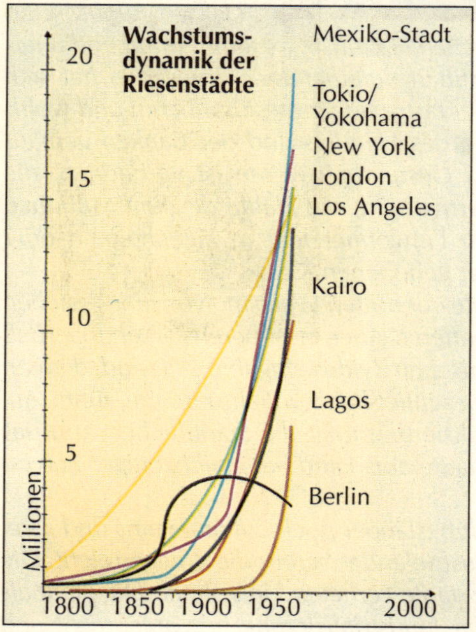

Mit dem Einsetzen der Industrialisierung schießt immer die Bevölkerungskurve in die Höhe.

17 Millionen Einwohner in Tokio verursachen nicht nur in der U-Bahn drangvolle Enge – zum Schlafen bleibt vielen nur eine Art Schließfach.

auf und leiten es über Glasfaserkabel in die Tiefe. Sogar Obst soll sich auf diese Weise unter Tage ziehen lassen.

Eine Alternative zur Untergrundstadt ist die Erschließung nach oben. Die Japaner haben bereits konkrete Pläne für einen zwei Kilometer hohen Wolkenkratzer mit 500 Stockwerken. „Aeropolis 2001" ist als Stadt in der Stadt konzipiert. Zigtausende von Menschen sollen dort einmal wohnen, arbeiten, einkaufen und sogar einen großen Teil ihrer Freizeit verbringen.

Auch das Meer kann die japanischen Städteplaner nicht bremsen. Durch Landaufschüttungen ist Yokohama bereits ein ganzes Stück in die Bucht von Tokio hinausgewachsen. Jetzt wird das 20 mal 40 Kilometer große Becken bis auf einen Wasserring fast

Die Japaner sind mit der Entwicklung und Durchführung neuer Modelle der Großstadtplanung – wie dieser schwimmenden Wohninseln – besonders weit.

zugeschüttet. Das 400 Quadratkilometer große „Menschen-Überlaufbecken" ist siebenmal größer als die Innenstadt von Tokio und soll sieben Millionen Einwohner aufnehmen.

Das ist aber nur das Vorspiel für noch viel kühnere Großstadtprojekte. In „Ocean Communications City", einem Finanzzentrum, soll einmal eine Million Menschen arbeiten – auf einer künstlichen Insel, 120 Kilometer von Tokio entfernt. Die Anlage wird mit 100 Quadratkilometer Fläche auf vier Decks mehr Raum bereitstellen als das 60 Quadratkilometer große Zentrum von Tokio. Über das Oberdeck erstrecken sich ein Flughafen, Golfplätze und Erholungsanlagen, darunter liegen Wohnungen, Büros und die gigantischen Versorgungsanlagen.

Für die Großstädte Mitteleuropas haben futuristische Wohn-

maschinen dieses Stils aber keine Bedeutung. Hier werden ganz andere Konzepte diskutiert.

Nach Meinung vieler Experten steht der wiedervereinigten Stadt Berlin ein ganz enormes Wachstum bevor. Sie schließen nicht aus, daß das neue Berlin als Brücke zwischen West und Ost in den nächsten 20 Jahren von 3,2 Millionen Einwohnern auf das Doppelte anschwellen könnte. Eine der Kernforderungen der Städteplaner: keine Trennung von Siedlungs- und Industriegebieten. Im Zeitalter der „sauberen" Betriebe wollen sie diese „Apartheid" überwinden und durch eine neuzeitliche Integration ersetzen. Alles, was der Mensch zum Leben braucht, soll er in seiner Nähe finden. Dadurch werden lange Wege überflüssig – eine Lösung, die Stadt vielleicht doch noch vor der Autolawine zu retten.

Diese neuen urbanen Zellen stellen sich die Architekten wie eine Art moderne mittelalterliche Stadt vor: zwischen Kirche und Park die Werkstätten und Fertigungsbetriebe, neben dem Theater die Einkaufspassagen, dazwischengestreut raumsparende, zur Kommunikation einladende Wohnhöfe, wie die von vier Häusern umbauten Gartenanlagen heißen.

Die eintönig-funktionelle Industriestadt des 20. Jahrhunderts soll einer lebendigen und „lernfähigen" Wohn-Arbeits-Freizeit-Stadt weichen. In diesem Wandlungsprozeß, fordert der Frankfurter Architekt O. M. Ungers, müsse Berlin eine Vorreiterfunktion übernehmen und weltweit ein Signal zum Umdenken geben. Warten wir's ab. Vielleicht geht Berlin einmal in die Geschichtsbücher ein als die Stadt, in der Anfang des dritten Jahrtausends die Stadt neu erfunden wurde . . .

Illustrierter Anhang:
„Wieviel Stadt verträgt die Erde? Großstädte der Zukunft"
Eine Kurzfassung des Artikels „Wieviel Stadt verträgt die Erde?" von Wolfgang C. Goede
erschienen in „P.M." 5/1991